Estrelas do Amanhã
Copyright © 2022 by Vanessa Godoy

© 2022 by Universo dos Livros

Todos os direitos reservados e protegidos pela Lei 9.610 de 19/02/1998.
Nenhuma parte deste livro, sem autorização prévia por escrito da editora, poderá ser
reproduzida ou transmitida, sejam quais forem os meios empregados: eletrônicos,
mecânicos, fotográficos, gravação ou quaisquer outros.

Diretor editorial
Luis Matos

Gerente editorial
Marcia Batista

Assistentes editoriais
Letícia Nakamura
Raquel F. Abranches

Preparação
Nilce Xavier

Revisão
Tássia Carvalho
Nathalia Ferrarezi

Arte e capa
Renato Klisman

Diagramação
Nadine Cristine

Dados Internacionais de Catalogação na Publicação (CIP)
Angélica Ilacqua CRB-8/7057

G535e

Godoy, Vanessa
  Estrelas do amanhã / Vanessa Godoy. –– São Paulo : Universo dos Livros, 2022.
  352 p. (Escola de Magia ; 2)

  ISBN 978-65-5609-297-3

  1. Ficção brasileira 2. Ficção fantástica 3. Magia 4. Feiticeiras
  I. Título

22-3009   CDD B869.3

Universo dos Livros Editora Ltda.
Avenida Ordem e Progresso, 157 — 8º andar — Conj. 803
CEP 01141-030 — Barra Funda — São Paulo/SP
Telefone/Fax: (11) 3392-3336
www.universodoslivros.com.br
e-mail: editor@universodoslivros.com.br
Siga-nos no Twitter: @univdoslivros

VANESSA GODOY

UMA GUERRA IMINENTE ENTRE O PRIORADO DOS MAGOS E A BRIGADA DOS AMALDIÇOADOS PODE COLOCAR À PROVA PODERES MÁGICOS MILENARES...

São Paulo
2022

A Iraci Sant'Anna, que virou um beija-flor.

CAPÍTULO 0
O INCENDIADO

O ano era 1998 e a guerra interrompia milhares de vidas diariamente. O laboratório de Botica do Instituto Flamel, em Rebuçado, era a única esperança de cura em meio à maior batalha já travada em *terras brasilis*.

O boticário Firmino Pontas, professor da instituição, liderava a fabricação de poções de emergência, distribuídas como última chance de sobrevivência a curandórios e abrigos. Nesse momento, em meio ao caos, só existiam o bem e o mal. A salvação e a destruição. Era isso ou aquilo.

Esse Bàdiu de brasileiros se banhou em sangue, ouvindo maldições imperdoáveis e gritos de dor. A morte foi banalizada, tanto quanto a vida, e os corpos estirados no chão se tornaram meros obstáculos do passeio público.

Em Vila Vareta, o povo desviava dos defuntos como se desviasse de pedras — pedras com olhos arregalados e sangue ainda quente. O ano de 1998 poderia ser lembrado por união e solidariedade, mas, no fim das contas, resumiu-se pura e simplesmente à *sobrevivência*.

No parque demarcatório Quintino Horta, o laboratório-modelo das Américas era regido pela voz firme e grave de Firmino, boticário varetense que não se permitiu aceitar a normalização da morte. Poções de todo tipo eram fabricadas sem qualquer norma das confrarias locais de botica, mas dentro da urgência que o momento exigia.

Bombas de samambaia-tristonha explodiam o futuro do Bàdiu, levando vidas ou pernas, como se o nosso mapa tivesse se tornado apenas um grande tabuleiro de dor e sofrimento. A Brigada dos Amaldiçoados e seus comparsas não pareciam se preocupar com a pureza do sangue espalhado. Ele só escorria e ponto.

Na Teofrasto, escola superior de vassoureiros e varinheiros, de Pedregulho, professores e voluntários se arriscavam pelos céus sombrios, abastecendo os curandórios com as poções de Rebuçado e fabricando vassouras de fuga e varinhas de misericórdia. Foram poucos que tiveram a coragem de sentir compaixão nesse trágico período da história. Muitos se permitiram sentir medo, mas se consagraram mártires aqueles que arriscaram as próprias vidas em defesa dos direitos do próximo.

Com o Priorado dos Magos devastado e o Exercĭtum morto, os civis do país se dividiram entre aqueles que precisavam de salvação e aqueles dispostos a salvar — a todo custo, com suor e sangue.

Com Vladimir Tristão preso e Bellona Hill completamente debilitada, o Instituto Flamel se tornou o único polo do país capaz de produzir poções em larga escala, em especial aquelas para queimadura.

A estratégia dos corajosos parecia funcionar, até que, em Rebuçado, Petrus Romanov, Alma Damas e seus seguidores resolveram visitar o laboratório de Firmino Pontas.

Os poucos priores que guardavam o local morreram antes que pudessem entoar qualquer feitiço. Foram silenciados pelo *nihilum* destruidor da boa dicção de Petrus.

— Serão todos devorados pelos vermes! — sussurrou o rapaz, ruivo e sádico, momentos antes de instruir a invasão de dezenas de seguidores ao laboratório.

Em uma invasão bem arquitetada, o bando ocupou o local derrubando as portas, fazendo a mesma arruaça que lhes era característica. O que surpreendeu de fato foi encontrar apenas o professor Pontas no turno da madrugada.

Com o olhar fixo e a varinha apontada para Firmino, Alma Damas, já muito desconfiada, questionou o boticário.

— Onde estão os outros?

Assustado, com olheiras que denunciavam intenso cansaço, ele apenas levantou os braços.

— É madrugada, estão todos exaustos. Estou sozinho...

A voz de Firmino Pontas parecia não sair. Apesar de ter olhos de súplica, ele parecia não acreditar que sua vida fosse possível a partir de então.

— Querem as poções?

Petrus Romanov circundou o professor, calmamente passando a varinha pelo seu rosto, que, a essa altura, já estava pálido.

— Nós queremos tudo! — respondeu com voz branda, que não se manteve por muito tempo. — Entrem em todos os laboratórios. Encham o porta-tudo, eu quero todas as poções, cada ampola, cada frasco...

Petrus o encarava fixamente, penetrando em seus olhos, que logo transbordaram em uma lágrima dolorida e silenciosa.

— Peguem tudo! — vociferou Romanov.

O bando logo se dividiu entre dezenas de laboratórios e almoxarifados, pegando insumos e preparos que poderiam salvar membros feridos da Brigada e de seus aliados.

— Vamos, Petrus! Já é o suficiente! — disse Alma, ao perceber que seus comparsas já tinham feito todo o trabalho. — Vamos embora antes que alguém chegue...

Petrus, entretanto, continuou encarando Firmino Pontas. De algum modo, sua expressão de medo fazia com que o russo continuasse torturando-o.

Alma insistia, puxando-o pelo braço.

— Vamos, Petrus, já fizemos o que viemos fazer...

— Será? — desafiou o rapaz, com a voz aveludada, esquivando o braço sem parar de encarar Firmino.

Com um gosto particular em sentir o medo das pessoas, Petrus tornou a circundar com vagarosidade o mestre, com olhar insinuante e movimentos leves.

Alma Damas, já impaciente, com seus dons divinatórios, parecia pressentir uma situação ainda mais desastrosa.

— Petrus, vamos embora! — afirmou.

Ainda assim, o rapaz se mostrava cada vez mais sádico e descontrolado, encarando o mestre de poções.

— Alminha, não acha que poderíamos impedir que Firmino Pontas, um professor fracassado, fabricasse mais poções para curar bruxos sem estirpe?

— E o que queremos com um fracassado? Deixe o moribundo e vamos embora de uma vez por todas. Confutatis! — rebateu Alma, entoando um feitiço de atordoamento no boticário e derrubando-o no chão de maneira constrangedora.

Petrus Romanov ria, exaltando Alma Damas.

— Formidável, Alma, formidável!

Com requintes de crueldade, o jovem líder da Brigada dos Amaldiçoados colocou seus sapatos de couro sobre a cabeça de Firmino, que, a essa altura, já estava sem dignidade e sem varinha.

— Implore! Clame pela sua vida, mestiço...

Firmino Pontas tentou alegar que detinha o sangue puro dos bruxos, mas fora surpreendido pelo cuspe do rapaz, que se dizia enojado por sua presença.

Alma Damas se enervava cada vez mais, mas o colega simplesmente ignorava seus pedidos, humilhando o antigo professor da Escola de Magia e Bruxaria do Brasil (EMB), demitido no primeiro mês dos anos 1990.

— Se você não vai, nós vamos — ameaçou mais uma vez.

Até que, surpreendendo a todos, Boris Forte desceu as escadas do laboratório.

Estrelas do Amanhã

Imediatamente, vozes e lembranças invadiram a mente de Alma Damas, que entrou em desespero, estapeando Petrus.

— Falei para você que era melhor ter ido embora! Eu falei! — gritava a plenos pulmões.

Petrus, em contrapartida, gargalhava, tentando contê-la.

— Ele é o prior que teve a família atacada! — berrava.

Vozes e passos começavam a se aproximar do lado de fora, enquanto Boris Forte e Petrus Romanov apenas se encaravam, como se soubessem de algo secreto.

O caos foi generalizado, quando, de repente, ouviu-se apenas um feitiço raro e perigoso de ser entoado. Quando Alma Damas observou ao redor, quase pisou na cabeça de Firmino Pontas. O professor fora decapitado, sem que ela pudesse identificar o autor do crime.

O prédio foi invadido por priores e boticários que chegavam para trabalhar, tornando-se um verdadeiro campo de guerra.

A fim de conter a situação, Petrus Romanov proferiu o feitiço de Flamas Originus contra Firmino e, em seguida, ateou fogo em todo o laboratório.

Petrus tentava controlar Alma, em surto psicótico desde que vira a cabeça de Firmino Pontas de olhos abertos, quase sujando suas sandálias com sangue. Mediante a prática Onerariis, de uso exclusivo do Priorado dos Magos, o russo levou a adivinha dali, mas não sem antes contemplar o corpo de Firmino Pontas em chamas.

CAPÍTULO 1
O FAZ-TUDO

Quando Boris se deu conta, já era dia na fresta da janela e os livros da madrugada passada ainda repousavam em seu peito. O pai batia freneticamente na porta, mas, sonolento, o rapaz mal conseguia entender o que acontecia do lado de fora.

— Boris, ouça! Estou indo para o trabalho e Helga precisou sair mais cedo! Boris, acorde!

Sem nem ao menos um minuto de descanso, Amaro tornava a insistir:

— Mas será que terei de abrir...

— Sim, pai, como posso ser útil a esta pobre porta? — respondeu o jovem, abrindo-a claramente incomodado.

— Ah, meu filho, não pode continuar trocando o dia pela noite como tem feito. — Suspirou. — Bem, Helga foi trabalhar mais cedo e não poderá passar no Escadabaixo conforme o combinado. Por isso deixei a lista de compras em cima da lareira e um pouco de dobrões que julgo ser o suficiente.

Por mais que fosse uma tortura ir ao Escadabaixo, Boris concordou: 1) porque precisava se alimentar e 2) por ser o único sem grandes afazeres em sua pequena família, que agora se resumia ao pai, Amaro, e à irmã, Helga.

O Escadabaixo era especialmente caótico se comparado a outras mercancias. Por ser um estabelecimento de grande porte, oferecia produtos e promoções que nem todos os concorrentes podiam ofertar. Era um verdadeiro parque de diversão para as crianças, mas um absoluto martírio para a maioria dos adultos. Ao menos, não faltavam calendários. No refrigerador dos Forte, por exemplo, havia pelo menos seis folhinhas de 1990!

Um letreiro horizontal luminoso anunciava em vermelho: "Mercancia", enquanto uma linha vertical vinha logo abaixo, trazendo o nome do lugar, "Escadabaixo", letra por letra, como se descesse uma escada.

Ao abrir a porta dupla, Boris deparou-se com as várias prateleiras galvanizadas, gôndolas giratórias e pilhas e mais pilhas de produtos. Além do piso principal, o lugar contava com inúmeros pequenos mezaninos, ligados a um emaranhado de escadas.

Famílias inteiras corriam escada acima, escada abaixo, uma cena típica que se tornou a responsável pelo nome do comércio varejista da família Fafúcia.

Boris fechou os olhos, sentindo certa angústia ao ouvir o bruxo que narrava as ofertas.

— As amoras flutuantes estão se desgrudando do pé antes do tempo! Essa é a sua chance, meu bruxo e minha bruxa — berrava animadamente o locutor, que projetava a voz com uma varinha torta. — Se capturá-las, sai por um dobrão. É só um dobrão! — divertia-se o narigudo.

Agradecendo aos deuses por não suportar nem o cheiro das tais amoras, Boris foi recebido por sua cestinha, um mimo do estabelecimento que, visando fidelizar a clientela, oferecia uma cesta enfeitiçada que acompanhava o freguês até o caixa. Boris respirou fundo e decidiu que começaria por itens devidamente alocados nas prateleiras. Ou seja, produtos fora da promoção.

Como nem tudo são flores, Loro Guloso, seu cereal matinal de frutas com sabor de infância, estava entre as ofertas. O papagaio ilustrado na caixa batia as asinhas coloridas, fazendo com que as embalagens sobrevoassem as prateleiras, obrigando os clientes a pularem embaraçosamente na tentativa de capturá-las.

— Se não capturar, não paga, mas também não leva! — brincava o inconveniente locutor, ao que Boris revirava os olhos, sentindo-se humilhado o suficiente.

Alguns desistiram do produto, subentendendo que se tratava de uma ação de marketing da concorrência, mas a maioria perseverou, seja por achar aquilo divertido, seja por julgar a mercadoria indispensável.

— Eu me nego a levar Raspas D'Aspas. Meu clínico recomendou Loro Guloso, pois preciso de fibras! — suspirava uma senhora de bengala.

— Tudo isso para poupar dois dobrões?! — reclamava Grande, elfo livre de Berlamina Fajardo.

Boris, todavia, pertencia ao grupo que julgava o cereal indispensável, tentando capturá-lo discretamente. Custou suor e reputação, mas conseguiu agarrar uma caixa atrevida. No entanto, mesmo que sua lista de compras pedisse duas unidades, preferiu evitar a fadiga e completou o estoque doméstico com Raspas D'Aspas, "sua alquimia matinal", burlando o boicote proposto pelas senhorinhas.

Prosseguindo o sacrifício, isto é, as compras, observou uma mãe que se divertia com os dois filhos enquanto perseguiam um pacote de açúcar violento por meio dobrão. Foi inevitável não se lembrar do pequeno Boris, que outrora visitava a mercancia acompanhado da mãe e do irmão, Sancho.

— Quanta falta vocês fazem! — suspirou.

Sancho, seu irmão do meio, era tão charmoso que nem as ofertas enfeitiçadas resistiam ao seu carisma. Nesse momento nostálgico, até podia vê-lo pelo corredor, queixando-se de fome a uma peça de queijo destinada a dar trabalho:

— Sabe, queijo, eu te considero tanto, mas tanto, que não poderia viver sem você! Pare de quicar neste refrigerador e venha comigo. Seremos felizes juntos! Seremos como uma família. — Gargalhava o rapaz magricela, enquanto improvisava seu discurso convincente. — Vamos, Boris, vamos! Os biscoitos de nata não se capturam sozinhos, campeão!

Ir à mercancia era um passeio muito divertido na infância, até mesmo para Boris, que sempre fora tão tímido. Mas, como ninguém segura o tempo, em algum momento ele começou a detestar o programa e Sancho assumiu sozinho a feira do mês. Talvez houvesse um bom motivo para isso: Sancho Forte nunca havia de fato crescido. O menino Sancho provavelmente adoraria essa responsabilidade para sempre, mas isso nós nunca saberemos.

De repente, uma gritaria tirou o rapaz de seus pensamentos mais íntimos.

— Abaixem-se! Cuidado! — gritou uma voz angustiada, vinda de um jovem montado em uma vassoura que ia de encontro a uma pilha de figos em calda.

Após a colisão, que estourou algumas latas, voou calda para todos os lados. Muita gente se aproximou do bruxo atrapalhado, inclusive funcionários do lugar trajando os tradicionais uniformes: um colete com os dizeres "Não podemos ajudar na captura de produtos" e um desnecessário chapéu cônico. Ambos eram de muito mau gosto, em roxo e amarelo.

Os acidentes eram frequentes, a todo momento transformando o recinto em uma comédia, ou tragédia. Sempre havia um bruxo desavisado tentando proferir feitiços para capturar os produtos, sem saber, obviamente, que a magia não funcionaria. E, claro, também havia os espertalhões, aqueles que ignoravam as placas que proibiam os voos de vassoura.

Promoções enfeitiçadas são tão comuns nas mercancias do Bàdiu que a maioria das pessoas não atenta ao motivo, mas existe um. Há muitos anos, um pequeno comerciante de nome Adamastor Texugueiro resolveu abrir uma mercancia para melhorar as condições de sua família, mas era munido de poucos recursos. Vendendo todos os itens a preços reduzidos, poderia ir à bancarrota, então, da dificuldade, surgiu a oportunidade. Texugueiro teve a ideia de enfeitiçar apenas alguns produtos que teriam o preço reduzido, assim o sortudo que capturasse o fujão economizaria alguns dobrões, e ele, claro, não precisaria arcar com o desconto do estoque inteiro. O senhor Texugueiro tornou-se um dos grandes nomes da publicidade do mundo bruxo e ganhou tantos dobrões que, obviamente, hoje não precisa capturar

Estrelas do Amanhã

nenhum produto de remarcação. Mesmo sem nunca ter visto esse homem ele virou um desafeto de Boris, que jamais o perdoou pela palhaçada.

Atordoado com toda a algazarra, Boris estava disposto a inventar uma boa desculpa para Helga por não ter coletado todos os itens da lista. Chegou ao caixa antes de sua cestinha, que estava muito ocupada assistindo à gritaria da família do atropelador de figos. Até aí, nada fora do normal, já que as famílias bruxas têm certa tendência a gostar de um escarcéu.

No fim das contas, o que lhe importava era chegar em casa a tempo de não ser atingido pelo temporal. Em uma fase tão monótona, isso já era considerado uma vitória para Boris Forte. Guardou as compras com um feitiço bem executado e voltou ao ócio, que se tornara sua vida nas últimas e intermináveis semanas de "férias". Sem muito o que fazer, para não dizer *na-da*, o que restava era terminar a leitura de seu guia de carreiras.

Acontece que até nisso ele falhou. Depois de tantas noites de insônia, acompanhado de reflexões profundas sobre o que faria da vida pós-formatura do ensino básico da magia, Boris não pôde segurar as pálpebras, vendo a água bater de forma hipnotizante no vidro da janela. Foi abraçado pelo velho sofá xadrez, entregando-se ao melhor cochilo dos últimos meses.

O cochilo durou pouco, infelizmente. Foi interrompido de supetão por Biscoita, coruja de Omar, velho amigo da família. Usando o bico, ela batia com insistência na claraboia, em tentativas impacientes de acordá-lo. Claramente ofendida pela missão no meio da tempestade, já estava a ponto de desistir quando Boris, um dorminhoco filosófico, enfim se levantou. A visita, no entanto, foi breve. Bastou o rapaz ler o bilhete de Omar Barba para sair às pressas, levando a ave a tiracolo.

Em poucos minutos, pousou o carro desengonçado na sossegada Rua das Volitárias, derrapando nas poças d'água, enquanto procurava o raio do botão de desligar os faróis. Quase bateu na cerquinha de madeira, mas tudo bem, já estava acostumado a se arrepender de ter enfeitiçado aquele Opala preto...

Entrou na casa de Judite e Omar sujo dos pés à cabeça, trazendo Biscoita nos ombros. Os cabelos e a barba negra, bem aparados, a esta altura, estavam cobertos de folhas fisgadas no vento.

— Boris! — chamou Omar, apertando os olhos para enxergar através de seus óculos circulares.

Omar Barba era um senhor engraçado. Bem baixinho, de cabelo e bigode brancos, além de uma barriga protuberante.

— Você conhece meu neto Hector, certo? Bem, ele precisa de uma carona até a escola e, como você sabe, eu não me dou bem com essas máquinas estranhas. Sou mais à moda antiga. Gosto de vassouras. No máximo, um tapete voador.

— Nenhuma das duas opções ajudaria com esta chuva toda — concluiu Boris, fazendo Hector rir por algum motivo.

Por um minuto, Boris se zangou, concluindo que sua voz esganiçada teria sido o motivo de riso, mas, em seguida, imaginou o senhorzinho rechonchudo sobrevoando Vila Vareta em um tapete, o que lhe provocou um riso e o perdão ao garoto.

— Hector, este é Boris Forte, filho de Amaro, um grande amigo meu — apresentou Omar.

Boris já havia cruzado com Hector em suas caminhadas pela cidade, mas eles nunca haviam de fato conversado.

— Prazer — disse Hector, um menino loiro, franzino, um pouco abaixo do peso e de olhos verdes, bem verdes.

— Igualmente — respondeu Boris. — Bem, estas são suas coisas? — perguntou, olhando com certo desespero para as malas sobre o sofá.

— Sim, são essas malas mais aquelas caixas de sapatos ali.

— Tudo bem — falou, tentando limpar a camisa enquanto se questionava se era mancha ou sujeira. — Você tem um porta-tudo?

Boris então pegou um pequeno saco de veludo, desfez o nó que o fechava e o abriu. O tecido se esticou até se tornar tão grande quanto um lençol. Ele o jogou por cima das tralhas de Hector e depois puxou a cordinha, fechando até o saquinho voltar a ficar pequeno, tão pequeno que cabia no bolso do menino.

— Agora guarde em seu bolso e não perca — recomendou Omar. — Todas as suas roupas estão aí. Ah, sim, tome sua carta de aceitação da escola de magia. Entregue-a à diretora Lucinha Holmes na hora da matrícula.

Hector concordou, guardando o porta-tudo e a carta no bolso da calça.

Omar e Judite Barba pareciam tranquilos. Deram longos abraços no menino, cobriram-no de beijos e se despediram. A única preocupação do senhor era que o neto fosse deixado aos cuidados da diretora Lucinha Holmes, o que Boris concordou de pronto. Tudo o que ele queria era voltar para casa e cochilar no ritmo da chuva.

E que chuva... Os dois ficaram ensopados nos breves momentos entre a casa de Omar e a sua geringonça de quatro rodas. Boris girou a chave, dando partida, e acenou para os avós do garotinho, que estavam abraçados junto ao marco da porta. Para sua tranquilidade, o carro pegou de primeira, o que nem sempre acontecia. Rapidamente, os dois ganharam o céu e se perderam de vista.

Estrelas do Amanhã

Percebendo a tristeza do menino, afinal ele também já fora menino um dia, Boris desviou a rota. Saindo por uma rua lateral, passaram diante de uma casa feita de tijolos, com um telhado irregular e uma boca de chaminé que soltava uma fumaça laranja e espessa.

— Olhe, esta é a casa do ex-professor de Poções, Firmino Pontas! — mostrou. — Ele foi demitido semana passada e este ano vocês terão um novo professor.

— E qual era o problema? — questionou Hector.

— O problema é que ninguém gostava do professor Pontas, ele era um ditador — Boris explicou, lembrando-se com mágoa de quando o professor o flagrou no corredor com Brígida Bravo, impedindo o seu primeiro beijo. Aplicar a regra de relacionamentos naquele momento custou caro para Boris e sua falta de jeito para o flerte.

Boris pegou sua varinha e abriu o vidro do carro. Apontou para a casa e disparou contra ela uma luz azulada.

— Observe! — disse com voz de deboche.

Segundos depois, uma espuma branca começou a brotar da chuva, subindo pelas paredes até tomar conta de toda a casa.

— Quem fez isso? — gritou Firmino Pontas, dando de cara com a espuma ao abrir a porta.

Boris gargalhou e acelerou o veículo, ganhando o céu e sumindo.

— O que foi aquilo? — perguntou Hector, visivelmente assustado.

— Sabão em pó! — Ele ainda ria. — Um sabão em pó que faz mais espuma quando tem água caindo.

— Mas, se não parar de fazer espuma, a cidade inteira ficará encoberta!

— Ih, não tinha pensado nisso... Mas tudo bem, logo alguém irá fazer um contrafeitiço. Acalme-se, Hector, só queria fazer você dar umas boas risadas.

Boris se recordou de como tinha achado engraçado quando seu irmão Sancho fez a mesma brincadeira há alguns anos e ponderou que talvez tivesse mesmo sido uma criança perversa, já que em momento algum se preocupou com as consequências. Até que escutou um miado abafado:

— Meu! — assustou-se Hector.

— Seu o quê?

— Não. Meu é o nome do gato do meu avô. Ele estava dormindo nas caixas quando meu avô as guardou aqui nesse saco.

— Xiii, melhor não abrir agora. Meu carro já está todo molhado e não vou limpar sujeira de gato também. Acho que você acabou de ganhar um bichano.

— Mas ele não vai se machucar aqui dentro do meu bolso? Deve estar todo apertado.

— Apertado? Se ele começar a caminhar aí dentro, corremos o risco de nunca mais o acharmos. Tenho um monte de coisas guardadas aí além das suas tralhas.

Depois do mal-estar causado pela brincadeira, Boris dirigiu em silêncio. Já estava cansado, molhado e um pouco irritado por causa da carona de última hora. Além disso, dormir parecia um programa mais atraente num dia chuva.

— Onde estou!? — disse Hector.

— Em frente ao castelo da Escola de Magia e Bruxaria do Brasil — respondeu. — Eu me formei no fim do ano passado. Nossa, como já estou com saudade desse lugar!

A cerca-viva escondia um muro alto e um portão negro de ferro, guardado por dois enormes leões feitos de pedra, um de cada lado. Atrás do muro, um castelo de tijolos amarelos se erguia imponente, com uma torre logo na entrada, inúmeras janelas, um telhado enegrecido com mais algumas torres. Boris observou atentamente a reação de Hector pela primeira vez diante do castelo, lembrando-se da emoção que sentiu anos atrás.

— Vamos — chamou Boris. — Prometi a seu avô que só sairia de perto de você depois que fizéssemos a matrícula com a diretora Lucinha Holmes.

Hector bateu a porta do carro com força, fazendo um barulhão. Irritado com a falta de cuidado, Boris fulminou o menino com um olhar furioso, afinal tinha usado todas as suas economias para comprar aquele Opala.

— Vamos entrar logo, alguns não mágicos costumam vir xeretar por aqui de vez em quando — tentou justificar sua pressa. — O castelo já foi aberto pela diretora.

E entraram rapidamente.

— Temos de ir à sala da diretora Lucinha Holmes — apontou Boris. — Vamos fazer a sua matrícula primeiro, depois te levo para conhecer o castelo.

Ao chegarem lá, Boris estranhou a lareira apagada e os papéis bagunçados sobre a mesa da diretora, que não estava na sala. Não havia rastro de ninguém, além de uma menina de pele negra com cabelos cacheados e vestido verde que saía da sala em direção ao corredor localizado atrás da porta.

— Alma Damas... — comentou Boris quando conseguiu identificá-la.

— Quê? — perguntou Hector, como que saindo de um transe hipnótico.

— O nome dela é Alma Damas.

— Você a conhece?

Estrelas do Amanhã

17

— Conheço a família — respondeu Boris, franzindo o cenho. — Melhor não se aproximar dela. Como dizem, a fruta nunca cai longe do pé.

— O que a família dela fez?

— Nada que eu tenha vontade de contar — respondeu impaciente, olhando para todos os lados enquanto tentava retirar algumas manchas de lama do sobretudo preto.

Não demorou para que um pequeno elfo trajando uma túnica azulada muito brilhante e um cachecol verde reluzente viesse mancando pelo corredor e subisse com dificuldade na grande e torneada cadeira da diretora.

— Sinto muito, mas a diretora Lucinha Holmes acabou de sair. Estou encarregado da matrícula dos alunos. Os papéis! — pediu o elfo, forçando um sorriso.

Hector, um tanto encabulado, tirou o envelope rasgado e molhado do bolso, colocando-o sobre a mesa. Inconformado com o desmazelo, o elfo Zizú encarou Boris, que se absteve encolhendo os ombros.

— Sou apenas o motorista.

Com dificuldades, a pequena criatura tentava ler o que a carta dizia.

— Serpentes! — concluiu o elfo.

Boris tentou disfarçar, mas estranhou a escolha.

— Serpentes, o que quer dizer? — questionou Hector.

— É a sua casa aqui na EMB. Você fará parte das Serpentes.

— Não podem me colocar em outra? Não gosto muito dessa escolha — pediu o menino.

— Ninguém escolhe a casa em que ficará. Ela lhe é designada conforme sua personalidade e suas habilidades — respondeu Boris, como se aquilo fosse óbvio.

— Mas, se ninguém escolheu, como sabem em que casa eu devo ficar?

O elfo virou a folha para Hector. Apesar de muito rasgada e molhada, dava para ver nitidamente a assinatura da diretora Lucinha Holmes, escrita em tinta verde.

— A assinatura é escrita com uma tinta mágica especial, que apenas a diretora possui — explicou Boris Forte. — A carta assinada com essa tinta sente as mãos do aluno assim que ele a recebe e muda de cor: verde para Serpentes, vermelho para Tigres, amarelo para Esquilos e azul para Águias.

— Mas posso jurar que era tinta preta. Não havia cor nenhuma, ou eu teria notado — retorquiu Hector, intrigado.

— Você deve ter lido tão rápido que nem esperou mudar de cor... — riu Boris. — Na verdade, esperar a tinta mudar de cor é uma das maiores

18

Escola de Magia

expectativas de todo jovem bruxo. Eu quase desmaiei de tanta ansiedade até a minha mudar para amarelo. Eu me formei pelos Esquilos.

Boris sentiu um quentinho no peito, lembrando-se do dia em que sua mãe, ainda viva, trouxe-lhe a carta recém-entregue pelo papagaio.

— Que estranho, nunca vi nenhum desses animais por aqui.

— Os animais-símbolo de cada casa não foram escolhidos por acaso — Boris prosseguiu. — Eram a alma animal das padroeiras das quatro casas. Você vai entender na aula de História Mágica, no terceiro ano. Trouxe todos os materiais?

— Sim, alguns já foram entregues aqui na escola, e o restante das minhas coisas está aqui. — Ele bateu a mão no bolso e fez o gato soltar um miado abafado.

O elfo arqueou uma sobrancelha e o encarou.

— Desculpe, não lembrava que ele estava aqui — justificou o novato.

— Não tem problema, você pode entrar com um animal pequeno — tranquilizou Zizú.

Quando terminou de falar, ouviram outro miado, ainda mais forte, e um relincho.

— Tenho algumas coisas guardadas aí dentro também — explicou Boris, que, mesmo sem entender aquele relincho, só pensava em despachar o garoto e voltar para casa. — Depois que Hector pegar seus pertences e seu gato, esse saco ficará comigo.

— Estarei de olho! — alertou o elfo, virando um pesado livro para que Hector assinasse.

Assim que o garoto terminou, Zizú fechou o livro e estendeu a mão em direção ao mesmo corredor por onde Alma Damas partira.

— Matrícula feita! O dormitório da casa das Serpentes fica por ali, pode encontrar seu quarto e o monitor de sua casa se for rapidamente. Acho que eles estão se reunindo no salão comunal.

Boris estava irritado, com fome e preocupado com a janela que deixara aberta, mas a saudade falou mais alto.

— Elfo Zizú, posso mostrar o castelo para Hector? Estou com tanta saudade desse lugar...

— Boris, sabe que não posso permitir. É contra as regras deixar alguém que não seja aluno passar.

— Ô, Zizú, estudei aqui até ano passado, você sabe. Prometo não demorar — suplicou.

O elfo coçou a cabeça, pensativo.

Estrelas do Amanhã   19

— Está bem — cedeu enfim. — Mas seja rápido! O garoto deve tomar banho antes do jantar de recepção. Ele está fedendo.

— Eu sei. Só vou mostrar meus lugares preferidos. Não vou demorar — garantiu, fazendo um sinal para que Hector o acompanhasse.

Boris caminhou pelo corredor e parou no parapeito de madeira do segundo andar, de onde podia ver, no primeiro piso, os quadros antigos que o perseguiam com o olhar.

— Ah, que saudade desse lugar! — exclamou. Naqueles breves momentos, a saudade o consumia tanto que ele se esqueceu da pressa, da fome e da chuva. Disposto a ajudar, deu uma porção de dicas para o novato das Serpentes. — Provavelmente os alunos de sua casa, as Serpentes, estariam ali conversando sobre o novo ano letivo, mas, venha, preciso ver só mais uma coisa antes de ir embora.

Os dois desceram pela escada em espiral, do lado direito do corredor, e chegaram ao primeiro andar, passando pela sala de jogos em direção à sala de tortura, o que provavelmente assustou Hector, afinal uma sala escura contendo uma cela e instrumentos de tortura assustaria qualquer criança de onze anos. Boris, por exemplo, só conseguiu se aproximar da sala sozinho depois de frequentar a escola por três anos.

— Não se preocupe! O bicho que ficava ali já morreu faz tempo — tranquilizou Boris, virando as costas e descendo as escadas. — Agora, Hector, você vai conhecer o local mais divertido de todo o castelo — Boris anunciou com um grande sorriso, para então abrir a porta com um solavanco: — Seja bem-vindo ao Javali Bisonho!

Mais uma vez, Boris se enxergou no menino, que mal podia acreditar no que seus olhos viam. A estalagem em estilo medieval, com uma grande mesa de madeira, barris, esculturas e os antigos castiçais que brilhavam tanto quanto os olhos claros de Hector.

— Nossa, Boris, aqui também existe um Javali Bisonho?

— Claro que sim, é a melhor rede de tavernas que existe. Além disso, esta filial faz a melhor cerveja caramelada do mundo! E também o melhor hambúrguer Bafo de Dragão. Mas você ainda vai descobrir tudo isso por si mesmo.

Boris, faminto, salivou com as lembranças do lanche e, por isso, apressou-se para fechar a porta da taverna.

— Escute, Hector, sinto muito pela sua família. Você é apenas uma criança e não tem nada a ver com isso, mas... quando eu entrei na escola, foi meu irmão quem me mostrou tudo por aqui. — Sua voz ficou embargada e os olhos se encheram de lágrimas, mas Boris tentou disfarçar. — Sabe, foi legal mostrar o Javali Bisonho para você... Isso me trouxe algumas lembranças muito boas, porém tristes.

— Não entendo — respondeu Hector, também entristecido.

— Perdi meu irmão faz dois anos, então ainda é um pouco recente. Ao te mostrar o castelo, eu me lembrei dele. E aí me dei conta de que você está sozinho aqui, que seus pais parecem não se importar, então fiquei ainda mais deprimido. Eu me sentia meio mal, mas, Hector, por Merlin, você está pior do que eu. Como consegue aguentar?

— Bem, não sei. Só sei que as coisas acontecem tão rápido que nem consigo parar para pensar direito nelas.

— Olha, somos dois com vidas meio ruins. Seu avô me contou uma parte da história. Fiquei triste por você e não estou em uma situação muito diferente da sua, perdi minha mãe e um irmão, mas acho que ainda é melhor do que ter a vida... O que quero dizer é...

Boris coçou a barba, parecendo escolher as palavras.

— Pode contar comigo se precisar. Não tenho mais meu irmão e sei que você também está sozinho, então acho que pode precisar de alguém em quem confiar e para conversar de vez em quando. A escola é maravilhosa, mas também pode ser muito solitária, e, quando nos sentimos deprimidos, até mesmo quem está conosco pode parecer apenas mais uma parte do grande vazio que sentimos. Mas esse é um pensamento errado, Hector, e hoje sei disso. Então, quando se sentir triste demais, lembre-se dessa conversa, envie-me uma coruja e eu estarei aqui.

Os garotos se abraçaram e Boris deixou rolar mais algumas lágrimas ao lembrar-se do irmão.

— Agora, é melhor você ir para o salão comunal. Suba as escadas, à esquerda. Eu vou embora. Acho que o elfo Zizú já deve estar praguejando lá em cima por minha causa.

— Ele é muito bravo? — Hector quis saber.

— Zizú? Sim, mas é porque ele não lida muito bem com o fato de ser muito mais baixo do que os demais elfos do castelo. Sabe, os elfos brasileiros são quase do nosso tamanho e, se não fossem as orelhas pontudas, poderiam até se passar por humanos, mas, pelo que dizem, Zizú tem parentesco com elfos europeus. E não se deixe enganar pelas roupas extravagantes, eles são muito poderosos usando magia. Bem, agora preciso mesmo ir.

Eles se despediram e Hector subiu as escadas conforme orientado. Boris ignorou a barriga, que parecia aprisionar uma fera, e, em vez de ir embora, como dissera que faria, não resistiu e continuou seu passeio pelo castelo e, inevitavelmente, pelas lembranças.

Estrelas do Amanhã

Chegando ao grande salão, não resistiu: sentou-se à mesa dos Esquilos, como fizera em um passado não muito distante. Era estranho e, de certa forma, doloroso pensar que dentro de algumas horas outro aluno ocuparia o lugar da mesa que fora seu e ouviria as velhas recomendações da diretora Lucinha Holmes, para depois comer até as vestes ficarem justas. Era o passado de Boris confrontando o futuro que ainda não se revelara.

Boris se sentia completamente perdido, como muitos ficam após o término de um ciclo importante. Ao mesmo tempo que não queria decepcionar o pai e a irmã mais velha, Helga, gostaria que seu grande herói, Sancho, e sua mãe, ambos mortos, tivessem orgulho do que ele se tornaria — *Ainda que nesse momento não fizesse a menor ideia do que seria.*

Lembrando-se da única pessoa que poderia aconselhá-lo, Boris se levantou e saiu pela sala da diretora Lucinha Holmes, tomada de novos alunos, a ponto de enlouquecer o elfo Zizú. Mais uma vez, o carro funcionou de primeira, o que era raro, e logo ganhou as nuvens rumo à Vila Vareta.

CAPÍTULO 2
O INDECISO

Boris estacionou diante de uma bela casa de tijolinhos aparentes e caminhou pelo jardim devidamente aparado até uma grande porta de madeira maciça, que brilhava de tão lustrada.

— Berta! Berta? — chamava, sem sucesso.

Boris não era efetivamente um desses bruxos protetores dos animais, mas achava cruel puxar a cauda de uma ave, a fim de que seu grito servisse de aviso. Sendo assim, hesitou em usar o dormideiro, afinal o pássaro parecia tão tranquilo dormindo em seu poleirinho dourado que lhe dava pena até de perturbá-lo.

— Berta! Está em casa? — chamou, tentando identificar se a luz estava acesa na janela da sala, mas a cortina fechada atrapalhava a sua visão.

Olhou novamente para o dormideiro, uma ave grande, de aproximadamente sessenta centímetros, originária do Cerrado. Tem o corpo coberto de penas pretas e a cabeça apresenta uma espécie de topete, com penas coloridas e desorientadas. Muito dorminhoco, um dormideiro só acorda para se alimentar ou, nesses casos, para servir de campainha. Apesar das ressalvas de Boris, esta ave é muito usada nos lares bruxos, podendo ser encontrada até em lojas de decoração acompanhadas de poleiros ornamentados.

— Pelos raios de Tupã!

Impaciente, puxou o rabo do pássaro, que arregalou os olhos e proferiu um grito tão agudo que poderia trincar as vidraças.

— Sim? — disse um senhor, abrindo a porta em poder de um espanador.

— Olá, senhor Holmes, peço desculpas, mas precisei puxar o rabo de seu bicho para que me escutassem — defendeu-se Boris, demonstrando certo remorso.

— Ora, não se desculpe por isso, afinal essa é a função de um dormideiro! — Newton ria, fazendo um sinal para que entrasse. — Fique à vontade, rapaz. Chamarei Bertinha imediatamente... imediatamente...

Newton Holmes era um senhor mediano de cabelo ralo e, a esta altura, todo branco.

Certa vez, Boris ouviu o pai comentar que ele tinha certo trauma, já que não nascia pelo em seu rosto. Nem um bigode, nadinha. Fofoca ou não,

Amaro dizia que no ex-presidente só nascia pelugem, tal qual um menino na puberdade.

Além dos grandes óculos de armação marrom e lentes fundo de garrafa, ele usava camisa de manga longa, estampada, por dentro da calça, normalmente afivelada com cinto na altura do umbigo. Dizia-se à boca miúda que Holmes se vestia assim porque nasceu na Inglaterra, mas Boris nunca conheceu outro bruxo inglês para que pudesse comparar.

— Boris, quanto tempo! — surpreendeu-o Berta, descendo as escadas de mogno.

Questionando-se o porquê de não ter feito aquela visita antes, Boris levantou-se do sofá e deu um longo abraço na amiga.

— Venha, campeão, vamos tomar uma xícara de chá enquanto me conta suas aventuras! — animou-se Berta, puxando-o para a cozinha e enfeitiçando uma chaleira que correu para o fogão.

— Ainda sem notícias de Chiquinho?

— Sim... — lamentou-se. — Ao que parece, Chiquinho realmente fugiu por amor, preferindo não se despedir de nós.

— Hum. Não sabia que ele era um elfo romântico. Contratarão outro? — ele perguntou, beliscando os biscoitos que Berta colocara sobre a mesa.

— Acredito que não. Os afazeres domésticos têm feito muito bem ao papai...

Atenciosa, a moça serviu-lhe uma xícara de chá, antes de tomar um assento.

— E você, campeão, como está?

— Bem, acho que nesse momento Sancho não me chamaria de campeão. — E franziu a testa.

— Você sempre será um campeão para Sancho, Boris, não diga bobagem! O que anda acontecendo?

— Sou um imprestável, Bertinha. Eu me formei na escola e não tenho ideia do que farei daqui em diante — lamentou-se. — Não consigo encontrar nenhuma habilidade na qual eu seja bom o suficiente.

— As férias acabaram hoje, Boris. Os novos alunos ainda nem se familiarizam com o castelo. Considere que só se graduou há dois meses. Você não precisa se martirizar assim...

Ambos esfriavam suas respectivas xícaras.

— Somos providos de diversas habilidades, e elas se revelam a cada chance. Veja papai, por exemplo. Ele foi um dos presidentes mais aclamados do Bàdiu e hoje está feliz em ostentar o jardim mais bonito da rua. Meu pai se orgulha por cultivá-lo com as próprias mãos, Boris. Nem sempre importa o cargo que ostentamos. O importante, mesmo, é como nos sentimentos. Procurar o próprio jardim é uma tarefa de verdadeiros campeões!

— Sancho me faz mais falta do que nunca — queixou-se, debruçando-se sobre a mesa.

— Sancho me faz falta o tempo todo. Tínhamos planos juntos para o futuro, mas ele não teve tempo de chegar até o futuro — Berta se entristeceu. — Sabe, morei muitos anos no interior da Inglaterra com meus avós, já que meus pais estavam muito atribulados com o trabalho. Papai presidente, mamãe diretora, não tinham tempo para cuidar de mim. Voltei para o Bàdiu no quarto ano do ensino básico, apreensiva, sem conhecer ninguém na escola além de minha mãe. Suspirou.— Mas me lembro como se fosse hoje. Naquele dia, não havia nem sequer uma nuvem pairando no céu. Era só o azul profundo e o frio cortando meu rosto. Um dia perfeito na minha opinião.

Berta Holmes fechou os olhos e, como se pudesse reviver o momento, entregou-se às recordações.

— Eu passava apressada pelo jardim, quando ouvi uma voz no coreto...

— *Você por aqui, inglesinha?* — *perguntou sorrindo um rapaz alto e magricela, com cabelos tão negros quanto as asas da graúna.*

Aquele semblante parecia familiar e, pelo tom de provocação, só poderia ser Sancho Forte, o filho de Amaro, amigo da família.

Os Holmes eram exímios frequentadores da casa da família Forte durante a infância de Berta, e aquele garoto, o filho do meio, sentia prazer em tirá-la do sério.

— *Ora, não me diga que agora é dado aos livros, falastrão* — *retrucou Berta como se tivesse obrigação de provocá-lo, ainda que sem vontade.*

— *Sou alfabetizado! Em português apenas, mas já é um começo de caminho, forasteira!*

Sancho sorriu, expondo a arcada dentária perfeita, e estreitou a amiga de infância em um longo e terno abraço, digno daqueles que não se viam há muito tempo.

Desde aquele abraço, Berta esqueceu de uma vez por todas as picuinhas de infância, mas, por praxe, as pirraças continuaram até sua formatura, dois anos antes do término dos estudos do rapaz.

Não havia um só bruxo naquele castelo que fosse imune ao bom humor do monitor da casa dos Esquilos. Com um sorriso e um abraço, Sancho Forte era capaz de convencer qualquer um de suas boas intenções, inclusive, e principalmente, as colegas. Sancho era um namorador de primeira, que trocava de namorada com a mesma frequência com que trocava de vestes.

Os anos passaram depressa entre trocas de confidências e risos, e, de repente, Berta, vestia a túnica de formanda no grande salão especialmente iluminado para a celebração. De cabeça baixa, perdida em pensamentos, viu os velhos sapatos pretos de Sancho se aproximarem devidamente engraxados.

— Enfim lustrou esse sapato velho, falastrão! — provocou.

— São muito confortáveis para trocá-los, mas é muito trabalhoso mantê-los limpos, forasteira.

Sancho estava diferente naquela noite. Não só pelos sapatos engraxados e pelo cabelo penteado com gel, mas por certa inibição que não lhe era característica. Pouco antes da valsa de abertura do derradeiro baile de Berta, o rapaz pegou em sua mão, conduzindo-a até o coreto do jardim.

— Não é comum me faltarem as palavras. Como bem sabe, sou um ótimo improvisador...

— O que está acontecendo? — questionou a moça, sem entender a situação.

— Acontece que tudo ficou melhor depois que a vi passando por esse coreto pela primeira vez. — E agarrando suas mãos: — Costumo ser melhor com as palavras, mas estou particularmente nervoso hoje à noite...

Berta sempre teve uma quedinha pelo despojado Sancho e, sem dúvida, aquele momento acariciava o seu ego. Ainda mais depois de ter a vaidade sempre ferida com as tantas aventuras amorosas que lhe eram confidenciadas.

Por medo, ou orgulho, Berta nunca revelara seus sentimentos e agora, àquela altura, havia muito em jogo. Com o sucesso na prova do exórdio, estava prestes a iniciar os estudos no Ateneu, a academia de treinamento do Priorado dos Magos, e Sancho ainda teria alguns anos para iludir jovens bruxas no castelo da escola.

— Saiba que passar por esse coreto naquela tarde fria foi a minha salvação — disse, acariciando o rosto de Sancho. — Suas histórias e até mesmo as suas provocações são algumas das melhores lembranças que vou levar comigo, falastrão, mas nossas vidas estão tomando outros caminhos...

Berta foi interrompida drasticamente com um beijo e, por alguns minutos, esteve nas nuvens realizando um de seus sonhos mais secretos. Sancho, por sua vez, arrependeu-se de não ter tido coragem suficiente de se declarar antes.

— Eu entendo suas razões e entrego aos caminhos o nosso encontro. Meu único pedido é que seja meu par esta noite, e isso, inglesinha, você não poderá negar!

Por algumas horas, a talentosa aluna da casa dos Tigres parou de pensar no futuro. Dançaram várias músicas e tomaram muito sereno até o momento *em que Berta saiu pelos portões do castelo trajando luto, seguida por seus malões em um cortejo quase fúnebre.*

A paixão entre os dois não veio de súbito. Foi cultivada dia a dia no calendário dos anos, em pequenos e grandes gestos do cotidiano. Estava ali, implícita nas piadas desnecessárias, nas conversas de fim de tarde, nas provocações. Berta Holmes e Sancho Forte haviam exercido por anos o amor mais puro de todos: o não pronunciado.

Daquela noite em diante, superando as barreiras do tempo e do espaço, eles nunca mais deixaram de ser um par, finalmente verbalizando o amor.

— Sancho amou muito você, Berta! — concluiu Boris com os olhos marejados.

— E será sempre amado! Não importa quanto tempo passe...

— Não consigo acreditar que juruás puderam tirar a vida de Sancho.

— Me conforta saber que ele nos deixou fazendo algo que achava extremamente divertido. Sancho adorava pegar o ônibus dos não mágicos para ouvir as histórias. Não é à toa que transitava entre os dois mundos, Boris, e também era querido entre os juruás. Seu irmão era um contador de causos.

Berta se referia ao assalto de um transporte público não mágico que acabou tirando a vida do namorado três paradas antes do ponto-final, em Campos do Jordão, a cidade juruá mais próxima de Vila Vareta.

— Ele sempre esperou grandes histórias daqueles que amou, então vamos à luta, campeão. Faremos por Sancho e por nós.

Berta abraçou Boris, que agora chorava copiosamente.

— Mamãe morreu defendendo o mundo bruxo e, por mais que me doa, eu me orgulho disso, Berta. Mas a morte de Sancho... A morte de Sancho me parece uma piada de mau gosto...

— Sancho morreu de um jeito não convencional, assim como ele. E, no fundo, sabemos que era isso que o tornava alguém tão especial. — Ela sorriu. — Não pense na morte. Lembre-se da vida de Sancho e inspire-se nela. Seu irmão deixou grandes lições de vida. A saudade sempre vai nos acompanhar, mas isso não significa que precisamos sofrer para sempre.

— Tem razão — suspirou o rapaz, levantando-se e secando as lágrimas com a manga do sobretudo. — Desculpe o desabafo, mas prendi vários sentimentos nesses últimos anos. É hora de seguir em frente...

— Iraci e Sancho estariam orgulhosos do homem que você se tornou!

— Não quero incomodar — disse Newton trazendo um monte de tralhas. — Mas, Berta, esses anéis são seus?

— Não, papai, são da mamãe. Ela tem mais anéis que saturno — divertiu-se.

— Imaginei, mas não custava confirmar. — O senhorzinho gargalhou.
— Bem, vou preparar o jantar. Boris, janta conosco?
— Não, senhor Holmes, obrigado. Tenho um compromisso hoje à noite.

Mais uma vez, Boris abraçou Berta o mais forte que pôde. Sua amiga e ex-cunhada retornaria à Inglaterra, onde iria ingressar em cursos mais avançados de defesa, buscando novos horizontes para a sua vida. Depois da tragédia envolvendo o noivo, ela sentia que era hora de alçar novos voos e respirar outros ares.

Pouco tempo depois, o velho Opala preto estava, mais uma vez, em frente ao castelo da escola. As luzes acesas e a algazarra das conversas anunciavam que o ano letivo havia deveras começado.

— O que faz aqui de novo? — estranhou o elfo Zizú, no portão.
— Zizú... Eu... Eu preciso ver a diretora Lucinha! — pediu Boris.
— A diretora está prestes a abrir o jantar de boas-vindas, o que me leva a crer que não marcou um chá com o senhor — resmungou o elfo.
— Sei que não é o melhor momento, mas peço que pergunte a ela se pode me receber por alguns minutos. Serei breve, eu prometo! Fechando a porta do carro, disse: — Por favor, Zizú, minha vida depende disso.
— Não prometo nada — ele esbravejou.

Boris aproveitou que o elfo deixara o portão aberto para procurar Lucinha e entrou em sua sala por conta própria. Por sorte, a diretora estava em sua vasta mesa de madeira, encarando-o espantada por cima dos óculos.

— Boris... Forte... O que faz aqui, querido? — levantando-se e tomando Boris em um abraço. — Está tudo bem?
— Desculpe, diretora! Esse rapaz insolente desprezou a minha ajuda e entrou sem ser convidado.

Zizú parecia furioso.

— Não se preocupe, Zizú, obrigada. Peço que me deixe a sós com o Senhor Forte. Suponho que ele tenha um bom motivo para me procurar antes do jantar de boas-vindas dos novos alunos.
— Er! — grunhiu o elfo, abandonando a sala.
— Sei que não deveria estar aqui, mas é que não tem lugar no mundo onde eu me sinta tão bem quanto dentro dos muros deste castelo. Ajoelhando-se e segurando as mãos da diretora. — Lucinha, eu suplico, como diretora e como a "tia Lucinha" da minha infância... Me dê uma função dentro desta escola. Qualquer uma!

Lucinha ficou sem reação com a súplica de Boris e, imediatamente, sentou-o na cadeira, lançando o olhar mais maternal já visto naquela sala.

— Eu vou preparar um chá, meu querido. Essa infusão sempre é uma poção poderosa, seja lá qual for o mal.

Depois de aquecer uma chaleira, Lucinha lhe serviu uma grande xícara de chá de melissa, o favorito de Boris. Então, puxou uma banqueta de madeira e sentou-se na frente dele.

— Sabe, Boris, sua mãe, Iraci, foi uma grande amiga desde os tempos de escola. Quando erámos protegidas por esses muros — disse, segurando firme as mãos do jovem. — Este castelo também é o meu lugar no mundo, querido. Eu também quis voltar e voltei. Sou diretora há quase vinte anos e não consigo imaginar minha vida fora daqui.

— Então, pela amizade que tinha por minha mãe, diretora...

— Ah, Boris, você sempre foi um garotinho adorável e eu nunca o deixaria em apuros. Acredite! Vejamos... qual função você acha que poderia desempenhar no castelo?

— Bem, ainda não pensei nisso, mas posso exercer qualquer função que a senhora precisar.

— Hum... "Qualquer função" é muito abrangente. — A diretora se levantou e vestiu o casaco. — Pense nas suas habilidades e no que mais teve prazer em fazer por aqui. Não vale citar as refeições nem as paqueras — brincou Lucinha.

— Acho que...

Boris foi interrompido:

— Não me diga ainda. Trata-se de uma reflexão muito importante, então pense mais um pouco nas atividades que mais lhe davam prazer e satisfação.

Lucinha o aconselhou, encarando-o pelo espelho, enquanto ajeitava os cabelos.

— Agora abrirei o jantar, pois muitos alunos estão cheios de expectativas sobre o que você já viveu. Lembre-se, Boris: a única coisa que deve ser tomada quente é chá. Então, aprecie o seu até que eu volte.

A diretora já descia a rampa do pátio, quando parou alguns segundos e então voltou subitamente para seu escritório.

— Boris, após os alunos se acomodarem, venha discretamente ao salão e sente-se no último assento da mesa dos Esquilos.

— Eu? Por quê?

— Apenas faça o que lhe falei. Espere os alunos se acomodarem primeiro e depois entre e se acomode sem fazer alarde.

Estrelas do Amanhã

Saiu da sala, enfim, e dirigiu-se sem demora ao grande salão, onde deu início ao aguardado jantar.

— Sejam muito bem-vindos, alunos e alunas da Escola de Magia e Bruxaria do Brasil! — anunciava animada. — Alguns estão chegando pela primeira vez, o que é empolgante; outros, pela última, o que é extraordinário, pois significa que em breve serão bruxos formados. Aqui na escola, vocês terão a liberdade e a oportunidade de estudar e se dedicar à magia orientados pelos melhores professores que poderiam encontrar, mas este é apenas o primeiro passo de uma jornada única e enriquecedora.

Lucinha Holmes conduzia mais um jantar de recepção com a mesma desenvoltura com que executava a tarefa ano após ano, mas, pela primeira vez, um aluno recém-formado ocupava um lugar à mesa. As lágrimas escorriam discretamente pelo rosto de Boris, que conhecia aquele discurso de trás para a frente, mas sentia-se privilegiado por poder ouvi-lo uma vez mais.

Após o jantar, a diretora voltou à sua sala, acompanhada de Boris, e acomodou-se à sua portentosa mesa.

— E então, querido, já pensou no que lhe dava mais prazer em fazer nesta escola? Não quero que faça algo em que não se sinta bem!

— Pensei em algumas tarefas em que eu poderia ajudar os alunos, diretora.

— Executamos melhor as atividades nas quais temos prazer, Boris. A felicidade sempre é o caminho mais curto. Eu, por exemplo, decidi dirigir esta escola por acreditar que poderia conduzir jovens ao futuro. Eu me realizei e me realizo aqui, pois demorei muito tempo para conseguir ser mãe. Quando minha gravidez vingou e Berta nasceu, decidi parar de lecionar e me tornei diretora, ganhando vários filhos. Mas me diga, qual é a sua habilidade?

— Sempre tive facilidade em feitiçaria e defesa antitrevas — respondeu ele, acanhado. — Adoraria ajudar os alunos com dificuldade nessas matérias.

— Entendo!

Com um simples movimento de sua varinha, Lucinha abriu um de seus arquivos e flutuou a pasta escolar de Boris Forte até a sua mesa.

— Realmente, vejo que as suas notas eram admiráveis! Mas me diga, Boris — abandonando a pasta aberta sobre a mesa —, embora tenha facilidade nessa área, é isso que lhe dá prazer?

— Sim — refletiu. — Acho que sim. Bom, pelo menos eu sempre gostei muito dessas disciplinas e realmente acredito que posso ser útil aos alunos.

— Interessante!

Lucinha apoiou os cotovelos sobre a mesa, ajustando as pernas de seus óculos.

— Percebo muita convicção em suas palavras, meu rapaz. Posso sentir segurança em sua voz. Contudo, preciso que me diga algo muito importante. — E, inclinando-se para a frente: — Você é capaz de enxergar a relevância da área no futuro deste mundo?

— Consigo, sim, senhora. Defesa antitrevas e feitiçaria são de extrema importância para qualquer nação.

— Então essa é a sua habilidade. Mas é o seu prazer?

— Sim! — respondeu seguramente, tentando galgar o novo emprego.

— Ótimo. — A diretora sorriu. — Chegamos aonde eu gostaria de chegar.

Boris sentiu o coração palpitar com a possibilidade de ganhar uma chance de Lucinha.

— Descobrimos algo a que poderia dedicar a sua vida, Boris! — animou-se. — Estupendo! Estupendo! — Lucinha Holmes encarou o garoto com um sorriso nos lábios, sentindo uma saudade avassaladora da amiga Iraci. Naquele momento, era recompensador vê-la através dos olhos do filho caçula. — É o que dizem... a fruta não cai longe do pé, não é mesmo? Sua mãe ficaria muito orgulhosa.

— O que quer dizer, diretora?

— Quero dizer que você descobriu um caminho para seguir. Um caminho comum na família Forte.

— Minha mãe também foi monitora?

— Iraci? — Lucinha gargalhou. — Imagine, garoto, sua mãe sempre foi uma péssima aluna! Eu sei qual é o caminho que poderá seguir, mas não será dentro deste castelo. Bem, pelo menos não por enquanto, mas eu sou prova viva de que um bom filho à casa torna.

— Não estou entendendo, diretora. Você não pediu que eu pensasse em minhas habilidades? Pois essas são minhas maiores habilidades. É assim que eu posso ser útil.

— Pedi que pensasse, Boris, pois as habilidades que lhe serviriam para ajudar os alunos são as mesmas que poderão ajudar qualquer pessoa fora daqui. Entendo a sua insegurança para além dos portões. Eu mesma já passei por isso, mas a vida também acontece do lado de fora. Você precisa abandonar a escola neste momento para que um dia possa retornar mais bem preparado.

— E por que me deixou participar do jantar, então? — indignou-se.

— Não sei. — Parou para refletir. — Você precisava ver com os próprios olhos que esta escola promove um ciclo. As coisas acontecem da mesma forma, ano após ano. Com ou sem você. Acho que sabe para onde ir agora, não sabe?

Estrelas do Amanhã

Boris precisou de alguns momentos para refletir, então, abaixando a cabeça:

— Sei.

— Sabe, sim, querido. O Ateneu...

Lucinha travou e ele sorriu, ciente de que sentiria saudade até dos siricuticos da diretora, que costumava travar e depois retomar a conversa como se nada tivesse acontecido.

— Como eu dizia, o Ateneu ganhará um membro brilhante — retomou a mulher, envolvendo o filho de Iraci Forte em um abraço terno. — E um dia, Boris, este castelo o receberá de volta, do jeitinho que aconteceu comigo...

— Obrigado, diretora! Tenho nota suficiente de exórdio. Vou poder me matricular no Ateneu. Vou para lá, como fez a minha mãe.

Assim é a vida. Às vezes, precisamos verbalizar e ouvir o que queremos ou, pelo menos, aquilo que achamos que queremos. Só depois de quebrar essa barreira, o que no seu caso foi conduzido de forma brilhante por Lucinha, Boris pôde perceber que, de vez em quando, as mesmas palavras podem ter significados diferentes.

— Sei que tudo ficou muito difícil de uns anos para cá, mas conte conosco. Você nunca estará sozinho enquanto restar um de nós, Boris. — Depositou um beijinho afetuoso em sua testa. — Agora vá. Já é tarde. Não quero que Amaro fique preocupado.

Boris saiu do castelo encoberto pelo manto da noite e sentindo a força do medo, que o confrontava com expectativa e, ao mesmo tempo, com temor do desconhecido.

CAPÍTULO 3
O ESTUDANTE

Boris abriu a porta de casa com ímpeto, assustando Helga e Amaro, que tomavam sopa de letrinhas tranquilamente, sentados à mesa da sala.

— Valei-me, garoto, isso é jeito de entrar? Quase queimo a língua — queixou-se Amaro, usando um guardanapo.

— Isso são horas? — censurou a irmã. — Entre de uma vez, ou vai ficar aí parado como um dois de paus?!

Helga, no entanto, nunca conseguia ficar zangada por muito tempo.

— Venha... fiz a sopa de que você gosta.

— Helga, pai... Vou para o Ateneu! — disparou.

A família foi pega de surpresa, mas, após o choque inicial, Amaro envergou um sorriso como há muito não se via e, levantando-se, estreitou o filho em um abraço frouxo, porém sincero, seguido de três tapinhas carinhosos no rosto, que estalaram como aplausos.

— Boris, meu filho, você terá um futuro brilhante frequentando o Ateneu. Vou agora mesmo enviar uma coruja a meu amigo Tobias.

— Agradeço, pai, mas não será preciso intervir com seu amigo. Já tenho pontuação suficiente para ingressar no Ateneu com minha nota do exórdio — declarou orgulhoso, enquanto recebia um abraço caloroso de Helga.

A pontuação no exórdio, por meio da prova aplicada no último ano da escola básica de magia, pode ser usada para o ingresso em escolas superiores, que oferecem formação profissionalizante em áreas específicas. O Ateneu, por exemplo, é a academia responsável pelo treinamento de membros do Priorado dos Magos.

— Você sempre foi o mais inteligente desta casa! — adulou a irmã. — Mas um prior precisa estar bem alimentado. Venha!

Puxando-o para a mesa, serviu-lhe um generoso prato de sopa.

Amaro correu para o escritório. Provavelmente, fora despachar algumas cartas contando a novidade, enquanto Helga, orgulhosa, paparicava o irmão caçula, que finalmente fazia sua escolha e desabrochava rumo ao futuro.

Após a morte da mãe, Helga, a primogênita, sentiu-se na obrigação de ajudar o pai na criação dos irmãos mais novos. E por isso estava tão feliz ao ver seu caçulinha tomando rumos na vida.

— Você se lembra, Boris, de quando a mamãe preparava essa sopa de letrinhas?
— Podem passar mil anos que eu não vou me esquecer. — Ele sorriu.
— Enquanto você caçava feitiços, Sancho escrevia uma porção de desaforos na borda do prato. — Gargalhou a moça, com sua peculiar mania de rir batendo palmas.
— Sancho sempre foi um desaforado!
— E você sempre foi um sabichão! — bajulou.

No dia seguinte, decidido a resolver sua vida de uma vez por todas, Boris se dirigiu até o Posta, a empresa brasileira responsável pela postagem de correios. A família Forte tem sua própria coruja, mas, como ela estava voando longe com outras correspondências, o rapaz preferiu usar o serviço pago da Federação.

Após a formatura da escola, Amélia, sua namorada, retornara para a casa dos pais, em Turmalina, uma pequena cidade interiorana. Além de não terem uma previsão para um reencontro, os contatos da moça tornavam-se cada vez mais raros.

Como sempre foi muito tímido, Boris nunca teve coragem de revelar sua paixão pela linda moça loira e descontraída da casa dos Tigres. Foi a própria Amélia quem tomou a iniciativa e deu o primeiro passo, depois de um ano inteiro de estudos extraclasse. Surpreendentemente, ela abandonou o então namorado, o badalado capitão do time das Águias, e se declarou ao acanhado Esquilo, após um encontro em que trocaram um bocado de dicas para se darem bem nas provas finais.

O romance durou dois anos, mas as famílias nem sequer se conheceram nesse período, o que fazia o relacionamento parecer um namorico adolescente. Talvez tivesse sido apenas um desses amores juvenis, que a gente conta aos netos com saudade, mas Boris resolveu, como último recurso, enviar uma carta sincera. Com tudo dando tão certo em sua vida, estava disposto a também lutar pela namorada.

Dentro de poucas semanas, no entanto, as aulas se iniciariam no castelo do Ateneu e várias providências ocupavam os dias cada vez mais curtos do rapaz, de modo que ele não sofria tanto com um possível rompimento.

Amélia pertencia aos Flores, uma tradicional família de Turmalina, famosa na fabricação de caldeirões, há séculos passando o negócio de geração em geração. Inclusive, era hora de expediente na pequena fábrica, quando o papagaio um tanto audacioso do Posta chegou com a missiva, lendo a carta com sua voz alta e esganiçada:

> *Querida Amélia,*
> *Enquanto me faltam palavras, me sobra desespero. A saudade dói feito dor física. Dentro de duas semanas iniciarei meus estudos no Ateneu e ainda sonho com um futuro juntos. Gostaria de saber quais são as suas intenções a nosso respeito.*
> *Com amor, Boris Forte*

A prestação de serviço dos papagaios é um antigo desafio da Federação, que investe continuamente em treinamentos, mas nem sempre consegue evitar que as aves usem a habilidade da fala para mexericar correspondências ou latir para os cães.

O fato é que a Flores Caldeirões, incluindo ferreiros e clientes, parou para ouvir a insolente ave verde de boa pronúncia fazendo os sentimentos de Boris virarem motivo de chacota.

Amélia, que atendia no balcão, assinou o comprovante de recebimento, um dos poucos "diferenciais" do serviço pago, o mais rápido que pôde, querendo evitar que a ave tagarela fizesse mais algum comentário.

Seu pai, que estava à espreita, fundindo um caldeirão grande, chamou a jovem na pequena copa da empresa.

— Amélia, do que se trata essa correspondência? — questionou Alaor Flores, mais conhecido como Risadinha.

— Bom, papai, é de um namorado que eu tive durante a escola. Boris é um bom rapaz que mora em Vila Vareta.

— E por que nunca soubemos desse "bom rapaz" da capital?

— Ora, que importância isso tem no fim das contas? Foi apenas um namorico de escola, não se preocupe... — concluiu a moça, tentando se esquivar de mais perguntas.

Confusa demais para tomar qualquer decisão, Amélia passou uma semana com as palavras de Boris martelando na cabeça, tal como os martelos que moldavam incessantemente os caldeirões.

Não faltava bem-querer, mas, neste momento, não se sentia confortável em deslumbrar qualquer futuro que fosse de desencontro ao seu passado e às tradições. Enfim, em um envelope, enviou a resposta e um belo retrato.

O tempo passou depressa e, quando Boris deu por si, estava com as malas prontas para ingressar no Ateneu. Abriu as cortinas para receber a luz do dia e preparou uma exagerada tigela de Loro Guloso. Ousou até cantarolar uma canção antiga que não lhe saía da cabeça, quando ouviu a voz de Amaro ao longe:

— Boris, venha ao meu escritório, por obséquio.

Limpando o leite da boca com as mangas do pijama, foi apressado.

— Pensei que já tivesse saído para o trabalho — surpreendeu-se ao encontrar Amaro à antiga escrivaninha de madeira.

— O benefício de ter um negócio próprio é poder fazer o meu horário, não é mesmo? Puxe a cadeira, Boris, sente-se... — Boris sentou-se, sem entender muito bem o que estava acontecendo. — Estou por demais feliz com a sua entrada no Ateneu, meu filho. Muitos membros da família Forte já frequentaram a instituição e deixaram sua marca no mundo com os ensinamentos que receberam por lá. — Abrindo uma gaveta: — Você é o único dos meus filhos que seguiu por este caminho e, não desmerecendo o ofício de Sancho e Helga, longe de mim, mas esta peça, em especial, deve lhe pertencer.

Amaro abriu uma caixinha forrada com veludo, que guardava uma bússola de ouro, devidamente polida, em um cordão discreto.

— Uau! — Boris admirou-se.

— Esta bússola foi presente de um dos homens mais admiráveis de nosso mundo para a própria filha, que estava prestes a ingressar no Ateneu, assim como você. Foi presente de seu avô à sua mãe, para que ela nunca se sentisse perdida. Sua mãe morreu lutando e não tirou esse medalhão do pescoço nem um dia sequer.

Com os olhos marejados de lágrimas, Amaro se levantou e colocou o acessório no pescoço de Boris.

— Obrigado, pai! Farei de tudo para ser merecedor!

A essa altura, a voz de Boris Forte já estava embargada e mais esganiçada do que de costume.

— É exatamente o que Iraci faria, e eu devo isso a ela — suspirou. — Em breve, você fará um juramento e deverá honrá-lo de todo coração. Assim como fez a sua mãe. Boa sorte, garoto, e se cuide!

Amaro nunca fora de se mostrar emocionado, por isso simplesmente deu um tapinha nas costas do filho, saindo porta afora. Boris, por sua vez, estava atônito demais para chorar. De tão impressionado, as lágrimas não vieram.

— Boris — gritou o pai do outro cômodo, vestindo o chapéu e pegando a vassoura —, vou até a loja e não me demoro. Quero levá-lo ao Ateneu, então me espere.

E saiu batendo a porta atrás de si.

Amaro Forte sobrevoou Vila Vareta até chegar a uma simpática viela, repleta de casinhas coloridas e jardins bem aparados.

Enquanto isso, o filho se deu conta de que não tinha um porta-tudo para colocar as malas e os demais pertences, já que havia emprestado o seu para o neto de Omar levar suas tralhas para a escola.

— Mas será possível... Terei que ir até a Rua Sem Fim!

Resmungando, Boris se vestiu rapidamente e saiu o mais depressa que pôde.

Foi nesse ínterim que a coruja amarelada de Amélia Flores deu com o bico na janela e resolveu esperar até que alguém chegasse.

Caminhando a passos largos pela Avenida dos Alquimistas, o rapaz logo chegou à rua sem saída que abriga Pedro Picho, o temperamental guardião do complexo de compras.

Mais uma vez, viu-se diante do muro que tinha o desenho de um velho de costas, usando chapéu de palha, camisa vermelha, calça amarela e botas pretas. No canto do muro, à esquerda, lia-se "Convencido".

— Olá, Pedro Picho!

O desenho imediatamente se virou para atendê-lo.

— Ora, ora, quem é vivo sempre aparece. Como vai, Boris Forte?

— Vou bem, porém sem tempo. Posso entrar?

— E também deixou os modos em casa, pelo que vejo... — reclamou o velho.

— Não se trata disso, Pedro Picho. Desculpe a falta de jeito, é que estou bem apressado. Acabei emprestando o meu porta-tudo para o neto de Omar Barba e me dei conta de que não tenho como levar meus pertences para o Ateneu. A cerimônia de recepção será em algumas horas e estou com o tempo contado — explicou o rapaz, limpando o suor da testa.

— Ateneu? — surpreendeu-se o guardião. — Veja só que maravilha! Amaro deve estar muito orgulhoso. Meus parabéns, meus parabéns!

— Sim, ele está muito feliz. E, então, posso entrar? — insistiu, checando o relógio de bolso.

— Neste caso, você pecou pela generosidade, garoto. É claro que eu o deixarei entrar. — Pedro Picho tirou do chapéu a chave dourada, abrindo uma fenda no muro, que logo estalou.

— Entre!

Estrelas do Amanhã

37

Como de costume, o muro ficou turvo, mostrando a rua como se fosse vista de dentro de uma bacia com água. Sendo aquele o maior centro de compras do Bàdiu, Boris não teve dificuldade para encontrar um bom porta-tudo por uma pechincha. Em seguida, receoso com o horário e com um possível desencontro, caminhou até a loja do pai.

Chegou à Penas & Aparatos, uma loja longa e estreita que oferecia penas de todo tipo, das mais simples às mais sofisticadas, entre dez e oitenta centímetros. As vitrines expunham canetas e tinteiros diversos, devidamente ressaltados com luzes de foco, e, nas escrivaninhas dispostas no interior, os clientes podiam testar seus novos tesouros enquanto os elfos contratados serviam-lhes café fresco. O estabelecimento era como Amaro, antigo e requintado.

Não demorou para que Armelindo, um elfo alto, narigudo e manco, fosse ao encontro de Boris.

— Olá, Boris! Armelindo pode lhe servir um café ou lhe oferecer alguma pena enquanto Donizete termina o atendimento? — Referindo-se ao vendedor que atendia um casal em uma das escrivaninhas.

— Ah, olá, Armelindo. Hoje estou com pressa, mas obrigado. Meu pai está no escritório ou já foi para casa?

— O senhor Amaro não esteve na loja hoje! — respondeu o elfo, tirando o chapéu engraçado para coçar a cabeça.

— Hum... que estranho, ele me disse que viria para cá. Deve ter encontrado algum conhecido pelo caminho. Depois pergunto a ele.

Boris agradeceu e virou as costas.

— Armelindo sente muito por não poder ajudá-lo, senhor!

— Não se preocupe, eu o encontrarei.

Com medo de se atrasar, Boris achou melhor acelerar o passo.

Para sua infelicidade, ou não, a coruja de Amélia Flores caíra no sono e não viu o rapaz retornar e guardar suas malas no porta-tudo, bem a tempo da chegada do pai.

— Boris, vamos! Estamos em cima da hora — chamou da porta.

— Onde estava?

— Como onde estava...? No trabalho, oras! Onde mais estaria? Vamos, garoto, ou vai se atrasar.

— Passei na loja para procurá-lo e Armelindo disse que você não havia passado por lá — Boris persistiu, com certa desconfiança.

— Ora, como se Armelindo soubesse de alguma coisa. Eu estava trabalhando, ué. — Amaro coçou a cabeça. — Fui visitar alguns clientes, isso, alguns clientes interessados em artigos de escrita. Agora vamos!

38   Escola de Magia

— Já preparei minha bagagem. Vamos de carro ou vassoura?

— Ora essa, por que me tomas? Pegue a vassoura de Helga e vamos, ligeiro!

O tráfego de veículos juruá enfeitiçados é um assunto delicado para os bruxos mais antigos e conservadores. Nos últimos anos, os carros caíram no gosto dos jovens.

Não só pelo aumento de tráfego aéreo, mas também pelos atropelamentos causados pelas geringonças quando usadas do modo convencional, sobre quatro rodas, os veículos perdem admiradores em Vila Vareta, a capital do país e local de maior fluxo.

Já existe um projeto de lei no Oratorium que prevê a proibição de uso não mágico dos automóveis, até porque os bruxos não estão acostumados com trânsito em suas ruas, que nem sequer foram projetadas para isso.

O Oratorium, que reúne oradores eleitos pelo povo para votar leis da Federação, é o maior interessado em resolver tal impasse. O assunto, porém, é polêmico também entre os tribunos. Enquanto alguns liberais propõem a conscientização, a bancada mais conservadora, liderada por Hector Fajardo, um ex-presidente, sugere que eles sejam banidos.

Ao contrário da maioria dos jovens, que criaram toda uma atmosfera de status em torno dos carros, Boris não comprou o veículo visando à ascensão social, longe disso. Sofrendo desde criança com medo de altura, o rapaz viu uma oportunidade de poder voar com mais conforto e segurança — e, claro, sem deixar os pés expostos.

Amaro, no entanto, não era tão progressista, e, assim, pai e filho voaram por quase seis horas. Boris, na vassoura da irmã, caindo aos pedaços, não olhou para baixo nem uma vez, sentindo uma sensação horrível de desconforto gerada pelos pés livres durante o voo. A viagem parecia interminável, até que, finalmente, avistaram um castelo imponente, embora um tanto danificado.

— Preparar para o pouso! — gritou Amaro, animado.

Os dois pousaram no jardim malcuidado da propriedade e viram priores sobrevoando incansavelmente o castelo com suas enormes vassouras.

— Pai, agradeço por ter me trazido até aqui, mas gostaria de fazer um pedido.

— Ora, então faça! — disse Amaro, notavelmente orgulhoso.

— Não quero que pareça que sou mal-agradecido. Sei que tem amigos de longa data por aqui, mas eu gostaria de entrar sozinho — pediu, acanhado.

É claro que Amaro gostaria de adentrar o castelo, mas compreendeu os motivos de Boris.

— Seu pedido será atendido!

Estrelas do Amanhã

E sorriu em um misto de entendimento e frustração. Ganhou um abraço do filho caçula e alçou voo. O que Boris não sabia, no entanto, é que seu pai ficou ali, escondidinho, assistindo e aplaudindo a sua entrada.

CAPÍTULO 4
O ATENEU

Por fora, o Ateneu não tinha o mesmo glamour da Escola de Magia e Bruxaria do Brasil. Além da vigília aérea constante, que dava uma ligeira sensação de insegurança, tratava-se de um pequeno castelo de cimento queimado, cheio de escoriações.

Depois de observar os guardas de prontidão na torre principal, o que não era nada confortante, Boris dirigiu-se até uma bela porta dupla e arqueada, pintada com um requintado tom de vinho. Olhando para cima, reparou nas duas belas esculturas em pedra de falcões-peregrinos de asas abertas, representando a proteção das aves de rapina mais velozes do mundo, animal-símbolo do Priorado dos Magos.

Prestes a dar um grande passo para o futuro, Boris foi tomado por uma sensação deliciosamente perturbadora e, então, bateu três vezes a aldrava da porta.

— Sim? — atendeu uma voz que o observava através do olho mágico.

— Olá, senhor, sou Boris Forte e iniciarei meus estudos no Ateneu — respondeu, confuso, tentando acompanhar o olho que piscava incessantemente do outro lado da pequena lente.

— Ah, sim, imaginei desde o princípio. Entre! — convidou Baltazar, uma figura estranha e quase mitológica do Ateneu.

Alguns dizem que é um antigo general do exército, que, depois de reformado, ficou louco. Já outros contam que ele é um antigo guardião das chaves do Imperial Asylum, instituição mantida pela Federação para confinamento de prisioneiros considerados perigosos e insanos. O único ponto que as duas teorias tinham em comum era a loucura.

Além de se vestir como um autêntico cavaleiro medieval, tinha uma juba engraçada, curta e desgrenhada, além de um bigode majestoso, ambos brancos como nuvens de algodão.

— Acompanhe-me — ordenou o figurão, conduzindo-o a uma sala que cheirava a madeira. — Sua varinha, por favor.

Boris demorou para entender que deveria entregar sua varinha para aquele sujeito. Somente depois de ensacá-la, o excêntrico senhor resolvera explicar:

— Não se preocupe, ela ficará retida para análise. É um procedimento de praxe da instituição. Assine aqui, marujo.

Mais uma vez, Boris estranhou o comportamento do senhor e o fato de chamá-lo de "marujo", mas assinou os papéis de entrada e, em seguida, foi guiado por um bonito corredor, repleto de quadros de antigos priores.

Devidamente instalado em um dormitório com vista privilegiada, ou não, para o jardim malcuidado, o rapaz começou a desfazer sua bagagem. Até então, ainda não havia encontrado os colegas bagunceiros, que deixaram malas, sapatos e tralhas espalhadas pelo quarto.

— Esteja na sala dos espectadores ao rufar dos tambores — comunicou Baltazar, enquanto afofava seus travesseiros antes de abandonar o quarto sem mais nem menos.

Boris não sabia ao certo o que precisava fazer, tampouco entendera as instruções do porteiro, secretário, recepcionista ou seja lá qual fosse o ofício daquele elemento.

Após um banho e ainda exausto da longa viagem, Boris não resistiu a um cochilo. Estava babando na roupa de cama limpa quando compreendeu que o "rufar dos tambores" era mais do que uma frase de efeito. Ele se levantou afobado. Na pressa, calçou as pantufas e saiu correndo pelo corredor. Sem saber aonde ir, achou melhor seguir o fluxo.

A sala dos espectadores era um enorme e luxuoso auditório, repleto de poltronas acolchoadas e confortáveis. O ambiente era tão requintado quanto o Teatro Municipal de Vila Vareta, e Boris imediatamente quis esconder as pantufas ganhadas da avó.

Os mestres do Ateneu já estavam no palco, sentados a uma grande mesa de madeira que lhe cobriam os pés, apenas observando a ansiedade alheia dos jovens que se acomodavam no salão.

— Boa noite e sejam todos muito bem-vindos a esta academia — anunciou um homem negro de meia-idade e voz rouca, que caminhava elegantemente com sua bengala, subindo rapidamente os poucos degraus até o palco.

— É Tobias Tôla! — cochichavam dois colegas na poltrona à frente.

De forma muito prática e sem cerimônias, o homem de grande estirpe, ostentando sobretudo e chapéu, passou diante da mesa cumprimentando todos os membros do corpo docente com um aperto de mão e, na sequência:

— Há uma linha tênue que divide a luz e a escuridão, e é neste ínfimo de sombra que residem os artistas, os sonhadores e, nós, os priores — disse ele, com tanta sinceridade que parecia sussurrar no ouvido de cada um dos novatos na plateia. — Sou Tobias Tôla, diretor desta instituição preparatória, mas, sobretudo, um colega, que, assim como os homens e as mulheres aqui presentes, um dia decidiu dedicar a vida ao risco e à honra de proteger seu mundo. Sem mais delongas, gostaria de apresentar as bruxas e os bruxos que os conduzirão ao sucesso.

Os professores acenavam para os alunos, uns mais, outros menos, mas eram igualmente aplaudidos à medida que eram introduzidos pelo diretor.

Berlamina Fajardo, mestre em Botânica Forense, aparentava ser a bruxa mais velha do grupo, com uma profusão de fios brancos que se destacavam em seu corte curto. Encontrá-la surpreendeu Boris, que, apesar de conhecê--la há anos, nunca soubera que lecionava para priores, nem poderia, já que nunca desconfiou que plantas pudessem ser úteis ao Priorado.

Edgar Pavão, de Execuções Penais, Petúnia Feíssimo (que, contrariando o nome, era linda), de Educação Legista, e Patrício Francisco, de Estudos Periciais, eram os docentes mais sérios. Boris deduziu que a coincidência se dava ao fato de os três lidarem diariamente com a morte.

Nessas disciplinas, ainda que de formas bem diferentes, os alunos se aprofundavam na fabricação de venenos, antídotos, poções e análise de pistas recolhidas em cenas de crime. Com Pavão, por exemplo, mergulha-vam na Constituição Majurídica, entendendo na teoria e na prática como funciona a execução de prisioneiros de alta periculosidade.

Quincio Cincinato, professor de Gerenciamento de Caos e Trevas, tam-bém não era um completo desconhecido para a maioria. Além de ter uma das matérias mais fascinantes para qualquer amante de defesa, era um famoso colunista do jornal de maior circulação do país.

O *The Bruxo Times* é um diário de notícias fundado por Franz, O Bardo, uma figura importante da comunidade bruxa brasileira. Nascido na Irlanda com o nome de Franz O'Brien, acabou se naturalizando brasileiro, mas, na época de fundação do jornal, ainda não dominava a língua portuguesa. Por apego e gratidão pela história de Franz, que teve o seu nome abrasileirado para Franz, O Bardo, pelo mesmo obstáculo da língua, o nome nunca foi alterado nem traduzido, tornando-se uma memória nacional.

Glória Gusmão, de Ética, vestia um elegante vestido longo de cetim preto e sorria o tempo todo, fazendo Boris sentir a sofisticação de sua aula.

Em contrapartida, o filho de Amaro ficou apavorado com as vestes maltrapilhas do feiticeiro Lima Maciel, o professor de Técnicas de Combate. Com suas botas sujas e a gola esgarçada, o homem parecia ter enfrentado o exército inimigo agora mesmo.

Comentava-se à boca pequena que, em suas aulas, os alunos eram sub-metidos a treinamentos físicos intensos, levando seus corpos aos extremos

Estrelas do Amanhã

da fome, do frio e da dor. Ainda que criticado por isso, os cadetes do Priorado testavam em si mesmos alguns feitiços terríveis, como a maldição da tortura, Patiens. Quando questionado sobre seus métodos pouco ortodoxos, Lima Maciel alegou que quem passa por esses exercícios pensará duas vezes antes de usá-los contra terceiros.

Olinda Calado foi apresentada como professora de Métodos Furtivos, matéria dedicada a fazer e encontrar esconderijos, criar disfarces e poções avançadas de transfiguração para se aproximar do alvo.

Por último, mas não menos importante, foi a vez de Arapuã, um homem alto e forte de traços indígenas que leciona Métodos de Vigilância. Ele é um verdadeiro especialista na arte de vigiar sem ser notado, patrulhamento e rastreio de fugitivos.

— Feito isto, devo lembrá-los de que amanhã darão o primeiro e, quiçá, o mais importante dos passos deste ofício. Embora nem todos os novatos compreendam essa atividade, ela é um divisor de águas. É neste momento que alguns desistem para sempre, enquanto outros liberam-se da imobilidade emocional para finalmente amar, agir e pensar como se cada dia fosse o último de sua vida. — Tobias sorriu. — Dia que eventualmente chegará para todos nós, mais cedo ou mais tarde. — Os futuros priores abstinham-se até mesmo de um simples piscar de olhos. — São primordiais duas regras deste castelo. Primeira: que as vestes sejam mantidas limpas e alinhadas, da mesma forma que as encontrarão no alojamento. A segunda, e minha favorita, é que se coloquem sempre no lugar do outro. O Priorado, acima de tudo, é uma missão de amor e altruísmo. Bem, não me prolongarei, pois teremos muito tempo para o restante. Sugiro que jantem e descansem o suficiente. Estamos ansiosos para vê-los devidamente trajados pela manhã, portanto, boa noite!

O diretor despediu-se, descendo do palco seguido pelos professores.

Boris Forte, de tão pasmo com tudo que vivera naquela noite e, claro, também por calçar pantufas, ficou paralisado na poltrona, enquanto todos abandonavam a sala. Quando finalmente conseguiu sair, repetiu sua maior especialidade desde que chegara ao Ateneu: seguir pessoas.

Vários elfos, orquestrados por Baltazar, serviam os alunos que, enfileirados, percorriam um longo bufê de delícias e então se distribuíam nas diversas mesas de madeira, que acomodavam entre quatro e seis pessoas, num bonito salão.

Constrangido com a montanha em seu prato, o guloso filho de Amaro parecia querer erradicar a fome no mundo com apenas um jantar. Ao seu melhor estilo bicho do mato, sentou-se a uma mesa afastada, mas que em poucos minutos já estava com mais três alunos.

— Vocês também estão preocupados com a atividade de amanhã? — perguntou Golias, um jovem de poucos modos que nem se preocupou em terminar de mastigar e engolir o frango antes de prosear com os novos companheiros.

— Estou preocupada desde o dia em que decidi vir para cá — respondeu Lúcia, enquanto limpava delicadamente os lábios com um guardanapo.

Tudo o que Boris queria, naquele momento, é que o terceiro ocupante da mesa, assim como ele, não fizesse a menor ideia do assunto e tivesse coragem de questionar. Porém, contrariando as expectativas, Tomaz parecia o mais entusiasmado com os acontecimentos vindouros.

Após o jantar, sentindo-se extremamente pesado (também pudera, visto o tamanho do seu prato), recolheu-se no dormitório na esperança de recarregar as energias para o dia seguinte.

O travesseiro sempre foi um bom conselheiro para Boris Forte, e ele acordou até que animado para os desafios que o aguardavam. Vestindo o elegante sobretudo verde-bandeira, que levava o brasão do Ateneu bordado do lado direito, seguiu para o café da manhã.

Sentindo-se um pouco menos ansioso do que na noite anterior, calçando sapatos e passado o choque de os alunos não serem divididos em casas, como durante o ensino básico na Escola de Magia, pôde apreciar melhor a beleza do refeitório. O piso de madeira corrida contrastava com o papel de parede verde, tão escuro quanto suas vestes.

Mas o que o impressionou mesmo foram as gárgulas dos tradicionais falcões-peregrinos. Aquelas peças davam um toque especial, deixando o lugar mais majestoso e imponente.

Após a inspeção dos uniformes, Baltazar acompanhou os alunos até o corredor da sala de estudos singulares, organizando-os em grupos de dez. Boris estava no primeiro grupo, mas, até então, não sabia se isso era bom ou ruim.

Qualquer estudante que deslumbre pertencer ao Ateneu esforça-se muito para atingir a exorbitante pontuação exigida pela academia nos testes de exórdio. Depois da admissão, tendem a acreditar que já passaram pelo pior, e é aí que se enganam.

O Ateneu transforma uma série de atividades em poderosas ferramentas, que visam desenvolver o senso de justiça e humanidade. Tais virtudes

Estrelas do Amanhã

45

são essenciais para bruxos e bruxas que escolhem se dedicar à proteção do mundo mágico para lidar com os perigos que surgirão pela frente. Sem sombra de dúvidas, o Morrer para Viver é o primeiro desafio de qualquer aspirante a essa profissão.

— É um prazer inenarrável vê-los trajando as cores de nossa corporação — disse Tobias, chegando animado. — Obrigado por organizá-los, Baltazar. O primeiro grupo já pode me acompanhar e, pacificamente, tomar seus assentos.

A pequena sala tinha várias bancadas de madeira nobre, todas individuais e bem privativas. Carpete bordô, arandelas nas paredes e abajures individuais, a critério de cada acadêmico, o que fazia do lugar extremamente aconchegante. De tão nervoso, Boris nem percebeu que ali poderia ser um excelente local de estudos na época de provas.

Tobias fez questão de deixá-los confortáveis, fazendo pequenos retoques de luz, para, em seguida, fazer uso de seu maior dom: a oratória.

— Todos aqui estão iniciando o bonito e perigoso ofício de prior. Acreditem, são muitos os percalços no caminho de um executor da justiça, de alguém que, como eu e vocês, escolheu defender uma comunidade inteira sem esperar nada em troca, além de respeito e gratidão.

As palavras roucas do diretor e o barulho da bengala ecoavam de um jeito muito perturbador na cabeça dos alunos.

— *Lo ven ce merecia* é o lema desta casa, que declara ao mundo "eu mereço vencer". Mas não se enganem; não há vitória sem luta, assim como não há morte sem que tenha existido vida. Nos envelopes dispostos sobre as mesas, vocês encontrarão pergaminhos. Papéis timbrados pela Federação Mágica do Bàdiu. Dada a periculosidade de nosso honroso cargo, a partir de agora se faz necessário um testamento.

Boris engoliu em seco.

— Naturalmente, vocês deverão discorrer a respeito de seus herdeiros, mas não somente. O Priorado dos Magos precisa conhecer suas últimas palavras a todos aqueles que amam, pois elas serão de grande conforto a amigos e familiares caso, um dia, vocês venham a faltar — ele explicou quase num sussurro.

E foi neste momento que muitos estudantes começaram a tremer feito vara verde.

— Não se esqueçam de responder o mais importante: neste momento, o que você deixa de bom para o mundo? Atentem: o que deixamos de bom é superior ao que deixamos de bens. O testamento, Morrer para Viver, é de suma importância para qualquer iniciação no Priorado, pois só depois de matar as arrogâncias da alma é que podemos ter uma vida plena, independentemente de quanto tempo ela dure. Dúvidas?

Apenas um rapaz chamado Horácio levantou a mão.

— Quanto tempo nós temos?

— De vida? — gracejou Tobias, espirituoso. — Ora, foi uma brincadeira infeliz, eu sei. Leve o tempo que precisar e me encontrem em silêncio do lado de fora.

Assim que Tobias Tôla abandonou o recinto, alguns alunos começaram a chorar de soluçar, enquanto outros encaravam os pergaminhos com olhares reflexivos. Tomaz, o mais empolgado da mesa na noite passada, deixou o Priorado dos Magos para sempre após dez ou quinze minutos de testamento.

É, enfrentar a morte, seja do corpo, seja do espírito, não é e nunca será uma simples tarefa.

Todavia, Boris foi tomado por uma curiosidade: o que será que Iraci, sua mãe, escreveu em seu testamento Morrer para Viver? Era estranho, mas ele se sentia tão íntimo da morte que arriscar a própria vida em prol da comunidade não parecia um suplício, mas uma obrigação.

À Federação Mágica do Bàdiu,

Não tenho muitos pertences além de um veículo enfeitiçado. Ele é considerado ruim até pelos juruás que me venderam, então o deixaria a Guerra Datto, por ser a única pessoa que de repente o aceitaria.

À minha irmã, Helga, deixo a bússola de ouro que foi de nossa mãe.

Papai e Helga, se deixei este mundo foi porque, como mamãe, lutei por ele. Não maldigam a vida como eu fiz algumas vezes em silêncio e, se possível, não se esqueçam de mim.

Berta, estar perto de você era como estar perto de Sancho. Saiba que fiz de tudo para ser o campeão que vocês dois sempre acreditaram que eu era.

Diretora Lucinha, acho que todos os seus alunos morrem um pouquinho quando se afastam de seus cuidados, mas, se você recebeu este papel, agradeço por ter tanta fé nas pessoas.

Eu não sei em qual momento receberão este documento, mas em qualquer tempo gostaria que Amélia Flores soubesse que eu amava a forma como ela colocava o cabelo atrás da orelha e que o nosso amor tornou tudo mais confortável.

Se tive tempo e sorte de constituir uma família, que meus filhos saibam que fiz de tudo por eles, justinho como meu pai. Espero ter dado bons motivos para que minha esposa, certamente muito amada, sinta minha falta.

De imediato, não me lembro de nada de bom que deixo ao mundo, mas me conforta a certeza de que também não deixei nada de ruim.

Boris Forte

Nos primeiros minutos, os priores acreditam que esta missão tem um sentido prático. Sendo a profissão um tanto insalubre, parece razoável ter que deixar um testamento. Contudo, só depois de algum tempo em silêncio, pensando no que fizeram e notando a finitude da vida, é que finalmente percebem que o documento não servirá para seus herdeiros, mas para si mesmos.

Muitos saem da atividade transformados por uma nova visão de mundo, com um senso de humanidade e urgência que jamais sonharam. É após a aceitação da morte que o Ateneu apresenta a vida, de fato. Boris, que durante o jantar parecia o mais perdido, talvez fosse o mais bem preparado da turma, deixando a sala com a cabeça mais erguida do que entrou.

Despedir-se de Amélia, por meio do testamento, também foi libertador. Um passo importante para não sofrer tanto com a falta de resposta à sua carta. Mais do que nunca, ele parecia ter as rédeas da própria vida.

Os longos dias de academia, que começavam com o nascer do sol, passavam depressa. Entre o rufar dos tambores, os turnos de vigilância e dezenas de trabalhos extraclasse, Boris finalmente começava a se enturmar.

Ainda sentia falta das facilidades da EMB, do acolhimento da casa dos Esquilos e do instinto maternal de Lucinha Holmes, mas, pouco a pouco, fazia do Ateneu um novo lar.

— As aulas de Execuções Penais estão suspensas no dia de hoje! — esgoelava-se Baltazar, vestindo um chapéu napoleônico, com longas penas coloridas, e um fraque verde meio desbotado, com abotoaduras e medalhas de honra. Em poder de um pergaminho, lia o documento aos berros e, em seguida, soprava uma corneta sem o menor talento.

Os alunos foram se detendo no pátio, confusos, mas interessados em assistir à cena patética.

— O docente Edgar Pavão não exercerá suas atividades nesta data por motivos de cunho pessoal. Portanto, os alunos estão demitidos... digo, estão dispensados!

Animados, os acadêmicos começavam a se dispersar. Uma tarde de folga era como um presente depois de semanas intensas. Boris planejava aproveitar seu tempo extra adiantando outras atividades, mas, antes que tivesse a chance, foi interceptado por Baltazar.

— E então, cara de percevejo, quando iremos duelar no xadrez novamente? — perguntou o senhor, que agora tirava o chapéu engraçado e arrumava o cabelo.

— Ultimamente meus duelos têm sido com pena e varinha, cavaleiro — divertiu-se o rapaz, observando Baltazar tirar o chapéu, estranho demais até para os seus padrões. — O que são estas vestes, hein?

— São trajes de mensageiro, pombas! O que achou? Que eu fosse ficar assim o dia inteiro, é? — disse, tirando o paletó. — Eu só estou quebrando um galho desde a morte de Rafaelo, o porta-voz do castelo.

— Se o cargo não for ocupado em alguns meses, você ficará craque, Baltazar — elogiou Boris, tentando ser simpático. — Não cheguei a conhecer Rafaelo. Ele morreu antes do início das aulas?

— Também não o conheci; morreu antes do início das aulas de 1968, mas é como se nós fôssemos íntimos. Eu visto essa roupa fedorenta e assopro essa corneta enferrujada há quase vinte e cinco anos — declarou, mostrando o instrumento. — Mas venha, Boris, vamos jogar. Você anda muito tagarela ultimamente, já lhe disseram isso?

E, assim, os dois foram juntos até a sala de xadrez, onde os jogadores podiam andar pelo tabuleiro, movimentando suas enormes peças. Supostamente, as medidas exageradas do jogo eram herança de um antigo diretor. Grande apreciador de uma boa partida, decidiu aumentar as peças assim que começou a perder a visão. Boris nunca vencia, mas era engraçado carregar os peões e desfrutar a prosa confusa de Baltazar.

Depois de uma tarde baseada em perder partidas, encontrou os colegas no comedouro. Eram tantas desistências nos primeiros meses que os sobreviventes do Ateneu se tornavam amigos próximos em poucas semanas.

— Pensei que fosse fazer regime, camarada. Estamos quase na sobremesa! — disse Golias, com a boca cheia.

— Perdi a noção do tempo jogando xadrez com Baltazar.

— Não se preocupe, vou repetir, assim lhe faço companhia — respondeu Golias, que já tinha G de guloso, enquanto Lúcia, a rainha dos bons modos, revirava os olhos.

— Agradeço. Sua amizade é... realmente admirável! — ironizou Boris, tirando algumas risadas da colega. — E você, Lúcia, como aproveitou a tarde livre?

— Eu? Eu me dei mal em todas as provas. Terei que estudar em qualquer tempo livre, até durante as férias, caso contrário não passo de período. Vocês vão voltar para casa durante o recesso? — perguntou, referindo-se às férias de fim de ano.

— Além de amar encher o bucho neste castelo, tenho medo de ir para casa e ser abatido — entoou Golias Vasco.

— Ser abatido? — Boris estranhou.

— Qual é, meu chapa, já esqueceu que eu sou de Tulgar? Nasci no berço do crime. Acho até que os tulguenses deveriam ter um treinamento diferenciado. Ah, eu acho... sempre achei — disse, levantando-se com seu prato. — Mas, é claro, varetenses não entenderiam.

Saindo para se servir no bufê, Golias deu as costas aos colegas de Vila Vareta na mesa. Enquanto Boris quase chorava de tanto rir, Lúcia demonstrava ter esgotado toda sua paciência com Golias.

— Parece que os priores não são páreos para Tulgar. Eles precisam mesmo é do Mascarado Escarlate — sugeriu Boris, em uma referência que, finalmente, arrancou boas risadas da colega.

— Não me diga que também é fã do Mascarado Escarlate...

— Se eu sou fã? Ora, se tivesse me lembrado dele, nunca teria tido dúvidas sobre em qual escola aplicar minha nota do exórdio — animou-se. — Ainda guardo a edição de capa dura do *Grimório Escarlate*, da editora Plimplim, e também tenho o boneco em algum lugar — afirmou pensativo, provavelmente tentando lembrar em qual lugar. — Bem, ele não é... assim... um mascarado, já que meu irmão, Sancho, perdeu a cabeça, mas ainda é Escarlate! — divertia-se descontraidamente.

— Boris, você se lembra de quando o Três Varinhas Gourmet lançou sua varinha de chocolate? A minha mofou, eu fiquei com dó de comer, mas tenho a caixinha até hoje — recordou a conterrânea.

— Que graça tem uma varinha de chocolate? — intrometeu-se Golias, comendo uma espiga de milho. — O Mascarado fazia quase todas as magias com as mãos. Estão falando do Mascarado Escarlate, não estão?

Lúcia tornou a revirar os olhos, impaciente.

— Por Tupã, use um guardanapo! Que mania de comer feito um porco...

— Não me lembro de regras de etiqueta nos juramentos do Ateneu, senhorita, mas, voltando ao Mascarado, ganhei a fantasia no meu aniversário de dez anos.

— A fantasia nunca tive, mas já tive a cueca supersônica com o cinto ativador — contou Boris. — Eram tempos muito bons aqueles, nós nos reuníamos em volta do blocoscópio todo domingo para acompanhar as novas histórias.

— O quê? Você tinha um blocoscópio em casa? — gritou Golias, cuspindo milho para todo lado.

Estrelas do Amanhã

— Não me diga que também não tem blocoscópio em Tulgar... — ironizou Lúcia, que parecia fazer questão de deixar claro o quanto não suportava o colega.

— Vocês de Vila Vareta são mesmo uns burgueses! Francamente...

Enquanto Lúcia e Golias discutiam sobre direitos sociais, etiqueta, privilégios e o porquê de a Terra ser redonda, Boris mergulhava na lembrança boa que tivera dos fins de tarde em volta do blocoscópio.

Tratava-se de uma caixa quadrada de mais ou menos cinquenta centímetros, que liberava blocos de papel e uma pena mágica assim que os espectadores levantavam a tampa da engenhoca. Depois que a pena rabiscava todo o bloco, ele era folheado rapidamente, dando a sensação de que as imagens estavam em movimento.

Boris e os irmãos fizeram parte de um seleto grupo, muito privilegiado, que pôde acompanhar a saga do super-herói em cores, ainda no início dos anos 1980, mas, dadas as circunstâncias, ele preferiu guardar essa estatística para si.

O personagem que escondia o rosto com uma máscara vermelha marcou toda uma geração. Além da máscara, sua calça, extremamente justa, suas luvas e botas também tinham a mesma cor, o que lhe rendeu o epíteto Escarlate.

Sobreposta à calça, ele usava uma cueca amarela com um cinturão azul: a cueca supersônica com o cinto ativador, que servia para acionar sua ultra-velocidade, levando as crianças à loucura com o seu golpe "Supervelocidade, ativar!".

Com seu aguçado senso de justiça, o personagem passava o episódio inteiro combatendo o crime, perseguindo os inimigos e usando seu golpe especial. No final, ele podia saborear o seu sanduíche de presunto com sabor de vitória.

Seu golpe especial, o "Rinotouro louco", consistia em ciscar com o pé direito, tal qual um rinotouro furioso, encurvando o corpo e fazendo os chifres com o dedo indicador. Avançar desse jeito sobre os adversários já era empolgante por si só, mas ele conseguia ir além, levando as crianças à beira do delírio, quando resolvia usar o golpe com a velocidade supersônica. Nesse caso, os rivais não tinham a menor chance, e o sanduíche era garantido.

Um especial de fim de ano revelou que seu nome era Jamón, mas o personagem nunca foi exibido sem a máscara, tornando-se o maior mistério de toda uma era.

Usando feitiços próprios (e fictícios), com a varinha ou com as mãos, o herói tinha a difícil missão de parecer extraordinário a crianças acostumadas a viver em um mundo com magia. Era com seu bom coração que o super-herói barrigudo, que nunca usava camisa, conseguia estimular a imaginação de meninos e meninas.

O Mascarado Escarlate foi criado despretensiosamente por Armando Lopez, um juruá mexicano que esposou uma bruxa brasileira. Foi apenas depois do nascimento do primeiro filho do casal, Jamón, que o pai teve a ideia de criar a historinha como forma de entreter o herdeiro, apresentando um pouco de seu mundo. Os mais próximos dizem que o personagem foi inspirado em uma luta mexicana não mágica, chamada *lucha libre,* mas isso nós não podemos afirmar.

Também não podemos afirmar se Janete, a assistente mal-humorada do super-herói, foi mesmo inspirada em sua sogra, Josete, mas, ao que tudo indica, são fortes os indícios.

— Supervelocidade, ativar! — disse Boris, levantando-se. — Briguem à vontade, mas não esqueçam que nossa aula de Tortura com Lima Maciel começa às cinco da matina, mascarados!

CAPÍTULO 5
O PATRIARCA

— Cosmo me deu uma cópia do Morrer para Viver de Boris — disse Amaro, que conversava com Omar, enquanto ele cuidava do jardim.

— Ora, Amaro, quer dizer que depois de velho deu para ser mexeriqueiro? Deixe o garoto! — irritou-se o amigo, quase decapitando uma margarida.

— Eu ganhei de Cosmo, não pedi a Cosmo — defendeu-se. — E como ficou a história do gato?

— *SHIIIIIU!*

Desesperado, o senhor pediu silêncio, puxando Amaro pelo braço e lhe respondendo quase num sussurro:

— Judite finalmente superou o sumiço do gato.

— Melhor assim, senão você teria de continuar colando cartazes por Vila Vareta. Ora, mas que trapalhada, Omar! Era mais fácil ter contado que aquele gato gordo está vomitando suas bolas de pelo em outra freguesia — gargalhou Amaro.

— Deixe de ser debochado! Você sabe muito bem que pequei por excesso de cuidado. Já pensou se Judite resolvesse tirar o bicho do garoto? Por isso achei melhor que fosse dado como perdido. O importante é que foi tudo resolvido da melhor forma, sem atrapalhar a vida de ninguém.

De repente, Judite abriu a porta da casa, deixando-os com cara de meninos pegos no flagra.

— Oh, Amaro, você por aqui?! — cumprimentou seu velho conhecido. — Omar, convide Amaro para tomar um café fresco do lado de dentro, o pobre está aí escorado enquanto você sua com essas plantas...

— Ora essa, é só o que me faltava mesmo! Amaro sabe que cuido do meu jardim todas as tardes. — E soltando a pá: — Mas venha, seu resmungão, vamos passar um café.

Judite pôs uma mesa farta com dois tipos de bolo, pão fresco, frutas e café recém-coado.

— Que café delicioso, Judite, muito obrigado pelo convite.

— Ah, Amaro, eu tinha só umas coisinhas; se soubesse que você viria... Omar e eu precisamos passar urgente na mercancia, não é, querido? — respondeu ela com uma pergunta retórica.

Não importa o que tivesse na despensa, Judite, uma senhorinha impecável e vaidosa, sempre encontraria uma forma de justificar o porquê de não ter mais para oferecer.

— Está ótimo, querida, não se preocupe — disse o marido, sorrindo.

— Omar e eu estamos planejando uma viagem a Turmalina para comemorar nossos cinquenta anos de casamento. Prometo um café caprichado na volta — garantiu.

— Hum... Se forem mesmo a Turmalina, volto correndo para o café — divertiu-se Amaro, em referência à grande fama da cidade.

— Turmalina é realmente uma cidade encantadora com todas aquelas cachoeiras fresquinhas e deliciosas comidas de tacho. Sem falar na estalagem em que nos hospedamos há anos, não é, querido? Muito simples, mas tudo muito limpinho. Você precisa ver as compotas de fruta e as geleias que servem no café da manhã. Vó Dora faz lá mesmo...

— Sim, eram mesmo ótimas — concordou mais uma vez Omar, limpando os óculos.

— Me dê um minutinho, tenho um retrato na sala. — Judite levantou-se, animada. — Veja, Omar e eu em frente à gruta encantada. É um passeio maravilhoso visitado por bruxos de toda parte.

— Muito bonito o retrato, Judite. Minha filha, Helga, sonha em visitar Turmalina.

— Faz bem, Turmalina é muito acolhedora. Você conhece?

— Fui algumas vezes a trabalho, mas só visitei os restaurantes e as casas de doces — riu o convidado.

— Ora, e tem penas em Turmalina? Pensei que só houvesse pedras e ferro... — brincou Judite, caindo na risada.

— De fato, a especialidade da cidade é turismo, minério e comida caseira, mas tive alguns... clientes por lá. Agradeço o café, tão bom quanto o de Turmalina, mas agora preciso ir.

Amaro se levantou, despedindo-se dos anfitriões, e chegou em casa a tempo de assistir à angústia de Helga, que, a essa altura, já tinha passado por pelo menos quatro trocas de roupa.

— Papai, isso são horas? Esqueceu-se do nosso jantar?

— Olá, docinho! — E deu um beijinho na testa da filha antes de pendurar o chapéu no cabideiro.

— Não me esqueci, apenas atrasei tomando um café com Judite e Omar, mas não se preocupe, eu me apronto em alguns minutos.

Amaro sempre foi um homem muito prático, fazendo de um banho de mais de dez minutos e perfumado com água-de-colônia sua maior

Estrelas do Amanhã   55

expressão de vaidade. Escolheu uma roupa limpa no guarda-roupas sem muitas opções, que abrigava basicamente camisas monocromáticas impecáveis e ternos que variavam do chumbo ao preto. Penteou os fartos cabelos negros para trás, e, acredite, tratando-se de Amaro, isso era o equivalente a arrumar-se para uma noite de gala.

— Pronto, filha, já podemos encontrar o rapaz — declarou, colocando o tradicional chapéu.

Pai e filha caminharam até o Pasta & Salsa, conceituado restaurante no centro de Vila Vareta, onde Helga já havia se encarregado das reservas. Não é dos mais sofisticados, mas certamente é um dos mais movimentados da cidade. Em um grande salão com mesas de madeira, cobertas por toalhas xadrez, os clientes sem dúvida desfrutam uma atmosfera caseira.

O cardápio é o mais simples possível. Como sugere o nome, trata-se realmente de *pasta* e salsa, deliciosamente preparadas e servidas ao melhor estilo "coma o quanto puder".

Já a decoração é mais inusitada: no alto, um ramo de salsa gigante enfeitiçado anda de monociclo em uma corda bamba quase imperceptível, atravessando todo o salão acima da cabeça dos fregueses. Além disso, a casa também oferece um exótico (e animado) entretenimento. Artistas fantasiados de tomates gigantes passam de mesa em mesa cuspindo fogo, cantando e fazendo um talentoso malabarismo de pratos. Eles já tiveram até tomates caminhando sobre pernas de pau, mas, após um trágico acidente envolvendo um deles e a salsa de monociclo, os proprietários acabaram optando por manter apenas a salsa.

Moacir se sentiu aliviado quando viu Helga se aproximando. Estava ligeiramente assustado em sua primeira visita ao peculiar estabelecimento varetense. Cumprimentou a moça com um respeitoso beijo na testa e Amaro com um firme aperto de mão, e, em seguida, os três se acomodaram nos bancos acolchoados.

— *Pasta*? — ofereceu o garçom, trajando um avental estampado com tomates e um chapéu em formato de salsa. Ele trazia uma bandeja degustação, suportada por alças de pescoço, com duas travessas fundas. Após servir a massa: — Salsa? — ofereceu, terminando de servir todos os pratos da mesa com uma generosa porção do delicioso molho de tomates, cheio de salsinha.

— Helga comentou que você é de Uritã, Moacir — principiou Amaro, apreciando seu delicioso macarrão. — Hummmm... tinha me esquecido de como era boa essa massa.

— Sim, senhor. Nasci e cresci em Uritã — respondeu o rapaz de cabelos negros e pele morena, a essa altura nitidamente nervoso. — Uritã tornou-se conhecida depois do grande incidente. Ainda era uma comunidade juruá ribeirinha do Amazonas quando uma criatura vinda da floresta derrubou árvores, rondou casas e devorou os animais. Mas o terror realmente tomou conta quando as pessoas começaram a sair para os seus afazeres e não voltaram mais. Segundo relatos, uma serpente imensa teria sido vista boiando no rio, à noite, mas, em se tratando de uma vila tão pequena, com pouco menos de mil habitantes, e longe das grandes cidades dos não mágicos, as autoridades nem sequer tiveram conhecimento do caso para poder prestar algum auxílio — suspirou. — Até que todos desapareceram...

— Foi em 1912, conheço bem essa história — enfatizou Amaro. — Esse, digamos, incidente, como é chamado, foi o primeiro grande ataque de uma criatura mágica contra juruás. Também foi após esse episódio que a Federação Mágica do Bàdiu transferiu a responsabilidade do controle de feras ao Priorado dos Magos.

— Isso mesmo. O senhor faz parte do Priorado dos Magos?

— Não — replicou Amaro Forte de forma um tanto abrupta, no mesmo instante em que os tomates bailarinos se aproximaram, dançando para o trio. Não satisfeitos, os artistas ainda exigiam palmas para encorajá-los durante a dança. — Agora me lembro dos motivos que me fizeram abdicar desta gastronomia — revirava os olhos, censurado por sua primogênita.

— Papai...

— Tudo bem, querida, mas... Como eu dizia, foi depois desse episódio que a Federação envolveu o Priorado. Além dos cinco priores que melhor lidavam com as trevas, contaram com a ajuda de mais cinco bruxos locais, extremamente experientes na mata, membros de uma comunidade indígena chamada Porã. E essa foi a salvação no fim de tudo. Após três dias de buscas, seguindo os rastros deixados pela criatura na areia, conseguiram fazer a captura.

— Exatamente, senhor. Conheço bem essa história. Sou neto de um dos indígenas Porã que auxiliaram os priores na ocasião. Quando a Federação recomendou que a tribo povoasse Uritã para não chamar a atenção dos juruás, meus ancestrais atenderam ao pedido para evitar um escândalo e, claro, uma possível guerra. Minha mãe e eu somos Porã nascidos em Uritã.

— Fascinante! A comunidade bruxa sempre será muito grata aos indígenas Porã. Mas, me diga, no momento você vive em Uritã ou aqui em Vila Vareta?

— Bem, senhor, eu sou clínico. Hoje atuo no setor público, sou funcionário da Federação. Busco oportunidade de transferência para o meu

Estrelas do Amanhã

município, mas, por ora, trabalho em um curandório de Vila Vareta — explicou Moacir, engolindo a saliva.

— E o que o fez seguir pelo serviço público?

— Em primeiro lugar, a experiência. Apesar de Uritã ter se desenvolvido e se tornado uma cidade de fato, nosso conhecimento é predominantemente indígena, tanto nas enfermidades quanto na cura. Além de poder vivenciar a rotina de um curandório de bruxos brancos, o setor público não me tira a possibilidade de voltar para casa com um emprego estável.

— Entendo. E como conheceu Moacir, minha filha?

— Você se lembra da matéria que escrevi sobre a Fada dos Pampas? Desconfiadas, elas sopraram um pó verde em Arturo, meu colega da revista, e o pobrezinho acabou perdendo a audição. Tive de levá-lo às pressas ao curandório e Moacir lhe prestou os primeiros socorros.

— Fada dos Pampas?! Entendo... E quanto tempo faz desde que Arturo passou algumas horas sem ouvir o mundo?

— Um ano, papai.

— Eu gostaria de esposar sua filha, senhor Forte — disparou Moacir em um súbito golpe de coragem.

— Invejo Arturo em alguns momentos — ironizou Amaro, secando o suor da testa com um guardanapo. — Vejam bem vocês dois, casamento é coisa muito séria. Ouçam a experiência deste velho viúvo. Não posso impedir que contraiam matrimônio, como também não posso deixar de apoiar minha filha, pois devo isso à minha falecida esposa. Ainda assim, peço que não sejam precipitados. Você conheceu esse jovem há um ano, minha filha, mas eu acabei de conhecê-lo...

— *Pasta*? — perguntou um garçom.

— Meu rapaz, minha única filha está prestes a viver em Uritã, berço do boitatá, com um clínico especializado em pó de Fada dos Pampas. Não queremos *pasta* nem salsa, tampouco tomates performáticos. Obrigado! — respondeu Amaro, educado, porém firme.

— Puxa! Te desejo mais sorte, senhor! — lamentou o simpático rapaz.

— Como dizia, eu os apoio, mas peço que façam tudo muito bem planejado.

— Não se preocupe, papai. Não será de uma hora para outra — confortou Helga, que, apesar da tensão, esbanjava felicidade.

Depois de anos tão tristes naquela família, Amaro não podia e, sinceramente, não queria fazer nada além de lhes dar a sua bênção.

— Obrigado, senhor. Prometo cuidar muito bem de sua filha! — assegurou o noivo, oferecendo-lhe a mão para um aperto.

— Não se preocupe com isso, Porã. Helga foi criada para se cuidar sozinha.

Amaro apertou a mão do rapaz, encarando-o no fundo dos olhos.

— Nós nos vemos mais tarde, minha filha.

E, assim, ele piscou para sua menininha e deixou o restaurante. Desnorteado, ainda vagou por algum tempo pelas ruas de Vila Vareta, mas logo se cansou e resolveu voltar para o seu lugar favorito no mundo: seu escritório.

Amaro abriu a porta de casa, pendurou o chapéu e tirou os sapatos. O silêncio ecoava em seus velhos tímpanos e cortava na carne. Apenas com a luz da varinha, subiu as escadas do sobrado e caminhou pelo longo corredor, abrindo a porta do quarto dos filhos e sentindo o vazio deixado pela esposa e pelas crianças. No fim do doloroso caminho, Amaro encontrou-se com sua cadeira de balanço, velha companheira, acostumada a suportar o peso de suas angústias e a niná-lo como um bebê. Às vezes o mundo não vê, mas também ficamos tristes.

No dia seguinte, já recomposto, Amaro começava a refletir sobre os inúmeros pedidos que Boris fizera em suas cartas e resolveu atendê-lo. Sentado à sua mesa, abriu a gaveta e pegou o testamento Morrer para Viver de sua falecida esposa. Sorriu por alguns instantes ao lembrar-se da alegria inesgotável de Iraci.

À Federação Mágica do Bàdiu,

Ainda não constitui bens, mas deixo tudo que papai me comprou para a minha irmã, Marta, pois certamente ela me pediria.

A mensagem que deixo aos meus é que nossa passagem pela vida é muito breve e somos frágeis demais para viver na arrogância de que temos todo o tempo do mundo. Se receberam este documento muito cedo, não sofram. Vivi com a plenitude dos dias.

Por isso, façam seus planos para o futuro, mas não deixem o presente de lado.

Tenham a certeza de que os amei o quanto pude. Se, por algum motivo, não puderam entender minhas decisões, como a de estar aqui, por exemplo, não se martirizem ao receberem estas palavras póstumas. Perdoem-se. O perdão será sempre o caminho mais curto para o entendimento.

De bom, deixo a consciência dos justos, daqueles que fizeram tudo o que estava a seu alcance para ajudar a si mesmo e ao próximo. Deixo disposição e fé, sentimentos que não me faltaram na ânsia de tornar este mundo um lugar melhor, aceitando, inclusive, os riscos que me levaram a preencher estes papéis. Num primeiro momento, parece uma atividade triste, para não dizer mórbida, mas, se pensarmos direitinho, é uma lição de amor.

Iraci Dias — Ateneu, 1953 — Eu mereço vencer.

As lágrimas escorreram involuntárias pelo rosto de Amaro, desaparecendo em sua barba negra. Depois de um ano inteiro de súplicas, estava finalmente pronto e decidido a enviar as palavras da mãe ao filho.

Voltou para sua amada cadeira e começou a pensar no ninho vazio. Desde a partida da mulher, lutando bravamente, coube a ele, sozinho, terminar de criar os filhos, mas, agora, todos já estavam encaminhados, menos Amaro, que não conseguia sequer esboçar um rascunho de futuro.

Foi mais um dia e uma noite em que Amaro sentiu-se frágil como um menino e entregou-se à melancolia até pegar no sono, mas que, no dia seguinte, aprontou-se apropriadamente para ser o que esperavam dele: *Forte*.

O ano passou ligeiro como a explosão devastadora de um meteoro se chocando contra a Terra depois de milhares de quilômetros de viagem. Diferentemente do meteoro, no entanto, o caçula Boris chegou são e salvo para o recesso de Natal.

Depois de dias e, por que não dizer, meses de extrema exaustão física e mental, o rapaz foi dar uma volta em seu velho Opala, que custou a pegar no tranco por falta de uso. Como o pai e a irmã ainda estavam no trabalho, resolveu fazer um programa tipicamente varetense: passear na Praça Folhaverde.

Escolheu uma mesa de calçada no Três Varinhas Gourmet, com vista privilegiada para o cartão-postal, e pediu a bebida mais gostosa do mundo, ou, pelo menos, de Vila Vareta.

— Varinha Submarina, por favor.

Alguns minutos depois, submergia uma varinha de chocolate em um generoso copo de leite quente. No mesmo instante, literalmente num passe de mágica, estava pronta a bebida achocolatada e supercremosa. Beber aquilo era como conjurar feitiços bons dentro de seu próprio estômago, por isso Boris a chamava de "poção de borboletas".

Como de costume, as crianças se divertiam em volta do chafariz, onde uma estátua de rinotouro, bípede e feliz, esguichava água para cima, proporcionando-lhes gripe e diversão.

A Praça Folhaverde fica em frente à sede da Federação Mágica do Bàdiu e o rinotouro é o animal protetor da instituição. Por esse motivo, é um dos protagonistas da simpática praça, cheia de simbolismos à brasilidade.

O rinotouro é um espécime brasileiro e híbrido, mistura de rinoceronte e touro. Originalmente, e ao contrário da escultura da praça, é grande como um ônibus e quadrúpede. Sua couraça apresenta escamas de prata, como uma armadura. Tem espinhos sobre as patas e três chifres. Essas criaturas são muito adaptáveis, podendo respirar inclusive debaixo d'água, o que, cá entre nós, seria uma explicação divertida para ocupar o chafariz.

Apesar do porte, os rinotouros não costumam ser violentos, isto é, pelo menos se não estiverem com fome. Mas, até aí, a irritabilidade provocada pela fome também aflige os bruxos taurinos e ninguém fala nada. Essas criaturas vivem em bandos e são cada vez mais raras, sendo mais facilmente encontradas em Atroz, uma das cinco demarcações de terras do país, contemplando algumas cidades nas direções norte e nordeste.

O rinotouro também ganhou fama e importância depois que foi escolhido como guardião do livro de Horgana, provavelmente um dos mais importantes artefatos do povo bruxo.

Horgana Bellarosa nasceu durante um eclipse (mas não quero, com isso, dizer que o fenômeno interferiu em suas habilidades mágicas; considere apenas como uma curiosidade) em 1872, em Pedregulho, uma cidade dentro dos limites de Meão, na direção sudeste.

Desde muito jovem, essa pedrense demonstrou a incrível capacidade de prever o futuro de várias formas possíveis, como leitura de borra de café, quiromancia, entre outras artes adivinhatórias jamais vistas. Em 1935, porém, quando já era uma famosa vidente brasileira, Horgana previu a própria morte. Após a descoberta, buscou maneiras de manter-se viva, porém caiu em um dilema: não queria morrer, mas, se continuasse viva, significaria que suas habilidades de vidência eram falhas.

E, usando um feitiço que pouquíssimos conhecem, ela encontrou uma forma, no mínimo estranha, de superar o seu problema, digamos, filosófico: tornando-se um livro — *literalmente, um livro.*

Após dias trancada em seu gabinete, Horgana simplesmente desapareceu. Os priores encontraram apenas um livro com um par de óculos cravado na capa dura em couro escuro. Dias depois, ficou comprovado por perícia que os tais óculos achatados pertenciam à bruxa desaparecida.

De acordo com os relatos dos poucos que tiveram acesso ao livro de Horgana, ele muda de conteúdo a cada leitor. E o que diz? Bem, a vida de quem o lê, desde o nascimento até a morte.

O peso de tais revelações poderia levar qualquer bruxo à loucura, assim como levou os desafortunados que o leram, pois os caminhos do destino são incertos e, bruxos ou juruás, não estamos preparados para lidar com seus desígnios antes da hora. Pelo visto, nem a própria Horgana estava.

Portanto, em uma medida preventiva, o livro foi condenado ao exílio e hoje se encontra no subsolo da sede de nossa Federação, dentro de um tanque d'água, submerso a mais de trinta metros de profundidade. No fundo desse tanque, em uma jaula muito resistente, repousa um rinotouro injuriado que carrega dentro do estômago o cofre que guarda o livro. Como não poderia deixar de ser, o cofre foi selado com feitiços impensáveis, tornando a obra da bruxa Horgana Bellarosa o item mágico mais protegido — e proibido — do país.

Enquanto as crianças adoram o rinotouro cuspidor, os casais veneram o busto de Raoní Folhaverde. Provavelmente por ser uma área mais reservada da praça, se é que me entendem...

Antes de 1808, quando a Federação foi oficialmente fundada, os bruxos brasileiros já tinham uma sociedade minimamente organizada. O país é um dos poucos, senão o único, habitado apenas por bruxos antes de sua colonização, e chamavam de cacique o mago mais habilidoso de cada tribo. Uma vez por ano, esses líderes mágicos da antiguidade costumavam se reunir em um evento conhecido como Fogueira dos Sábios. Ali discutiam os rumos da magia, bem como se informavam a respeito de feitiços e perigos que circundavam cada tribo desse Bàdiu — nome original de nossas terras, que significa "floresta" na língua de um cacique morto por colonizadores.

Após a chegada da família real portuguesa, em 1808, os líderes perceberam que era necessário evoluir o sistema de governo, não sucumbindo, mas se adaptando a todas as mudanças provocadas pelos juruás europeus, que tinham se perdido por aqui quando saíram para comprar tempero, forçando os nativos a adotar uma organização mais parecida com a que conhecemos hoje.

Bem, é sabido que, nessas reuniões, chamadas de Fogueira dos Sábios, foi acordado entre os diversos líderes, os caciques, que o idioma a ser adotado por todos em deliberações oficiais seria o tupi-guarani, ainda que não fosse a língua materna de todas as tribos.

Assim, a palavra "juruá", do tupi-guarani, passou a ser usada para identificar quem não é Indígena, isto é, brancos e, claro, os não mágicos, a exemplo desses europeus que não tinham magia — nem bússola ou senso de direção, caso contrário teriam chegado às Índias, não à tribo Pataxó, na direção nordeste.

Na emblemática Fogueira dos Sábios de 1808, os sábios caciques perceberam, finalmente, que precisariam unificar suas tribos se quisessem manter as terras do Bàdiu, não sucumbindo diante dos "deuses portugueses". Nesse momento da história, apesar de muito inteligente, nossa população não entendia muito bem a diferença entre a monarquia e as divindades, acreditando, mesmo, que os deuses dos juruás estavam vindo para tomar suas terras, hoje divididas em cinco partes: Sarça, Dédalo, Atroz, Meão e Austral.

E foi nesse ano que Raoní Folhaverde foi eleito cacique da unificação, o que hoje entendemos como presidente.

Raoní, um indígena muito justo, aceitou o cargo de bom grado, começando as suas pesquisas e buscando formas mais eficientes de governo. Embasado em ideias helenistas e romanas, em 1819, ele criou o Oratorium, um local onde bruxos eleitos pela comunidade podiam se reunir para fazer discursos e criar leis que regem nosso mundo até hoje. Foi, certamente, uma jornada trabalhosa, se considerarmos que até 1808 cada tribo mantinha as próprias regras.

Um dos principais legados legislativos de Raoní foi estabelecer o tempo máximo de ocupação dos cargos de presidente e orador, ambos membros do Oratorium, definindo-se sete anos de governo. Após isso, Folhaverde renunciou, considerando essa sua maior contribuição para o país, já que sonhava com o dia em que o povo seria representado por alguém que tivesse sido escolhido pela massa, e não apenas pelos sábios.

Em 1820, Endí Campos foi empossado como o primeiro presidente instituído por eleições populares e, a partir de então, secretarias, departamentos e repartições foram criados, dando forma à Federação como a conhecemos hoje.

Pela renúncia, incitando eleições diretas, Raoní Folhaverde tornou-se a figura mais querida dessa nova república, tendo seus dizeres estampados em documentos e parafraseados até hoje: "Um povo. Uma nação. Um destino".

Obrigado, Raoní, o povo dessa floresta, desse Bàdiu, agradece a sua contribuição.

Boris, como bom bruxo nacionalista, sempre se sentia inspirado naquele lugar, mas, depois do pôr do sol, resolveu comprar um mimo para o pai e ir para casa. Optou por uma caixinha de dedo de bruxa, um chocolate especial do Três Varinhas Gourmet. À medida que as unhas dos dedos são roídas, elas crescem novamente. Amaro, que não é bobo, prefere esse chocolate porque demora mais para acabar.

Uns dias eram mais difíceis do que outros, mas, nesse, Amaro estava imensamente feliz e satisfeito. Enquanto roía devagar seu dedo de bruxa, os filhos jogavam conversa fora e planejavam a ceia de Natal.

A família Forte, depois de tantos infortúnios, estava realmente empenhada em desfrutar uma comemoração, seja ela qual fosse. Por estar de férias, Boris era o mais envolvido na organização das festividades, acordando disposto a comprar um presente para o pai e para a irmã.

Para Helga foi fácil: passou na Agulhas Tricotadeiras e lhe comprou um belo casaquinho, porém não conseguia pensar em nada que julgasse atraente para o pai, que usava o mesmo par de sapatos e o mesmo chapéu há anos, sem a menor possibilidade de troca.

Depois de andar pela Rua Sem Fim, caótica nessa época do ano, resolveu dar uma espiada no centro da cidade. Chegou ao Mercadão Vila Vareta, na Rua Carvalho Cortado em Dois, um complexo de lojas de baixo custo, para não dizer mercado de pulgas.

Normalmente, o local era mais frequentado por bruxos de classe baixa, que, não tendo muitos dobrões, recorriam a produtos de segunda mão.

O mercado popular abrigava várias barracas e lojinhas de bruxos mestiços, que dificilmente conseguiam um bom ponto de vendas pelo centro da cidade. Vale lembrar que essa desigualdade entre bruxos de sangue puro e mestiços também é herança de nossa "adorada" colonização, visto que, ao se envolverem com nossas índias — muitas vezes sem consentimento —, os juruás deram início à miscigenação dos povos e, claro, a crianças que nasciam mestiças de sangue.

Como não restavam muitas opções, Boris resolveu garimpar alguma boa oportunidade de compra. Já estava quase desistindo quando vislumbrou uma grande loja com fachada de madeira envernizada. Como imaginou ao ver o nome, Faísca e Fumos, tratava-se de um requintado estabelecimento de cachimbos e apetrechos. Passando pela porta vaivém, decorada com imagens de dragões, pôde ver uma porção de mesas e poltronas, onde bruxos de bom gosto, exibindo echarpes e cartolas, degustavam tabaco importado em enormes e ornamentados cachimbos.

Um senhor elegante e baixinho saiu de trás do balcão de atendimento para recebê-lo na porta.

— Pois não, cavalheiro, como posso ajudá-lo? — Sorriu.

— Estou procurando um presente para o meu pai.

— Certamente escolherá um presente adorável. Acompanhe-me — disse, guiando o a um passeio pelas prateleiras. — Dispomos de cachimbos, filtros, escovilhões, tabaco, cartolas, bengalas e adornados cajados de madeira. Seu pai é um apreciador da arte de acender cachimbos?

— Bem, ele fuma charuto de vez em quando, mas nunca vi nenhum cachimbo...

— Charuto?! Entendo... — desdenhou o senhor.

— Mas acho que ficará feliz em ganhar um. Pode me mostrar?

Estrelas do Amanhã

— Evidente que sim. Venha, meu rapaz. Eu lhe oferecerei uma degustação para que seja mais criterioso na escolha.

Sentando-se em uma poltrona, Boris Forte reparou que as enormes janelas do lugar ofereciam uma vista privilegiada do mercado, o que, na sua opinião, não era exatamente uma vantagem. Comprar aqueles produtos sofisticados vendo a pobreza das barraquinhas não era nada animador.

O rapaz experimentou diversos fumos e tossiu em todos. Enfim, escolheu um cachimbo longo, com dragões chineses cravados na prata. Quase desistiu do presente ao descobrir o valor, mas, pensando bem, concluiu que a ocasião era digna o suficiente para extrapolar seu orçamento.

— Ótima escolha. Seu pai é um homem de sorte, garoto. Qual é mesmo o seu nome? — perguntou o senhor, acompanhando-o até a porta.

— Boris. Boris Forte.

— Ora, ora, não me diga que é filho de Amaro? — perguntou, abrindo um grande sorriso.

— Sim, é para ele o presente.

— Pois é um prazer conhecê-lo. Amaro é um velho amigo meu. Mande um abraço de Ernesto Capucho e felicitações natalinas. — Pegando imediatamente mais uma caixinha de tabaco e a colocando no embrulho: — Leve este mimo para seu pai, é o meu favorito em todo o estoque.

Boris foi para casa feliz e satisfeito, carregando o pacote mais caro que já comprara em toda sua vida. De alguma forma, aquela sensação o fez se sentir o mais adulto que já tinha se sentido em dezenove anos.

Depois de uma lista extensa de mercancia, o jardim aparado e a casa ajeitada para receber as visitas, a família Forte estava pronta para comemorar o Natal, a festa mais aguardada do ano para bruxos e bruxas deste Bàdiu varonil.

A mesa já estava posta sob a maior araucária do jardim. Amaro, de bermuda, como há muito não fazia, usava sua varinha de um jeito muito talentoso para preparar o porco no rolete, tradicional e indispensável assado da festa. Além de virá-lo com precisão, tostando igualmente todos os lados no fogo de chão, ele enfeitiçou apetitosas peras ao vinho, que faziam uma harmoniosa ciranda em cima da carne.

Boris passou a manhã paparicando os avós maternos, Naná e Péricles, que se recuperavam da longa viagem de Pedregulho a Vila Vareta, repousando nas recém-compradas espreguiçadeiras de jardim. Não demorou para que tia Marta chegasse de Tulgar com o marido inconveniente e as gêmeas, duas menininhas muito travessas e censuráveis, como o pai.

"Convites por educação" são perigosos como flechas lançadas. E foi por causa desse infeliz protocolo social que Doroteia, prima de Amaro, compareceu ao almoço de confraternização na companhia de Nestor, seu marido atrapalhado, e Ilário, um garoto franzino, filho único do casal. Judite e Omar foram com o neto, Hector, mas, de toda aquela gentarada, apenas Guerra Datto chegou de mãos abanando para o banquete.

Como manda a tradição, as festividades começaram após o estouro da pinhata, simbolizando a luta do bem contra o mal. Na brincadeira, adultos e crianças devem destruir o mal, representado por uma enorme estrela colorida, chamativa como a tentação do pecado. Por meio da fé cega, são guiados a perseverar contra o mal, o que explica bater na pinhata com pedaços de pau e olhos vendados, até receberem as bênçãos e os louros do bem, ou seja, doces e balas escondidos dentro da estrela.

Apesar da bonita mensagem, o estouro da pinhata sempre causa uma confusão danada e vários acidentes, afora desavenças familiares e rompimentos instantâneos e, às vezes, permanentes de entes queridos, que, vendados, batem uns nos outros a troco de doces.

Feitos os hematomas, o anfitrião propôs um brinde, que os adultos fizeram com vinho e as crianças com suco de caju. Então, era chegada a hora de acender a *árvore da vida*, uma árvore toda adornada que celebra a vitória da vida sobre a morte.

— Alegro-me em ver amigos e familiares povoando este jardim em uma genuína celebração de esperança. Que a fé de nossa infância seja mais forte do que a dor pelos entes perdidos. Peço a meus filhos, Boris e Helga, que acendam a árvore da vida, pois são eles que enfeitam a árvore da minha vida em todos os sentidos, literal ou não — discursou Amaro, com os olhos marejados.

Boris e Helga imediatamente lançaram um poderoso feitiço que deixou a árvore totalmente acesa em plena luz do dia.

Os convidados então colocaram seus presentes embaixo da resplandecente árvore enfeitada com bolinhas coloridas, minirrinotouros, unicórnios e outros enfeites diversos; mais tarde, eles seriam entregues, simbolizando a prosperidade que se deseja à vida do presenteado.

— Declaro o banquete aberto — finalizou Amaro.

A abertura do almoço é, em geral, a segunda tradição natalina que causa alvoroço e pancadaria. Coincidentemente, ambas envolvem comida. Depois de se estapearem por doces, toda a correria é transferida para a mesa. Em geral, os banquetes são generosos, justamente por simbolizarem a fartura, mas é comum não sobrar nem migalhas.

Estrelas do Amanhã

Já com bucho cheio, todos cantam e dançam canções habituais da época, que pregam paz, amor e vários sentimentos bons, enquanto as crianças correm para lá e para cá. É choradeira, fofoca e gritaria para todo lado.

Amaro recebeu o presente de Boris e os cumprimentos de Ernesto Capucho com grande entusiasmo e, por delicadeza, resolveu não contar ao filho que tem pavor de cachimbo. Ganhou um suéter de Helga e, da mesma forma, detestando amarelo, não trocaria por medo de magoá-la. O único presente de que deveras gostou foi uma agenda de 1991, presente de Perpétua Gentil, esposa do excêntrico Guerra Datto. Talvez tenha sido o seu favorito pela capa discreta ou, simplesmente, por embutir a esperança de um ano melhor.

As férias, como tudo que é bom, passaram ligeiras. Quando deu por si, Boris Forte já estava aprontando as malas para voltar ao Ateneu e, arrumando a papelada que seria necessária à sua formatura, teve uma impactante surpresa: encontrou uma carta de Amélia Flores, entregue há mais de um ano.

O rapaz se encheu de uma esperança involuntária, mas as palavras e o estilo tão dela explicitavam em dolorosas linhas o que ele já tinha repetido baixinho tantas noites antes de dormir: *acabou.*

Ateneu? Como não pensamos nisso antes? Não consigo te imaginar em qualquer outro lugar. Eu conheci o menino sabendo o potencial do homem. Você é merecedor, então terá sucesso em tudo o que se propuser a fazer. Espero que não subestime o nosso amor, mas simplesmente não consigo enxergar nenhuma possibilidade para nós. Crescer implica um monte de responsabilidades que vão além da nossa vontade. Guarde nossa história com carinho, moço. Daqui, carrego boas lembranças e saudade.

Amélia Flores

Naquele momento, não importava ter lido agora ou há um ano. A caligrafia de ponta fina feria feito bisturi. Boris, apesar de calado, era um romântico incorrigível e se permitiu sofrer nos últimos dias de férias por achar o relacionamento merecedor de ser velado. Depois, partiu para a academia, onde faria outro juramento de amor no fim do ano, dessa vez a seu ofício.

CAPÍTULO 6
O POPULAR

A célebre fanfarra do Priorado dos Magos animou a volta às aulas do Ateneu. Os talentosos músicos assopravam fervorosamente trompas e clarins, embalados pelo rufar dos tambores, reverberando marchinhas animadas e contagiantes. Baltazar, extasiado em receber calouros e veteranos, dançava descontroladamente em ritmo de festa.

Não demorou para que os alunos caíssem na folia, no meio do pátio, diminuindo a pressão natural da academia. Nem o tímido Boris, que cora por qualquer motivo, conseguiu controlar os estímulos. Discretamente e no compasso, mexia os pés e os ombros.

Golias, mais fanfarrão que os próprios integrantes da fanfarra, mostrava toda a malemolência de Tulgar, afinal sua cidade natal era a capital bruxa do Carnaval, com dias inteiros dedicados a festejos, bailes, desfiles e folguedos populares.

Depois da prévia carnavalesca, todos foram para o comedouro repor as energias, inclusive os músicos, ainda trajando as fardas alinhadas, os chapéus cívicos e trazendo a tiracolo os afinados instrumentos que ostentavam a bandeira do Priorado.

Contra sua vontade, Baltazar invadiu o salão envergando o antiquado terno de pinguim e soprou a cornetinha enferrujada e desafinada até ficar roxo, deixando os músicos de cabelos em pé:

— Atenção, veteranos! O feiticeiro Lima Maciel, de Técnicas de Combate, solicita que estejam a postos a uma e meia desta manhã. Repetindo, uma e meia desta manhã. É muito importante, neste retorno, que atentem às vestimentas, para que estejam apropriadas, conforme diretrizes de nosso diretor Tobias Tôla. Muito obrigado.

— Corta essa, meu chapa! Esse Tobias deveria se preocupar mais com os trapos de Lima Maciel do que com os vincos das nossas vestes — indignou-se Golias, fazendo o comentário indelicado aos colegas da mesa.

— Pois comente isto em nossa caixinha de sugestões, senhor Vasco! — respondeu Tobias, que jantava discretamente na mesa de trás. — Espero não estar exigindo demais de sua competência, mas seja pontual.

O diretor abandonou a mesa, deixando os alunos perplexos.

— Por que você não perde uma única oportunidade de se calar? — indignou-se Lúcia, procurando um buraco para se esconder feito tatu.

— Espero que ele não me prejudique nos testes finais por estar na mesma mesa que você! — esbravejou Horácio, retirando-se imediatamente.

— Quanta hipocrisia... eu não falei nada com que não concordem, só tive o azar de ser pego com a boca na botija.

— Sou obrigado a concordar que foi uma tremenda falta de sorte — comentou Boris, que dificilmente se envolvia em assuntos muito polêmicos. — O fato é: seja lá com suas camisas esgarçadas, seja vestido como um lorde inglês, Lima Maciel nos espera à uma e meia da matina. Melhor irmos dormir!

Lúcia desistiu de discutir com Golias depois do posicionamento de Boris, que se revelava, a cada dia, um ótimo apaziguador, com comentários contidos e pontuais.

Ainda não marcava uma e meia no relógio de bolso quando Lima Maciel, que não se vestiu como um lorde inglês, armou uma expedição cujo destino os alunos não tiveram coragem de perguntar.

— Estão com sono? Pois despertem! As trevas não dormem, tampouco lhes dão a chance de programar um pardal-lembrete — ralhou, começando a distribuir vassouras. — Vocês estão em posse de uma Bravata, o modelo mais veloz já fabricado em solo brasileiro. Trata-se de uma fabricação exclusiva da FlyUp para o Priorado dos Magos. Não alçaremos voo para que apreciem a vista. Eu quero ver o vento cortando a cara de vocês, porque, em algum momento, a vida de alguém vai depender de sua velocidade. Temos até o amanhecer para chegar. Nenhum raio de sol a mais que isso. Subam! — gritou o professor extremamente intimidador.

Boris respirou fundo, sabendo que teria de superar seu medo de altura, e, desta vez, não seria na vassoura de Helga, caindo aos pedaços.

Os estudantes viajaram sob pressão intensa. Por não estarem acostumados com a velocidade, muitos caíam das vassouras, sendo obrigados a alcançar o grupo depressa. Cada facho de luz era motivo de desespero dos acadêmicos, que pensavam já estar amanhecendo, mas não tinham condições de olhar em seus relógios.

— Atenção. Pousar! — bradou Lima Maciel, em cima de uma mata fechada, inclinando sua vassoura para uma descida rápida e perfeita, enquanto alguns alunos ficavam enroscados na copa das árvores e outros, como Boris, cambaleavam até uma queda nada suave.

— Professor, Valquíria e Constantino estão presos nas árvores. Podemos ajudá-los? — perguntou Lúcia.

— Evidente que não. Dentro de um ano, Valquíria e Constantino serão a única chance de sobrevivência de muita gente. É bom que aprendam a se virar. — Dando as costas à aluna, o professor continuou: — A quem interessar possa, estamos na Floresta do Volutabro, próximo a Tremedal, uma região dentro das demarcações de Sarça, que é alagada durante a maior parte do ano, formando um grande pântano. Antes que me incomodem com isso, adianto-lhes que não temos sapato especial nem qualquer outra parafernália que vos traga algum conforto. Não posso afirmar que serão bons patrulheiros, investigadores ou legistas, mas, no que me compete, posso garantir que serão excelentes combatentes.

— Senhor, peço dispensa, não quero mais pertencer ao Priorado dos Magos — disse Constantino aos prantos, após descer, ou melhor, cair da copa da árvore.

— Fico feliz em colaborar com seu autoconhecimento, rapazote. A nossa missão é diferenciar aqueles que salvam daqueles que precisam de salvação.

— Por favor, senhor, ajude-me a voltar para o Ateneu — suplicou.

— Você já fez sua renúncia, mas chegou aqui por vontade própria e deverá voltar da mesma forma. Um dia, rapaz, a sua vida poderá ser salva por esses colegas, mas, hoje, eles são meros cadetes e não posso negligenciá-los para te ajudar. Siga na direção leste e ache seu caminho.

— Tudo bem. Isso nunca foi para mim mesmo — respondeu Constantino, secando as lágrimas e engolindo o choro.

— Valquíria, devemos esperá-la? — gritou o feiticeiro, olhando para o clarão.

— Simmmmmm! — ecoou a resposta da moça que, alguns minutos depois, mancando e com folhas fisgadas no cabelo, juntou-se ao grupo.

A caminhada era muito difícil e arriscada. Além da areia movediça, encontraram diversas plantas altamente perigosas, estudadas na aula de Madame Berlamina, uma professora mais didática do que Lima Maciel. Depois de horas andando aparentemente a esmo na mata fechada, chegaram a um lodaçal cheio de árvores de galhos finos e muito resistentes, emaranhadas umas nas outras.

— Enforcárvores! — exclamou Golias, duvidando do que seus olhos viam.

— Exato! — respondeu Lima, satisfeito. — Por mais que possam ser vistas em outras regiões, aqui é o berço desta espécie. Os prisioneiros condenados à morte pela Federação Mágica do Bàdiu são levados ao pátio

Estrelas do Amanhã

de execuções, dentro do Priorado dos Magos, e entregues a enforcárvores iguaizinhas a estas. Não se iludam com seus galhos afáveis. Essas plantas móveis, como o nome sugere, envolvem as vítimas, agarrando-as pelo pescoço e levantando-as em um movimento quase fatal. É muito comum encontrá-las em torno de construções que desejam manter intrusos afastados. E, como devem imaginar, essas belezinhas não enforcam apenas prisioneiros condenados. É muito, mas muito comum serem usadas por bruxos das trevas, e é por isso que estamos aqui.

Os alunos entraram em desespero. Lima Maciel já os havia torturado de tantas formas que ninguém duvidava que ele teria coragem suficiente de arriscar suas vidas com árvores assassinas.

— Golias, por favor, pegue o que está aqui dentro do meu porta-tudo!

O rapaz, apreensivo e com os olhos fechados, enfiou a mão no porta-tudo de camurça azul que o professor segurava. Seu grito de angústia ao tirar um coelho deixou todos ainda mais apavorados. Principalmente pela risada do professor, que, neste momento, parecia ainda mais sádico do que o normal.

— O que faço agora, professor?

— Demonstre! Imagine que está em nosso abominável pátio de execuções e esta adorável criatura foi condenada à morte pelo Tribunal de Execuções Penais. Dias depois, a decisão foi mantida em um novo julgamento na Suprema Corte do Bàdiu, até que, finalmente, você teve a autorização de Virgílio Azambuja, nosso presidente, para levar a cabo o derradeiro suspiro daqueles que se corromperam em crimes passíveis de execução.

Os alunos estavam assustados com a voz mansa e cruel com que Lima Maciel explicava o processo de execução, gesticulando, rodeando-os como se declamasse um bonito poema no teatro de Vila Vareta. Sem dúvida, aquele monólogo era digno de tirar lágrimas da plateia.

— Homicídios, tortura usando a maldição Patiens, terrorismo, invocação do Pastor Negro e, para mim, a pior de todas, traição. Todos os apenados dessas barbáries merecem ser entregues aos vermes, que lhes comerão o que restar de carne depois do serviço das enforcárvores. Golias, execute esta doce criatura! Agora! — gritou.

O menino deu as costas ao grupo, caminhando lentamente até as enforcárvores e carregando o coelho com as mãos trêmulas.

— Quem diria que um corajoso e insolente filho de Tulgar temeria uma missão tão simples. Ora, quase me esqueci de incluir "elegante" em seus predicados — zombou Maciel, lançando um feitiço que deixou Golias totalmente nu, com o traseiro à mostra de todos que testemunhavam a humilhação, tornando a experiência ainda mais bizarra. — Você foi muito atrevido falando de minhas vestes. Agora, desfile expondo suas nádegas brancas e murchas!

Lágrimas escorriam pelo rosto de Golias, e não eram apenas em condolências ao pobre coelho. Eram também pranteando a morte de sua vaidade, de seu orgulho e de sua conhecida arrogância. Cautelosamente, com medo de ser capturado pela árvore, colocou o coelho próximo à primeira planta, naquela área escura e fria, com enforcárvores até se perder de vista. O bicho foi enforcado de súbito, depois de cinco ou seis saltitadas no meio delas, que se mexiam freneticamente, como uma engrenagem.

O rapaz voltou ao grupo tampando suas intimidades com as mãos, até que Lima Maciel conjurou outro feitiço, devolvendo-lhe os trajes.

— Pense bem em todas as suas ações, "meu chapa". No Priorado, nunca sabemos com quem estamos lidando e quais são suas verdadeiras intenções. Hoje ficou desnudo, amanhã pode não ter tanta sorte. Entendido? — perguntou o feiticeiro, ao que não obteve resposta. — Entendido? — insistiu num grito.

— Entendido, senhor — respondeu Golias, cabisbaixo.

— Que sirva de lição para todos. Agora, individualmente, peguem seus próprios condenados em meu porta-tudo. Vocês precisam praticar antes de passarmos para a próxima lição.

— Próxima lição? — cochichou Boris, preocupado.

Já era tarde quando Lima Maciel terminou de passar todos os ensinamentos pertinentes às enforcárvores. O lodaçal, que a essa altura mais parecia um cemitério a céu aberto, depois de incontáveis execuções de animais, estava quase mergulhado no breu.

— Por último, mas não menos importante, devemos conversar a respeito das enforcárvores como núcleo de varinhas mágicas. Seu núcleo é escuro, gelatinoso e extremamente poderoso para invocar maldições. A extração se dá nas raízes mais profundas, com risco iminente de enforcamento, tornando-as muito raras.

A aula foi interrompida com o desmaio de Lúcia, que, assim como todos seus colegas, sentia fraqueza pelo jejum de quase vinte horas. Acontece que o "incidente" com a moça não foi o bastante para cessar as explicações de imediato. Só depois de concluir sua matéria, o professor despertou a aluna para começar a viagem de volta ao Ateneu.

Como chegaram antes do horário do café da manhã, tiveram a opção de escolher se estavam mais exaustos ou mais famintos. A maioria preferiu esperar até que o cuco do comedouro desse suas sete badaladas e abrisse a porta da felicidade, com bolos, pães e frutas frescas. Outros, contrariados,

Estrelas do Amanhã

73

sujos e feridos, decidiram aproveitar uma horinha de sono, antes do início da próxima aula, que, para surpresa geral, não fora cancelada, mesmo depois de trinta horas ininterruptas de atividade extraclasse.

Olinda Calado, mais conhecida como Dona Baby, com seus cabelos vermelhos e esvoaçantes feito fogo, chegou a começar a explicação sobre alguns métodos de disfarce por meio de poções e transfiguração, mas se compadeceu dos pobres alunos, que pareciam ter vindo de um apocalipse zumbi, e adiou a aula em três horas.

Os dias pareciam cada vez mais curtos, enquanto a rotina era gradativamente mais intensa, cansativa e perturbadora, com poucas oportunidades de trégua.

O cômodo mais frequentado do castelo, nos raros momentos livres, certamente era o caldário. Em um salão neoclássico, os alunos desfrutavam a enorme piscina de pedra com águas termais, toda circundada por pilares de mármore travertino, vindos diretamente da Itália. A sala era uma homenagem aos banhos públicos romanos, usados na antiguidade para banhos coletivos, destinados à higiene pessoal ou com fins medicinais. No caso do Ateneu, o caldário servia apenas para descanso. Era um lugar onde os alunos podiam relaxar das tensões cotidianas e confraternizar com os colegas.

Porém era mais comum encontrar Baltazar, vestindo seu maiô listrado, do que Boris, que, todos pensavam, odiava água. Contudo, para espanto geral, o caçula de Amaro passou a ser um assíduo frequentador do lugar em seu segundo ano. Enfrentou sua timidez, no tocante ao calção de banho, e conseguiu melhorar sua vida social e, consequentemente, seu rendimento escolar, já que estava mais relaxado.

— Pensei até que não viesse hoje — disse Catarina, que se banhava, enquanto Boris caminhava com uma toalha nas mãos.

— Eu me enrolei estudando a Constituição Majurídica, mas agora posso ficar até o jantar.

Tanto Lúcia quanto Carmem Lúcia o cumprimentaram animadas. De alguma forma, faziam questão de mostrar ao rapaz que também estavam à sua espera.

— Se esse é o problema, eu posso ajudá-lo — ronronou a estonteante Catarina Datto, aproximando-se perigosamente do rapaz e sussurrando: — Sou craque na Constituição Majurídica!

— É uma oferecida, isso, sim — indignou-se Lúcia.

— Obrigado, Catarina, você é muito gentil — sorriu Boris, mergulhando para escapar do flerte.

As investidas continuaram até Golias pular na piscina, espalhando água para todo lado e atiçando a fúria das meninas, que não gostaram de ter os cabelos molhados.

— Ai, Golias! Estou há horas tomando cuidado para não molhar o cabelo — esbravejou Carmem.

— Porque é tola, oras. Quem vem aqui é para se molhar — desdenhou. — Bem, o papai aqui tem boas-novas e, se quiserem saber, é melhor não me aborrecerem — tripudiou o garoto, que nunca entenderá o que significa para uma mulher ter o cabelo molhado sem consentimento.

— Precisava disso, Golias?! — defendeu Boris.

— Desembucha. Anda! — Lúcia deixava cada dia mais evidente sua falta de paciência. — Meus pais vão para Pélago durante o Carnaval. Passarão quatro dias inteiros tomando sol e groselha num casarão de frente para o mar!

— E? — perguntou Catarina.

— E... quando os gatos saem, os ratos fazem a festa, chapa — piscou.

— Fale de uma vez!

— Uma casa maravilhosa está apta a abrigar, clandestinamente, meus colegas foliões para três dias de loucuras no maior Carnaval do Bà-diu! — explicou, performático.

— Eu a-do-rei! — comemorou Catarina.

— Isso me parece meio arriscado, não? — Boris coçava a barba, receoso.

— Arriscado? Ora, bonitão — aproximou-se Catarina. — Eu estava para dizer agora mesmo que só vou se for em seu carro.

De uns tempos para cá, a moça de longos cabelos castanhos e olhos verdes não perdia uma única oportunidade de insinuar seu interesse pelo rapaz. Até Boris, que tem certa tendência a não perceber investidas, já tinha consciência e, apesar de achá-la muito atraente, acabava se acabrunhando.

— No meu carro?

— Boa, Catarina! Vamos, Boris. Podemos ir os cinco em sua lata-velha — animou-se o anfitrião.

— Não me incluam nessa loucura — recusou Lúcia, enquanto Carmem, festeira de carteirinha, aceitava de pronto.

— Bem, eu teria que buscar meu veículo em Vila Vareta... Além disso, tive gastos inesperados no Natal. Infelizmente, não poderei participar, pessoal, até porque... vocês sabem, as provas práticas começam assim que acabar o recesso carnavalesco... — explicou Boris Forte, sempre muito racional.

— Bobagem! Você é o único por aqui que não deveria se preocupar com as provas. Vamos, meu camarada, não faça jogo duro. Antes de irmos,

Estrelas do Amanhã

75

você pode enfiar a cara nos livros mofados da biblioteca. Ora, Boris, já está acostumado com isso mesmo. O que me diz? — insistiu o tulguense.

Boris olhou para Lúcia, como de costume desde a entrada no Ateneu, buscando a aprovação da colega.

— Bom, sendo assim... Lúcia, acredito que possamos fazer um bom apanhado da matéria na sala de estudos singulares e, depois, nós montamos um grupo de estudos para discutir o conteúdo no pátio — propôs Boris, que continuou buscando a aprovação da conterrânea.

— Eu já vou providenciar umas roupas velhas para tingir. Serei a mais colorida da marchinha — planejava Carmem Lúcia.

— Preciso de um tempo para pensar — avisou Lúcia, enquanto abandonava o caldário.

Boris ficou um pouco sentido, afinal Lúcia era uma boa amiga desde o ingresso na escola e ele ficaria contente em tê-la na viagem. Ainda assim, era empolgante ouvir os planos mirabolantes de Golias, Carmem e Catarina Datto.

Nos dias seguintes, como se ainda fosse possível, o clima de tensão aumentou. Os professores dos alunos, em comum acordo, encheram-lhe de testes-surpresa, aplicaram provas orais e exigiram trabalhos extraclasses que tomavam tempo e juízo.

Circulava pelos corredores que se tratava de mais uma peneira para reduzir o número de alunos. Sendo esse o objetivo ou não, funcionou. Vários secundaristas despediram-se do Ateneu, voltando para a tranquilidade da vida civil.

Berlamina Fajardo era um dos poucos membros do corpo docente que pareciam não querer sobrecarregar ninguém por bel-prazer. Talvez por isso e por seus abraços quentinhos, era rapidamente eleita a predileta dos alunos. Ainda que tentasse disfarçar, dadas a seriedade e a proposta didática da instituição, Madame Berlamina, com seu inegável instinto maternal, era um oásis de aconchego dentro dos opressivos muros da academia.

— Boa noite, meus alunos — cumprimentou a simpática senhora, trajando camisa xadrez, jardineira e um chapelão bem original cheio de girassóis. — Mas quanto desânimo! Parece até que foram convocados a cornetadas para uma aula às onze da noite — disse, caindo em uma risada gostosa. — Ah, foi isso o que aconteceu, não é? Queridos, sei que gostariam de estar em suas caminhas, mas quero ensinar a vocês tudo o que eu sei. Não me queiram mal, pois lhes quero muitíssimo bem, e é por isso que trouxe um chazinho para mantê-los mais calmos e aquecidos.

O Ateneu não tinha uma estufa como no castelo da EMB, no ensino básico, e a sala de Botânica Forense seria só mais um cômodo acarpetado ou revestido de longos tacos de madeira no segundo andar, como todas as demais salas de aula, se não fosse a excentricidade da professora, que cobriu o piso todo com uma grossa camada de terra. Podia até parecer autoritarismo forçar seus pupilos a tirarem os calçados no corredor, obrigando-os a assistir à aula descalços, no solo frio, mas a proposta era justamente essa. Berlamina Fajardo pregava que o homem precisa fincar os pés no chão para se conectar com sua essência. Se faz sentido ou não, nunca saberemos, mas, depois da primeira impressão, a sala realmente ficava muito aconchegante.

Não faltava biscoito dentro de um pote de vidro nem um bule de chá quentinho, dos quais os alunos tinham liberdade para se servirem a qualquer momento, usando uma das canecas esmaltadas, oferecidas em pilhas. Quase todos os dias, o sabor do chá era camomila, cujas folhas eram cultivadas e colhidas por Sofia Horta, companheira da professora. A bebida era tão gostosa que os alunos até conseguiam notar quando a infusão era feita com as plantas de Sofia ou não. Berlamina se divertia dizendo que o segredo da camomila de Sofia era o amor. Eram as mãos leves da parceira, como de fadas, que agraciavam o paladar.

— Nós estudamos dezenas de espécies vegetais desde a entrada de vocês nesta academia. Como sabem, nesta área analisamos plantas, sementes ou qualquer vestígio botânico, com o fim de obter evidências e provas de um crime, comprovando testemunhos ou acusações. — Limpou a garganta e, após uma breve pausa, prosseguiu: — Não se esqueçam de que o Priorado é uma grande família e, como nas famílias, precisamos uns dos outros. Quem aqui optar por seguir na Botânica, dentro do departamento de investigação, será um parceiro valioso ou uma parceira valiosa a nossos irmãos e irmãs legistas, que realizam necropsias em corpos arrasados em busca de explicações, e a nossos irmãos e irmãs peritos, incumbidos de desvendar as pistas deixadas na cena do crime. É por isso que os convoquei tão tarde da noite, meus queridos, me desculpem — juntando as mãos —, mas era o único horário que poderia juntar Patrício Francisco, de Estudos Periciais, e minha querida Petúnia, de Educação Legista.

Mais conformados após compreenderem os motivos do convite de última hora, os alunos se empolgaram ao receber os outros professores, principalmente porque eles também foram obrigados a tirar seus sapatos, e, por mais que não pareça, isso tem grande importância dentro de uma

Estrelas do Amanhã

instituição com regras tão severas. Foi reconfortante perceber que nem todas as regras se aplicavam apenas aos cadetes.

— Boa noite! — cumprimentou Petúnia, a professora mais jovem do Ateneu.

Petúnia Feíssimo, o que era uma afronta a tanta beleza, mexia com o imaginário mais íntimo de vários alunos e, ao que dizem, de alguns professores também.

— Achei muito interessante este convite de Berlamina e confesso que fiquei um pouco frustrada por não ter tido essa ideia antes. — Sorriu. — Juntos, nós preparamos um apanhado de casos reais e também criamos alguns casos hipotéticos, para que pratiquem a suposição. Patrício, querido, pode dividir conosco o primeiro caso?

— Claro, professora — respondeu ele, limpando a garganta. — Boa noite! Em alguns meses, vocês poderão seguir pela linha de frente dos priores ou pelos bastidores da investigação, mas, seja lá qual for a decisão prática, é importante que se esforcem em todas as lições desta casa. Bem, creio que posso ser mais claro: ainda que não optem pela divisão dos investigadores e achem esse trabalho chato e burocrático, saibam que somos muito importantes para a conclusão e a solução de um crime. Saibam também que priores, os heroicos e corajosos priores, os perseguidores das trevas e executores do bem... — estendia-se o professor, perdendo o fio da meada. — Saibam que, apesar de irem para a ação, é com base em nossas investigações que eles são capazes de realizar qualquer flagrante. Então, por favor, poupem-nos de sua arrogância e se esmerem para terem ao menos alguma noção das coi...

O professor rechonchudinho foi interrompido por Berlamina na hora exata em que seu discurso começava a assustar os estudantes. Embora muitos já tivessem ouvido algo a respeito de uma rixa entre investigadores e priores, aquela foi a primeira vez que presenciaram de fato uma demonstração de ressentimento interdepartamental.

— Independentemente de suas escolhas, é de suma importância que bebam e compartilhem de todo o conhecimento que puderem. É isso que o professor Patrício gostaria de passar-lhes, não é mesmo, professor? — incitou Berlamina, elegantemente.

— Sim, professora.

— Vocês não precisam decidir nada agora. Talvez nunca! Não é demérito algum fazer novas escolhas no decorrer da vida. Deem a si mesmos a oportunidade de migrar de função quando desejarem ou lhes for conveniente. Absorvam tudo o que puderem, independentemente de sua farda. A vida nos move como dunas ao vento. Não caiam na armadilha dos rótulos, em qualquer área que seja, meus queridos, porque rótulos servem para limitar e dar prazo de validade. — Sorria a boa senhora, com graciosidade e distinção: — Preocupem-se em viver fervorosamente. Honrem o Priorado dos Magos. Honrem o seu povo, protejam a si e ao seu mundo, pois seres humanos ruins formam investigadores e priores ruins. No mais, não deem ouvidos a bobagens. Qualquer membro do Priorado é um prior, indistintamente da função que execute lá dentro.

Os alunos ficaram na dúvida se Madame Berlamina havia insinuado que o colega era uma pessoa ruim ou se tinha apenas usado uma frase hipotética.

Existem mestres que conseguem fazer um círculo em volta de si mesmos e atrair a atenção dos alunos. Outros conseguem transformar a atenção em reflexão, conscientizando e iluminando as pessoas ao seu redor. Berlamina certamente é uma dessas pessoas, que, com paciência, pode transformar qualquer aluno em discípulo em cinquenta minutos.

— Retomando, começaremos com um estudo de caso real, ocorrido às margens do canal que atravessa a cidade de Tulgar. Bem, essa ocorrência é muito interessante, porque mostra como os investigadores desvendaram o crime com a ajuda dos botânicos da corporação — sorria orgulhosa, considerando que os botânicos fazem parte do setor pericial, atuando em parceria com investigadores, mas sem tomar partido da rivalidade entre detetives e priores de campo, que normalmente participam das ações mais práticas. — A perícia localizou vestígios de uma alga na vassoura de um dos suspeitos e o material foi encaminhado para análise. Nossos especialistas concluíram que se tratava de uma espécie de água doce e, embasados no ecossistema do canal, liberaram um laudo que indicava 90% de probabilidade de aquela alga ser do gênero *Stigeoclonium*. Bem, essa espécie cresce entre 20 e 50 cm de profundidade em lagos, necessariamente aderidas a algum substrato, como lodo ou pedras. O estado de decomposição da alga era compatível com o dia do assassinato, uma vez que, muito frágeis, estaria completamente morta no prazo de duas semanas. Após vários interrogatórios e muita pressão, o suspeito confessou o crime. Pode parecer raro, mas inúmeros episódios são solucionados com a ajuda da Botânica. Agora, juntem-se com o colega mais próximo e trabalhem com suposições a fim de esclarecer os casos que distribuiremos em pergaminhos.

Enquanto Berlamina distribuía os pergaminhos, Petúnia e Patrício expunham conceitos pertinentes às suas disciplinas, que deveriam ser cruzados com as demais informações na avaliação dos casos para que pudessem chegar a uma resolução. Boris, que estava achando tudo aquilo muito empolgante, começou a se atrair pela divisão dos investigadores. Grande apreciador de livros de mistério desde criança, divertiu-se com Valquíria, tecendo várias teorias sobre o caso que receberam da professora.

Retirou-se da sala às três da manhã, deixando um bilhetinho na mesa de Lúcia, que estava longe de concluir a tarefa com Carlinhos.

Será que encontraremos o
Mascarado Escarlate combatendo
o crime em Tulgar?
Diga que sim.

P.S.: Te pago um sanduíche de presunto.
Boris Forte

Lúcia leu abrindo um sorriso bobo, expondo as covinhas de suas bochechas. A famigerada viagem a Tulgar se tornou uma artimanha de sua vaidade, e ela estava em êxtase com a insistência do rapaz, que se mostrava sempre muito interessado em ter sua companhia.

Com várias aulas fora de hora e incontáveis exercícios com prazos curtíssimos, os formandos se viram loucos nos dias que antecederam o recesso. Se não fosse a ajuda de Baltazar, disponibilizando-se a entregar seu trabalho a Quincio Cincinato, Boris não conseguiria sequer ir a Vila Vareta para buscar o velho Opala.

— Não se preocupe, Esganiçado, Quincio Cincinato aceitará o trabalho, pois é meu amigo. Levo um copo de leite com biscoitos e geleia de Turmalina em seus aposentos todas as noites. É estranho, mas ele não dorme sem um copo de leite morno. Não diga a ninguém que lhe contei isto, hein, eu sei que tem uma irmã que trabalha na revista *Merlin* — ameaçou Baltazar, enquanto caminhavam pelo corredor.

— Pare de me chamar de esganiçado, Baltazar!

— Sua voz fica ainda mais esganiçada quando fica nervoso! — gargalhou. — Ora, vá para essa viagem logo de uma vez e aproveite. Eu me entendo com o professor. Vamos, e não me apareça por aqui antes do fim do Carnaval.

— Tudo bem — respondeu o moço, ainda receoso. — Obrigado, cavaleiro. Bom recesso de Carnaval para você.

E envolveu Baltazar em um abraço sincero, porém desconcertado, seguido de dois tapinhas em suas costas. É, vivemos mesmo como nossos pais. Depois de provar que era deveras filho de Amaro, Boris partiu em alta velocidade.

Mais tarde abriu a porta de casa, esbaforido, assustando Helga, que não esperava vê-lo por estes dias.

— Valha-me, Boris, o que faz aqui? — perguntou a irmã, que, de tão semelhante, parecia quase sua gêmea.

— Desculpe! Na correria do Ateneu acabei me esquecendo de mandar uma carta do Posta. Teremos recesso de Carnaval e Golias Vasco nos convidou para passar uns dias na casa dele, em Tulgar — explicou, cumprimentando a irmã.

— E o que faz aqui se vão a Tulgar?

— Ah, sim, minha colega Catarina Datto cismou que quer viajar no meu carro.

— Catarina Datto? Puxa vida, Boris, é mesmo bom que tenha aparecido. Precisamos conversar sobre algo muito sério. — Baixando o tom de voz: — Acho que papai está tendo um caso com Perpétua Gentil.

— E qual é o problema, Helga? Perpétua Gentil nem é tão ruim assim. Um pouco bisbilhoteira, é verdade, mas não é de todo mal — minimizou, mordendo uma maçã completamente sem modos.

— Qual é o problema? Ora, Boris, Perpétua é casada! Agora me vem você falando que tem uma colega aparentada com Guerra Datto. Essa família é escandalosa, você sabe, eles vão acabar com a gente.

Helga demonstrava muita preocupação.

— Verdade, quase esqueci esse detalhe. — Coçou a barba. — Quanto a Catarina, nunca perguntei qual é sua ligação com Guerra Datto... Nunca nem pensei sobre isso, para falar a verdade. Pode ser que seja uma parente distante. Papai comentou alguma coisa a respeito?

— Claro que não! Papai jamais falaria. Os fofoqueiros é que andam espalhando por aí que os dois sempre são vistos saindo de uma viela de casinhas coloridas lá no centro.

— Curioso, achei que fosse ela a maior mexeriqueira da cidade...

— O assunto é sério, Boris. Visitei a Penas & Aparatos ontem e Armelindo me garantiu que papai não aparece lá há dias.

— Acalme-se, Helga. Também já desencontrei com papai na loja várias vezes, mas isso não quer dizer que ele seja um paquerador de primeira. Pode ser que esteja negociando com os clientes e fornecedores fora de lá. Vamos ficar atentos e ver o que acontece daqui por diante. Qualquer coisa, me envie Chiquita — disse, referindo-se à coruja de Amaro. — Mas agora preciso mesmo ir.

Ele deu um beijo na testa da irmã e saiu apressado.

Estrelas do Amanhã

CAPÍTULO 7
O FOLIÃO

Boris aterrissou no jardim do Ateneu fazendo o maior estardalhaço com a buzina e, naturalmente, chamando a atenção dos poucos alunos que ainda estavam no castelo. Logo vieram Golias, Catarina e Carmem, animados com a geringonça.

— Puxa vida, hein, chapa, que carango! — impressionou-se Golias.

Catarina, muito espaçosa, já foi logo ocupando o banco da frente e colocando os pés sobre o painel empoeirado. Todos tomavam seus lugares quando Lúcia os surpreendeu, saindo pela porta bem arqueada do castelo.

— Supervelocidade, ativar! — Sorriu a menina, em referência ao super-herói de sua infância, o Mascarado Escarlate.

Boris mal podia acreditar no que via.

— É, agora você me deve um sanduíche de presunto.

— Te compro dois, sem problemas. — Ele sorriu de volta, verdadeiramente feliz com a adesão da colega à viagem.

O carro voava mais lento do que vassouras, e o grupo chegou a Tulgar apenas no dia seguinte. Mas, como tudo era festa, os foliões não se importaram, pois puderam desfrutar a bela vista do amanhecer.

À luz do dia e direcionado por Golias, Boris dirigiu um trecho a quatro rodas na Avenida dos Enfadonhos, a principal da cidade, cortada de ponta a ponta pelo canal de Tulgar. O canal é acompanhado por um lindo passeio, uma larga calçada, iluminada por postes imperiais e com banquinhos de madeira. Era quase impossível acreditar que um lugar daqueles pudesse ser palco de qualquer crime.

— É ali, meu chapa. Pode estacionar essa lata-velha na frente — apontou Golias.

— Aqui mesmo? Na avenida? — indagou o motorista.

— É, sim. Aquela casa amarela — disse, indicando um belo sobrado, com várias plantas trepadeiras nas varandas.

— Uau! — reagiu Catarina.

A casa, por dentro, conseguia ser ainda mais bonita do que por fora. Além de muito aconchegante, era espaçosa e bem decorada.

— Papai? Mamãe? Bigorna? — chamava Golias, apreensivo. — A barra está limpa, galera.

— Quem é Bigorna? — quis saber Catarina, enquanto mexia em vários porta-retratos da estante.

— Bigorna é o elfo. O nome dele era Benedito, mas eu achei melhor Bigorna. Venham! — chamou, subindo as escadas.

Boris estava um pouco confuso com Golias, que sempre se mostrou muito pobre, mas morava na avenida principal de Tulgar, com um elfo para chamar de Bigorna.

Como o tulguense não se fez de rogado e acomodou-se sem demora no quarto dos pais, Boris foi instalado confortavelmente em seu quarto, que, cá entre nós, não era de uma criança sem acesso a um blocoscópio. Passou um bom tempo admirando os inúmeros colecionáveis expostos em uma enorme prateleira de madeira, mas depois se deitou para um cochilo até ser despertado abruptamente com batidas na porta.

— E então, bonitão, vamos festejar? — perguntou Catarina, toda produzida em um sensual collant vermelho.

— Bem, não sei o que vestir... — Coçava a cabeça, meio sem graça.

— Não tem Carnaval em Vila Vareta?

— Tem, na Praça Folhaverde, mas todos se vestem normalmente, eu acho.

— Está dizendo que não estou vestida normalmente, seu danadinho? — disse, correndo a mão por seu rosto, provocativa.

— Não é isso, digo...

— Está nervoso?

Catarina fazia um jogo muito perigoso, até que os dois foram interrompidos por Carmem, que vinha dançando pelo corredor com seu collant azul e um turbante estampado com uma porção de cajus.

— Alô, alô, atenienses, já é Carnaval! — comemorou. — Hoje é dia de o meu bloco ir para a rua, vamos, vamos, vamos...

— Como assim? — perguntou Boris, que nunca participara de um Carnaval na vida, nem mesmo na Praça Folhaverde.

— O Carnaval de Tulgar é aberto pelo Bloco das Carminhas, meu chapa, em homenagem à bruxa Carmem, a rainha dos foliões — explicou Golias, saindo do quarto dos pais e ganhando o corredor.

— Ah, sim, a bruxa portuguesa.

— Calma lá, irmãozinho! Não repita isso em Tulgar ou terá sua cabeça servida em uma bandeja na Praça do Rolo — ameaçou o autóctone. — A bruxa Carmem nasceu em Portugal, mas cresceu aqui. A casa da família passou por vários donos e reformas, mas hoje tem um restaurante lá. Aliás,

Estrelas do Amanhã 83

nós podemos encher o bucho no Taí qualquer dia desses, mas, agora, coloque uma roupa decente e vamos à prainha.

— Tem praia em Tulgar? — estranhou Lúcia, um pouco mais delicada do que as colegas, trajando um collant cor-de-rosa e uma saia de tule preta.

— É, tem, mas... não tem. Vamos, Boris, se apresse! — pediu o anfitrião.

O rapaz tentou se inspirar nos trajes de Golias, mas não tinha nenhuma regata e acabou optando por uma camisa azul, a mais colorida que trouxera. Bem, talvez a mais colorida de todo o seu guarda-roupa.

O grupo caminhou até a prainha, uma praia artificial de água doce na qual desemboca o canal que atravessa a cidade, cercada por enormes pedras e picos. Banhistas e tripulantes dos pequenos barcos acenavam, estendendo a festa para dentro d'água, enquanto uma multidão multicolorida, de collants, tutus e turbantes, organizava-se no início da avenida para seguir a marcha.

— Muito bonito este lugar, Golias. É o cenário ideal para uma festa! — animou-se Boris, contagiado com as marchinhas.

— Está louco? Aqui é só o ponto de encontro para o início do bloco. Ele termina no Taí, o restaurante que falei que foi construído na velha casa da família da bruxa Carmem — explicou o anfitrião.

Eles ainda nem haviam saído do lugar quando viram Carmem Lúcia atracada com um folião, aos beijos. Era um figurão narigudo, vestido de marinheiro e segurando um cartaz com os dizeres "Ninguém segura mais o nosso bloco".

Ainda ficaram por ali mais algum tempo, só começando a andar depois que um balão enorme com o rosto da homenageada foi enfeitiçado, flutuando lado a lado com os foliões.

Além do balão, centenas de frutas também foram encantadas e sobrevoaram aquela gentarada até o largo do Tico-Tico, ponto final do bloquinho. Famintos à chegada, os donos das frutas lançavam contrafeitiços para recuperá-las, devorando suas bananas, laranjas e até melancias.

— Poxa, não trouxemos nenhuma frutinha... — queixou-se Golias.

— Não podemos ir ao restaurante? — perguntou Boris, que a essa altura tinha os pés latejando e uma fome de leão, já que só conseguiu capturar uma laranja alheia.

— Ora, ora... Burguês, não vê que o Taí está tomado de turistas? Vamos comer um lanche num carrinho do canal.

— Mas e as meninas? — Boris se preocupou, já que Catarina e Carmem tinham se "perdido" na muvuca.

— É, elas se perderam, sim, pobrezinhas... — ironizou. — Não seja tolo, crânio de ferro, elas nos acham quando quiserem...

O trio lanchou e apreciou o pôr do sol no canal de Tulgar, uma das paisagens mais bonitas já vistas por Boris, que também nunca tinha ido muito além de Vila Vareta.

Devidamente alimentado, Golias foi embora, alegando que iria encontrar uma namorada, mas a verdade é que ele só queria mesmo esticar as costas. Talvez o rapaz não fosse tão pobre nem tão festeiro quanto dizia.

Querendo aproveitar mais a viagem, Boris e Lúcia caminharam pela orla bem iluminada do canal e voltaram a seus quartos bem mais tarde, almejando o descanso dos justos.

Quando todos acordaram no dia seguinte, o anfitrião já grelhava hambúrgueres no jardim, acompanhado de Josefina, uma velha amiga, ou ex-namorada... A relação dos dois não tinha ficado muito clara.

— Comam, seus safados! O conjunto na prainha vai até o amanhecer. — E, mordendo o pão, como de costume, sem qualquer cerimônia ao mostrar o que mastigava: — Essa é Josefina.

Lúcia revirava os olhos com aquela nojeira.

— E aí, brotos! — cumprimentou Josefina, uma bonita moça de cabelos coloridos, muito "pra frentex".

Famintos, atacaram os sanduíches rústicos e fizeram planos a respeito da festa que frequentariam naquele dia.

— Onde está Catarina? — perguntou Boris, notando que a garota não estava entre eles.

— Sentiu a minha falta, bonitão? — Catarina apareceu na janela do sobrado, quase o matando de vergonha. — Hoje você não me escapa, Boris Forte!

— Deixe de flerte e desça de uma vez. Não temos o dia todo — chamava o dono da casa.

Lúcia estava claramente incomodada com as frequentes e indiscretas investidas de Catarina, mas, embora confiante quanto a um possível avanço em sua relação com o rapaz, ela ainda se sentia insegura em dar o primeiro passo.

O dia estava quente, perfeito para comemorações dentro d'água. Vários conjuntos se apresentariam aos foliões que se divertiam na prainha. Apesar de não tirar a camisa nem por decreto, Boris acompanhou os amigos de roupa e tudo, maravilhado com a atmosfera carnavalesca.

Diferente de Vila Vareta, onde os interessados tinham que se dirigir até a praça para os festejos, Tulgar inteira parava para comemorações simultâneas. Enquanto turistas de todo o Bàdiu voavam até a cidade para viver a magia, os moradores que não queriam ouvir marchinhas 24 horas por dia aproveitavam para visitar parentes ou conhecer algum novo ponto turístico.

O sol foi se pondo, aplaudido, naquele cenário bucólico, escondendo-se pouco a pouco entre o paredão de pedras.

— Essa vista é impressionante! — admirou Boris.

— Você acha? Precisa ver a prainha lá daquela pedra — apontou Golias bem para o meio. — O Miradouro dos Enamorados. Há quem diga que metade das vidas de Tulgar foi gerada por lá — gargalhava o pervertido.

— Um romântico incorrigível! — riu Josefina, que não demorou para se entregar aos beijos com o rapaz.

— Quero ir até lá — sussurrou Catarina, pela primeira vez discretamente.

Boris não sabia muito bem como reagir, independentemente de querer ou não. Por isso, achou melhor desconversar, mas sem demonstrar desinteresse, sendo o mais expressivo que pôde:

— Eita!

Como o melhor sempre fica para o final, os conjuntos mais aclamados, como os cabeludos do Chiquita Bacana, eram a cereja do bolo e só apareceram tarde da noite. Os foliões já saudavam o novo dia, que estava prestes a nascer, quando Catarina foi mais incisiva e, de novo, surpreendentemente discreta:

— Vamos assistir ao sol nascer lá do alto, bonitão!

— Você quer mesmo ir até lá? — perguntou Boris, olhando para todos os lados, desconfiado.

— Quero!

Boris quase foi traído por sua insegurança. Principalmente depois de sua relação com Amélia Flores, a mais longa que tivera, para não dizer a única, desenvolvera uma tendência a se julgar desinteressante. Era perspicaz o suficiente para perceber as intenções de Catarina Datto e desconfiar de que elas eram partilhadas pelas outras colegas do Ateneu, porém o medo de se machucar sempre falava mais alto. Bem, pelo menos, não desta vez.

O estudante resolveu se permitir, sem necessariamente planejar casamento e filhos, como sempre fazia em sua cabeça pisciana.

Em um instante de negação, um processo comum em sua autoestima, que é para lá de baixa, considerou a possibilidade de a moça, muito linda e espevitada, estar apenas brincando com a sua cara. Catarina era mestre em flertar como esporte, e ele temia que o convite fosse uma armadilha para constrangê-lo ou, em outra hipótese, um pouco menos absurda, apenas uma desculpa para conseguir uma carona e assistir ao sol nascer do alto das pedras.

Acontece que não era nada disso. Catarina Datto jogou o cabelão castanho, mordeu os lábios vermelhos e puxou o colega ateniense pela mão, aproveitando uma distração do restante do grupo.

Boris estacionou seu Opala próximo à beira do penhasco, que realmente tinha uma vista privilegiada não só da prainha, com seus barquinhos e banhistas, mas de toda Tulgar.

— É a primeira vez que Golias tem razão em algo que diz. Este lugar é realmente encantador — impressionou-se Boris. — Ah, Catarina, aproveitando: há dias que estou para lhe perguntar, mas sempre acabo esquecendo. Você tem algum parentesco com Guerra Datto de Vila Vareta?

— Pelo menos isso, "meu chapa" — ironizou a menina, hipnotizada pela beleza do lugar. — Guerra é meu tio. A família Datto é de Vila Vareta. Inclusive, sempre que posso vou visitar meus avós e meus priminhos, Levi e Fernão. Eles são a coisa mais fofa...

— Ah, então você não vive na capital?

— Eu? Não... Meus pais se mudaram para Pedregulho assim que se casaram. Eu sou pedrense.

Boris se mostrou surpreso, já que nunca tivera a oportunidade de ter uma conversa menos superficial com a colega.

— Pedregulho? Ora, que coincidência. Minha mãe nasceu em Pedregulho e toda a família dela vive lá. Eu mesmo passei algumas férias de tirar o fôlego em torno da Pedra Azul — disse, mostrando-se animado.

— Falando em tirar o fôlego...

Sem delongas, Catarina tomou um beijo do rapaz, que, para variar, sem saber o que fazer, apenas retribuiu.

— Veja bem, Catarina, eu acho você muito bonita e também lhe quero muito b...

Ao que foi interrompido pela moça, que lhe fechou a boca com as mãos.

— Espera lá, mocinho. Não viemos até aqui para fazer juras de amor. Viemos? Promessas e galanteios poderiam ser trocados lá embaixo mesmo. Tem coisa bem mais interessante para se fazer apreciando essa vista, não acha?

E agarrou o rapaz.

Eles namoraram por horas e acabaram pegando no sono. Só depois de muito tempo voltaram para casa, onde encontraram Golias grelhando hambúrgueres de novo.

— Ora, ora, se não são os pombinhos — debochou, exibindo o perfil magricela sem camisa. — Alimentem-se. Vocês precisam recuperar as energias para aguentar a fanfarra. Hoje vamos virar a noite de novo no encerramento do Carnaval, lá no largo.

Ofereceu-lhes um sanduíche.

Estrelas do Amanhã

87

— Obrigado, Golias, mas estou farto de hambúrgueres — reclamou Boris. — Onde estão as meninas?

— Também me fartei de hambúrguer, Golias — ecoou Catarina.

— Então passem fome, mal-agradecidos — resmungou. — As meninas foram comprar lembrancinhas de Tulgar. Depois vão direto para o Beco do Peixoto, acompanhar a fanfarra municipal.

— Catarina, o que acha de almoçarmos no Taí, aquele restaurante que abriram na casa da bruxa Carmem?

Apesar de não estar esbanjando, Boris queria conhecer o ponto turístico e, de quebra, passar mais um tempo com a moça, que piscou com seus olhos verdes.

— E por que não? — disse, dando um tapinha na mão de Golias. — Nos vemos mais tarde no Beco do Peixoto, meu chapa!

Boris e Catarina Datto puderam escolher entre sentar-se dentro do restaurante ou em uma das simpáticas mesinhas alocadas no largo, junto à estátua de bronze em homenagem à bruxa Carmem, garota-propaganda do Kibruxo, já que era a figura mais ilustre da cidade.

— Está muito quente para ficar aqui fora! — disse Catarina à garçonete.

Poucos itens eram originais dentro do sobrado que Carmem dividiu com os pais e mais sete irmãos; ainda assim, a atmosfera era empolgante, com boa música, muitas cores e imagens da cantora.

No pequeno museu que expunha a trajetória da artista até a fama, eles puderam conhecer Maria, que ia além, muito além de bruxa Carmem, seu nome artístico. Após se apaixonar por Mário, um remador juruá que vivia em uma cidade chamada Rio de Janeiro, ela começou de fato o seu intercâmbio pelos dois mundos, que durou até sua morte, nos Estados Unidos da América.

— Que estranho, não é? A bruxa Carmem só se relacionou com juruás. Será que nunca se deitou com um bruxo? — perguntou Catarina, sem pudores, fazendo Boris se engasgar com um copo d'água.

— Não tenho essa informação — respondeu ele, corado.

— E você, Boris, já se deitou com uma juruá?

— Mal conheço juruás, Catarina. — O rapaz coçava a barba, constrangido.

— Pela preferência da bruxa Carmem, começo a pensar que é uma ideia interessante — disse, caindo na risada, enquanto o rapaz só gostaria de cavar um buraco no chão para enfiar a cara.

— Ora, bonitão, relaxe. O que lhe falta é perder um pouco a compostura! — Piscou, puxando-o pelo colarinho e tomando-o num beijão em público, algo que o inexperiente Boris nunca tinha experimentado.

Escola de Magia

— Allah-La Ô, esse carnaval, hein! — brincou a garçonete, muito despojada com o cabelo colorido, parcialmente coberto por um vistoso turbante amarelo, cheio de estampas de abacaxis.

— E então, turma, sentem sede ou fome?

— Os dois! O que oferecem por aqui? — Catarina parecia analisar a moça. — Ora, eu te conheço. Você não é Josefina, que pulou carnaval conosco ontem?

— Sim, sou eu, só um pouco mais triste do que ontem, quando estava de folga — lamentou. — Bom, oferecemos basicamente os pratos prediletos da cantora, que era bem boa de garfo. Para hoje temos salada de palmito, rabada, camarão com chuchu e arroz de forno. O que me dizem?

— Camarão com chuchu, a tal da chuchuzada, né? — respondeu a moça, sem pestanejar.

— Hum… Salada de palmito — pediu Boris, enquanto a garçonete anotava.

— E para beber, o que você recomenda?

— Bom, como você é das minhas, vou trazer um Alexander no capricho. Para o seu namorado engomadinho da salada de palmito, recomendo suco de melancia — gargalhou a atendente de batom vermelho.

— Pois saiba, senhorita, que não tenho problema algum com suco de, melancia, até gosto — respondeu Boris, aborrecido, com a voz esganiçada para o deleite de Catarina Datto.

— Boris não é meu namorado, é apenas um amigo… especial. Não é, bonitão? Mas me diga, o que é um Alexander?

— É um coquetel juruá bem adocicado, o preferido da rainha da folia. Conhaque, creme de cacau e creme de leite salpicado com noz-moscada.

— Quero um desses também — pediu Boris, deixando o orgulho ferido falar mais alto que o juízo.

— Essa eu quero ver — desdenhou Josefina, que seguiu imediatamente para a cozinha.

Apesar de doce, o álcool era forte e arrepiou a espinha de Boris, que praticamente nunca tinha provado nada alcoólico até aquela tarde.

— Você não precisa fazer isso, bobinho! — ria Catarina, enquanto o rapaz se sentia zonzo, depois de bebericar meio copo da bebida.

Os dois se divertiram a tarde inteira na fanfarra municipal, quase não notando a cara de poucos amigos de Lúcia.

Ao anoitecer, os foliões voltaram em bloco ao largo do Tico-Tico, palco principal do encerramento dos festejos. Seguindo a tradição, ano após ano, as casas apagaram as luzes e, no mais completo breu, fogos de artifício

Estrelas do Amanhã

89

formando a silhueta da rainha do Carnaval iluminaram o céu noturno, acompanhados de uma chuva de confetes e serpentinas encantados que desapareciam assim que tocavam o chão.

Uma importante canção da intérprete era reproduzida timidamente ao fundo, até que ganhou a força da multidão, que, emocionada, cantou à capela.

Esse momento sempre levava muitos tulguenses orgulhosos às lágrimas e também vários turistas, que, assistindo ao amor de um povo por seu ídolo, descobriam o que é que a baiana tem.

Boris e Catarina passaram novamente a noite juntos no carro, mas, pelo menos desta vez, com o veículo estacionado no jardim da casa de Golias, já que o motorista estava muito preocupado com as provas práticas e queria seguir viagem logo nos primeiros raios da manhã.

Enquanto todos os amigos dormiam dentro do Opala, Boris dirigia com a certeza de que aqueles dias seriam lembrados com muito carinho durante toda sua vida. Mais do que isso, sabia que aquelas vozes, ouvidas em coro, no largo, ecoariam em sua cabeça para todo o sempre.

CAPÍTULO 8
O APRENDIZ

Os foliões não tiveram muito tempo para voltar ao ritmo da vida normal, pois as provas práticas conseguiram superar as expectativas de uma forma muito inconveniente. Além de envolverem análise de órgãos em cadáveres reais, ainda contaram com patrulhamento e análise de cenas de crimes, tudo na companhia de priores em serviço.

Os professores também propuseram inúmeras práticas envolvendo criaturas perigosas, como a mula sem cabeça e várias outras chamadas pelo juruás de "folclóricas". Foi numa dessas atividades que Golias arranjou várias queimaduras por todo o corpo, além de um braço quebrado. Não conseguindo se entender com um curupira no meio da mata, acabou entrando para estatística.

Ainda assim, nada se comparou à experiência no pátio de execuções, na sede do Priorado dos Magos, em Vila Vareta, eleita disparadamente a tarefa mais complicada de concluir.

Graças ao empenho de Cosmo Ruiz, chefe dos priores, e Tobias Tôla, diretor do Ateneu, a Suprema Corte do Bàdiu, em uma decisão histórica, votou favoravelmente no que lhes competia o decreto 20, artigo 4º da Constituição Majurídica de 1832: "A torre de execuções do Priorado é um local inviolável e inacessível para qualquer criatura, mágica ou não, que não faça parte do Priorado dos Magos. Qualquer ser que adentre o local, sendo convidado ou não, será detido imediatamente".

Foi concedida, assim, em caráter excepcional e para fins educacionais, a entrada restrita de alunos em uma única data específica na companhia de pessoal autorizado. Mesmo na função de espectadores, muitos alunos foram aos prantos assistindo ao trabalho das enforcárvores. Todos que choraram, a exemplo da alegre Carmem Lúcia, foram desligados imediatamente do Ateneu. Outros, como Boris Forte, que apenas vomitou, foram encaminhados para uma conversa e ganharam uma segunda chance.

Os alunos estavam emocionalmente desgastados e abatidos, tanto pela tristeza da despedida quanto pelo natural esgotamento físico. Depois de um mês de provas intensas, todos receberam como um momento de trégua a notícia de que a disciplina de Glória Gusmão, tida como mera obrigatoriedade curricular, fecharia a temporada de testes práticos.

— Bom dia! — disse a elegante Glória, com seus óculos escuros, enquanto se sentava e acendia um charuto. — Não sei se consigo encará-los hoje, mas vejo que têm corpos exaustos e almas feridas. Por isso, acho melhor ir direto ao ponto. O Ateneu exige que sejam implacáveis, mas, na minha disciplina, não posso, simplesmente, largá-los na selva à sua própria sorte. Talvez por isso muitos de vocês não consigam enxergar a importância do que estudamos juntos há tantos meses. Supostamente, eu não posso ensiná-los a defender suas próprias vidas, não é?! Não posso salvá-los do crime. Teoricamente, posso apenas ajudá-los na busca de seus valores, mas, acreditem, são nossos valores que determinam nosso comportamento e nossas ações. — Deu um profundo suspiro. — Depois de uma noite aos prantos, o que justifica estas grandes lentes escuras, peço-lhes que não menosprezem a Ética. O prior no exercício de sua profissão carrega consigo uma responsabilidade grandiosa, pois seus atos são capazes de deixar marcas, físicas e psicológicas, que poderão mudar a vida das pessoas. Ao tratar um indivíduo de forma humilhante, sob o pretexto de fazer valer sua autoridade, o agente expõe não só a confiança que a sociedade lhe deposita, mas a de toda sua corporação. Sonho com o dia em que essa disciplina será tratada com a mesma importância que todas as demais, pois somente com um comportamento moral condizente é que manteremos acesa a fé de nosso povo nas forças de segurança pública. Não quero ocupar o tempo de vocês nem perder o meu. Portanto, em português bem claro: não quero que a minha disciplina se torne uma aula recreativa. Convido aqueles que julgam a Ética irrelevante a aproveitar as outras dependências do castelo. Têm a minha palavra de que não serão prejudicados com a diretoria.

Apesar de todos os presentes, sem exceção, realmente não darem à matéria a mesma importância que davam às demais, resolveram ficar. Alguns por medo de retaliações futuras, outros por demonstração de carinho e respeito à professora, que sempre se mostrou muito disposta. O discurso direto e triste de Glória havia deveras plantado uma sementinha próspera na cabeça dos estudantes.

— Já que não temos manifestações, creio que devo prosseguir — disse, apagando o charuto em um cinzeiro sobre a mesa. — Golias Vasco, conte-nos a respeito de sua experiência com o curupira.

— Entrei na Floresta Restrita, próxima à Vila Vareta, e acabei me perdendo do professor Arapuã. Provavelmente porque a criatura já circulava pela área. Essa é uma característica dos curupiras, desnortear as pessoas.

92

Escola de Magia

— Entendo — disse Glória, que agora andava pela sala, de um lado para o outro. — Diga-me, como é essa famosa floresta?

— É densa e escura. Como as copas das árvores ficam muito próximas umas das outras, mal dá para enxergar a luz do dia.

— Parece assustador... Como ganhou esse ferimento no rosto? — perguntou, apontando para a ferida no rosto do rapaz.

— Eu caí. Tive a sensação de estar sendo observado e corri. Acabei escorregando nas pedras, que são muito úmidas e cheias de musgo.

— Alguém tem alguma dúvida para tirar com Golias?

— Eu! — disse Boris, levantando o braço. — Como era o curupira?

— Muito rápido! Baixinho, com os pés virados para trás e o cabelo bem vermelho, que se transformava em uma labareda o tempo todo. Não gosto nem de lembrar.

— Ele que quebrou seu braço? — perguntou Horácio, que se esqueceu de levantar a mão.

— Mais ou menos. Depois de fazer umas charadas sem pé nem cabeça, aquele baixinho insolente resolveu me queimar, dizendo que eu estava errando as respostas. Falei umas poucas e boas para aquele desaforado, até que ele se zangou e entramos em uma luta corporal.

— Entendo — retomou Glória. — Essa espécie, curumã, popularmente conhecida como curupira, é classificada como temerária. Criaturas passíveis de enfrentamento por bruxos especializados. Não são exatamente seres das trevas, mas a falta de senso sobre o que é certo ou errado tornou-lhes extremamente perigosos e agressivos quando contrariados. Fazem charadas difíceis aos visitantes da floresta e lhes queimam a cada erro, mas tornam-se praticamente inofensivos depois dos acertos. Aprendeu isso com o professor Arapuã e com o professor Quincio, certo?

— Aprendi! — confirmou Golias.

— E, mesmo assim, não conseguiu acalmá-lo? — insistiu a professora, num tom que beirava o sarcasmo, mas que, ao mesmo tempo, confundia-se com curiosidade.

— Eu não entendi as perguntas e aquela criatura desprezível sentiu-se no direito de me queimar com a cabeça.

— Vejo que passou por uma experiência desagradável. Tanto você quanto o curupira. No entanto, devemos lembrar que, diferentemente de nós, eles habitam as florestas. São um tanto zombeteiros, eu concordo, mas não são invasores. Dificilmente encontraremos um ser desses caminhando pela Avenida dos Alquimistas.

Estrelas do Amanhã

— Está dizendo que não devemos frequentar as nossas florestas, professora? — questionou Golias, um pouco irritado.

— Essa linha de propriedade é muito tênue, senhor Vasco. Podemos e temos infinitos motivos para frequentar nossas florestas, mas não devemos esquecer que elas não são só nossas. Não é à toa que estudamos o comportamento de criaturas da mata. Gostando ou não, temos que respeitar a conduta de nossos anfitriões. Insultá-los, na premissa de superioridade humana, não é o melhor caminho, como o senhor mesmo pôde sentir na pele — pontuou, sentando-se na mesa. — Quando não aceitamos os costumes, pelos viés da moral de cada indivíduo, tudo se torna mais difícil e doloroso. Respeitar o limite de cada um ainda é, e sempre será, a melhor forma de convívio. Ajam com ética e não passarão tanto apuro.

Um silêncio descomunal invadiu a pequena sala de Glória, que trouxe à cabeça dos alunos vários questionamentos a partir de um exemplo prático, uma experiência real. Golias, que de fato desdenhou da criatura, em vez de tentar lidar com ela, entendeu que poderia ter lidado melhor com a situação, mas, orgulhoso, simplesmente pegou seus pertences e saiu da sala sem qualquer satisfação.

— Acredito que ele precise de um tempo para esfriar a cabeça! — concluiu a professora, sem perceber que a frase soou irônica, uma vez que o rapaz teve o corpo queimado, literalmente, pela cabeça quente de uma criatura. — Agora imaginem comigo: nosso mundo foi terrivelmente tomado por forças das trevas. Vocês têm a possibilidade de salvar a sua vida e a de mais uma pessoa, refugiando-se em uma ilha deserta. Quem levariam consigo? Em um pergaminho, escrevam discretamente o nome da pessoa e os motivos dessa escolha.

A princípio, Boris cogitou levar Amélia, mas não queria fazer nada que fosse contra a vontade dela. Então pensou em Berta Holmes, como alguém capaz de governar o mundo caso ele fosse reconstruído de alguma forma. Considerou o pai, mas, no fim, escolheu Helga. Sua irmã mais velha tinha um jeito muito particular de transformar o mundo num lugar aceitável, independentemente das tragédias que o assolam. Foi assim com a morte da mãe e depois com a de Sancho, e, mesmo sem entender onde a ética entrava nessa história toda, a atividade foi relativamente fácil para o rapaz.

Após todos os alunos entregarem o exercício, achando que seriam dispensados, Glória apoiou-se mais uma vez em sua mesa.

— Saibam que acabaram de usar seus valores. Não digo que seja fácil, mas eles sempre são acionados na hora de uma decisão. Aqui, vocês os aplicaram de forma discreta, gozando de tempo, privacidade e parcimônia, mas nem sempre temos esse privilégio ao fazer nossas escolhas. Venham comigo! — Levantando-se, conduziu os alunos até o pátio do Ateneu. — Peço que formem um círculo e encarem uns aos outros, olho no olho! Considerem que a grande catástrofe acabou de acontecer e não há tempo hábil para resgatar aquele ente querido. O barco da salvação, sua única chance de sobrevivência, está prestes a zarpar e vocês só têm os colegas desse círculo como opção. Digam-me: quem merece o refúgio da ilha e por quê? Começando por você, Valquíria.

Boris entrou em pânico neste momento. Sentiu-se na obrigação de salvar Catarina Datto, que, apesar de não o assumir de fato como namorado, era com quem se relacionava. Só que as razões do coração são muito rebeldes para obedecerem a qualquer lógica, e o peito apertou em desespero ao imaginar um mundo sem Lúcia. Já lhe doía a breve demonstração do afastamento da garota que experimentava desde o fim da fatídica viagem. No fundo, sabia que, independentemente do que dissesse, estava fadado a magoar alguém, e isso lhe soava tão doloroso quanto as maldições de Lima Maciel.

— Levo Horácio. Além de ser ótima companhia, seria muito útil. É inteligente e corajoso — respondeu Valquíria, sem pestanejar.

— Interessante. E você, Catarina? — perguntou a professora.

— Levaria Boris. Não só pelo sentido romântico da coisa. É claro que poderíamos povoar um novo mundo, não é, bonitão?! — Ao que o rapaz ruborizou imediatamente. — Mas, além disso, vejo nele uma boa pessoa com quem conviver. Se é para ter apenas uma pessoa no mundo, que seja Boris.

Horácio disse que levaria Sueli, por seus dons divinatórios, enquanto Lúcia morria um pouco por dentro depois das palavras de Catarina Datto.

— Boris? Boris?! — insistiu Glória.

— Horácio! É habilidoso e pode me ajudar no trato com as criaturas, na construção de moradia e na caça — respondeu o rapaz, quase sem pensar.

Catarina pareceu de fato não se importar em ser trocada por Horácio, afinal, era verdade que não entendia absolutamente nada de caça e, dada a situação, os argumentos do jovem lhe soaram compreensíveis por completo. Lúcia, todavia, que foi a última a ser questionada, prosseguiu desviando o olhar, do mesmo jeito que fazia há dias.

— Boris, ainda que não mereça!

Aquilo o surpreendeu. Não só pelo salvamento em uma situação hipotética de caos, mas pela atitude da moça, que, apesar de ultimamente só lhe dirigir breves e meias palavras, não deixou de pronunciar seu verdadeiro anseio. Boris sentiu como um tapa o fato de Lúcia superar o orgulho ou qualquer outro sentimento que a motivava a agir de maneira tão fria

Estrelas do Amanhã

para com ele, fazendo valer crua e simplesmente a sua vontade. Boris, tão acostumado a abdicar de seus desejos pelo próximo, sentiu-se ainda mais covarde do que nunca. Nem sempre é fácil aceitar que, em alguns casos, chorar dói menos do que fingir felicidade.

— Vocês praticaram suas decisões baseados em seus próprios valores, valores que tinham muito antes de me conhecerem. Estou orgulhosa. Seja por segurança, por amor, por afinidade ou por medo, vocês conseguiram. Agora, descansem. Um banho e um chá quente têm poderes realmente mágicos — encorajou a professora antes de deixar o local.

— Por que eu não mereço?

— Porque você é só mais um, igual ou pior a todos os outros — respondeu Lúcia, deixando o conterrâneo falando sozinho sem mais explicações.

Aquelas palavras martelaram a cabeça do rapaz por muitos dias, mas o tempo é traiçoeiro, principalmente quando se frequenta uma instituição como o Ateneu. Entre o peso dos livros, das noites clandestinas de amor no velho Opala e das inúmeras exigências dos professores, o tempo corria como uma manada de rinotouros famintos.

Cada vez mais corriqueiro, Quincio Cincinato se atrasou de novo para a aula, fazendo os alunos esperá-lo por horas. Trajando uma elegante capa de camurça, entrou animado, acompanhado de um senhor grisalho, que, diferentemente dele, vestia apenas um singelo casaquinho de lã.

— Bom dia, atenienses. Hoje é um dia especial. Vocês nem imaginam o quanto! — Abriu as cortinas da sala, deixando a luz penetrar através de uma enorme e suja janela de vidro. — Peço uma calorosa recepção a Dino Ourinho, o maior historiador do nosso tempo!

O convidado imediatamente reconheceu Boris e outros alunos que passaram por suas aulas de História durante os estudos regulares na Escola de Magia e Bruxaria do Brasil.

— Alegro-me em ver tantas expressões familiares seguindo por esse caminho. Sempre alerto que o bruxo que não conhece a sua história está fadado a repeti-la, por isso tenho não só como obrigação, mas como um prazer apresentar o passado a vocês.

— Sabemos que nossa missão é gerenciar as trevas, na difícil tarefa de reconhecê-la em suas mais variadas faces. Muitos professores lecionam a respeito do uso correto da varinha, do florete e da espada, mas, aqui, nesta sala, praticamos a sensibilidade de identificar a hora certa de usar tais instrumentos. Por favor, transporte-nos para o passado da magia, Dino — pediu Quincio Cincinato, enquanto encarava o seu ostentável relógio de bolso.

— Bem, para começar, eu lhes pergunto: o que sabem a respeito de Atlântida?

— Foi uma ilha engolida pelo oceano — respondeu Boris.

— Ora, se não é um de meus alunos prediletos... Sim, Boris Forte, tens razão. Atlântida desapareceu engolida pelo oceano em "um único dia e noite de infortúnio", de acordo com os escritos do bruxo Platão, um grande filósofo — concordou o historiador, andando de um lado para o outro, uma antiga e conhecida mania que tinha ao lecionar. — Agora devemos chegar além, nos motivos do afundamento da ilha. O que me sugerem?

A sala foi tomada por um silêncio constrangedor. Todos pensavam a respeito, mas, por medo ou vergonha de errar, abstiveram-se da tentativa de resposta.

— Vamos, não sejam tímidos...

— A ilha foi extinta pela ação dos Magos Negros de Atlântida, professor, uma ordem de bruxos das trevas, responsáveis por praticar magia maléfica primitiva das mais terríveis formas — respondeu Boris mais uma vez.

— Ah, que saudade de dar alguns pontos aos Esquilos por seus méritos, meu caro Boris. Sim, foram eles os principais causadores do colapso daquela adorável ilha, tamanho o poder que haviam amealhado nos calabouços de suas enormes pirâmides de basalto. Os Magos Negros, como eram chamados, invocavam entidades malignas, criaturas mágicas de altíssima periculosidade. Além disso, cegos por sua sede de poder, começaram a fazer experimentos macabros, cruzando essas feras com humanos e criando bestas extraordinárias que assolaram a humanidade por séculos. Mas, um dia, não conseguiram mais controlar tais aberrações batendo seus cajados, um instrumento muito utilizado por eles, e as criaturas rebelaram-se contra os criadores, destruindo tudo. Reduzindo vidas a pó e transformando sonhos em água.

— Eles sobreviveram, Dino Ourinho? — perguntou Horácio.

— Não só eles como outros bruxos, exímios nadadores. Alguns desses bruxos assentaram moradia na corte de faraós egípcios, onde podiam exercer a magia em prol da humanidade sem sofrer preconceito dos não mágicos. Uma vez que os faraós eram considerados deuses encarnados, protetores da terra do Egito, os hóspedes estavam salvos e seguros para usarem suas habilidades — tossiu. — Acontece que, com o passar dos anos, nobres egípcios, entre eles escribas e sacerdotes, começaram a acusá-los de conspiração para roubar o trono dos faraós e escravizar a população egípcia não mágica.

Estrelas do Amanhã

— E era essa mesmo a intenção dos atlantes? — insistiu Horácio.

— Não, decerto que não, mas o interesse humano é um contador de histórias, transformando boatos em verdades absolutas no anseio descabido de sua vaidade. Os bruxos de Atlântida incomodavam essas classes, conhecidas por paparicar os faraós em troca de benefícios sociais, cerveja, cereais e outros luxos.

— E o faraó acreditou? — indagou Lúcia.

— Não. Pelo menos não aquele. Estamos falando de Amenófis IV, faraó da décima oitava dinastia, que mudou a forma de governo no Egito.

— Akhenaton?! — arriscou Lúcia.

— Na hierarquia social do Egito Antigo, os sacerdotes eram considerados emissários dos diversos deuses, deidades tanto do mundo dos vivos quanto do mundo dos mortos, e gozavam de enorme prestígio e poder. Eram autoridades religiosas importantíssimas, abaixo apenas dos faraós, e, portanto, perigosos, uma vez que, assim como nutriam a fé e a esperança do povo, também podiam usar sua influência para manipulá-los contra o governo. Ciente disso, Amenófis IV decidiu cercear o poder dos sacerdotes acabando com o culto politeísta e declarando que ele, o faraó, era o único emissário divino.

Suspirou o professor, ligeiramente sem fôlego.

— Assim, Amenófis IV declarou Aton uma divindade representada pelo círculo solar, o deus único e supremo sob o pretexto de que incorporava todas as qualidades e potestades dos outros deuses, inclusive do deus Rá, reverenciado até então como o Sol. O faraó operou uma reforma religiosa que instaurou o monoteísmo no país e, não satisfeito, decidiu fundar uma cidade que seria a nova capital do Egito e sede das novas práticas religiosas. Para isso, escolheu uma região entre Mênfis e Tebas, as principais cidades egípcias da época, alegando que recebera do próprio deus Aton as coordenadas do lugar para a construção da cidade sagrada. Foi assim que Amenófis IV mudou seu nome para Akhenaton — reverenciando Lúcia —, que significa "aquele que louva Aton".

— E o que uma civilização afundada, próxima ao estreito de Gibraltar, e um faraó egípcio disruptivo têm a ver com o passado da magia? — perguntou retoricamente o professor Quincio, terminando de lixar as unhas, ao professor convidado.

— Explico. Estamos tratando aqui das origens de duas grandes ordens: Estrelas do Amanhã e Magos Negros. Bem, agora já compreenderam que os Magos Negros, uma ordem das trevas, atuava originalmente em Atlântida, sendo os responsáveis pelo desaparecimento da ilha, hoje perdida. O que sabem a respeito da Ordem dos Estrelas do Amanhã?

— É uma ordem secreta que existiu na antiguidade, cujos membros se empenhavam em descobrir novas técnicas de combate às trevas — respondeu Horácio. — Li algo a respeito no livro de Carlos Efesto, *A veia mágica do Brasil*.

— Isso mesmo, senhor, vejo que através de Carlos Efesto conheceu um pouco da Ordem, isto é, um pouco do que se sabe sobre essa sociedade secreta de nome Estrelas do Amanhã, integrada pelos filhos das estrelas. Esplêndido! — animou-se Dino. — Hoje conhecida como Amarna, a cidade sagrada foi a princípio designada como Akhetaton, que significa, "o horizonte de Aton". Obviamente, deixou de ser a capital do Egito depois da mudança ou, como os não mágicos acreditam, depois da morte de Akhenaton.

O historiador foi interrompido por um acesso de tosse, pois estava gripando.

— Com uma atmosfera pacífica, a nova capital Akhetaton estendia-se ao longo da margem do Rio Nilo, com belas estelas, placas de pedras com inscrições de Aton, erguidas como limite simbólico de território. Nosso faraó viveu em paz com sua amada Nefertiti por muitos anos, até que os Magos Negros, liderados por Akron, a Chama da Morte, começaram seus ataques em terras egípcias. Dúvidas até aqui?

— Não estou entendendo mais nada. Como o camarada ali leu isso tudo em um livro de História sobre a *terra brasilis*? — perguntou Golias.

— Ora, apressadinho, já, já chegaremos lá. O "camarada ali" me parece um exímio leitor, interessado na história mágica do Bàdiu e do Brasil. Escolheu muito bem a leitura. Onde paramos? — perguntou, coçando a cabeça. — Ah, sim, Akron, a Chama da Morte. Bem, era uma noite quente e agradável, com uma brisa leve soprando do Nilo. Akhenaton, o grande mestre da ordem dos Estrelas do Amanhã, contemplava do alto de sua pirâmide branca a tranquilidade e a abundância atingida no país sob os olhos atentos da ordem dos bruxos. O povo descansava de um dia árduo de trabalho, confiando na proteção que rodeava o reino, até que, tão veloz quanto o amor de um adolescente, as bestas-feras irromperam do solo de todo o Egito. Criaturas pavorosas, meio-homem, meio-fera, desceram lanças e fogo sobre o povo que dormia. Animais alados desceram dos céus dilacerando tendas e telhados, enquanto uma chuva de pedras caía sobre todos. A ordem dos Estrelas do Amanhã tocou sua poderosa trombeta de prata e os bruxos partiram da pirâmide branca para confrontá-los. Clarões e terremotos retumbaram violentos e levaram ao desabamento de templos e casas, mas Akron e suas criaturas eram numerosos demais para serem derrotados.

Dino engasgou, e nem sequer um copo d'água lhe foi ofertado, mas voltou ligeiramente à explicação

— Naquela noite, boa parte da população foi morta, restando, além do silêncio, somente o choro das mães e o lamento dos sobreviventes. Akron havia ordenado o ataque para matar Akhenaton, mas não conseguira invadir sua morada imediatamente. Sentado em posição de lótus, o faraó meditava preocupado no alto da pirâmide branca, sabendo que seu feitiço de defesa não resistiria muito tempo. O portão de mármore explodiu com o poder dos contrafeitiços e os Magos Negros adentraram o local. Concentrado, o faraó parecia não perceber a presença dos inimigos. Foi só quando Akron ergueu sua mão para lançar um poderoso feitiço que Akhenaton finalmente abriu os olhos. Uma luz cegante irrompeu por todo o Egito antigo, e o grande mestre dos Estrelas do Amanhã desapareceu por completo. Akron deu um grito capaz de arrepiar a espinha de qualquer um e, possuído pela fúria, ordenou a destruição total da pirâmide branca e de qualquer pessoa, bruxo ou não, que ainda existisse em solo egípcio. Ainda assim, seu maior erro foi desconfigurar a estátua do leão usando magia maléfica. Querem uma pausa para tomar água?

Ocupado demais com suas unhas, Quincio não pescou a indireta do sedento Dino, que indicava que um copo d'água era o mínimo para pagar a sua gentileza. Quanto aos alunos, estavam tão interessados no assunto que também não perceberam a deixa e pediram ao convidado que prosseguisse sem pausa.

— Tudo bem, continuemos... Akhenaton, cujas esperanças quase se esvaíram, percebera por meio de seus dons premonitórios a existência de um gigantesco território a oeste da antiga ilha de Atlântida. Para lá voltou toda a sua atenção naquele momento de dificuldade e, após ver-se em tal local, usando o poder mágico da visualização, percebeu que poderia deslocar-se no tempo e no espaço. A esta técnica, deu-se mais tarde o nome de transmentalizar, mas não se animem. É extremamente rara. — E riu. — A nova magia salvou a vida do grande mestre, é verdade, mas, também, acabou por mudar o rumo da história. Não sabemos com exatidão onde Akhenaton transmentalizou-se, mas supõe-se que tenha sido próximo à cidade de Pélago, na direção nordeste de nosso país, dentro das demarcações de terra de Meão. Aliás, todos aqui sabem que temos cinco divisões de área dentro do Bàdiu, não é? Sarça, Atroz, Dédalo, Meão e Austral. — E gargalhou. — Ora, que bobagem, é claro que sabem. Bem, caso se interessem, existem vários passeios muito interessantes e completamente turísticos a esse respeito. Eu recomendo!

— Eu já fiz, senhor Dino — disse Ananias.

— É um passeio adorável, não é?

— É, sim, senhor. Pélago tem diversas atrações. Entre elas, passeios pela extinta tribo Guaricai, plantação de groselhas, supostamente a bebida preferida de Akhenaton, e também a ida ao local aproximado da transmentalização.

— Ah, as groselhas malucas de Pélago... Temperamentais, pintam todo o chão de vermelho, mas valem cada esforço. Aquele líquido é delicioso! Bem, tenho pelo menos esse gosto em comum com Akhenaton...

Devaneou, divertindo-se, e então retomou a matéria.

— Sobre a transmentalização, devo dizer que os pesquisadores estão cada vez mais próximos da localização exata, mas não deve ficar longe do lugar mostrado durante o passeio. Quanto aos Guaricais, chegaremos lá — acrescentou, fazendo um sinal para que Ananias aguardasse. — Ao contrário do que possam imaginar, Akhenaton não perdeu o contato com os outros membros da ordem Estrelas do Amanhã. Usando sua habilidade telepática, comunicou sua sobrevivência e passou a ensinar a eles as novas técnicas mágicas. O grande mestre dos Estrelas andou muito por esse nosso Bàdiu, superando o obstáculo da língua e se relacionando com os indígenas, na maravilha que era essa larga extensão de terra antes da chegada dos juruás, os exploradores portugueses. Nosso país é um dos poucos que originalmente tinha apenas bruxos como nativos, uma terra unicamente habitada por veias mágicas.

Parando para refletir:

— Ora, não quero que me julguem preconceituoso. Não sou contra a miscigenação, estou apenas compartilhando esse fato com vocês. Quero que entendam que brasileiro é brasileiro, independentemente de seu sangue, misto ou puro. — O professor se mostrou cada vez mais embaraçado. — Enfim, vamos voltar a Akhenaton... Bem, ele se tornou um andarilho, conhecendo diversas tribos e, consequentemente, vários pajés, designação do bruxo mais sábio de cada bando, uma espécie de conselheiro espiritual, dotado de poderes ocultos. Nosso amigo que leu *A veia mágica do Brasil*, de meu colega Carlos Efesto, você se lembra desse episódio da história?

— Sim, eu acho que sim. Li há muito tempo, mas me lembro de Akhenaton ter se tornado um discípulo do pajé da extinta tribo Guaricai — respondeu Horácio, esforçando-se para lembrar.

— Isso mesmo. Akhenaton, tão poderoso, teve muito o que aprender com o pajé Oluê. Certa feita, o velho indígena, que contemplava as estrelas em uma

Estrelas do Amanhã

noite quente, pediu ao grande mestre que espalmasse sua mão. Pegou uma pequena flauta de madeira com toscos furos artesanais e começou a tocar, atraindo vagalumes da mata, que faziam uma ciranda em volta de ambos, e o espírito de uma ave, que pousou na mão do egípcio. Akhenaton sorriu e então olhou para o céu. Uma luz poderosa veio das estrelas e iluminou os dois, fazendo o chão tremer. Oluê perguntou se ele seria capaz de devolver a vida ao pássaro, apontando para a sua carcaça, junto a uma árvore.

Sorrindo, o professor fez uma breve pausa antes de prosseguir, deixando os estudantes ainda mais curiosos:

— Quando o faraó enfim negou, o pajé tocou novamente o instrumento, e o espírito do animal, que ainda repousava nas mãos do homem, entoou um canto mavioso e voou até o seu corpo, possuindo-o pouco a pouco, alçando voo mata adentro. Akhenaton, pasmo, perguntou se o velho indígena tinha poder sobre a vida, ao que ele lhe respondeu: "Mesmo você, com poder de mover céus e terras, montanhas e mar, se não puder ver com clareza o milagre da vida, somente terá poder sobre a morte".

Dino Ourinho parecia emocionado, assoando o nariz com um lenço de pano.

— Bem, depois de algumas horas sozinho, imerso em seus pensamentos sob o luar que banhava a clareira, o antigo Amenófis IV renunciou ao posto de grande mestre, o Sol da ordem dos Estrelas do Amanhã, tornando-se discípulo do pajé Oluê.

— Esse foi o fim da Ordem dos Estrelas do Amanhã? — questionou Valquíria.

— Vocês são muito afoitos! — disse rindo o convidado de Quincio Cincinato. — É importante ressaltar que, como discípulo, Akhenaton não abandonou suas práticas mágicas. Pelo contrário, ensinou tudo o que sabia aos indígenas e, em contrapartida, aprendeu sobre uma vasta gama de plantas medicinais raras, cascas de árvores, raízes e extratos de fungos encontrados na floresta para o preparo de poções. O faraó conheceu técnicas de benzeduras e expulsão de mau-olhado. Apesar de terem aprendido poderosos feitiços com Akhenaton, os indígenas nunca os utilizaram para atacar seus adversários, julgando tudo muito perigoso. Eles absorveram melhor os feitiços de cura e proteção, considerando-os mais úteis. Como bem sabem, somos descendentes desses poderosos bruxos. É muito comum uma avó que conserva as antigas práticas fazendo benzeduras, bênçãos, também as poderosas infusões, conhecidas popularmente por chazinhos. Precisamos entender essa magia genuinamente brasileira, meus queridos, a força das carrancas, dos copos d'água atrás da porta e dos pés de coelho, o que, na minha opinião, dá azar. Principalmente para o coelho. — E riu bonachão.

— Mas, Dino Ourinho, isto foi ou não foi o fim dos Estrelas do Amanhã? — insistiu Valquíria.

— Não, minha querida, pelo contrário. A ordem dos Estrelas do Amanhã resistiu, continuou sua missão sob a regência de um novo grande mestre, porém ocultando-se ainda mais, e não deixando qualquer rastro sobre seus atuais membros ou indícios dos locais de encontro. A ordem espalhou-se mundo afora e certamente também está aqui no Bàdiu, reunindo-se secretamente para discutir o futuro da magia e as técnicas de combate às trevas.

— Espera aí, o que aconteceu com Akron, a Chama da Morte? — perguntou Boris, atento.

— Boa pergunta, Boris, quase me esqueci dele. Bem, mesmo após destruir por completo a pirâmide branca e desfigurar a estátua do leão, Akron ainda estava colérico com a fuga de seu oponente. Mas, acreditando que tinha dominado a cidade de Akhetaton, dispensou o exército de Magos Negros e, usando o poder de seu cajado, ordenou que as bestas-feras fossem novamente aprisionadas nos calabouços. Cansado da batalha, sentou-se na areia do deserto, apoiando as costas na estátua do leão, e adormeceu desprotegido. Em seu sonho, viu Akhenaton feliz, convivendo com os tribais, e acordou furioso, prometendo encontrá-lo, onde que quer que estivesse, para consumar sua vingança.

— Akron, a Chama da Morte, veio até o Bàdiu atrás de Akhenaton? — interrompeu Lúcia.

— Calma, calma — disse rindo o simpático senhor. — Na verdade, ele acordou e viu dois vultos vindo em sua direção. Na hora, pensou serem dois de seus aliados, abaixando a varinha imediatamente, mas Akron estava engando. Eram duas criaturas com olhos sinistros, porém não eram seres das trevas, tampouco seus magos. Ele conjurou feitiços, blasfêmias, e maldições, mas nada abalava aqueles dois espectros. As criaturas, então invocaram cordas, que aprisionaram o comandante dos Magos Negros. Ele foi arrastado pelos pés, com o rosto enterrado na areia amarela e quente do deserto, até as margens do rio. E assim, dessa forma humilhante, foi puxado pela entrada de uma gruta invisível aos olhos não mágicos. As sombras caminharam um bom trecho debaixo da terra até chegarem a um templo ladeado por colunas e iluminado por uma luz opaca que emanava das paredes. Akron foi amarrado em uma cadeira no centro do lugar e ali foi deixado por muito tempo. Lançou feitiços e contrafeitiços sobre as cordas, mas nada que proferia era capaz de sobrepujar a vontade de quem o

Estrelas do Amanhã

aprisionara. Exausto, olhou para cima, percebendo que se encontrava em uma câmara abaixo da estátua do leão. Entendendo finalmente quem eram os seus captores, abaixou a cabeça e aceitou seu confinamento.

Valquíria tentou interrompê-lo, mas o senhor apenas sorriu, fazendo um gesto com as mãos para que esperasse.

— Quando os captores voltaram, Akron não conseguia nem sequer encará-los nos medonhos olhos. As criaturas estavam, digamos, chateadas por todas as mortes, por toda a destruição e também pela travessura com o leão sagrado. Akron tentou mostrar-se arrependido pelo ataque à estátua, defendendo-se a todo instante, dizendo que não sabia que pertencia e eles, que achava que se tratava de mais um dos tantos colossos egípcios. O líder maligno tentou colocá-los contra Akhenaton, porém descobriu que aqueles seres protegiam o faraó, e então entendeu que ele não havia fugido, que não abandonara seu povo para salvar a própria pele, mas, sim, para defender as informações que as criaturas haviam lhe confiado. E agora elas queriam arrancar-lhe os segredos das sombras, as práticas de Akron. É impossível saber o que houve após isso, mas podemos afirmar que boa parte do conhecimento das trevas foi obtida pelos captores da Chama da Morte e transmitida aos filhos das Estrelas e, a partir de então, os métodos de proteção contra as artes sombrias foram repassados por meio de inspiração e premonição para os bruxos que tinham poder e sabedoria para suportá-los.

— Mas o que representa a estátua do leão, afinal? — perguntou Golias, aparentemente sem muita paciência para esperar até o fim da história.

— Majestoso e poderoso, o leão é um símbolo solar. Rei dos animais, ele traduz o poder, a sabedoria e a justiça, mas também orgulho, domínio e segurança — respondeu Quincio Cincinato.

— Então Akron se redimiu, professor? — questionou Boris, extremamente confuso.

— Bem, basta um erro para que alguém sofra, mas é preciso um punhado de boas ações para que possamos fazer o bem. Não se apegue a esses rótulos, a maldade e a bondade são apenas duas faces de uma mesma moeda, alternando-se conforme os ventos do destino. Deixe o rio fluir — filosofava o professor. — Conheci muitas pessoas boas que se voltaram às trevas e muitos bruxos que viviam nas sombras por temer a luz do sol. A ignorância é um quarto escuro que uma pequena chama de bondade pode derrotar. Sejam bons uns com os outros, aceitem uns aos outros e, no fim, poderão transformar o mundo com palavras e ações. Akhenaton não temia as trevas, pois era cheio de luz. Já Akron temia a luz, pois sabia que a treva o abandonaria no exato momento em que sua luz interior emanasse. A magia não é o que torna alguém bom ou ruim, mas aflora aquilo que está dentro de cada coração. Eu não sei o que aconteceu com Akron, Boris, mas, a todos vocês, o meu conselho é: voltem-se para si vez ou outra e estudem seu próprio coração.

— As criaturas que capturaram Akron eram os criadores da ordem dos Estrelas do Amanhã? — perguntou Horácio.

— Pairam inúmeras incógnitas a respeito da ordem, meu querido, pois se trata de uma sociedade secreta. Há quem diga que Akhenaton era deveras um filho das Estrelas, tão iluminado que não poderia mesmo ser cria deste mundo, se é que me entende... — disse o professor, levando as mãos ao rosto. — Eles são guardiões secretos do conhecimento do mundo bruxo e têm nas estrelas seu maior símbolo de esperança e poder. Não temos muitas informações além destas, infelizmente, mas os Estrelas brilham por nós, ainda que não possamos vê-los. Diferentemente dos Magos Negros, que, eu acredito ser uma ordem extinta.

— Professor, como faço para ser um Estrela? — perguntou Golias, gargalhando.

— Estão aí duas coisas que só chegam por convites, rapaz, os Estrelas do Amanhã e os cargos invisíveis da Federação Mágica do Bàdiu. — E riu o professor Quincio.

— Acredito que seja mais fácil ser convidado a tornar-se invisível, Quincio — disse rindo o convidado. — Para quem não sabe, a Federação disponibiliza, secretamente, é claro, alguns cargos de responsabilidade em todas as áreas, mas esses funcionários fantasmas vivem no anonimato. Infelizmente, não sou um invisível e preciso cumprir horário. — Dino se divertia, checando seu relógio de bolso.

— Obrigado por disponibilizar seu tempo e dividir tanto conhecimento conosco, professor — agradeceu Quincio Cincinato. — Estamos aqui para fazer o gerenciamento das trevas, mas, sobretudo, para entender como as trevas se comportam. Está certo quando diz que o bruxo que não conhece a sua história está fadado a repeti-la, Dino, mas agora cabe a nós entender as curvas do rio. Foi uma honra inestimável recebê-lo, meu amigo.

Mostrou-se agradecido, abraçando o amigo de longa data.

— Estudem profundamente seu coração, priores, sem menosprezar as intuições. Temos motivos suficientes para acreditar que a luz conversa conosco na medida em que estamos preparados para recebê-la.

O renomado historiador deixou a sala aplaudido de pé, depois de plantar uma série de reflexões e dúvidas. A algumas delas, nem mesmo ele era capaz de responder, mas todos os graduandos entenderam que, além de se prepararem para os desafios cotidianos, é preciso lutar por um mundo melhor.

Mesmo não encontrando o professor no corredor, como gostaria, Boris teve um dia extremamente feliz, talvez um dos mais felizes no Ateneu. Era confortante pensar que sempre haveria algo bom, seja lá qual fosse o tamanho da coisa ruim. A exemplo da ordem de Akhenaton, que se mostrou disposta a dedicar a vida para diminuir o impacto das trevas. Neste momento, os Estrelas estavam para o homem como o Mascarado Escarlate estava para o menino.

CAPÍTULO 9
O UIRAÇU

— O que te aflige, cara de percevejo? — perguntou Baltazar ao encontrar Boris sentado no corredor, enquanto passava com uma pilha de papéis.

— Ah, oi, Baltazar. Como vai?

— Perguntei primeiro — disse, mostrando a língua. — Venha, moribundo, vamos tomar um café. Assim não precisa chorar suas dores de garganta seca. Não se preocupe, é por minha conta...

— Aonde vamos?

— Ao comedouro, onde mais teria café?

— Mas não precisamos pagar pelo café do comedouro.

— Eu sei. Só por isso disse que é por minha conta, ora bolas! — Baltazar gargalhou pelo corredor, quase derrubando os pergaminhos.

Cheio de privilégios com os elfos da cozinha, o zelador ateniense conseguiu um bule de café mirrado, fresquinho.

— *Sen-te es-se chei-ri-nho!* — E suspirou Baltazar, esfregando o bule quente no nariz de Boris.

— Nada como um café fresco, não é? — perguntou o cadete, sorrindo.

— "Nada como um café fresco, não é?" — remedou o cavaleiro, forçando uma voz estridente em uma tentativa fajuta de imitar o garoto. — Não é apenas um café! Está diante de um bule inteiro de café mirrado — disse indignado.

— O que é esse café mirrado, afinal?

— Saiba, mocinho, que esse café é exclusivo do corpo docente. Grãos muito selecionados para o paladar chulo de um cadete. Imagine, grãos torrados e moídos duas vezes pelas mãos delicadas das fadas azuis, em lindas montanhas, e sujeito a esse desaforo — resmungou Baltazar, aborrecido.

— Hummmm... é mesmo uma delícia! — elogiou Boris, com a língua toda queimada, na ânsia de amenizar a situação. — Perdoe-me, cavaleiro, confesso que não sou um bom conhecedor de café, mas esse com certeza é de uma ótima safra.

— Não é? E o melhor, nem precisa adoçar! — Mostrando-se mais calmo, cruzou as pernas e segurou a xícara de um jeito nada elegante, suspendendo o dedo mindinho. — Mas, me diga, por que está assim, cara-pálida?

— Acho que magoei alguém importante e não sei muito bem o que fazer.

— Lúcia Leão?

— Lúcia! Como sabe?

— Ora, não sou tolo. Ando quilômetros diariamente por esses corredores. O que eu não vejo as pessoas me contam. — Piscou para Boris, colocando seu monóculo.

— Por que tem apenas uma lente pendurada neste fio?

— Porque enxergo bem do outro olho, ora essa... — disse Baltazar, não contendo o riso.

— Justo... Acha que Lúcia realmente está zangada comigo?

— Tem alguma dúvida? É claro que Lúcia está zangada com você. Fez todos os tipos de apelo para que ela fosse na viagem, depois voltou enrabichado com Catarina. Nada contra Catarina. Ela é ótima! Eu me divirto muito com ela, mas a verdade deve ser dita.

— Eu sempre soube que as duas não se davam muito bem, mas nunca pensei que Lúcia pudesse ter outro tipo de interesse por mim — analisou Boris, coçando a barba.

— Não sei se é tolo ou sonso, mas não se pode ter tudo. Creio que já se decidiu por Catarina Datto.

— Catarina muitas vezes vem a mim como um fantasma de Amélia, meu primeiro amor, e tenho medo. Já assisti ao fim dessa história antes, e foi o meu coração que ficou em frangalhos. Não sei se Catarina Datto é a pessoa certa.

— Seres humanos são singulares, garoto. Não deixe que seus medos o traiam, hã? Essa idealização de segurança pode ser muito traiçoeira. Muitas vezes, procuramos pela pessoa certa quando deveríamos estar com as erradas. Eu fui feliz com a mulher errada por décadas — confessou, assoando o nariz em um lenço de pano.

— Por que errada?

— Porque não existe uma pessoa certa para nós, existe a errada. A pessoa certa pode fazer tudo certinho, mas nem sempre é disso que precisamos. Eu tive a honra de viver com Pandora, que me fazia perder a hora, a concentração e o juízo, mas ninguém teria me feito mais feliz do que ela. Não tem um único dia que não durmo ou acordo pensando na minha Pandora, *muchacho*. Não caia nessa arapuca. Apenas ame. Amar ultrapassa qualquer entendimento.

— Sinto muito por Pandora, Baltazar. O que aconteceu?

— Bobagem. Sou um sortudo por ter conhecido o amor, menino — disse, servindo mais uma xícara de café. — E por ter conseguido esse café ma-ra-vi-lho-so. Sou mesmo um homem de sorte!

— Pandora o deixou?

— Lutei tanto quanto pude, mas não consegui impedir e ela se foi. Mesmo assim, Pandora me salva diariamente de uma porção de sentimentos ruins. O amor verdadeiro é tão poderoso, mas tão poderoso, que é capaz de transcender a carne e enganar até a morte — gargalhou.

— Como ela morreu?

— Minha Pandora foi confundida com a mãe de um vizinho. Supostamente, ele estava envolvido com um grupo trevoso que apavorava a Argentina e, depois de traí-los, teve a morte da mãe encomendada. Vários capangas invadiram nossa casa e não consegui protegê-la como gostaria.

— Você é argentino? — Boris surpreendeu-se.

— *¡Sí, señor!* Desde que nasci. Também sou um torcedor fanático do Pegasus del Sur — divertiu-se Baltazar. — Depois do episódio com minha Pandora, tive que tratar de minha alma animal. Imagine, a danadinha ficou tão traumatizada que estava prestes a fugir de mim. Agora estou bem. Agora estou ótimo!

— Vamos fazer o teste de nossa alma animal em breve. Como curou a sua?

— Ora, com magiterapeutas, com quem mais seria? — perguntou, dando risada.

— E como veio parar no Bàdiu?

— Meu filho era muito jovem quando tudo aconteceu. Um rapazote. Como eu estava enfrentando problemas com a minha doninha, ele foi adotado por uma família brasileira. Quando me curei, abandonei Montañas Douradas para procurá-lo.

— Doninha?

— Sim, meu espírito animal é uma doninha. Aprendi a amá-la. Sabe, garoto, nós deveríamos cuidar melhor de nossa alma animal. Não vivemos sem ela nem ela sem nós. Conduza seu barco, capitão. — Levantou-se, bateu continência e saiu sem mais nem menos.

— Baltazar!

— Sim? — Virou-se.

— Estou feliz por sua doninha. — Boris sorriu, abraçando-o com o olhar.

— *¡Muchas gracias!* — E deu as costas novamente.

— Baltazar!

— O que é, garoto?

— Me consegue dois sanduíches de presunto?

Estrelas do Amanhã

— Ora, se eu consegui um bule inteiro de café mirrado, sanduíche de presunto é moleza. Deixe comigo, cara de percevejo. Não pare de navegar, não pare de navegar...

Baltazar sempre foi uma incógnita aos alunos, que se encarregavam de criar mil histórias a seu respeito, todas muito longe da realidade. Boris observou o excêntrico senhor abandonar o comedouro em um curioso zigue-zague, ainda perplexo com tudo o que ouvira. No fim das contas, as pessoas estão sempre travando suas guerras, ainda que não declaradas.

Boris, porém, não teve muito tempo para consternação, tendo que se reunir com os secundaristas minutos depois da prosa e, o pior, com dor de barriga de tanto tomar café.

Seguindo os costumes, os veteranos começaram a organizar o "aparato", uma festa descontraída, tradicionalmente realizada pelos cadetes há mais de um século. Tão importante quanto o ato do floreio, apesar de não ter o valor cívico, o evento marca um extraordinário momento para qualquer graduando: é a formatura informal.

Golias e Catarina, provavelmente por serem os mais festeiros da turma, eram os principais responsáveis pela organização, levando horas no trato com os fornecedores e pensando nas maiores loucuras a fim de transformar o aparato de 1991 no mais comentado da história. Os mais empolgados vararam a madrugada no velho Opala, um escritório improvisado, onde puderam sentar seus traseiros em bancos confortáveis e, ainda assim, planejar tudo olhando diretamente para o palco da farra, o jardim.

No dia seguinte, os alunos cansados e também os mais bem-dispostos esperaram Arapuã diante da porta do Ateneu, conforme instruções de Baltazar. O professor gostava de dar aula aos primeiros raios da alvorada, pois dizia que assim, saudando o novo dia, sentia-se em perfeita comunhão com Guaraci, o deus Sol.

Quando os exploradores não mágicos chegaram no Bàdiu, os povos indígenas já tinham um rico e variado panteão de divindades, todas em estreita ligação com as forças da natureza, e a devoção persiste até hoje, dentro e fora das aldeias.

Arapuã é indígena da tribo Xuê, popular por formar grandes guerreiros há milênios. Originalmente nômade, a tribo só estabeleceu morada fixa depois da eleição de Raoní Folhaverde, na última Fogueira dos Sábios, antes da Constituição da Federação Mágica do Bàdiu. Ainda hoje, cultivam velhos hábitos e cultuam fervorosamente a integração do homem e da natureza, por intermédio dos deuses.

O professor, constantemente descalço, levou os alunos até um bonito bosque perto do castelo, acomodando-os no gramado, sob a sombra fresquinha dos arbustos.

— Estamos aqui para uma grande celebração da natureza, a ligação de nosso corpo físico com o nosso espectro refletido. Nosso espírito animal.

— Arapuã, eu não conheço a minha alma animal, poderei participar dessa aula? — preocupou-se Lúcia, causando burburinho na turma, cuja maioria dos cadetes também desconhecia sua criatura.

— Acalmem-se. Nunca é tarde! O espírito animal é estudado pelos indígenas há centenas de anos. Utilizamos a projeção desse corpo não só para o nosso amparo, mas também para a proteção das nossas florestas. Esses animais possuem características do inconsciente do próprio bruxo. Por exemplo, um bruxo muito introvertido tende a apresentar um animal mais tímido, enquanto bruxos mais agressivos manifestam criaturas mais ferozes, como tigres ou leões.

— Você pode nos ajudar a descobrir nossa alma animal? — pediu Golias.

— Naturalmente, Golias! — anuiu Arapuã, agachando-se, pensativo. — Sabe, eu coleciono muitos trunfos na vida. Isso envolve o orgulho das vitórias de meu povo, a tribo Xuê, e todas as honras, méritos e medalhas que a carreira no Priorado me pendurou no pescoço... Mas nada se compara à manhã em que conheci o espírito selvagem de meus filhos, Acauã e Aruê. Eu poderia conhecer céus e terras, e, ainda assim, nada superaria o olhar curioso de meus meninos. Estou honrado de participar desse momento de vocês — emocionou-se.

Arapuã, um guerreiro tribal de quase dois metros de altura, expressivo com o olhar marcado por tinta de urucum e sobrancelhas raspadas, surpreendeu a todos os alunos expondo sentimentos tão bonitos quanto seus longos cabelos negros. O homem imponente, capaz de inibir o inimigo com meia palavra de sua voz grave, deu lugar ao pai e ao filho, curvando-se no chão diante do milagre de seus deuses, o prodígio da vida.

— Conectar-se à alma animal é tão importante quanto descobrir o tipo sanguíneo. É crucial entender o profundo de nossa essência, nessa habilidade que nos foi dada pelos deuses. Alguém sabe o porquê das duas almas?

— Nhamandu? — sugeriu Valquíria.

— Nós acreditamos que é uma bênção de Nhamandu, nosso deus supremo, que, apesar de não ter uma forma humana, é uma energia que sempre existiu e sempre existirá, muito antes da formação do universo.

Estrelas do Amanhã

No começo de tudo, Nhamandu criou as duas almas, uma negativa e uma positiva, e, assim, a partir do manejo dos polos, criou a matéria.

— Está aí uma coisa que eu nunca entendi. Nós rezamos por Nhamandu, mas minha avó tem um altar dedicado a Nhanderuvuçú. Desculpe, professor, sei que não se trata de uma aula de religião, mas me veio na cabeça uma dúvida de quando era menino — disse Horácio.

— Alguns o chamam de Nhanderuvuçú, outros de Yamandú ou Nhamandu, mas trata-se da mesma energia, Horácio. Nhamandu criou um panteão de deuses, dando a cada um a responsabilidade de alguma área de sua criação. Tupã, a quem pedimos socorro em nossas angústias, é o líder das divindades, seu representante direto. O grande Tupã, que nos ajuda nas dificuldades, é a manifestação de nosso deus Nhamandu em forma de som, o trovão, o senhor das tempestades.

— Sou devota de Jaci — piscou Catarina, tirando de alguns colegas uma risadinha travessa.

— Jaci é a filha de Tupã, a guardiã da noite. Deusa protetora dos amantes e da reprodução. Um de seus papéis mais importantes era despertar a saudade no coração dos antigos guerreiros e caçadores, apressando a volta para suas esposas. Mas eu entendi a tirada sarcástica, Catarina. Ora, é muito feio caçoar dos próprios deuses... Jaci é filha de Tupã e irmã-esposa de Guaraci, o deus do Sol. Particularmente, sou um grande adorador de Guaraci, que auxiliou o pai na criação de todos os seres vivos. Eu sempre fui um homem de hábitos diurnos, sentindo-me mais protegido na regência desse deus. Bom, mas vamos voltar à matéria, não é? — disse, tentando retomar o fio da meada. — Nossa alma animal pode ser manifestada em três situações. Alguém sabe quais?

— Com bradadores? — sugeriu Lúcia.

— Sim, essa é a forma mais popular. Todos aqui já estudaram os bradadores, essas criaturas incorpóreas naturais do Bàdiu. Eles têm o hábito de agir durante a noite, quando saem de seus esconderijos para se alimentar de magia. Em seu estado natural, são predadores vorazes, que caçam criaturas para sugar toda sua energia até a morte. Bradadores são espectros animalescos, que se assemelham a um fantasma, porém são escuros e esfarrapados, como uma mortalha de tecidos rasgados e apodrecidos. Os olhos são avermelhados e os dentes são grandes, como presas. Suas unhas são compridas e afiadas, e, como o nome sugere, gritam de um jeito apavorante, com o intuito de causar pânico. A única forma de afastá-los é com o feitiço Summo Instinctu, que conjura o espírito animal, em forma de luz, e pode enfrentar a criatura espectral, dando ao seu portador a oportunidade de fuga e sobrevivência. Por isso, são de extrema importância os cuidados com a nossa alma animal. Todos os bruxos estão sujeitos a encontrar um desses um dia, mas, no exercício de nossa profissão, pode ser ainda mais frequente.

— Você já viu um, professor? Qual é a sensação? — perguntou Boris.

— Muitos. Muito mais do que gostaria. Ele passa por nós trazendo uma angústia anormal, uma sensação de frio e dor, como se a felicidade fosse algo inatingível. Como sabem, o feitiço Summo Instinctu deve ser proferido com memórias felizes, por isso é um desafio conjurá-lo na presença dessa criatura horrenda. Eis o motivo de cuidar de nosso espírito animal, o outro polo de nossa alma. Se estamos amargurados, é bem possível que ele também esteja e, aí, não poderá fazer muito por nós. Em alguns casos, eles fogem, deixando-nos à mercê de nossa própria sorte, o que é praticamente uma sentença de morte.

— Eles estão por toda parte? — indagou Golias, com medo.

— Estão, Golias. Repousam em suas cavernas durante o dia e se alimentam de magia durante a noite. É comum encontrá-los em florestas e descampados. Claro, em alguns lugares mais do que em outros. Sinto informar que há uma grande concentração deles nos arredores de Tulgar — acrescentou, não segurando uma risada. — Mas, lembrem-se, estamos aqui para nos preparar. Um prior no exercício de sua profissão verá mais bradadores do que um bruxo comum. Por isso, mais do que ninguém, nós dependemos muito de nossa alma animal. Precisamos estar saudáveis em nosso espírito para combater as trevas.

— Quais são as outras duas situações em que nosso espírito animal se manifesta?

— Bem lembrado, Boris Forte. Algumas vezes, quando em harmonia com nosso espectro animal, podemos recebê-los em sonhos, em uma espécie de alerta, uma premonição do perigo. É uma habilidade muito interessante e muito útil, que qualquer um pode desenvolver.

— E a terceira? — insistiu Boris.

— Bem, esta última caso não é uma habilidade que pode ser aprendida. É um dom — afirmou Arapuã, sorrindo.

Que se transformou imediatamente em uma onça enorme e saltou para cima dos alunos. Desesperados, eles correram, atropelando-se, caindo uns sobre os outros ou se pendurando nos pequenos arbustos. Golias, que acabara de se recuperar do braço quebrado pelo Curupira sem o uso de magia, uma exigência de Lima Maciel, tropeçou na bolsa de Cátia, quebrando-o novamente. Foram cinco minutos de pânico entre os alunos, até que a onça deu lugar ao professor, que rolava no chão em uma crise de riso.

Estrelas do Amanhã

— Desculpem-me! Foi inevitável — disse, recompondo-se. — Alguns bruxos têm o dom de se transfigurar em sua alma animal. Bem, eu preciso confessar que essa aptidão é extremamente útil na hora de um enfrentamento. Tenho a conveniência de ser uma onça selvagem, como puderam ver, o que me traz alguma vantagem nos ataques.

— Como podemos identificar esse dom? — perguntou Lúcia, ainda esbaforida.

— Não é algo que se descubra de pronto. Assim como a habilidade dos presságios em sonho, depende muito da relação que construiu com o seu espectro animal. Tão importante quanto o cuidado com seu corpo é o cuidado com o seu espírito. Lembrem-se, foi a partir do manejo das duas almas que Nhamandu criou a matéria. Golias, você está bem?

— Bem mal, não é? Espero que Lima Maciel não me venha com essa história de sofrer pelos meus erros novamente. Um feitiço bem-feito ou estarei com o braço imobilizado na festa do aparato. Pior, no ato do floreio. Meu pai vai me matar...

— Acalme-se, tudo ficará bem — disse o professor, lançando um feitiço paliativo para a dor, a fim de que Golias pudesse terminar a aula. — Estão todos prontos para conjurar seus protetores? Empunhem suas varinhas e afastem-se uns dos outros. Conectem-se com as suas histórias mais bonitas... — orientava o professor, enquanto andava de um lado para o outro, ajudando-os.

— Conjurem! Summo Instinctu — conjurou, fazendo sua onça saltar em forma de luz.

Nem todos os alunos conseguiram invocar seus animais de imediato, como fez Arapuã, mas não desistiram de tentar. Boris, apesar de assustado com sua enorme ave, não conteve as lágrimas quando a encarou nos olhos. O professor logo se aproximou, igualmente impressionado com o tamanho do animal.

— Uiraçu fêmea! — exclamou Arapuã, enquanto Boris soluçava de tanto chorar. — Também é conhecida pelo nome de gavião-real ou harpia, protetora da nossa floresta amazônica. A maior ave de rapina do mundo também é a guardiã da maior floresta do mundo, Boris.

O indígena parecia perplexo.

— Parabéns, Boris Forte. Ora... essa é uma alma animal muito especial e também muito rara.

— Espero ser merecedor dela, professor.

— Ah, meu rapaz, confie na natureza, ela é muito sábia. Sinta-se lisonjeado por dividir a sua alma com uma criatura tão especial. Poderíamos falar horas sobre as qualidades da uiraçu e, ainda assim, periga esquecermos de algo. É ágil, mas a paciência também lhe é uma grande virtude. Fica empoleirada no topo das árvores, só observando o comportamento de sua presa, o que lhe garante um ataque certeiro. Apesar de totalmente adaptável ao ambiente em que vive, é uma ave monogâmica, escolhendo um único parceiro para toda a vida. Alegre-se e entre em comunhão com o seu espírito. Um animal desses é um presente para qualquer bruxo. Eu mesmo nunca vi nada igual.

Como em uma apresentação, a ave se exibia em um voo garboso, mostrando toda a imponência de suas asas, que tinham uma envergadura de mais de dois metros. A cabeça era coroada por um majestoso penacho, dividido em duas partes, lembrando o cocar de um indígena. As penas do corpo eram um misto de cores, com um contraste interessante, quase uma pintura. Quando retornou, ela olhou para Boris com ternura e depois sumiu no ar.

Golias estava indignado com seu lêmure-de-cauda-anelada, que mal chegou e já se esticou no chão para tomar um sol.

— Ele é adorável, Golias! — disse Boris, que ainda tinha os olhos marejados.

— Não imagina o quanto — ironizou o colega.

— É adorável, sim, senhor. É um primata africano muito especial! — interrompeu Arapuã, que estava fazendo das tripas coração para dar suporte a todos os alunos. — Está chateado por ser um animal de pequeno porte?

— Preferia um gato — disse Golias, sendo encarado pelo olhar soberbo do bichinho, que parecia desprezá-lo em absolutamente tudo.

— Bem, ele também não me parece muito feliz contigo. Vocês dois terão um trabalho árduo até entenderem as qualidades um do outro. Os lêmures têm o menor cérebro entre os animais primatas, mas, assim como você, são muito bons de se enturmar, vivendo em bandos com mais de trinta indivíduos. Outra curiosidade é que esses animais são vocais, utilizando diversas vocalizações que servem de alerta, o que facilita, e muito, o contato através do presságio do sonho. E, cá entre nós, esse rabo anelado, branco com preto, é muito charmoso. Entendam-se, Golias. Precisam um do outro.

— O quê? Ele virou o olho para mim? É isso? — indignou-se Golias, jurando ter visto o espectro do animal revirando os olhos para ele. Entediado, o bicho se aproximou do gato de Catarina Datto, tão exuberante quanto ela, mas com uma grande necessidade de ter seu próprio espaço.

Boris, entretanto, estava encantado com a foca de Lúcia Leão, mas preferiu acompanhar a explicação de Arapuã de longe, com medo de ser inconveniente.

Estrelas do Amanhã

— São criaturas muito queridas, não são? — disse o indígena, admirando o animal. — É uma espécie não migratória. Como estão sempre à procura de um local com fácil acesso à água, a exemplo de pedras e bancos de areia, é comum serem vistas às pencas, o que não quer dizer que estejam necessariamente juntas. Podem até dividir o espaço com seus semelhantes, mas, viver mesmo, só vivem em pequenos grupos... ou sozinhas. O que mais? Vejamos... Isto é muito importante: as focas podem viver dentro ou fora d'água, mas se tornam mais tímidas e desconfiadas quando estão na terra. Lembre-se disso!

No fundo, quem se decepcionou com a alma animal decepcionou-se consigo mesmo. Em teoria, era uma aula de Defesa Antitrevas, específica aos bradadores, mas, na prática, foi muito além disso.

Os alunos que voltaram para o castelo, famintos, já não eram os mesmos que deixaram os portões pela manhã. Não mesmo.

Enquanto comia ovos mexidos no comedouro, Boris entregava-se a uma profunda reflexão. O gato de Catarina Datto, assim como ela, era muito sedutor e, ao mesmo tempo, muito independente, não se preocupando em beirar o egoísmo se fosse para garantir sua liberdade ou, pelo menos, seu ideal de liberdade.

O lêmure de Golias Vasco era um reflexo do rapaz, que constantemente tentava se passar por algo que não era, mas que, naquele dia, veio à tona em forma de espectro sem meias verdades. O animal, assim como o rapaz, não era o mais forte, o mais bonito ou o mais inteligente, mas era um bom companheiro, cuidando de seu bando através dos alertas, uma genuína demonstração de afeto.

Lúcia Leão, apesar de estar sempre no meio do grupo, assim como as focas, nunca pareceu de fato pertencer a ele, e essa foi a principal conclusão de Boris. Percebeu que só teria êxito com as pessoas na medida em que pudesse entender a natureza delas. Usando os princípios de sua uiraçu, estava disposto a encontrar a pedra perto da água para se aproximar confortavelmente de sua conterrânea varetense.

Trajando seu confortável pijama de flanela e esperando Golias, que estava na enfermaria, lembrou-se de uma antiga oração que fazia quando criança. Sem pensar, tocou os joelhos no chão e rezou, justinho como fazia quando sua mãe mandava.

— Nhamandu, grande pai dos mundos, criador do céu e da terra. Os que chamam a chuva agradecem a fartura e, na fogueira, pedem por Tupã, seu mensageiro. Que não me falte sabedoria durante as armadilhas do caminho.

CAPÍTULO 10
O FORMANDO

Boris pegou no sono, mas teve o cochilo interrompido por drásticas batidas na porta.

— Já vai. Já vai! — respondeu, calçando as pantufas. — Oi, Baltazar, o que faz aqui? Pensei que fosse Golias. — E bocejou. — Aquele desmiolado foi até a enfermaria e ainda não voltou.

— Ora, acabei de vê-lo no jardim aos beijos com Cátia. Tentei inibi-los, mas Golias me disse que ela estava se desculpando por qualquer coisa envolvendo uma bolsa e um tropeço... Não entendi muito bem, mas, enfim... Passe uma água nessa cara feia e vá à luta, garoto! — estimulou, entregando-lhe uma cesta de vime recheada de sanduíches de presunto.

— Valei-me, Baltazar, dois bastariam, mas ainda não era a hora. Me desculpe! Sei que lhe pedi os sanduíches e, como sempre, fez de tudo para me atender. Acontece que não posso começar uma história antes de terminar a outra. Seria como esperar que o Mascarado Escarlate se alimentasse antes de fazer o trabalho, entende?

— Entendo, cara-pálida — respondeu, batendo o dedo em seu nariz. — E o admiro muito por isso. Não se preocupe, minha barriga é um poço sem fundo. Tome seu tempo, mas não perca o controle, hã? Não pare de navegar. Não pare de navegar...

E, dando-lhe as costas, seguiu corredor afora. Ainda sonolento, Boris tomou um banho e aparou a barba. Encarou-se no espelho, penteando os fartos cabelos negros, e resolveu passar um pouco de colônia, presente de Natal de Helga. Limpo e perfumado, só faltava vestir-se de coragem, o que era mais difícil.

Todas as vezes que tinha perambulado pelo castelo na calada da noite, fora conduzido por Catarina Datto, especialista no quesito discrição. Mesmo sabendo que não teria a mesma compostura da menina, contentava-se em não ser como Golias, que aprontava das suas na maior cara de pau. Infelizmente, a realidade decepcionou as expectativas, e o rapaz saiu desajeitado, esgueirando-se nas escadas como se fosse um criminoso, demonstrando não ter o menor talento em Métodos de Vigilância e nas práticas de vigiar sem ser notado.

— Boris? — assustou-se Valquíria de camisola, ao abrir a porta.

— Boa noite, Valquíria. Desculpe o horário, mas gostaria de dar uma palavrinha com Catarina.

— Catarina? Achei que estivessem juntos! — A garota estranhou, esticando o pescoço e dando uma olhada ao redor do quarto. — De fato, ela ainda não voltou. Já perguntou a Horácio? Vi os dois juntos depois do jantar — disse, espreguiçando-se, assonada.

— Hum, curioso... Não marcamos nada hoje. — Boris coçou a barba.

— Desculpe não poder ajudar. — Valquíria encolheu os ombros. — Boa noite, Boris. Até amanhã!

Acreditando que a moça voltaria logo, sentou-se diante da porta, perdendo totalmente a noção do tempo entre um cochilo e outro. Quando acordou, conferiu o relógio de bolso, triste e convencido de que o melhor a fazer era voltar para a sua cama.

Angustiado e sozinho, já que Golias também não havia dado as caras, decidiu procurar Baltazar para uma conversa, mesmo sabendo que aquilo seria invasivo e totalmente fora de hora.

Ouvira o zelador comentar algumas vezes que vivia dentro do relógio dormideiro da sala de companhia, um acolhedor cômodo do Ateneu, onde os alunos se esquentam diante da lareira e falam mal uns dos outros. Calorento e avesso às fofocas, Boris nunca foi um exímio frequentador do lugar, mas, ainda assim, não teve dificuldade para encontrar o tal relógio de madeira, embutido em uma quina da parede.

Bateu algumas vezes, sem sucesso, mas também sem chamar a atenção do enorme pássaro dorminhoco. Descrente de que alguém com altura mediana pudesse mesmo viver ali dentro, agachou-se para virar a pequena maçaneta e dar uma olhada, mas, acredite, foi o bastante para que a ave arregalasse os olhos esbugalhados, abrindo um berreiro como se lhe arrancassem pena por pena na pinça.

Nada que fizesse era capaz de diminuir o escarcéu do bicho, levando o filho de Amaro às margens do pânico, até que, finalmente, Baltazar engatinhou porta afora, trajando uma confortável camisola listrada.

— Pronto! Pronto! Pronto! — acalmava o senhor, enquanto tirava delicadamente o rabo do dormideiro preso na porta.

— Mil perdões, Baltazar! Não foi minha intenção... — desculpava-se Boris, extremamente envergonhado.

— Sem galho! Esse danado está com o rabo muito grande e às vezes engancha na dobradiça. — E riu o senhor, dando um tapinha carinhoso no pássaro, que não demorou para cair no sono novamente.

— Os alunos em turno de vigília não passaram por aqui?

— Tive esse receio também, mas, fique tranquilo, ninguém apareceu aqui, cavaleiro.

— Mais uma vez, me desculpe pelo inconveniente. Eu precisava conversar com um amigo e, assim, à meia-luz, não reparei que o rabo do dormideiro estava preso na porta.

— Pelos raios de Tupã! — Baltazar coçou a cabeça, preocupado. — Se Tobias descobre que os alunos da ronda não averiguaram algo assim, eles estão automaticamente reprovados. Re-pro-va-dos! Venha, garoto, vamos tomar um chá quente. Abaixe-se, hã...

Apesar da porta nanica, o interior do quarto/relógio era muito aconchegante. Móveis de madeira, carpete e um papel de parede florido tornavam o cômodo quase tão acolhedor quanto a companhia de Baltazar. A cama estava coberta por mantas de lã e travesseiros afofados, enquanto a mesa contava com quatro cadeiras lustradas, um bibelô do time Pegasus del Sur e uma jarra com margaridas.

— Puxe uma cadeira, *muchacho*. Esquento a água em um instante — disse, colocando o bule no fogareiro. — Me diga, o que te aflige?

— Estou triste.

— Ora, não me diga... — ironizou. — E por que está triste, guri?

— Nunca pensei que eu seria o responsável por qualquer ponto-final. Não sou o tipo que abandona as pessoas, eu sou o tipo que é abandonado, entende?

— Não diga bobagem... Pelo visto, Catarina Datto não reagiu muito bem, não é?

— Até quando eu tomo a difícil decisão de abandonar alguém, sou abandonado primeiro. Catarina não estava em seu dormitório... — explicou, deixando cair algumas lágrimas que enchiam os seus olhos castanhos.

— Para que tanto sofrimento, pobre homem? Você recém-completou seus vinte anos! Tome isso antes que esfrie e vire uma água saborizada. Isso, sim, seria terrível.

O zelador lhe entregou uma caneca esmaltada, puxando uma cadeira.

— Agora, com calma, me diga: o que houve?

— Não foi fácil pensar em abandonar Catarina para tentar viver uma história com Lúcia, mas eu precisava resolver isso de uma vez por todas. Depois que você passou em meu quarto, percebi que era hora de tomar uma atitude e tomei. Procurei Catarina Datto, mas cheguei tarde demais. Ela já havia saído com Horácio.

Estrelas do Amanhã

119

— Catarina nunca lhe prometeu nada que não tivesse cumprido, não é? Não pode cobrar mais do que lhe foi oferecido, meu bom homem.

Deu-lhe dois tapinhas paternais no rosto.

— Eu entendo a sua frustração, mas acontece que as pessoas são diferentes, e é isso que as torna tão únicas, justinho como elas são.

— Catarina sempre disse que eu perco tempo tentando explicar ou qualificar um sentimento. Mesmo assim, confesso que tive uma remota esperança de que existisse algo a mais entre nós. Algo digno de ser rompido antes de seguir adiante. Entende, Baltazar?

— Entendo, Boris, e como entendo. Acontece que a esperança deve ser maior do que a realidade, mas jamais deve substituí-la. Catarina não é a responsável por essa expectativa quebrada, porque essa expectativa é sua, de mais ninguém. Não é justo projetar perspectivas em outras pessoas. Deve guardá-las bem aqui.

E pousou a mão delicadamente sobre o coração do rapaz.

— Nesse lugar ninguém leva. É seu até parar de bater.

— Eu não deveria ter procurado Catarina. É uma bobagem terminar alguma coisa que ela nem sequer quis começar. Eu sei, eu sou um tolo...

— És tudo, Boris Forte, menos tolo. Nem sempre o que fazemos é pelo outro. Se não era importante para Catarina, era para você. Sei que sim. Era você quem precisava se perfumar. Você quem precisava de uma despedida para seguir adiante, não ela.

— Você tem razão, cavaleiro. Eu fiz a minha parte e já posso seguir em frente. Não desejo mal para Catarina, para Horácio ou para qualquer pessoa que seja. — Então, levantou-se. — Ultravelocidade, ativar! Agora é a hora! Tem alguns sanduíches ainda?

— Certamente — afirmou rindo o zelador. — Entreguei dois ou três para umas calouras que estavam falando do cabelo esvoaçante de Dona Baby, mas ainda tenho uma porção deles. — E passou-lhe a cesta.

Boris ajeitou a cabeleira com as mãos e seguiu com sua cesta de sanduíches de presunto a tiracolo. De alguma forma, sentia-se o herói de sua própria história, e aquela sensação o contagiava e o assustava ao mesmo tempo.

Atravessou o castelo do Ateneu pensando pisar em nuvens, mas, na verdade, caprichava na pisada número 43. E foi assim, reproduzindo a delicadeza dos passos de um elefante, que ganhou o jardim. Quando deu por si, já estava embaixo da janela de Lúcia, jogando pedrinhas no vidro. Bem, pelo menos tentando driblar o breu, a falta de jeito e a miopia, tudo em nome do amor.

Estava prestes a desistir, quando a menina, finalmente, abriu a grande janela, empunhando sua varinha com muita propriedade.

— Quem é? — perguntou desconfiada.

— Lumina! — Boris proferiu o feitiço, acendendo uma luz em torno de si.

— O que faz aqui a essa hora?

— Sei que está chateada comigo e eu entendo, mas, mesmo assim, uma hora ou outra teremos que conversar. Será que podemos fazer isso agora?

Lúcia hesitou um pouco até aceitar, mas logo desceu, trazendo consigo uma manta xadrez. Os dois, claramente sem jeito, sentaram-se em um banco de madeira, protegendo as pernas do frio.

— Antes de mais nada, quero que saiba que nunca tive a intenção de te magoar. Eu não machucaria ninguém intencionalmente, muito menos você.

— Como acha que me magoou?

— Meu relacionamento com Catarina não foi premeditado. Tratando--se da minha vida, nunca é. Simplesmente aconteceu.

— Eu vi essa relação acontecer bem no meio de nós, Boris Forte, mas o que eu vejo não é necessariamente o que você vê. No fundo, essa situação já durou tempo demais. Você tem o direito de se envolver com quem bem entender, independentemente de premeditar ou não. Fique tranquilo, estou disposta a passar uma borracha nesse mal-estar.

— Minha falecida mãe nos ensinava a ter a esperança de um cachorro e o amor-próprio de um gato. Mas a verdade é que eu nunca tive nenhum dos dois, porém, neste momento, sou um cão dos mais arrependidos, esperando que possa me perdoar.

— Não tenho o que perdoar. Não escolhemos por quem nosso coração vai bater. Seria egoísmo de minha parte torcer contra a sua felicidade, pois, independentemente de qualquer coisa, sempre fomos bons amigos, e eu sinto falta das nossas conversas.

— Quero ser mais do que um amigo — Boris declarou-se, acanhado. — Desculpa se deixei minha falta de jeito interferir entre nós. Algumas pessoas, como eu, por medo, preguiça ou falta de fé em si mesmo, demoram para perceber os sinais. Sei que pode ser tarde e que, de repente, você me considere só mais um tolo. Qualquer coisa entre um mulherengo ou um covarde, mas travei guerras não pronunciadas contra meu próprio exército para estar aqui hoje. Lúcia, eu preciso pelo menos tentar. — Ajoelhou-se na frente da menina. — Eu tenho um presente e um pedido.

— Um pedido?! — ela repetiu, ainda atônita com tudo o que ouvira nos últimos minutos.

— Quer ser minha namorada?

Estrelas do Amanhã
121

Abrindo a cesta de vime de Baltazar, ofereceu-lhe um sanduíche, assistindo, apreensivo pela resposta, o lanche ser mordiscado em uma fração de segundo.

— Quero. É claro que eu quero! Quero desde o dia em que te conheci...

Os dois se beijaram e viram o sol nascer diante das pálpebras cansadas, com as barrigas cheias e o coração abarrotado de esperança para um futuro que acabava de começar.

O Ateneu parou para ver o novo casal, mas Catarina Datto não entendeu nada quando viu aquelas mãos entrelaçadas. Discreta, preferiu esperar pelo momento certo.

— Boris? Será que podemos dar uma palavrinha? — disse ela, interceptando o rapaz, que passava pelo pátio na companhia de uma pilha de livros.

— Ora, Catarina, tentei dar uma palavrinha com você na noite passada.

— Entendo... Na noite passada? Durante o meu turno de ronda?

— Ronda?

— Ronda. Uma obrigatoriedade chata imposta aos cadetes. Nunca fez uma ronda?

Boris precisou colocar os livros no chão para se recompor.

— Vamos, danadinho, você já fez ronda, sim — disse Catarina, em uma mistura de deboche e sarcasmo. — Se a memória não me falha, Valquíria é a sua dupla. Sabe, sempre achei arbitrária essa regra de Tobias, que equilibra as duplas por gênero. É até feio...

— Imagino que sua dupla seja Horácio.

— Bingo! — Ela piscou.

— Podemos sentar para conversar?

— Mal posso esperar — ironizou. — Venha, vamos para o seu carro.

Os dois caminharam mudos até o velho Opala. Boris não conseguia mensurar a confusão que causara e, ao mesmo tempo, entendia que, neste momento, nada mais poderia ser feito.

— Catarina, primeiro de tudo, gostaria de me desculpar por tê-la julgado mal. Por mais que nunca tenha me prometido nada, eu me senti na obrigação de te procurar para colocar um ponto-final na nossa relação, seja lá qual fosse a nossa relação. — Então suspirou. — Acredite, eu te esperei por horas. Obviamente, ocupada na ronda, você não pôde voltar, e eu interpretei tudo de uma forma que está me envergonhando muito agora.

Sem conseguir se conter, Boris ficou com os olhos completamente marejados.

— Sou muito grato por todo esse tempo juntos. Aprendi muito com você e espero que um dia possamos ser bons amigos.

— Você nunca confiou em mim, não é? Eu sempre fui um livro aberto, cuspindo verdades que você não queria ouvir e, mesmo assim, você foi muito seletivo na forma de acreditar na minha sinceridade. Eu não sinto essa necessidade que as pessoas têm de se amarrar umas às outras, mas desejei várias vezes que o sol caísse só para te ver de novo, Boris. O importante é o amor, não o jeito de amar...

— Está dizendo que me amou?

— Amei todas as vezes que estivemos juntos. Amei o jeito que mexe na barba quando fica nervoso. Assim! — apontou, vendo Boris, inevitavelmente, coçar a barba. — Amei até os planos que não fizemos juntos, bonitão. Todo mundo tem amor para dar, não pense que não, mas às vezes é preciso aceitar o que o outro tem para oferecer. O meu amor pode ser sido pouco para você, mas eu o ofereci de coração aberto e não vou me culpar nem te culpar por isso. Solte suas feras, Boris Forte. — Então, abriu a porta do carro e saiu.

— Catarina, sinto muito — insistiu ele, baixando os vidros.

— Não se prenda a explicações. Viva, bonitão! Viver, sim, vale o tempo e vale a pena! — disse, debruçando-se na janela, para depois sair sem mais qualquer despedida.

O rapaz ficou ali por horas, remoendo o vexame e, de certa forma, culpando-se pelo mal que fizera a Catarina Datto ao julgá-la de forma tão irresponsável. Lembrou-se das aulas da dedicada Glória Gusmão e sentiu-se uma criatura ainda mais desprezível por não ter tido o comportamento adequado para um defensor do povo, um executor das leis. Ficou assolado em lamúrias até ser interrompido por Baltazar.

— ¡A lo hecho pecho!

— O que disse, Baltazar?

— O que está feito, está feito! Como diz o ditado, "não se pode lamber o suco de caju derramado".

— Já sabe o que aconteceu?

— Descobri assim que vi Catarina Datto e Horácio Teotônio entregarem o relatório de patrulha. Bem, pela cara de coitado, concluo que também já foi informado. — Ele abriu a porta e tomou o assento do passageiro. — Chorar as pitangas não mudará os fatos. Precipitou-se nas conclusões, mas, no fim, ainda que por caminhos tortos, fez o que estava predestinado a fazer. Errar ou acertar faz parte do aprendizado, que começa no primeiro choro e vai até o último suspiro. Vamos, *muchacho*! Erga-se!

— Está coberto de razão e eu coberto de vergonha, mas temos que seguir em frente, não é? Obrigado, cavaleiro, mais uma vez.

Agradeceu abraçando o velho amigo, um abraço tão forte quanto desengonçado.

E, como ninguém pode segurar o tempo, ele passou, trazendo uma prévia de nostalgia para aqueles que estavam prestes a deixar o Ateneu no passado, e, ao mesmo tempo, semeando ao vento uma muda de ansiedade. Era o futuro convidando-os para uma aventura seguinte e sussurrando bem baixinho: *Próximo!*

O implacável tempo, aliás, foi muito generoso com Boris, consagrando-lhe o grande destaque acadêmico da instituição e permitindo que, aos poucos, tudo entrasse novamente nos eixos e ele pudesse desfrutar, mais uma vez, o sarcasmo amistoso de Catarina Datto. O namoro, tal como sonhou um dia, ia de vento em popa. Mais do que amantes, Boris e Lúcia eram amigos inseparáveis, com uma facilidade incomum de rir da vida.

Depois de tanta areia escorrer pelas ampulhetas de vidro e o tique-taque incansável dos ponteiros assinalar o final de mais um ciclo, lá estavam eles a postos para o teste mais aguardado da turma: a prova da toga magistral. Enfim, após tanto sacrifício, aproximava-se o dia de jurar lealdade ao Priorado dos Magos.

Todos esbanjavam sorrisos, enquanto Madame Carvalhinho, uma importante costureira brasileira, coordenava suas habilidosas agulhas com um simples movimento da varinha, como uma maestrina regendo uma orquestra. As agulhas flutuavam magicamente pelo ar e então mergulhavam nas togas verdes, uma a uma, deixando-as perfeitamente ajustadas aos formandos.

Berlamina Fajardo não aguentou ver o sofrimento de Golias e reparou o braço quebrado do menino, deixando-o intacto para vestir a roupa de formatura pela primeira vez, um sonho na vida de qualquer estudante que se propôs a trilhar esse caminho. A botânica assumiu a responsabilidade de contrariar Lima Maciel e, ao ver a alegria do garoto, trajado e inteiro, como todos os outros, certamente faria tudo de novo se fosse preciso.

Vestes devidamente aprumadas, era hora de mais um importante degrau dessa fascinante escada da formatura: os formandos de 1991 reuniram-se para a tarde de retratos, envolvidos por toda pompa que o momento merece.

Várias cadeiras portentosas, feitas em pau-brasil e elegantemente estofadas com o mais nobre veludo preto, foram trazidas, sabe-se lá de onde, para compor o ambiente.

As imagens oficiais estampariam o anuário, o diário da Federação e os arquivos do Priorado dos Magos, mas a principal função, certamente, era servir de material de ostentação aos pais. Depois de expô-las no local de maior destaque da casa, na maioria das vezes em uma molduras cafona, os pais dos formandos se vangloriam dos méritos de seus filhos, enviando uma cópia para os parentes de primeiro, segundo e até terceiro grau.

Chiquita, a coruja depenada de Amaro Forte, por exemplo, já estava zonza de tanto rodar por aí com a notícia de que o caçula faria o seu floreio em breve e, tão fugaz quanto o amor de um adolescente, a pobre já teria de refazer toda a rota, exibindo os retratos do filho a pedido do pai coruja.

Acolhendo o conselho de Baltazar, os alunos tiraram as togas e vestiram suas fardas antes de seguirem para a sala de espectadores, onde Tobias e todo o corpo docente — incluindo Berlamina, que fez questão de acompanhá-los em todo o processo de prova das togas e da sessão de fotos — os aguardavam no palco.

— Seria muito desagradável se me tirassem a surpresa do ato do floreio. Então, muito obrigada pela cortesia e pela sensibilidade em atender minha expectativa de vê-los com a toga magistral.

— Estamos aqui reunidos da mesma forma que estivemos há dois anos. No entanto, naquela ocasião, nossa missão era apresentar a academia preparatória aos aspirantes ao Priorado dos Magos. Hoje, passados tanto esforço, tanta luta e tanta dedicação, é uma alegria para nós recebê-los aqui na condição de colegas.

Enlevado, Tobias Tôla dava as boas-vindas aos graduandos, caminhando pelo palco na companhia de sua bengala e sua característica elegância, ao som de aplausos entusiásticos.

— Obrigado, obrigado — agradeceu. — Bem, meus colegas, hoje vocês estão aptos e prestes a fazer o maior juramento de nosso ofício, e uma série de acontecimentos começa a partir de agora. Nós estamos aqui para explicar melhor sobre eles. Dona Baby, como madrinha dos formandos deste ano, poderia fazer as honras?

— Tobias, querido, maior honra que essa não pode existir! — respondeu Olinda Calado, uma extravagante senhora metida a bacana, cuja idade é uma incógnita e motivo de apostas. Apostas, inclusive, que já renderam bons dobrões na suposição de ser mais velha ou mais nova que Berlamina Fajardo.

Discreta apenas na idade, Baby nunca foi vista sem suas longas unhas coloridas, tampouco sem um robusto sapato de salto. Mas que ninguém se engane, apesar da voz enjoada e do excesso de vaidade, ela é um ídolo dos alunos no manuseio de espadas.

Reza a lenda que já fez até Lima Maciel parecer tolo em um enfrentamento há alguns anos, com fofoca noticiada no *The Bruxo Times* e tudo mais. Apesar de o jornal não ter confirmado a notícia, também não negou, o que nutre a esperança de que o carrasco do Ateneu deveras levou um sacolejo da madame classuda.

— É com muito orgulho que me declaro a madrinha dos formandos de 1991. A partir de agora, contem comigo para assessorá-los em tudo o que for preciso. A consagração é dividida em três atos: o Ritual da Opy, a tradicional cerimônia na casa de reza; o juramento de bandeira; e, por último, mas não menos importante, o ato do floreio, a derradeira noite no castelo. Essa é a despedida dos filhos do Ateneu. — E sorriu, orgulhosa. — Arapuã, poderia instruí-los a respeito da Cerimônia da Opy?

— Claro que sim, professora — disse ele, limpando a garganta e levantando-se de pronto, deixando à mostra os pés descalços. — Os três atos têm intervalo de sete dias a contar de amanhã, quando realizaremos o primeiro deles, o Ritual da Opy. Conforme nossa tradição secular, esse ato acontecerá na casa de reza mais próxima do castelo. Lá, vamos agradecer a Nhamandu e também pediremos bênçãos às forças da natureza. Por um motivo muito especial, concluirão a primeira parte dessa colação de grau em minha companhia. Então, por favor, tenham uma boa noite de sono e me encontrem às cinco horas da manhã diante dos portões. Lembrem-se: em poucas horas, começarão o fim de um ciclo e o início do resto de suas vidas. Obrigado, professora Olinda. Obrigado, Tobias Tôla!

Reverenciou os colegas do corpo docente e tomou novamente o seu lugar.

— Sábias palavras, Arapuã, conseguiu abreviar em uma pequena oração grandes momentos a serem vividos nos próximos vinte e um dias — pronunciou Tobias, com sua voz profunda. — Dona Baby, mais alguma coisa para acrescentar aos seus afilhados?

— Ah, sim. Certamente que sim. — Levantou-se a professora. — Repito, contem comigo sem parcimônias. Garanto auxiliá-los em tudo o que estiver ao meu alcance. Ao que cabe em meu talento, prometo toda a instrução. Dificilmente outra turma terá no ato do floreio um brandir de espadas tão gracioso quanto este — celebrou a professora, sendo fortemente aplaudida pelos alunos, que se sentiram especiais com a bonita menção que ela fizera ao grande momento do ato do floreio, o brandir das espadas.

— Obrigada, obrigada, meus queridos. Todos nós, docentes, também passamos por isso. Então, mais do que o conselho de uma professora, acolham estas palavras como o conselho de uma colega que um dia se sentou nessas poltronas acolchoadas. Uh, há muito tempo...

Gargalhou escandalosamente com um riso tão verdadeiro que todos tiveram vontade de rir também.

— Mas, com certeza, menos tempo do que Berlamina, não é, Berla?

Divertiu-se Olinda, levando os alunos à loucura e acabando com a dúvida de uma era.

— Ora, Tobias, em respeito às memórias que temos do lado de lá, deixe-me dar umas palavrinhas a respeito da outra festa. Aquela... — pediu Baby, encarando o diretor que, pego de surpresa e sem muita opção, viu-se compelido a concordar.

— Tudo bem, Olinda, mas seja breve!

— Aproveitem o aparato, meus afilhados. Apesar de não ter o peso formal dos outros atos, eu lhes juro: nenhuma festa no mundo lhes proporcionará o mesmo gosto de liberdade e nostalgia. Este poder só o aparato tem. Aproveitem todos os momentos. Lembrarão de todos eles para sempre — concluiu com os olhos marejados de lágrimas. — Agora, preparem-se para dormir. Arapuã os espera para um desses momentos únicos e inesquecíveis com os quais só nós, os privilegiados do Priorado dos Magos, podemos contar.

As palavras de Dona Baby atingiram em cheio o coração da turma, que fora apresentada a uma pessoa totalmente diferente daquela com quem conviveram durante os dois anos de academia. A "coroa espalhafatosa", como Golias gostava de chamá-la, ainda que secretamente, deu lugar a Olinda, uma mulher de coração gigante, marcas do tempo e disposição para tornar aquele momento ainda mais marcante na vida dos formandos.

Naquela noite, ao contrário de muitas outras, os formandos recolheram-se logo depois do jantar, mas ninguém estava em paz. Estavam perdidos em pensamentos, ansiedades e planos acerca de um futuro que, de tão perto, parecia longe demais.

Estrelas do Amanhã

CAPÍTULO 11
O ORADOR

— Arapuã e essa mania de andar a pé como se as vassouras do Ateneu fossem alugadas — cochichou Golias com os colegas, enquanto percorriam a estrada rumo à Opy Gua, uma casa de reza mantida pela instituição a três quilômetros do castelo, entre os vales.

Após algum tempo de caminhada, os estudantes depararam-se com aquele cenário pitoresco que, de tão lindo e ao mesmo tempo tão simples, parecia um retrato. A pequena casa construída em pau a pique e coberta com telhado de palha enquadrava-se em um ângulo perfeito com o lago de águas cristalinas e o nascer do sol entre as montanhas.

— Sejam bem-vindos à Opy Gua, nossa casa de reza — apresentou Arapuã. — Sei que muitos de vocês já estiveram por aqui buscando os deuses durante essa jornada, e os outros, ainda que não conheçam Gua, tiveram certamente a oportunidade de conhecer uma das mais de setecentas casas de reza Bàdiu afora. Bem, esse pelo menos foi o último dado estatístico de que tive notícia, mas a todo momento alguém constrói uma nova.

— Como podem observar, a instalação é muito simples. Conta apenas com uma porta, virada para o leste, direção onde nasce o sol. Não tem janelas, pois, assim, os espíritos indesejáveis não conseguem entrar. O chão é de terra batida e todos devem pisar exatamente como eu — disse, mostrando os pés descalços. — Nhamandu enxerga nosso coração, não a qualidade de nossos sapatos, então não se preocupem. Quantos aqui passaram pelo ritual de batismo quando criança?

Praticamente todos os secundaristas levantaram as mãos.

— Os nativos dessa terra, o povo indígena, há séculos já mantinham pelo menos uma opy dentro de cada tribo. É nela que, desde os primórdios, fazemos rituais de cura, conhecidos como "pajelança", um rito religioso executado pelo pajé, o líder espiritual de cada comunidade — explicou pacientemente. — É cantando e dançando nesse chão batido que fazemos os nossos pedidos e, claro, também nossos agradecimentos. Agradecemos a cheia dos rios, as chuvas, as colheitas e toda a fartura providenciada pelos deuses. Posso dizer, com conhecimento de causa, que as tribos indígenas passaram por transformações no decorrer da história, mas as tradições foram mantidas. Meus meninos, por exemplo, não só foram batizados pelo pajé da tribo Xuê, morto há alguns anos por uma cobra venenosa, como também foram nomeadas por ele.

Arapuã estava visivelmente emocionado.

— Depois da chegada dos juruás, os filhos do Bàdiu não perderam a fé. Apesar de tanta matança e, mais tarde, com toda a miscigenação do nosso povo, não deixamos de arrastar nossa sola no chão. Bem, como sabem, com o passar dos séculos, o termo "juruá", usado na língua tupi-guarani para identificar quem não era indígena, foi adotado por todos os brasileiros e, desde então, é usado para identificar qualquer indivíduo sem magia, indígena ou não. O mesmo aconteceu com as opys, que estão por toda a parte, popularmente conhecidas como "casas de reza". Apenas os mais tradicionalistas e os indígenas as conhecem como opy, mas qualquer cidadão dessa terra sabe o que é uma casa como essa, que nunca precisou de placa para ser reconhecida.

O professor fez uma pausa, encarando o lugar, pensativo.

— É tão intuitivo que qualquer criança sabe o que fazer. Basta tirar os sapatos e entrar sem pedir licença ao dono, porque essa é a morada de nossos deuses. Pouco importa quem encaixou as madeiras ou cobriu com o barro. Como eu disse, o tempo é capaz de transformar as tradições, mas me emociono ao constatar que nem sempre é capaz de destruí-las — concluiu, levando muitos formandos, sensíveis com a ocasião, às lágrimas.

— "Mas, Arapuã, por que está dando aula se as aulas acabaram?." Ora, não tomem como uma aula. Não me tenham, neste momento, como um professor. Eu sei que cultuamos o mesmo deus e que todos nós temos alguma memória de casa de reza, ainda que, em alguns casos, as lembranças sejam de nossas mães ou avós. — Então, sorriu de maneira muito terna.

— Hoje, eu sou apenas um indígena orgulhoso, que teve a oportunidade de contextualizar uma tradição que é de todos nós, mas que, originalmente, era dividida apenas entre as tribos. Às vezes, estamos tão habituados com as coisas como elas são que não atentamos às origens. Na condição de indígena, de pai e de prior, é uma honra dividir mais esse momento com vocês. O senhor Edmundo, nhanderu da Opy Gua, infelizmente nos deixou há poucos meses. Pensando no ato, intercedi junto ao Priorado dos Magos para que acatasse uma sugestão minha. Algo que vai criar entre nós um elo ainda mais forte do que aquele que já temos. Dona Uyara, nhandeci da tribo Xuê há cento e treze anos, é quem conduzirá o ritual. A propósito, não estranhem. Nhandeci e nhanderu não são nada que não conheçam. São apenas nomes indígenas para rezadeira e rezador, figuras presentes em qualquer casa de reza. Agora, tirem os sapatos e vamos nos aproximar da opy para que a nhandeci possa nos solicitar quando for o momento.

A longa espera fatalmente deixara os alunos ainda mais apreensivos, se é que era possível. O silêncio era tanto que podiam escutar o canto dos uirapurus, que se divertiam voando de um lado para o outro.

Boris, no entanto, mergulhou em saudade, planejando mandar uma coruja para Naná, sua avó materna, o mais rápido que pudesse. Lembrou-se das ocasiões em que, ainda menino, ela o levou ao maior culto religioso do Bàdiu, a Festa das Águas, até que, de repente, as lembranças foram interrompidas pelo som de um chocalho, acompanhado, ao fundo, por uma voz cujas palavras não dava para entender.

Uma senhora franzina e corcunda, herança do tempo, abrira a porta da casa de reza, calando vozes e pensamentos. Uyara fez questão de encará-los um por um com sorriso nos olhos, já que os lábios delicados, a esta altura, eram quase imperceptíveis. Apenas mais uma linha entre tantas rugas.

A simplicidade das vestes se revelava na saia comprida e na blusa desbotada de alças, enquanto um bonito cocar de penas coloridas, símbolo da nobreza, capaz de transcender qualquer limite estético, reinava sobre as tranças grisalhas. Para os indígenas, os cocares vão muito além de um adorno para a cabeça, são o significado da vida, a importância do "ser". Sua forma, em arco, gira em torno do presente e do passado, projetando-se para o futuro. Claramente, nhandeci era rica de tudo aquilo que o dinheiro não é capaz de comprar.

Bastou um simples gesto com a cabeça para que os formandos adentrassem a casa de reza, mas a expectativa de entrada foi rapidamente superada pela presença de uma garotinha ruiva com cabelos longos e trançados, agachada junto a uma quina da parede. Com cara de poucos amigos, ela os encarava na petulância de seus sete ou oito anos, nada muito além disso. Os pés, ligeiramente tortos, e o jeito como os farejava, sem sair do lugar, conferiam-lhe um aspecto no mínimo intimidador. Aquela criaturinha selvagem, em uma versão humana muito graciosa, com sardas e bochechas coradas, parecia querer atacá-los no primeiro descuido.

— Inaiê! — disse vagarosamente Uyara, encarando a criança e proferindo alguns resmungos em tupi-guarani. Foi o bastante para que a menina respondesse com uma voz doce demais para o seu semblante ofensivo. Apanhou um saco de juta e começou a distribuir instrumentos musicais aos formandos, que, nesse momento, já estavam em círculo, organizados por Arapuã a pedido de sua nhandeci.

Todos os homens receberam a *mbaraka*, uma espécie de chocalho produzido com cabaça, sementes de *iva'u* e um cabo de madeira. Já as mulheres ganharam o *takuapu*, um instrumento de percussão confeccionado de um tubo de taquara com pouco mais de um metro, recheado de pedrinhas. Enquanto a *mbaraka* só pode ser chacoalhada por homens, o *takuapu* é exclusivo às mulheres e ligado ao simbolismo da fertilidade. Deve ser percutido no chão e acompanhado pelo corpo, em uma coreografia sutil. A exemplo da rezadeira e do professor, os atenienses logo pegaram o jeito de tocá-los, em uma dança interessante e sincronizada, indo para a frente e para trás, arrastando os pés descalços.

A pequena Inaiê voltou para o seu cantinho e começou a tocar o *korimbó*, um tambor roliço de percussão, produzido com o tronco oco das árvores e coberto por pele de animais silvestres em uma das extremidades.

— "Oreru Nhamandu Tupã Oreru" — cantava e batucava a curumim, que, apesar de estar imersa nas tradições, não se parecia em nada com os nativos da tribo Xuê. Os cabelos avermelhados, os olhos azuis e a pele clara queimada de sol destoavam dos traços de Arapuã e de nhandeci Uyara.

Quando, enfim, pararem de cantar aquela espécie de mantra, os estudantes já estavam absortos na sonoridade de seus instrumentos musicais, deslizando os pés no chão de terra batida com movimentos precisos. O ritual estava oficialmente aberto e era hora de pedir a calmaria dos rios e de agradecer aos deuses a boa ventura de concluir aquela exaustiva jornada.

Depois de pintá-los com urucum, como as entidades merecem, nhandeci abriu sua caixa sagrada e lhes ofereceu adornos, como colares de dente de onça, flautas de osso de anta e pulseiras de couro de dobra-esquina, que servem como prolongamento de um corpo, capazes de transferir os poderes dos animais dos quais foram extraídos para quem utilizar as peças durante o rito.

A cabocla acendeu um cachimbo, baforando a fumaça no grupo e fazendo uma dança particular, em que rodopiava proferindo palavras incompreensíveis, até que ela também começou a cantar, acompanhada pelo tambor da garotinha. Provavelmente pelo obstáculo da língua, a anciã da tribo começou a ser traduzida por Arapuã. Bem, pelo menos ele começou a falar logo depois dela.

— Pequeno sol. Grande Espírito. Dê luz verdadeira no caminho de minha vida. Eu vou seguindo a estrada da sabedoria — dizia o professor depois do vagaroso canto. — Não é o homem quem navega o mar, mas o mar quem diz ao homem como navegar. Tupã, aquele que empurra as nuvens do céu, abra os caminhos para que minha vida receba os raios luminosos de Nhamandu.

Estrelas do Amanhã   **131**

Uma vareta de palha acesa foi dada a cada um dos formandos, que, segurando a luz de seus pedidos, cantaram e dançaram por horas os cânticos que falavam de animais, plantas, visões e espíritos da floresta.

Para findar, de mãos dadas, fechando a ciranda, nhandeci os benzeu com um robusto ramo de planta da mata, pedindo aos espíritos indesejáveis e também ao mal dos juruás que não cruzassem seus caminhos.

A volta para o Ateneu foi silenciosa e reflexiva até para os mais céticos.

Arapuã agradeceu a turma, despediu-se e seguiu pátio afora, para tristeza de Boris, que gostaria de ter trocado algumas palavras com o professor longe do olhar dos colegas.

— Eu não acredito! — resmungou Horácio.

— Que sujeirada! Aposto que tem o dedo de Lima Maciel nisso. É claro que tem! — esbravejava Golias.

— O que houve? — perguntou Boris a Lúcia.

— Digamos que não estamos de férias até o próximo ato. Fomos promovidos! — ironizou a menina.

— Promovidos?

— De alunos a monitores. Parabéns, Boris, a partir de amanhã vamos dar aula de reforço ao primeiro ano.

— Sério? — perguntou rindo. — Nossa turma deve ser muito querida! — respondeu tranquilamente, mostrando-se o único a não se importar com as atividades extras.

E assim, entre aulas de reforço e os últimos preparativos para a festa do aparato, os dias passaram ligeiros no calendário.

Quando Boris deu por si, estava mais uma vez diante do generoso espelho do quarto. Agora, com a responsabilidade perfeccionista de caprichar no nó da gravata, era chegado o momento de jurar a bandeira, no segundo ato de formatura.

Nessa etapa, os estudantes ficam ainda mais nervosos, considerando a presença da família na plateia. Ainda que não possam manter contato até o ato do floreio, uma importante regra, a ocasião gera ansiedade pelo simples fato de saber que os entes queridos estarão lá. Mais do que ouvintes, os convidados tornam-se cúmplices de suas vozes trêmulas.

Um palco é montado no pátio do castelo e todo o corpo docente se apresenta com a farda do Priorado dos Magos: as elegantes gabardine verde de dupla abotoadura. Nesse ano, Tobias Tôla e Cosmo Ruiz, chefe dos priores, fizeram as honras da casa, recebendo nada mais, nada menos do que Virgílio Azambuja, o carismático presidente do Bàdiu. Em uma clara homenagem à respeitada instituição, Azambuja compareceu à solenidade trajando uma túnica verde e um chapéu da mesma cor. Além de um grande cinto prateado bem *démodé*.

A decoração, apesar de simples, era de muito bom gosto. Uma passarela bem iluminada no centro conduzia os formandos até o palco, diante dos olhos atentos dos convidados à esquerda e da ilustre presença da fanfarra à direita.

Nervosos, entraram enfileirados, caminhando lentamente até os professores.

— Pelo poder a mim investido pelo Priorado dos Magos e pelo Estado de direito da Federação Mágica do Bàdiu, declaro os formandos aqui presentes aptos a exercer o ofício de prior. Mãos no peito para passagem das bandeiras — disse Tobias.

Imediatamente, Cosmo passou pelo corredor à esquerda, levando o estandarte do Priorado dos Magos, enquanto Azambuja, magricela e baixinho, passava pela direita, carregando o mastro da bandeira do Bàdiu com certa dificuldade.

— Atenção, virar — vociferou Cosmo Ruiz.

Os alunos demoraram alguns segundos para perceber que era hora de virar o corpo 180º, ficando de frente para as bandeiras, do outro lado. Berlamina Fajardo, muito sagaz, fez um gesto sutil com o dedo e depois fingiu arrumar o cabelo.

Azambuja e Cosmo deram um passo à frente para acompanhar a execução dos respectivos hinos, brilhantemente executados pela fanfarra oficial.

— Atenção, juramento!

Prontamente, os alunos estenderam os braços, cheios de graça, e fizeram o gesto de continência.

— Juro lealdade à bandeira da Federação Mágica do Bàdiu, que representa uma nação, e à bandeira do Priorado dos Magos, que representa honra, liberdade e justiça para todos — disse Cosmo, repetido pelos formandos em coro.

Embora o Priorado seja uma divisão da Federação Mágica do Bàdiu, criada com a finalidade de investigar, enfrentar, combater e aprisionar seres mágicos — sejam estes bruxos das trevas, sejam criaturas que saíram de sua zona de proteção —, a instituição, com o passar dos anos, ganhou muito destaque e respeito. É uma entidade na qual as pessoas têm fé. O órgão virou uma grande família, e todos os membros carregam o orgulho de fazer

Estrelas do Amanhã

parte dele. É por isso que, neste momento, repetindo as palavras firmes de Cosmo Ruiz, era quase impossível não se emocionar.

As bandeiras voltaram para o palco e Tobias pediu aos alunos que se virassem novamente.

— Atenção, cumprimentos — bradou Cosmo.

Pela primeira vez, os formandos de 1991 foram reverenciados como priores, com um cumprimento usado apenas entre membros da corporação. A saudação é uma analogia ao momento em que o falcão-peregrino, ave-símbolo do Priorado dos Magos, enverga suas asas para alçar voo.

Assim, todos uniram suas mãos nas costas, envergando o corpo e abaixando a cabeça com toda a majestade da ave de rapina homenageada. Alguns formandos choraram tanto que mal puderam retribuir o aceno de um jeito decente.

Dispensados, passaram silenciosamente pelos convidados. Boris buscou por Helga e Amaro, mas demorou para encontrá-los, já que eles estavam quase junto à porta de saída. A irmã mais velha, sensível, assoava o nariz num lenço do pai que, por sua vez, com os olhos marejados, curvou-se, reverenciando o filho com o cumprimento do Priorado dos Magos. Apressados por Baltazar, que fazia valer a regra de não manter contato até o ato do floreio, aquele momento tocou corações em silêncio.

— Seu pai é prior, chapa? — perguntou Golias, já no corredor do comedouro.

— Não. Meu pai é comerciante. — Boris coçou a barba. — Também achei estranho o cumprimento. Ele deve ter achado bonito...

Os amigos gargalharam juntos.

— Sorte a sua. Nem vi o meu velho. Não sei nem se deu as caras por aqui... Mas vamos lá encher o bucho no comedouro. Isso, sim, fará falta — disse, empurrando Boris para dentro.

A semana foi corrida com as aulas de reforço e os inúmeros encontros com Dona Baby, empenhada em prepará-los para o brandir das espadas.

Golias, um azarado de primeira, não estava confirmado no ato do floreio. Usou tanto o cumprimento do Priorado que acabou por travar as costas. "Sabe como são as crianças com brinquedo novo", dizia Berlamina, até que resolveu ajudá-lo, afinal, o garoto também era um dos organizadores à frente da festa do aparato.

Boris Forte, escolhido para ser o orador da turma, buscava as palavras certas, mas dizimou jardins a considerar a quantidade de folhas que descartou. Quando percebeu, estava de novo diante do espelho. Desta vez, vestido com a toga magistral. Sobre a cama, as malas prontas. Na boca, o gosto amargo das partidas.

— Entrem, este momento é de vocês! — recepcionou Baltazar, empurrando-os para dentro da sala de espectadores. Aflitos e com a espada na cintura, entraram em fila.

A sala estava irreconhecível, especialmente bonita e muito espaçosa sem suas tradicionais poltronas acolchoadas. Os convidados foram acomodados em luxuosas cadeiras dispostas na frente do palco, abaixo dos professores, que, mais uma vez, vestiam suas fardas.

Conforme o ensaio prévio, os alunos distribuíram-se na frente do corpo docente e diante dos convidados, lado a lado, em duas fileiras verticais.

— Boa noite, formandos, docentes e convidados — saudou Tobias Tôla. — É com alegria inenarrável que declaro aberto o último ato desses valentes jovens, que, assim como eu, um dia se propuseram a trilhar um caminho tortuoso, confesso, mas igualmente gratificante. Gostaria de chamar ao palco o orador escolhido para dar voz à turma de 1991.

Muito aplaudido, os pés conduziram Boris Forte até o palco. Sua mente viajava em um misto de sentimentos inéditos.

— Boa noite, Ateneu — começou, limpando a garganta e pegando um pergaminho no bolso. — Depois de trilharmos esse árduo caminho juntos... — Interrompendo a leitura drasticamente, ele levou alguns segundos, em silêncio e reflexivo, para, em um golpe espontâneo, guardar o seu discurso. — Quer saber, eu passei horas escrevendo um texto bonito. Tentei honrar com palavras a importância dessa experiência. Mais uma vez, eu tive medo de falhar. E, falhei. Sabe, foram apenas dois anos entre as paredes deste castelo, mas só quem viveu aqui sabe que a intensidade potencializa o tempo — declarou emocionado. — É triste, muito triste, pensar em ir embora. Agradeço aos meus colegas pela confiança. Muitas vezes, tiveram mais facilidade de confiar em mim do que eu mesmo tive. Ainda assim, nunca escondi minhas fragilidades, porque são elas que nos tornam mais atentos às dores do mundo. Desejo a todos, no exercício de nossa profissão, a coragem de fracassar de vez em quando. Coisas boas acontecem todos os dias, mas nem sempre podemos controlar tudo ao nosso redor. E quer saber? Tudo bem! Não é um dia ruim que vai determinar o nosso sucesso. Em nome dos formandos de 1991, agradeço ao Ateneu e ao Priorado dos Magos por toda fé e instrução que nos dedicaram. Pessoalmente, ofereço esse floreio a Iraci Dias Forte, minha mãe, prior abatida em serviço. — Sua voz embargava, emocionado. — Muitas vezes, prolonguei o caminho até o comedouro só para passar pelo corredor de retratos. De alguma forma, o

Estrelas do Amanhã

135

menino Boris achou, por um instante, que, passando pelo quadro da mãe, poderia ser visto. E quem aqui vai dizer que não? — questionou, indo às lágrimas. — A todos, o meu, o nosso muito obrigado! — concluiu o rapaz, ovacionado pelos presentes.

— É um deleite ver que conseguiram enrijecer sem perder a sensibilidade. — Dona Baby assumiu a palavra. — Passar por essa academia exige uma série de renúncias. Implica o abandono de hábitos e arrogâncias, além, é claro, de um tantinho de coragem e perseverança. Entrar para essa família é uma honra de alto preço. Nem todos os dias são bons, mas, como disse Boris ainda há pouco, coisas boas acontecem todos os dias. Se, em algum momento, pensarem em desistir, lembrem-se do caminho até a toga magistral. Lembrem-se do que os manteve de pé até o brandir dessas espadas — afirmou, pousando o discurso. — Sejam bem-vindos ao Priorado dos Magos. Foi um prazer ajudar a conduzi-los até esta noite. Mestres?

Desceu do palco, seguida pelos outros professores, que se alinharam em uma fileira vertical em frente aos alunos, que, treinados, fundiram-se em uma única fila, paralela aos docentes. A fanfarra, depois de tocar a tradicional canção, nomeada de "O brandir", rufou os tambores para que os envolvidos sacassem as espadas. Em ordem, os formandos passaram um a um, com grande estirpe, brandindo suas espadas com todos os mestres do Ateneu. Uma cena deveras emocionante, com movimentos firmes e precisos, ensinados com muito carinho por Olinda Calado, a querida Dona Baby.

Ao terminar, todos guardaram suas espadas, para, frente a frente, discípulos e mentores, cumprimentarem-se feito falcões-peregrinos.

— Na função de diretor do Ateneu e da academia preparatória do Priorado dos Magos, e nos termos da legislação em vigor, tendo em vista a conclusão das atividades, confiro aos formandos de 1991 o grau de noviço aspirante para exercício pleno de sua profissão — anunciou Tobias, de volta ao palco e intensamente aplaudido pelos convidados. — Boris Forte, como representante escolhido pela turma, dê um passo à frente para anunciar a quem concederá a honra da entrega dos distintivos.

Boris imediatamente deu um passo e, sem pestanejar, disse em alto e bom som:

— Baltazar!

Cogitou, por uma fração de segundo, indicar Berlamina Fajardo, mas, no fim das contas, ninguém passava mais tempo com os alunos do que o fiel cavaleiro. Baltazar, mais do que qualquer outra pessoa, envolvia-se nas fofocas, nos romances, nas dores de barriga e, também, nos prazos de entrega dos trabalhos, que lhes tiravam o sono e o juízo. Naquele momento, embora surpresos, os colegas tiveram a certeza de que fora a melhor decisão que Boris poderia ter tomado.

No palco, os professores se encararam, espantados. Perguntavam-se que com a troca de olhares se aquilo era realmente possível. Tobias, porém, decidiu por si só. Pediu a Baltazar, que não era prior, tampouco mestre, adentrasse o salão e buscasse os distintivos. Por algum motivo, Lima Maciel os segurava, como se pudesse ser o escolhido.

Sem acreditar, o simpático zelador, que espiava o ato da porta da sala, entrou sob uma chuva de aplausos. Buscou a caixa de madeira com os emblemas e, emocionado, entregou um a um, com abraços apertados e beijos quentinhos.

— Não pare de navegar, não pare de navegar... — sussurrou Boris em seu ouvido, tomando-lhe em um abraço tão desengonçado quanto todos os outros.

— Obrigado, Baltazar. Sem sombra de dúvidas, o maior conselheiro do castelo — disse Tobias, assistindo à saída discreta do senhor argentino. — Neste momento, em nome de todos os meus colegas, parabenizo os novos membros do Priorado dos Magos. Saibam, vocês não levam daqui apenas novos sonhos, um título e um distintivo. Levam a esperança de que podem, sim, prover um futuro mais acolhedor à nossa nação, levando conforto e justiça. É assim que honramos essa família.

Após concluir o discurso, Tobias Tôla ditou os nomes que foram escolhidos previamente pelos alunos para conduzi-los até a porta. Helga mal pôde acreditar quando foi chamada. De braços dados, acompanhou o irmão caçula até a saída, e nada poderia ser mais emocionante do que aquilo. Amaro, na plateia, assistiu aos filhos cheio de orgulho e, logo em seguida, foi encontrá-los para dar um longo abraço no caçula.

— Não foi apenas um floreio impecável, mas uma trajetória impecável. Parabéns, garoto! — disse Amaro, um pouco sem jeito.

Moacir, seu futuro cunhado, também lhe deu um abraço sem muita intimidade. A família então partiu para Vila Vareta, enquanto os formandos, já nostálgicos, despediam-se dos professores antes de caírem na festança que os aguardava no jardim: o aparato.

Naquele clima de amizade e tumulto, Boris puxou Arapuã pelo braço assim que o viu passando pelo corredor lotado.

— Professor, professor! Sei que não é a melhor hora, mas queria dar uma palavrinha com o senhor. Tenho tentado desde o primeiro ato, mas foram vários desencontros...

Estrelas do Amanhã

— Ora, rapaz. Vá aproveitar a festa! Prometo que não vou a lugar algum. Ou já esqueceu que sou um homem de hábitos diurnos? Não subo numa vassoura agora nem por decreto. Divirta-se, Boris. Me procure amanhã de manhã, antes de deixar o castelo.

Um pouco mais tranquilo, o mais novo prior trocou de roupa e seguiu para o jardim na companhia de Lúcia.

Catarina Datto e Golias Vasco eram festeiros profissionais: artistas em pernas de pau andavam pelos convidados cuspindo fogo e fazendo malabarismos, enquanto um feiticeiro talentoso, girando sua varinha, fazia surgir sapatos gigantes. Sem qualquer perigo de pisoteio, eles dançavam livremente no meio do povo. Carmem e outros colegas que se despediram antes do tempo foram convidados para o evento, tornando o momento ainda mais prazeroso pelos reencontros.

Uma grande tenda listrada em branco e vermelho abrigava um bufê farto, que, sem mesquinharia, não deixou faltar comida nem bebida de primeira até o raiar do sol.

Luxo do luxo, o aparato de 1991 teve apresentação ao vivo dos Varinheiros Invertebrados, um conjunto muito popular entre os jovens, o que, obviamente, deve ter custado uns bons dobrões.

Ao final da performance, fogos de artifício explodiram no céu, numa grande mistura de cores, sons e formatos, além de bonitas mensagens de felicitação aos recém-formados, que assistiam emocionados ao espetáculo que anunciava o fim da jornada ateniense.

Encafifado, pensando em como puderam pagar tantas regalias recolhendo apenas cem dobrões de cada aluno, Boris Forte não sossegou até descobrir que era o pai de Golias o patrocinador da noitada. Definitivamente, o colega tulguense não poderia ter sido uma criança sem acesso ao blocoscópio, divertia-se Boris. A essa altura, o rapaz já estava mais alegre do que de costume, depois de tomar dois copos de vinho do bom.

Enquanto o sol raiava já ardido e todos estavam exaustos demais para pensar em fazer as malas, Boris, igualmente um trapo, tratou de tomar um banho rápido. Não estava a fim de deixar Arapuã voltar para a tribo, de férias, antes de lhe agradecer pessoalmente.

Correu para o comedouro, agora às moscas, a tempo de acompanhar o indígena em uma xícara de café.

— Com licença, Arapuã — disse meio encabulado, atrás de sua bandeja, sentindo-se um pouco invasivo por abordar o professor durante sua refeição. — Sei que é uma indelicadeza atrapalhar o seu desjejum, mas não tive a oportunidade de lhe agradecer nas semanas anteriores. Muito obrigado por nos acompanhar no primeiro ato.

— Não se preocupe, rapaz. Sente-se!

— Obrigado! Muita gentileza de sua parte — agradeceu, puxando uma cadeira. — A Cerimônia da Opy foi muito importante. Digo por mim e ouso dizer pelos meus colegas. Confesso que frequentei bastante a casa de reza com minha avó. Ela é muito devota, mas nunca tive a oportunidade de participar de um ritual ministrado por um rezador indígena. Foi muito sensível em trazer a rezadeira de sua tribo, nhandeci Uyara.

— Não me agradeça por isso. Foi uma experiência indescritível poder acompanhá-los em um momento tão importante. Confio muito nos ensinamentos de minha nhandeci, mas não se esqueça: a fé é universal. No fim das contas, o que importa mesmo é a intenção, não a pronúncia. Não pense, nem por um minuto, que os rezadores brancos têm menos privilégios com os deuses. — E riu. — Participou de muitos rituais com sua avó?

— Quando criança, meus irmãos e eu passávamos férias na casa de meus avós, em Pedregulho. Minha avó não ficava uma única semana sem visitar a casa de reza. Dizia que dava muito trabalho aos deuses, com tantos pedidos, e que fazer uma visita era o mínimo. Minha irmã não parava em casa. Todo dia corria para a casa das colegas. Meu irmão, Sancho, sempre foi escorregadio. Era ouvir o barulho das tamancas que ele dava um jeito de escapulir — disse, rindo com a lembrança. — Ainda que não fizesse muito sentido, vovó se produzia toda e calçava uma tamanca de salto, muito barulhenta, mesmo sabendo que teria que tirar. Adivinha? Sobrava para o caçula acompanhá-la. Nem sempre participávamos dos rituais, mas nunca deixamos de frequentar. Vovó Naná entrava, sussurrava alguns minutos e depois passávamos na venda do seu Alaor, e então eu ganhava um sorvete de pistache. Nunca contei aos meus irmãos que, depois da casa de reza, tinha sorvete. Era muita afronta se começassem a ir, a troco dos benefícios. — Então gargalhou.

— No seu lugar, faria o mesmo — disse Arapuã rindo. — Mas fico feliz em saber que o ato tenha lhe trazido tantas lembranças de família.

— Bem, não contei isso para ninguém — confidenciou, olhando para os lados. — Mas, depois de sua aula sobre a alma animal, eu me ajoelhei aos pés da cama para a velha oração de Nhamandu. Não fazia isso desde menino... Desde a morte de minha mãe no exercício de seu ofício no Priorado. Foi meio inconsciente, mas acho que perdi a fé depois de alguns episódios de sofrimento — assumiu envergonhado. — Por isso, gostaria de agradecê-lo cara a cara. Aquele encontro com a minha uiraçu, minha harpia real, foi uma demonstração dos deuses na terra.

— Isso é muito bonito, Boris, mostra uma alma de muita sensibilidade em ambos os polos. Às vezes a vida nos desafia, realmente, mas, para seguirmos, por nós e por nossos entes perdidos, precisamos lutar contra as decepções que vez ou outra vêm nos aconselhar. Parabéns por sua uiraçu; como eu disse na ocasião, esse espírito animal é muito raro, mas não me surpreende que você o tenha...

— Bem, eu tive mais recompensas do que sorvete sendo o neto obediente. — Ele riu. — Minha avó me levou duas vezes à Festa das Águas.

— Ora, ora, a Festa das Águas, na casa de reza do Araxá?

— Sim, aquela casa de reza enorme...

— É a maior casa de reza do Bàdiu, com mais de trezentos anos de história. Antes da última reforma, tinha capacidade para cinco mil pessoas, agora não consigo nem mensurar. Na língua indígena, "Araxá" significa "lugar alto onde primeiro se avista o sol". Nhamandu representa o sol, portanto é um lugar cheio de simbolismos. A chuva é um elemento tão importante na cultura ancestral que sempre foi comemorada. Está diretamente atrelada ao alimento e ao plantio. Belas histórias, Boris Forte, belas histórias...

— Faz tanto tempo, mas, de uns dias para cá, parece que foi ontem que nos hospedamos em uma estalagem de Fidúcia. — Então suspirou. — Olha, professor, esta conversa está me animando para visitar Pedregulho nas próximas férias — brincou.

— Fidúcia é uma cidade encantadora, que tem muito a agradecer aos milhares de turistas que visitam Araxá durante todo o ano. Estamos falando de uma das cidades mais abastadas de todo o Bàdiu. Isso graças à casa de reza Araxá. É realmente incrível como a fé pode mobilizar as pessoas, independentemente se são bruxos ou juruás. Muito obrigado pela prosa, garoto. Sei que fará um trabalho incrível dentro do Priorado dos Magos, mas agora tenho que ir. São muitas horas até a tribo Xuê. — E levantou-se.

— Obrigado por tudo, Arapuã. Foi um prazer tê-lo como professor e agora é um orgulho tê-lo como colega de profissão. Mande lembranças minhas a nhandeci Uyara e àquela garotinha... Como é mesmo o nome dela?

— Inaiê. Em nosso idioma, "águia solitária". É uma criaturinha difícil de doutrinar, mas não deixa de ser encantadora. Boa sorte, Boris Forte.

Boris terminou o café, pensativo, e depois passou pela recepção para se despedir de Baltazar, que, a essa altura, já estava com os olhos vermelhos de tanto chorar nas partidas.

— ¡Hasta la vista, muchacho! — disse o amigo.

— Ora, seu velho, dê aqui um abraço — rebateu Boris, puxando-o para si. — Muito obrigado por ter tornado o Ateneu um lugar confortável até naqueles dias em que a única vontade era de fazer as malas. Cuide-se, cavaleiro.

— Garoto... Obrigado por ontem — disse sem jeito, pela primeira vez. — Se puder, não se esqueça deste velho atrapalhado. Não pare de navegar, hã... Não pare... — Baltazar estava com os olhos cheios d'água.

— Esquecê-lo? Que bobagem é essa, Baltazar?! Antes que o Pegasus del Sur vença o próximo jogo, uma coruja chega com notícias.

Emocionado, despediu-se dos colegas, o que incluiu um abraço apertado em Catarina Datto, Horácio, Valquíria e Golias. Preocupado com o horário, chamou Lúcia e os dois ganharam o céu no velho Opala. O castelo do Ateneu foi ficando pequenininho no retrovisor do carro enquanto o futuro se abria grandioso logo à frente, com folhas fisgadas no para-brisas.

CAPÍTULO 12
O LIVRE-ARBÍTRIO

Avolta para casa custou um bocado de paciência e alguns desaforos. O velho Opala desceu no calçadão estreito, no meio das compras de Natal, causando corre-corre e reboliço.

Depois da chegada conturbada, Boris pôde, finalmente, apresentar Lúcia à família, e não poderia existir momento melhor. Amaro e Helga estavam especialmente orgulhosos por entregar a carta de convocação do Priorado dos Magos ao filho pródigo.

— É um privilégio de poucos iniciar a carreira na capital — gabava-se Amaro, enquanto tomava um chá da tarde improvisado com os filhos, a futura nora e o futuro genro.

Assustada com a conversa, Lúcia não demorou para se despedir. Ciente de que não tivera o mesmo desempenho do namorado durante os anos de academia, temia a possibilidade de ser transferida para outro distrito.

Boris Forte, como de costume, perdeu a tarde no Três Varinhas Gourmet, tomando um generoso copo de varinha submarina e apreciando a vista da Praça Folhaverde. Em sua concepção, não há programa mais varetense do que esse.

Na manhã seguinte, recebeu uma coruja meio troncha com um embrulho pesado. A pobrezinha trouxe com dificuldade seu fardamento, e, para fazer valer seu esforço, o rapaz aparou a barba, passou um pouco de colônia, aquela, a única que ele tem, e penteou os cabelos negros ainda molhados para trás.

Logo se viu em frente à linda fortaleza de doze andares do Priorado dos Magos. O prédio fora construído em formato de estrela de seis pontas, em tijolo de andesito. Está estrategicamente localizado ao lado da Federação Mágica do Bàdiu, defronte sua praça favorita. Foi difícil segurar as lágrimas e, nesta missão, Boris também falhou. Era apenas um menino diante da grandeza dos seus sonhos, prestes a seguir os rastros da mãe, mas trilhando os próprios passos. Ainda envolvido em uma mistura de sentimentos, foi interrompido por uma voz insistente.

— Ei... ei... ei, garoto! — insistiu o homem calvo de meia-idade. — Suponho que você seja... Boris Forte — concluiu ele, uma cópia melhorada de Amaro. Era Cosmo Ruiz em pessoa, o próprio chefe da corporação, pendurado com metade do tronco para fora e segurando a janela de vidro, desengonçado.

— Sim, sou Boris Forte, senhor!

— Entre! — ordenou.

Cosmo pacientemente lhe mostrou todos os departamentos da fortaleza. Os três primeiros andares pertenciam à divisão dos investigadores, já o quarto e o quinto serviam de apoio para perícias e pesquisas, o que inclui laboratórios de ponta, os mais equipados do Bàdiu. Exatamente no centro, no sexto andar, localizava-se o terrível pátio de execuções. O local não possuía teto, pois fora construído para ser um agradável jardim. Originalmente, serviria de descanso para os priores, que teriam então um lugar para tomar ar puro, mas, com o passar dos anos, a Federação sentiu a necessidade de ter um lugar mais seguro para executar seus presos de alta periculosidade e, então, sugeriu-se que no pátio fosse plantada uma enforcárvore. Após alguns enforcamentos, o local foi tomado por uma espécie de magia maléfica que transformou o jardim em um sepulcro a céu aberto, um lugar frio e terrível que Boris já teve oportunidade de conhecer durante seu tempo no Ateneu. Os últimos seis andares eram conhecidos como Torre do Priorado, por ser o domicílio dos priores de campo dentro da fortaleza. É lá que eles se reuniam para receber instruções, preparar prisões, planejar patrulhas e custodiar prisioneiros que aguardavam enforcamento. Cosmo também mostrou o refeitório, que fica no início do sétimo andar, frequentado por todos os funcionários da instituição. A vista privilegiada mostrava a Praça Folhaverde de um ângulo jamais visto.

— Bem, como sabe, pela Constituição Majurídica, apenas priores e condenados a enforcamento podem entrar nesta fortaleza. É por isso que existe o anexo, esse prédio de três andares, nosso vizinho — disse, apontando-os pela janela. — Além da recepção, na qual os cidadãos podem registrar suas queixas, ele tem enfermaria, prisão temporária e salas de audição, onde são tomados os depoimentos. Aliás, seguirá como prior de campo ou investigador?

— Investigador, senhor!

— Então, acredito que não vá frequentar muito o anexo. Em todo caso, quando precisar interrogar algum suspeito, fique à vontade para usar as salas de audição.

Diferentemente do que Boris imaginava, o Priorado dos Magos parecia um lugar sossegado. Por algum motivo, pensava que todos trabalhavam sob tensão e que se comportavam de um jeito mecânico, como se estivessem em um quartel-general no meio da guerra. Felizmente, era apenas uma impressão dos tempos de criança, agravada pelas aulas de Lima Maciel. Na verdade, o clima era muito amistoso e agradável. Em poucos minutos, pôde ver priores fazendo piadas e caçoando uns dos outros, algo impensável até aquela manhã.

— Não vai me dizer que este é o filho daquele velho safado — disse outro prior de idade avançada, dando um tapa desgovernado em seu braço.

— É, sim. Este é o filho de Amaro! — confirmou Cosmo.

Naquele instante, não pôde esconder a frustração de ser "o filho de Amaro". Não foi a primeira vez que sentiu o prestígio do pai lhe tirar o mérito do próprio esforço. Mesmo sem conseguir disfarçar o incômodo, ficou preocupado. Não sabia se aquele senhor era um amigo muito próximo com intimidade para o adjetivo chulo ou se fazia referência ao suposto envolvimento do pai com Perpétua Gentil, uma mulher casada.

— Já estou indo para a prova de fogo. Não demore com esse rapazote! — disse o homem rechonchudo de poucos modos, abandonando o corredor.

— Ah, sim. Boris, existe um costume do Priorado dos Magos para novos membros. Pelo que conheço de seu histórico no Ateneu, não é nada com que deva se preocupar. Artur é o chefe da sessão e, com mais seis priores, ele lhe fará perguntas sobre vários temas, o que inclui poções e feitiços apropriados para determinadas situações. Bem, também poderão fazer algumas perguntas menos discretas, de cunho pessoal. Não se preocupe — disse ele, chegando mais perto e cochichando algo que parecia secreto. — É normal que façam perguntas confusas e afirmações errôneas para testar se o candidato lida bem com pressão...

— Quanto tempo leva essa entrevista? — questionou Boris, inquieto.

— Não sei. O tempo de entrevista varia de acordo com o humor dos entrevistadores...

A sala era muito pequena e um tanto intimidadora. Sete priores encaravam com cara de julgamento o pobre candidato, deixando-o ainda mais nervoso. Boris ficou horas trancafiado no pequeno cômodo, desviando-se das mais diversas armadilhas linguísticas, até que Artur, o figurão que chamou seu pai de *safado*, deu-lhe um tapa sem cerimônias e carimbou violentamente um papel.

— Seja bem-vindo à divisão de investigadores do Priorado dos Magos. Por ora, seu parceiro será Astolfo, um investigador muito talentoso e apto a supervisionar seu trabalho. Ele lhe ensinará como se faz. Agora, vá! — esbravejou.

Boris animou-se ao ver Lúcia e surpreendeu-se ao cruzar no corredor com Horácio, morador de Canícula, uma cidade extremamente longe. O colega parecia cansado, provavelmente mal colocou os pés em casa e já teve de seguir viagem. Sem saber se poderia cumprimentar os conhecidos, Boris preferiu ficar na sua, para evitar gafes logo no primeiro dia.

Foi muito bem acolhido por Astolfo, que, contrariando a expectativa causada pelo nome, era bastante jovem. Muito disposto, explicou que estava em Vila Vareta há pouco tempo, transferido de Tulgar. Começou a carreira em sua cidade natal, Pélago, mas os maiores incidentes do paraíso turístico são criaturas fora de seu hábitat natural, e isso acabava por limitar seu crescimento. Astolfo mostrou-se orgulhoso de estar na capital, por se tratar da inteligência do Priorado dos Magos. Isso significava receber mais investimento da Federação, treinamentos e a possibilidade de envolvimento nos maiores casos do país. O pelaguês estava agradecido por ter passado por Tulgar, uma boa escola graças à quantidade de casos que recebe diariamente. Aquilo motivou Boris, que queria colocar a mão na massa imediatamente.

— Devagar com o andor, companheiro — disse Astolfo, abrindo um armário cheio de pastas com sua imponente varinha de mogno. — Não conseguirei acabar com todo esse trabalho até amanhã. Isso é uma promessa — disse rindo o rapaz moreno e bem-apanhado. — Acredite em mim, logo vai se lembrar com saudade do dia em que lhe dei uma tarde livre. Nos vemos amanhã às dez, Boris Forte.

Tudo parecia bom demais para reclamar de qualquer coisa que fosse. Tomou mais um café na copa, mesmo não gostando muito de café, e depois foi para casa, quase flutuando de tanta felicidade.

Os dias passavam depressa e o talento do caçula de Amaro discretamente começava a se sobressair na divisão, tornando Boris uma ajuda muito importante para Astolfo e seus tantos casos sem solução.

Lúcia, igualmente empolgada, começou a fazer suas rondas em Vila Vareta, um início bastante previsível aos noviços que optam por seguir a carreira de prior de campo. Os profissionais de ronda são popularmente conhecidos como Ases, pois vestem por cima da farda um colete listrado em amarelo e preto, como uma abelha.

Mesmo mantendo o relacionamento de uma forma discreta no trabalho, o casal sempre dava um jeitinho de fazer alguma refeição juntos para bater papo enquanto assistiam às pessoas felizes na Praça Folhaverde.

Estrelas do Amanhã

145

Boris e Lúcia se aproximaram de Helga e Moacir, e faziam diversos programas juntos. Não faltavam jantares descontraídos no Pasta & Salsa, novas mostras no museu de Vila Vareta e apresentações vindas de todo o Bàdiu para o teatro municipal.

Mesmo não sendo um exímio apreciador de argobol, Boris não perdia uma única partida do Estádio Arquétipo, o maior do país, que fica lá mesmo na capital. Demorou até entender que os rebatedores precisavam queimar os atacantes com as bruacas, pois só eles poderiam fazer gols nos aros usando pelota, mas Horácio e Astolfo tiveram bastante paciência para explicar, afinal era muito divertido ouvir Boris torcer por qualquer time que fosse com sua voz esganiçada.

Não demorou para que recebesse uma correspondência de Catarina Datto, que se dizia contrariada por ter sido transferida de Pedregulho para Tulgar. Na carta ainda tinha lembranças de Golias e Valquíria, moradores da cidade.

Tudo parecia se encaixar em meio a tantos amigos e eventos sociais. Uma nuvem de felicidade pairava sobre Boris, até que...

— Bom dia, parceiro — disse Astolfo. — Você se lembra do assassinato do filho de Artêmis Figueiroa?

— Ótimo dia, Astolfo, ótimo dia. Claro que me lembro. Alguma novidade? — perguntou enquanto colocava seu casaco no cabideiro.

— Ainda não, mas creio que teremos em breve. Pedi aos priores um interrogatório a alguns membros da família. Resolvi acompanhá-lo para não perder nenhuma parte da história. Não é que não confie no escrivão, longe de mim, mas quero pegar o sentimento deles durante as respostas, entende?

— Justo. Precisa de ajuda?

— Bem, preciso, mas não nesse caso — disse, abrindo a gaveta com sua elegante varinha e levitando uma pasta preta até as mãos do colega. — Hoje pela manhã a divisão de Turmalina pediu ajuda à Vila Vareta. É uma denúncia ambiental. Uma contaminação na zona rural da cidade que está levando vários pacientes infectados ao curandório municipal. Achei a história um pouco malcontada, confesso.

— Turmalina? — surpreendeu-se Boris, sentando-se imediatamente, envolto em uma nuvem de lembranças anestesiadas.

— Sim, um distrito relativamente próximo, em Meão. Não deve levar mais de seis horas em uma Bravata. É uma cidade turística muito graciosa que não costuma ter ocorrências muito graves. Talvez, por isso, eles não estejam bem preparados para administrar qualquer situação muito fora do controle.

— Então devo ir a Turmalina? — disse, incrédulo.

— Não estou te impondo — riu Astolfo. — Turmalina tem a melhor comida deste país, então eu iria sem problemas, mas, como sabe, estou acompanhando esse caso do assassinato há alguns meses e ele tem me desafiado muito. Por isso é tão importante estar presente durante os depoimentos.

— Entendo...

— Ah, que cabeça a minha, você pegou tudo tão depressa que às vezes esqueço que ainda é novo por aqui. Não precisa ficar com essa cara de preocupado. Quando fazemos essas pesquisas de campo, as viagens ficam a cargo do Priorado dos Magos. Nenhuma despesa sai de seu salário. A não ser, é claro, alguma lembrança ou refeição fora de hora — comentou divertindo-se. — E, em se tratando de Turmalina, leve uns bons dobrões para os doces...

— Ah, não... não... nem pensei nisso...

Boris estava muito atordoado.

— Está tudo bem?

— Sim, está tudo bem. Sei da importância desse caso para você, e, sinceramente, eu me acho capaz de recolher algumas amostras e iniciar as pesquisas. Me diga, quanto tempo preciso ficar e que dia devo partir?

— Muito obrigado. É um alívio! — E suspirou. — Sabe que estamos sucumbindo em uma pilha de casos, mas são as dores e as delícias de trabalhar na capital. Fatalmente os distritos nos pedem ajuda — disse enquanto fazia algumas anotações. — Por mim, pode tirar o dia de folga e partir amanhã bem cedo. Volte assim que tiver dados suficientes para tocarmos a investigação daqui. Agora vá e descanse! — disse, dando-lhe dois tapinhas nos ombros e saindo.

— Astolfo, devo ir fardado?

— Hum... Melhor não. Tenho uma reunião agora. Boa viagem, Boris Forte!

Boris pegou de volta seu casaco e foi para casa chutando as pedrinhas da rua, amargurado. Estava feliz por iniciar seu primeiro caso, mas não deixou de questionar os deuses por colocá-lo justo em Turmalina, cidade de Amélia, seu primeiro amor.

Depois de resmungar pelo neto de Omar nunca ter lhe devolvido seu porta-tudo, que era muito melhor do que aquele que ele comprou antes de ir para o Ateneu, acabou ganhando mais um de seu pai, orgulhoso por sua primeira oportunidade.

— Leve mais algumas mudas de roupa, Boris. Uma investigação *in loco* nunca sai como o planejado — aconselhou Amaro, que nunca errava nas recomendações profissionais.

Estrelas do Amanhã 147

Boris partiu para a missão depois de uma insônia das bravas, passando a noite inteira assombrado pela possibilidade de esbarrar com Amélia, sem saber, honestamente, o que pensava sobre isso. Era um sentimento dúbio que transitava entre a esperança e o medo. Torcer ou repugnar. Exausto, só pedia ao tempo a decência de passar depressa.

Logo aterrissou na Casa Aurora, indicação de Judite e Omar Barba, exímios frequentadores da cidade. Vó Dora transformou o sobrado da família em hospedaria depois da morte do marido, apegando-se aos hóspedes e oferecendo uma estadia de primeira. Devidamente instalado na melhor suíte da casa, Boris tomou um bom banho e desceu as escadas farejando delícias que faziam seu estômago roncar.

A anfitriã foi surpreendida na cozinha, passando um cafezinho em seu coador de pano, enquanto o forno a lenha dourava alguns pães caseiros. Divertiu-se limpando as mãos no avental florido e levou o prior até uma mesa na varanda em frente à casa, com vista privilegiada da rua, onde bolos, biscoitos e geleias disputavam a atenção do pobre sofredor faminto.

— Sente-se, querido, o café e os pães chegam já.

Animado com tantos mimos, resolveu ler as notícias do dia enquanto mordiscava biscoitinhos de abóbora, inacreditáveis de tão bons. Vez ou outra, de canto de olho, espiava as crianças brincando no calçadão de pedra, correndo de um lado para o outro, até perdê-las de vista no coreto da pracinha.

Como diziam, Turmalina parecia uma cidade de brinquedo, com sobrados coloridos e casas que mais pareciam de boneca. Nem as árvores, em pleno outono, sujavam o passeio público característico. Os pássaros, em bonitos cantos e acrobacias, voavam em torno de rosas gigantes, que pairavam diante das casas sem qualquer ligação com a terra. Em total harmonia, o distrito, que parecia ter saído de uma história de fantasia, defendia o título, sem surpresa, de melhor qualidade de vida do Bàdiu.

— Aqui está. — Voltou vó Dora, carregando uma cesta de pães e um bule de café.

— Ora, quanta gentileza, vó Dora. Me diga, a senhora sabe onde fica a cachoeira dos Pirilampos?

— Não, querido — disse, levando as mãos no rosto. — Eu sei onde fica, mas não vá até lá! Temos outras cachoeiras fresquinhas aqui em Turmalina. Uma porção delas.

— E por que não devo ir até lá, não é boa? — insistiu Boris, na esperança de obter alguma informação mais relevante.

— A cachoeira dos Pirilampos é uma maravilha. Uh, se é. Linda, linda, linda! É muito fresca e a mais perto da cidade — disse enquanto puxava uma cadeira. — Poderia ir até caminhando... Acontece que, de uns tempos para cá, as pessoas estão adoecendo depois de se banhar nela. O prefeito encheu de cartazes, e priores estão de guarda para impedir a entrada de banhistas. É muito triste, pois é um cartão-postal de Turmalina, mas, acredite, não é uma hora segura de passear por lá.

— Hum... E o que mais tem para fazer em Turmalina?

— Não se preocupe, sua viagem não foi em vão, querido. Temos muitas atividades por aqui. Contamos com ótimas opções de restaurantes e docerias por toda a cidade. Se for à Alameda dos Embromados, encontrará muitos comércios locais, loja de compotas, geleias, e pode até fazer uma visita guiada pela Flores Caldeirões, onde são forjados caldeirões de muita qualidade, enviados para todo o Bàdiu.

— Flo-res Cal-de-irões? — balbuciou.

— Sim, a Flores Caldeirões é Turmalina — disse, enchendo a boca para falar. — É um dos orgulhos desta cidade. Mas, pensando bem, você quer se refrescar, então... sugiro os Lagos do Norte. Antigamente a entrada era franca, mas recentemente o terreno foi vendido para uma grande empresa e taxas são cobradas. O preço é salgado, mas dizem que vale a pena. Construíram uma loja de lembranças e um restaurante com vista para o lago, e você nem precisa levar toalha. Isso já está incluso no valor. Diz o seu Armelindo, vizinho da Odete da Rua das Alfazemas, que tem até parada para retratos. Cá entre nós — sussurrou —, os turmalinos não ficaram muito contentes com o novo empreendimento, mas, fazer o quê, dizem que é o preço do progresso...

— Entendi — respondeu Boris, que não conseguiu assimilar muita coisa depois de ouvir "Flores Caldeirões", compreendendo de imediato que se tratava da empresa da família de Amélia Flores. Até que foi tirado de seus pensamentos confusos pelo badalar de um sino, que, muito persistente, ecoava seu "tlim, tlim, tlim" e depois parava sem mais nem menos.

— Vó Dora, esse soar de sinos é algo importante?

— Muito importante! É o sino do leiteiro. — A senhora de cabeça branca gargalhou, enquanto recheava um filão de pão com um pedaço generoso de queijo.

Antes que pudesse pensar em uma resposta, uma enorme vaca malhada em azul e branco passou pelo calçadão flutuando, como se fosse um balão inflável. Parecia enfeitiçada pela varinha do leiteiro, um figurão estranho de óculos fundo de garrafa e um cavanhaque por fazer. Por cima da calça preta calçava longas botas até os joelhos, enquanto um avental listrado sobrepunha a camisa. Uma boina igualmente listrada com as cores da vaca lhe escondia os cabelos.

Estrelas do Amanhã

149

— O que é isso? — disse coçando a barba, assustado.

— É uma vaca azul de Turmalina, Boris — respondeu vó Dora divertindo-se enquanto calçava as pantufas e se dirigia à calçada. — Bom dia, seu Misael, por um minuto pensei que não teríamos leite hoje. Me tire um quartinho, por favor...

Imediatamente o leiteiro desceu o animal, que começou a ser ordenhado ao vivo. Incrédulo, Boris coçava os olhos, sem acreditar que aquilo pudesse acontecer. O líquido azul era transferido direto da teta da vaca para uma garrafa de vidro.

— Ora, Boris, vai me dizer que nunca experimentou leite da vaca azul?! — A senhora alegrou-se, enquanto lhe servia a bebida ainda quente em uma caneca esmaltada.

Mesmo com nojo, não queria fazer desfeita, então tomou um gole para não ofender a dona da casa. E foi assim, por educação, que leite de vaca azul passou a dividir seu coração com o famigerado suco de caju, um campeão de audiência nos dias de calor.

— Isso é... muito bom! Tem amêndoas?

— Ora, querido, ninguém sabe o que vai aí dentro. — E riu. — O que sei é que a vaca azul é tão Turmalina quanto eu. Já tentaram levar para outro distrito, mas não conseguem. A espécie não resiste muitos dias longe daqui. Acabam morrendo, pobrezinhas...

Boris mal tinha colocado os pés para fora de casa e já estava impressionado com as peculiaridades da cidade, que surpreendia até nas cores do céu. Parecia mais uma pintura aquarelável, tamanhos delicadeza e bom gosto.

Foi difícil se despedir da mesa de quitutes, mas vestiu seu sobretudo preto e rumou até a cachoeira, muito bem sinalizada. Era realmente uma pena que um lugar tão bonito estivesse rodeado de guardas, sem a menor possibilidade para banho.

Pela primeira vez, ele usou seu distintivo para conseguir alguma coisa. Orgulhoso, sacou seu documento do Priorado dos Magos e recebeu permissão dos colegas para colher amostras da água.

Infelizmente, Amaro foi muito profético em suas palavras e as roupas extras seriam de grande utilidade. Conversando com os guardas, descobriu que Avelino Prachedes, o chefe da base local, estava em férias com a família e voltaria para Turmalina apenas na próxima semana. Pensando que pudesse ter alguma informação confidencial mais contundente, não lhe restou alternativa a não ser esperar.

Convidou Agnes Vaivém, diretora do curandório local, para um almoço informal, o que foi extremamente produtivo. Além de desfrutar uma refeição caseira, preparada sem pressa em panelas de barro e chapas de ferro, o que o forçou, discretamente, a abrir um botão da calça para não ser sufocado, o investigador pôde entender melhor o quadro clínico das vítimas.

Superando a timidez, começou a frequentar as inúmeras praças da cidade, na esperança de conseguir alguma informação importante em conversas despretensiosas. Diferente de outros distritos do Bàdiu, os turmalinos passam boa parte do dia fora de casa. Seja tomando chá de pêssego em cadeiras provisórias em frente às residências ou nos largos, seja assistindo ao pôr do sol cor-de-rosa, outra curiosidade sem explicação.

Sentindo-se mal por não estar trabalhando como gostaria, começou a ajudar vó Dora com pequenos afazeres domésticos. Apesar de muito simples, muita coisa era um desafio para uma senhorinha de um metro e meio de altura. Agradecida, ela não deixava faltar seus biscoitos favoritos e, claro, leite de vaca azul.

Ficou um pouco chateado por parecer estar de férias. Principalmente porque ia até Lagos do Norte banhar-se nas águas cristalinas com o dinheiro do Priorado.

Frequentador da movimentada Avenida dos Embromados, Boris nunca passou pelo enorme caldeirão que cuspia fumaça, vendo-o só de longe. Pela imponência, sabia que se tratava da Flores Caldeirões.

Só depois de encontrar Prachedes, recolher um amontoado de papéis e deixar vó Dora aos prantos com a despedida, decidiu passar em frente à loja da família Flores. Estava muito curioso e não queria voltar à Vila Vareta sem conhecer o endereço. Ficou ali parado em um exercício de contemplação, admirando a fachada e pensando em todos os planos com Lúcia para o futuro, que se mostrava promissor. Enchendo o peito de coragem, Boris decidiu, finalmente, enfrentar a sua querida Amélia, que não poderia assombrá-lo para sempre.

— Boa tarde — disse Boris a uma senhora charmosa que embalava caldeirões em um largo balcão de madeira maciça.

— Boa tarde, querido, como posso ajudá-lo? — perguntou a mulher de olhos azuis e solícitos sob uma pequena lente.

— Sou um colega de Amélia Flores. Estudamos juntos na escola... Não sei se ela trabalha aqui, mas sabe me dizer como posso encontrá-la?

— Amélia? Ah, querido, Amélia está estudando na Fundação do Tesouro, volta para casa apenas nos meses de férias — respondeu a senhora com pesar, referindo-se à maior escola superior de comércio e finanças.

— Fundação do Tesouro?! — surpreendeu-se Boris, animado pela conquista da ex-companheira. — Ora, como não pensamos nisso antes? — perguntou, rindo a si mesmo. — Obrigado, senhora — despediu-se.

Estrelas do Amanhã

151

— Ei, rapaz, não quer deixar nenhum recado?

Calou-se, pensativo, e, após um momento:

— Sim, diga que desejo as mais sinceras felicidades. Ela é merecedora e terá sucesso em qualquer coisa que se propor a fazer. Obrigado, senhora.

— E qual é o seu nome, moço?

— Astolfo. Astolfo Salgado — respondeu, saindo pela porta satisfeito, sem saber se fizera certo em dar o nome do parceiro de trabalho, ainda que tenha sido a primeira coisa que lhe viera à cabeça.

Exorcizados os fantasmas do passado, Boris pôde voltar para Vila Vareta com os ombros mais leves do que quando partira. Com um otimismo nada característico, montou em sua Bravata deslumbrando o horizonte e o futuro, indo direto para a repartição dos investigadores, a fim de dividir as informações com o seu parceiro antes do fim do expediente.

— Vejo que essa viagem foi muito produtiva — disse Astolfo, impressionado com a pilha de documentos e informações trazida pelo aspirante a investigador.

— Bem, já tomei a liberdade de entregar algumas ampolas com amostras da água ao laboratório. Acredito que em três ou quatro dias já teremos resolvido esse caso.

— Resolvido?

— Sim, infelizmente estou com uma linha de raciocínio muito triste que deve se confirmar nos próximos dias. A Cachoeira dos Pirilampos é um ponto turístico muito requisitado da cidade. Mais que isso, é um lugar de lazer dos próprios turmalinos. O problema é que a entrada sempre foi gratuita. Está dentro das terras de um antigo prefeito do distrito que nunca cobraria da população, um senhorzinho muito simpático, diga-se de passagem... Coincidentemente, algum tempo depois da contaminação dos Pirilampos, foi inaugurado um grande empreendimento, chamado Lagos do Norte. Até pouco tempo pertencia a um senhor de nome Isaias Barata, um sujeito muito simples — completou, checando documentos de compra e venda. — Desesperado para pagar uma dívida do filho, vendeu as terras por uma pechincha ao primeiro que apareceu. Nesse caso, foi uma grande rede de hotéis tulguense. Fiquei impressionado com a infraestrutura do lugar, Astolfo. Tudo de primeira linha. Além do valor do ingresso, o visitante tem várias opções para compra dentro do complexo de lazer. Restaurantes finos à beira do lago, lembranças, cacarecos e até retratos em diversos pontos espalhados pela propriedade. Ouvi dizer que o próximo passo é construir hospedarias lá dentro. Gostaria de acreditar mais na iniciativa empreendedora desse grupo cheio de dobrões, mas minha intuição me diz que o problema é a ganância. E aí, meu amigo, Turmalina não teria a menor condição de solucionar o evento sem nossa ajuda. Além de não ter um bom laboratório e mestres de poções, como nós temos aqui, estamos falando de um povo com o coração muito bom para pensar em algo tão terrível. Espero poder ajudá-los...

— Então, você acha que a Cachoeira dos Pirilampos foi sabotada? — questionou Astolfo.

— Sem a Cachoeira dos Pirilampos, o tal Lagos do Norte é o lugar mais próximo da cidade apropriado para banhistas. Me parece muito conveniente! Depois de conversar com diversos moradores, não consigo pensar em outro caminho de investigação que não esse. Agora, infelizmente, só nos resta aguardar o laudo dos mestres de poções.

— Diante desses argumentos, só nos resta mesmo aguardar a perícia. Se confirmado esse raciocínio, vou perder um parceiro em breve. Logo terá seus próprios casos, garoto — disse rindo. — Seus primeiros meses foram impecáveis, Boris. Impecáveis mesmo — concluiu satisfeito enquanto tirava o relógio do bolso. — Pelos raios de Tupã... A conversa estava tão boa que perdi a noção da hora. É tarde, Boris Forte. A gente já devia ter pegado o rumo de casa. Deve estar ansioso para desfazer suas trouxas — comentou o pelaguês, levantando-se e pegando o sobretudo para enfrentar mais uma noite gelada de Vila Vareta no mês de agosto.

De repente, o silêncio do departamento de investigações deu lugar a gritos e correria de uma porção de priores de campo descendo as escadas com pressa. Mesmo prestes a partir, Boris e Astolfo decidiram passar na Torre dos Priores, a fim de descobrir qual era a grave ocorrência.

De plantão, Lúcia e alguns companheiros tomavam chá com biscoitos de nata, uma fornada que Perpétua Gentil assou para Henriques, seu sobrinho patrulheiro. Apesar de bisbilhoteira, a dona de casa é uma cozinheira da melhor qualidade e seus quitutes são sempre bem-vindos.

— Tudo parece tranquilo por aqui — cochichou Astolfo. — Pessoal, com licença, poderiam nos participar do último ocorrido? Vimos alguns colegas em polvorosa.

— Um casal foi assassinado dentro de casa, na zona rural, próximo ao Brejo das Daninhas! — respondeu Lúcia, claramente animada por ver Boris de volta.

— Que Nhamandu nos proteja. Casos assim sempre me fazem lembrar de Tulgar — compartilhou Astolfo, sentindo um frio na espinha. — Que tudo se resolva da melhor forma. Agora preciso mesmo ir para casa. Meu gato Xexéu deve estar faminto, e ele é muito vingativo. Da última vez, rasgou a cortina do meu quarto, só para que eu acordasse com o sol na cara. Você vem, Boris?

— Vou! Estou exausto da viagem. Mais alguém vem conosco? — disse, encarando Lúcia na intenção de ter alguma pista sobre o seu expediente.

— Adoraria, mas estou substituindo Matias. Não saio daqui antes do amanhecer — contou a moça.

Apesar de sentir saudade da namorada e estar especialmente animado para contar sobre os passeios e as descobertas que fizera, no fundo Boris só queria deitar a cabeça no travesseiro. Sem ninguém em casa, tudo conspirava para uma noite tranquila. Tomou um banho quente e se deitou. Pensou em preparar um prato de Loro Guloso, mas o que é a fome diante de um homem exausto? Nada! Mal sabia ele que, assim que pegasse no sono, receberia a visita inconveniente de uma coruja friorenta que lhe trazia um bilhete enganchado no bico pálido.

> *Boris, meus pais acabam de morrer*
> *e só você pode me levar até Vila Vareta.*
> *Me ajude, Hector Saião*

Consternado com o pobre garoto que acabara de perder os pais, aprontou-se em um piscar de olhos. Vestiu um terno preto, em respeito aos mortos, e, como de costume, ajeitou os cabelos negros, ainda molhados, lambidos para trás. Em minutos, Boris ganhou o céu de Vila Vareta com seu carro velho.

Chegando na frente do castelo da EMB, Boris emudeceu assim que botou os olhos em Hector, que o aguardava sentado em um murinho, ao lado da estátua dos leões. Na falta de palavras de consolo, encontrou em um abraço sincero e apertado as devidas condolências. Ambos entraram no carro e desceram pela estrada sinuosa em direção à cidade, mas nada foi dito.

Já era madrugada quando chegaram diante da casa de Omar e Judite Barba, na simpática Rua das Volitárias, que, naquela noite, estava especialmente triste. A luz acesa na sala denunciava que todos estavam acordados. Boris não teve coragem de entrar. Ficou na porta de cabeça baixa, acompanhando a entrada dramática do garoto órfão e lembrando-se da tal ocorrência que fizera os priores de campo saírem às pressas.

Por mais que soubesse que Matilda Barba e Jeremias Saião não eram pessoas de bem, não pôde deixar de sofrer pelo filho e, principalmente, não pôde deixar de sofrer pelos pais. Não caberia a um pai e uma mãe entender a partida de uma filha, pois isso desafia a lei natural da vida. Como vivera os dois lados da moeda, ao despedir-se precocemente da mãe e assistir ao

154   Escola de Magia

sofrimento de Amaro ao enterrar o filho Sancho, Boris era condescendente com a dor daquela família.

Na sala fúnebre em que Matilda e Jeremias, que nunca foi bem-vindo, eram velados no caixão fechado, devido ao estado deplorável em que os corpos foram encontrados, todos discutiam o ocorrido. A única informação trazida pelos priores é que a casa fora invadida por um ou dois bruxos no máximo. Houve uma intensa troca de feitiços com Matilda, mas Jeremias, aparentemente, havia sido abatido sem a menor chance de defesa. Ambos haviam morrido no quarto, abraçados, e isso era tudo o que se sabia antes do início das investigações mais profundas.

O enterro no Jardim das Lembranças, o maior cemitério da cidade, foi simples e rápido na manhã seguinte. Todos sabiam que o casal não era flor que se cheirasse, mas juntaram-se ao funeral em respeito a Omar e Judite. Os idosos eram tidos na mais alta conta e não era difícil entender que eles estavam sofrendo muito com a perda da filha.

Ao final, todos foram embora, menos Hector, que pediu mais um tempo para se despedir dos pais com mais privacidade.

Dispensado pelo próprio Cosmo Ruiz, que foi pessoalmente dar os pêsames à família, Boris escorou em uma árvore que era longe o suficiente para garantir-lhe privacidade, mas perto o bastante para o caso de Hector precisar de ajuda. De longe, viu o menino dedicar algumas palavras na lápide da mãe e, por último, passou rapidamente pela lápide do pai.

Hector foi ao encontro de Boris segurando as lágrimas. Era hora de voltar para o castelo da escola. Porém, em um golpe instintivo, o tímido esquilo Boris Forte lhe abriu os braços e o abraçou carinhosamente. Hector desatou a chorar, soluçando um choro do fundo de sua jovem alma, como se aquilo estivesse preso durante anos.

— Estou de coração partido, Boris — disse Hector, chorando copiosamente. — Estou quebrado por dentro e não sei como recuperar os pedaços. Estou sem chão, sem rumo. Eu morri ontem à noite junto com eles. Não sei quem sou ou o que fazer, por favor, faça a dor parar.

Boris o abraçou ainda mais forte, não contendo as próprias lágrimas. De certa forma, compartilhava de sua dor.

— Eu sei. Já senti a mesma dor. Ela é forte, mas não vai durar para sempre, seja mais forte que ela.

— O que vai ser de mim, Boris? Para onde eu vou? Meus avós não estarão aqui para sempre. E depois? O que será de mim?

— Você continuará sendo Hector! Chore agora, mas não se esqueça de que você não é seu pai ou sua mãe, não precisa ser como eles. Você tem o livre-arbítrio para ser quem quiser.

O menino, de repente, ficou mudo. Boris até pensou em explicar que, *livre-arbítrio é o poder que cada indivíduo tem de escolher suas ações, o caminho a seguir*. Porém, dada a cara de contemplação, por algum motivo achou que Hector já conhecia o significado. Os dois entraram no carro e começaram o caminho de volta para o castelo. Passaram por diversas ruelas de Vila Vareta, com seus comércios e serviços inusitados. Era um tumulto sem fim, graças aos vendedores que insistem em ficar nas calçadas, chamando as pessoas para dentro das lojas.

— Pare o carro! — berrou Hector.

Faltando poucos metros até a chegada em uma rua menos movimentada para alçar voo em segurança, Boris não hesitou em pisar no freio, quase atropelando uma velhinha, que retribuiu o susto dando bengaladas no capô do carro. Antes mesmo que pudesse entender aquela confusão, Hector saiu correndo porta afora, perdendo-se no meio da multidão. Desesperado pensando em Omar, ele não hesitou antes de abandonar o Opala à própria sorte para achar o neto do homem.

Parecia quase impossível encontrá-lo no meio da gentarada. Os vendedores escandalosos tornavam seus gritos inúteis, mesmo assim, ele insistia.

— Hector, Hector!

Já cogitava pedir ajuda à patrulha do Priorado dos Magos quando, de repente, teve um *insight*. Pensou ter visto o menino dentro de uma loja rústica e mal-acabada do outro lado da rua. Nem atentou ao nome, adentrando o estabelecimento sem cerimônias e sendo recebido por um pequeno sino que comunica com o movimento da porta as chegadas.

— O que está fazendo? — vociferou.

Hector estava sentado em uma poltrona, com a camisa arremangada, enquanto um sujeito baixinho e careca, de costas para ele, desenhava alguma coisa em uma folha de papel.

— Algo para me lembrar de ser quem eu sou — respondeu Hector.

— A diretora Lucinha Holmes vai expulsá-lo se chegar na escola com uma tatuagem!

— Calma, ele só está fazendo o esboço.

— É tinta mágica, seu irresponsável! Olha seu braço! — repreendeu, sentindo-se culpado por não ter segurado o menino. E, claro, mais culpado ainda por ter dito a fatídica palavra que motivou tudo isso. — E você, seu debiloide, não tem vergonha de tatuar uma criança? — disse, virando o homem que acabara de tatuar Hector.

O bruxo era completamente cego e teve que tatear para saber quem estava à sua frente.

— Quê? — gritou o homem.

— É uma criança! E... espere um pouco, como conseguiu acertar o local da tatuagem se não enxerga?

— Bem, ele não acertou — explicou Hector. — Eu pedi no ombro.

— Hector, vamos sair daqui de uma vez. Você poderia estar com uma tatuagem mágica na testa. Sabe a encrenca que me arrumaria?

Ele arrastou-o para fora da loja pelo colarinho e parou na calçada.

— Hector, sei que está perdido e confuso, mas não está sozinho — disse. — Eu estou aqui. Não sou seu pai ou sua mãe, mas quero o seu bem. Pode me procurar sempre que tiver problemas, como já lhe falei antes. Não sou perfeito, mas estou aqui, não estou?

— Sim, está — concordou Hector, cabisbaixo. — Desculpe-me, eu não estava pensando direito. Acho que no fundo apenas queria sentir a dor das agulhas para ver se ainda consigo sentir alguma coisa além da tristeza.

— Consegue, sim. Se não sentir agora, amanhã sentirá. E com certeza iria sentir muito mais se chegasse ao castelo com uma tatuagem no rosto. Você não podia simplesmente me pedir um beliscão, como qualquer pessoa normal?

— Eu não percebi que ele era cego — respondeu Hector, raspando a tatuagem com as unhas. — Como se tira isto?

— Tatuagem mágica não sai fácil. Precisa de baba de centauro e uma pena de fênix, além de muita paciência. Então, posso lhe garantir que essa bizarrice vai ficar no seu pulso por alguns bons anos.

Voltaram para o carro e, finalmente, partiram. Boris tentou animá-lo, contando histórias engraçadas sobre os professores que tiveram em comum e sobre as peripécias do gato Meu, que era de Omar, mas estava com Hector desde que este ingressou nos estudos.

Boris sentiu o coração partir ao se despedir do menino e passou um bom tempo fazendo uma reflexão profunda a respeito de sua vida. Voando em sua lata-velha, como tanto gostava, era hora de pensar no próprio livre-arbítrio. Sobrevoando matas e araucárias até Vila Vareta, pensou, pela primeira vez, em propor casamento a Lúcia Leão.

Estrelas do Amanhã

CAPÍTULO 13
O TRAÍDO

Boris não acatou o dia de folga, voltando ao trabalho assim que chegara em Vila Vareta, logo depois de deixar o pobre Hector na escola.

Decepcionado, ao descobrir que o caso de assassinato do casal Jeremias Saião e Matilda Barba não estava sob responsabilidade de Astolfo, decidiu ir até a sala de Cosmo Ruiz, no sétimo andar, o mais administrativo da Torre dos Priores.

— Entre! — respondeu Cosmo ao ouvir as batidas na porta.

— Com licença, senhor! Desculpe-me por vir até aqui, sei que é muito ocupado, mas preciso fazer um pedido importante.

— Ora, ora, Boris Forte! — disse, colocando os óculos. — Entre, queria mesmo falar com você...

O rapaz entrou, sem jeito, admirando a luxuosa sala do chefe da corporação.

— Começamos por você. O que o traz aqui? Deixou o garoto aos cuidados de Lucinha Holmes? — perguntou, encarando-o por cima das lentes.

— Deixei, sim, senhor. Hector está em segurança! A propósito, é exatamente isso que me traz aqui. Minha família é muito próxima de Omar e Judite Barba. Confesso que também desenvolvi um carinho pelo menino, que neste momento está devastado. Senhor, sei que não cabe a um simples aspirante eleger o investigador que será incumbido de qualquer caso do Priorado, mas gostaria de contribuir com as investigações.

— Não! — respondeu o chefe sem pestanejar. — Admiro sua lealdade. Saiba, garoto, esse sentimento é muito nobre. Acontece que não é recomendado que um prior em início de carreira entre em um caso com questões pessoais ou emocionais envolvidas. Tem minha palavra de que tudo será feito até que o crime seja desvendado. Ainda está em fase pericial, mas, de antemão, já sabemos que não se trata de um simples homicídio, há muitas coisas emaranhadas. Nós não mediremos esforços até descobrir cada uma delas. Está a cargo de Janete, a investigadora com mais experiência e mais tempo de casa. Arrisco dizer que esse é seu último trabalho antes da aposentadoria...

— Entendo, senhor. Obrigado pela explicação — disse, levantando-se e abrindo a porta.

— Perdão, Boris, sente-se. Quase me esqueci de que precisava falar com você — disse enquanto pegava uma pasta na gaveta de sua torneada mesa de madeira para entregar-lhe.

— Eu sabia! — disse o rapaz com o laudo laboratorial que prova a contaminação criminosa da Cachoeira dos Pirilampos. — Agora, só nos resta provar a autoria dos tais empresários de Tulgar, senhor. Falta pouco para colocarmos as mãos neles! — exclamou empolgado.

— Veja bem, garoto, eu não costumo me envolver nas investigações. Como já percebeu, temos pastas e pastas em andamento. Confesso que muitas delas nem sequer foram tocadas ainda. É humanamente impossível acompanhar caso por caso — disse, ressentido olhando para a pilha de papéis na mesa. — Ser chefe da instituição exige que eu cuide de uma série de burocracias, e isso consome boa parte do meu tempo. Sem mais delongas, Astolfo me trouxe esse laudo hoje, assim que recebeu do laboratório. Ele me contou que conseguiu solucionar o caso depois de alguns dias *in loco*, antes mesmo dos resultados. São profissionais como você, fora da curva, que merecem estar na inteligência do Priorado dos Magos, Boris. A partir da próxima semana, você terá sua própria mesa.

Pego de surpresa, ainda que tenha batalhado por isso, ficou tão emocionado que as palavras fugiram como borboletas no campo. Rapidamente ponderou que isso lhe traria mais responsabilidade e mais trabalho, mas também mais autonomia, além de mais dobrões no fim do mês, já que agora deixava de ser um aspirante para se tornar um investigador.

— Obrigado, senhor. Darei o meu melhor! — E isso foi tudo o que Boris conseguiu dizer com a voz esganiçada pelo nervosismo. Deixou a sala fazendo planos, sonhando e imaginando todas as possibilidades que eram só dele e de ninguém mais.

Amaro não cabia em si de tanta felicidade. A alegria era tamanha que até aceitou jantar no Pasta & Salsa com os filhos, mesmo odiando a visita dos tomates dançarinos. Como se não bastasse, o estabelecimento incluiu o "Aipo tenor", um aipo gigante que canta ópera à capela de tempos em tempos. Há quem diga que a vibração é tão forte que já conseguiu quebrar meia dúzia de copos. Felizmente, trata-se de uma atração provisória, um ingrediente incluído no cardápio por tempo limitado.

Passados alguns dias, Boris finalmente tomou coragem para visitar Judite e Omar. Entregou-lhes pães, geleias e compotas de Turmalina, uma forma carinhosa de agradecer a gentileza que fizeram ao recomendar a "Casa Aurora", fantástica pensão da vó Dora. Como voltou de viagem no profético dia da tragédia, não pôde fazer isso antes.

O casal estava naturalmente abatido, mas talvez precisasse de uma visita, um momento para esquecer suas dores. Judite não hesitou em passar um café fresco, enquanto Omar fritava panquecas para acompanhar o doce de banana-pintada.

O senhor cantava algumas canções, enquanto preparava suas deliciosas panquecas, mas, no final, parecia não se lembrar da letra, completando qualquer música da mesma forma.

— *La-ra-la-ra-la-ra.*

Judite então sorriu.

— Omar só canta em duas situações, no banho e fazendo panquecas.

Durante o café da manhã, eles se divertiram contando as pérolas da infância da filha. Conversaram sobre Turmalina, a vaca azul, as rosas flutuantes e até sobre políticas públicas.

Os dias chuvosos, uma peculiaridade chata do inverno em Vila Vareta, acabaram por adiar uma visita a Baltazar no Ateneu. Desde o mês de abril, Boris guardava uma camisa assinada pelo craque do Pegasus del Sur, que jogou uma partida solidária no Estádio Arquétipo, arrecadando fundos para a Associação Brasileira de Alquimia (ABA), empenhada no desenvolvimento de poções para doenças infantis.

No trabalho, tudo ia de vento em popa. A mesa nova lhe rendeu muito espaço para esparramar os papéis, e Boris sempre precisou espalhar a bagunça antes de organizar as ideias. O único inconveniente era ter que se levantar para falar com Astolfo, que, com o tempo, tornou-se um grande amigo, dentro e fora do Priorado.

Apesar das boas-novas, não conseguia parar de pensar no homicídio dos pais de Hector. Arriscou criar algumas teorias, mas estava totalmente às cegas quanto às investigações de Janete e sua equipe, sempre muito discretos.

Foi em uma dessas manhãs de um cinza invernal que Boris desobedeceu às ordens de Cosmo Ruiz e, dirigindo seu querido Opala, seguiu até o Brejo das Daninhas. Queria ver com os próprios olhos muito mais do que encontrar qualquer informação que pudesse ser útil no processo.

Afinal, o que Matilda e Jeremias poderiam ter feito para ser mortos daquela maneira?

Como um bairro cujo nome é "brejo" não poderia estar ileso no período chuvoso, havia lama para todo lado, o que incluiu as botas e a calça do bisbilhoteiro. Boris ficou um tempo parado no pé d'água, observando a velha morada de madeira. Além das muitas frestas, o telhado fazia uma perigosa curvatura bem no meio da casa, que tinha tudo para ceder antes mesmo do fim do temporal.

Ensopado, entrou na casa, mas lá chovia tanto quanto do lado de fora e, acredite, não eram só as telhas que estavam comprometidas. Os tacos do chão também já estavam condenados, terrivelmente empenados devido ao volume de água.

Boris procurava documentos, profundamente incomodado com o cheiro de cachorro molhado que vinha da poltrona encharcada. Obviamente, já haviam recolhido todas as provas da casa e, como imaginava, não encontrou nada dentro dos armários baratos. Estava enojado com os pratos sujos na pia da cozinha quando ouviu uma voz.

— Veio tomar friagem, moleque atrevido?

Empunhou sua varinha, trêmulo e inconscientemente, e seguiu o barulho vindo do quarto. Não pôde segurar um grito quando deu de cara com Jeremias Saião deitado na cama do casal sem o colchão. Provavelmente a peça foi encaminhada para análise.

Intimidador, encarou Boris fixamente, arqueando a sobrancelha espessa, a da direita cortada por uma cicatriz. A barba bem aparada e um bigode que fazia uma ponta para cada lado eram ruivos, ainda que seu cabelo fosse loiro.

Apesar de tê-lo visto poucas vezes, Jeremias parecia o mesmo, só que em uma versão translúcida, como um espectro. Apenas uma sombra do que fora em vida.

— É muito feio entrar na casa dos outros sem pedir licença, sabia?

— Onde está Matilda? — perguntou Boris com firmeza, mesmo em pânico. Nunca estivera com um fantasma antes.

— Aquela mal-agradecida foi embora. Partiu e me deixou preso nesse chiqueiro — resmungou a assombração.

— O que aconteceu, Jeremias?

— Ora, o que aconteceu... Aquele bastardo simplesmente entrou... Espere aí, seu patife... Soube há algum tempo que você está metido com os priores. Acha mesmo que vou contar para você como tudo aconteceu para ganhar louros e dobrões à minha custa?

— Quê? Dobrões? Jeremias, eu só quero que você e Matilda possam partir com dignidade e que seus entes queridos saibam quem foram os assassinos. Me ajuda!

— Minha boca é um túmulo, como aquele em que devem ter me jogado como um indigente — disse, atravessando a parede do quarto e indo para a sala, seguido por Boris, que saiu depressa pela porta. — O desaforado do seu pai já esteve aqui com os outros tiras. É mesmo muita arrogância daquele velho vir me incomodar dentro de minha própria casa. Sua família não terá nada de mim além de desprezo. — E apontou o dedo na cara do rapaz.

— Meu pai? — disse espantado.

— Acho que foi isso que eu disse...

— Eu não sei o que meu pai veio fazer aqui, Jeremias, mas aposto que resolveu procurar por conta própria qualquer coisa que trouxesse alento a Omar e Judite. Você nunca teve sensibilidade em vida, não é na morte que vai se compadecer da dor das pessoas.

Abrindo a porta de saída, Boris se voltou para Jeremias novamente.

— Jeremias, já ia me esquecendo. Hector tem muita sorte de ter perdido um pai como você — disse, saindo em direção ao carro.

Descontrolado, Jeremias gritou as maiores barbaridades e grosserias, mas Boris simplesmente deu as costas e voltou para casa atrás de um banho quente. Por pior que tenha sido aquele encontro, serviu para lhe mostrar que não existia nada que pudesse ser feito.

Aos poucos, foi deixando aquele evento de lado e tratou de cuidar de seus afazeres. Com um salário melhor, começou a organizar as finanças. Seu sonho era comprar um terreno, pois assim, futuramente, poderia iniciar as obras da casa própria.

Apreciando a intenção do filho, Amaro sugeriu a Boris que procurasse Berlamina Fajardo, uma velha amiga da família e sua ex-professora no Ateneu. Ela possui um terreno na cidade e poderia querer vendê-lo. Até onde Amaro sabia, o terreno não era muito grande, mas tinha boa localização. Como Berla só voltava para casa nos fins de semana, Sofia, sua companheira, encarregou-se de responder à coruja de Boris, marcando um almoço para sábado. Assim, além de falar de negócios, eles poderiam matar a saudade, jogar conversa fora e comer um cozido.

— Papai, acha que esse terreno é muito caro? — perguntou Boris meio acanhado, em uma das manhãs de espera.

— Eu não faço a menor ideia. Quando souber me conte! — respondeu Amaro rindo, aumentando ainda mais a ansiedade do filho.

Na sexta-feira, quando já não restavam mais unhas para serem roídas, começou a repetir para si mesmo que só precisava passar por mais uma noite. E, acredite, aquela foi a noite mais longa do ano, quiçá a mais longa de toda sua vida.

Tomou um banho caprichado, vestiu seu único terno — *usado de casamentos a funerais* — e saiu de casa apreensivo, vestido como um vendedor de enciclopédias.

Berlamina Fajardo e Sofia Horta têm um casarão na Alameda do Progresso, um lugar tranquilo, adjacente à Avenida dos Alquimistas e à Rua Sem Fim, vias importantes, um dos metros quadrados mais valorizados de Vila Vareta.

Foi Grande, o maior dos dois elfos que acompanham Berlamina desde nascença, quem abriu a porta. O menor deles se chama Pequeno.

Filha do então presidente e hoje orador Hector Fajardo, a menina ficou sob a responsabilidade dos elfos, a considerar que seu pai sempre foi um político ocupado e a mãe não resistiu ao parto.

Depois da libertação élfica, os três continuaram juntos, e não poderia ser diferente. O amor transcendeu as obrigações e uma família floresceu cheia de atenção e cuidado. É a essas adoráveis criaturas que a botânica deve sua afeição às plantas, o respeito ao próximo e um pouco de tudo aquilo que sabe. Inclusive, são eles, Pequeno e Grande, os proprietários da Priori Varinhas Exclusivas, uma marca de varinhas finas e artesanalmente fabricadas, uma a uma, pelas mãos de elfos livres e assalariados. Com um empurrãozinho de Berlamina no começo, a dupla construiu um grande império. Um fato curioso se considerarmos que o sonho de todo elfo é ter a própria varinha.

— Pois não? — disse Grande.

— Olá, Grande, não sei se lembra de mim. Sou Boris, filho de Amaro Forte. Marquei um almoço com Berlamina e Sofia.

— Como está grande! — impressionou-se Pequeno, o elfo mais sentimental. — Não você, Grande. O garoto! Ah, vocês entenderam... Entre, entre! — disse, puxando-o para dentro. — É a cara de seu pai, mas tem a doçura de sua mãe. — Pequeno adorava Iraci Forte...

— Obrigado, Pequeno! — respondeu Boris, encabulado.

— Ora, ora, vejo que já estão proseando — disse Berlamina se aproximando com um avental florido meio cafona e segurando uma enorme colher de pau. — É um prazer recebê-lo aqui — disse ela, tomando-lhe em um longo e carinhoso abraço. — Sente-se. Não faça cerimônias. Querida, venha ver quem já está aqui! — chamou a companheira com um grito tão comedido quanto ela.

Meio sem jeito, Boris se sentou com cuidado no elegante sofá de camurça, sentindo-se péssimo por pisar com seu sapato gasto no tapete persa que brilhava de tão limpo.

— Boris, Boris — disse Sofia, uma senhora simples e sofisticada, que lhe deu dois beijinhos assim que adentrou a sala.

Estrelas do Amanhã

163

Sofia Horta é uma das proprietárias da Horta Boticários, uma empresa familiar que lidera o mercado farmacêutico no Bàdiu. Fundada por seu tataravô, Quintino Horta, em 1754, a família Horta detém uma das maiores fortunas do país.

— Vamos sair desta sala fria. O almoço hoje é lá no meu cafofo. Vamos! Vamos! Venham todos — convidou Berlamina animada, levando-os para sua edícula nos fundos da casa.

Diferente daquele palácio, o tal cafofo era rústico e muito simples. Era uma estrutura de tijolinhos aparentes que abriga uma comprida mesa de madeira coberta com uma toalha estampada de chita, bancos confortáveis, redes, um fogão a lenha e uma porção de panelas esmaltadas e tachos de ferro. Boris logo concluiu que vieram de Turmalina.

Com todos devidamente acomodados, Berla serviu um cozido de carne muito cheiroso, com legumes fresquinhos e crocantes. Disse ter trazido da casa Horta, uma enorme fazenda onde a Horta Boticários cultiva seus melhores insumos.

Depois de bater um papo descontraído e servir a sobremesa, um delicioso pudim de leite, Berlamina finalmente entrou no assunto.

— Soube que pretende comprar um terreno em Vila Vareta...

— Pretendo, sim. Tenho me organizado para dar esse passo — respondeu ele.

— É muito bom ver jovens preocupados com o futuro — completou Sofia, repetindo o pudim pela terceira vez e se justificando. — Meu regime vai por água abaixo todos os fins de semana. Você é uma cozinheira de mão cheia, querida — elogiou Belarmina, dando dois tapinhas nas mãos da companheira, que estava sentada à sua frente.

— Já ouvi isso antes. — E gargalhou. — Sobre o terreno, nós temos um. Ganhei de papai quando fiz dezoito anos. Veja você, na época eu era noiva de Romero Forte, seu tio-avô — disse divertindo-se.

— Isso foi um pouco antes de conhecer Sofia. Bem, o terreno não é nada muito grandioso, mas tem tamanho para uma casa confortável, e a localização é excelente. Fica na Rua Almofariz, três ou quatro quadras daqui, não mais do que isso. Também é paralela à Avenida dos Alquimistas...

Boris coçou a barba, preocupado. Sabe que se trata de uma região nobre de Vila Vareta e que não teria dinheiro suficiente para uma aquisição como essa. Mesmo com a intenção de pedir financiamento bancário, estava chegando a um ano de trabalho e não ganhava tanto a ponto de se comprometer com um investimento muito alto.

— Pelo endereço acho que é mais do que eu poderia me comprometer a pagar — lamentou. — Mesmo assim, poderia me passar um valor?

— Faz mais de trinta anos que tentei vendê-lo e foi a única vez. — Então sorriu. — Na época, um agenciador me ofereceu cem mil dobrões, mas isso já faz muito tempo...

— Trinta anos depois deve valer trezentos, no mínimo — disse Grande, colocando um bule para ferver no fogão e desesperando ainda mais Boris Forte.

— Eu agradeço muito, mas infelizmente não posso dar um passo maior que as pernas. Penso em procurar algo em um bairro mais afastado, porque, em qualquer bairro central, eu precisaria juntar dinheiro por mais tempo ou teria de recorrer a um financiamento do Banco Nacional. Mesmo com um emprego estável, uma carreira no setor público, é praticamente impossível aprovar uma compra como essa. Desculpem-me, Sofia e Berlamina — explicou-se o rapaz, ainda encabulado, mas consciente.

— Não tenho dúvida de que conseguiria aprovar o financiamento. Seu pai é um homem muito influente na cidade, Boris. O impedimento seriam os juros, astronômicos. Fico feliz em ver que aquele garotinho se tornou um adulto responsável. — Berla sorriu.

— Meu pai realmente tem muita influência, vende penas para essa cidade inteira... — disse Boris, que foi interrompido pela professora.

— Se tem. É um vendedor de primeira. De primeira. — E gargalhou, deixando o rapaz sem entender o teor da piada.

— Sei disso... Sou muito grato a meu pai, mas estou precisando ser Boris. Boris é mais do que o filho de Amaro, entende? De qualquer forma, ficaria muito puxado. Não só pelas parcelas, mas pelos juros. No fim, pagaria muito mais do que o valor do terreno. Não é que não valha, mas com o mesmo esforço poderia comprar uma casa pronta em outro bairro — concluiu. — Tenho certeza de que não demoram a vender, a localização é excelente. Basta colocar uma placa que os agenciadores virão ligeiro.

Berlamina e Sofia tinham a incrível habilidade de conversar com os olhos. Uma fluência que vinha do fundo da alma, praticada por anos de muito amor e convivência.

— É um homem muito honrado por pensar assim. Querida, acha que podemos fazer uma boa proposta? — encorajou Sofia.

— Estava mesmo pensando, nisso... Boris, querido, essa propriedade é minha há dezenas de anos, mas sinceramente, nunca pensei em usá-la de fato. Construímos esta casa enorme e passamos muito tempo na casa Horta. A Rua Almofariz só serve para me trazer impostos. É a única época do ano que lembro que ela existe. Sendo assim, creio que trará mais felicidade a você do que a mim e a Sofia. Eu teria vendido por cem mil dobrões, mas na época o comprador teve um problema e desistiu. Nós podemos lhe oferecer pelo mesmo valor — disse, tendo imediatamente a aprovação de Sofia.

Boris emudeceu. A entrada continuava muito pequena, mas, mesmo tendo de recorrer à aprovação bancária, o negócio não deixava de ser viável. Ainda que as taxas de juros fossem exorbitantes, o valor continuaria muito abaixo do preço de mercado e, o melhor, em uma região que não parava de ser valorizada. Entendeu que precisaria se apertar por um tempo, mas conseguiu enxergar que seria um sacrifício importante por uma patrimônio daquela magnitude.

— Não tenho palavras para agradecer a vocês duas — disse com os olhos marejados. — Se realmente não for lhes fazer falta, procuro o Banco Nacional na próxima semana! Já tenho quase metade do valor. Economizei bastante durante o ano e ainda tenho uma importância que minha mãe me deixou. Não é tanto, um título que tinha no banco, mas já vai me ajudar muito. Infelizmente, comprometi meu salário de férias com uma viagem para Pélago, mas pretendo resolver as questões bancárias antes de viajar...

Berlamina e Sofia lhe deram um abraço, e Pequeno trouxe uma xícara de chá de camomila, bem saboroso, para acalmar o rapaz, que desandou a chorar. Desde que comprara um carro velho, há três anos, Boris conhecia o sabor de uma conquista patrimonial. Muito preocupado com o futuro, não teve como não se emocionar com a oportunidade que recebera.

Em razão de uma série de burocracias, não conseguiu concluir o financiamento antes de sair de férias, então precisou adiar alguns dias a viagem, o que não foi de todo ruim. Aproveitou para deixar o passeio mais enxuto com as dicas de Astolfo, que gentilmente ofereceu a Boris hospedagem na casa dos pais, poupando-lhe os dobrões da pousada.

Ansioso pelo firmamento, Amaro presentou o filho com uma pena, a mais rara que tinha em sua loja. Os trâmites levaram mais tempo do que o normal, pois Boris resolveu se apertar, aumentando o valor das parcelas mensais. Desse jeito, pagaria a dívida em menos tempo, reduzindo os juros consideravelmente. A elegante pena de fênix, que deve custar duas prestações, foi usada no dia onze de dezembro, uma data que jamais será esquecida pela família Forte.

Pélago era realmente tão longe quanto diziam. Levou mais de dois dias para o casal aterrissar o velho Opala em frente à casa dos pais de Astolfo. Era uma casa simples e um pouco longe do mar, mas muito acolhedora.

Naquele mesmo dia, passearam pela orla marítima, ansiosos por experimentar o famigerado refresco de groselha, e, no fim da tarde, foram até

166

Escola de Magia

a Ponta da Praia, local onde, diariamente, as sereias se banham sob o pôr do sol, no que os pelagueses chamam de banho dourado um verdadeiro espetáculo da natureza.

Mesmo precisando economizar dinheiro, Boris não hesitou em contratar um guia local para levá-los à tribo Guaricai e ao suposto lugar de transmentalização do faraó Akhenaton, o primeiro grande mestre da ordem secreta dos Estrelas do Amanhã. Desde a aula que tivera no Ateneu com Dino Ourinho e Quincio Cincinato, ansiava pela possibilidade de poder caminhar pelos caminhos da história. Lúcia ficou feliz em ver o namorado emocionado, realizando um de seus grandes sonhos.

Outro ponto alto da viagem foi conhecer uma plantação de groselhas. Atrevidas, elas fogem ao se soltar dos arbustos e, quando se cansam de fazer os turistas de bobos, preferem explodir no chão a serem capturadas. Boris se animou em voltar em julho, quando ocorre o festival anual, uma disputa divertida que contempla o competidor mais bem-aventurado com dobrões e barras de ouro. Para garantir aos convidados uma infinidade de quitutes preparados com a fruta, como bolos, tortas, pudins e sorvetes, no entanto, a cidade conta com profissionais habilidosos para colher as fujonas durante o ano inteiro.

Boris estava maravilhado com os banhos de mar, mas Lúcia preferiu aproveitar junto aos simpáticos flamingos da areia mesmo. Depois de descobrir que Pélago é a cidade brasileira com mais criaturas marinhas catalogadas, a menina preferiu não arriscar. De qualquer forma, o balneário é um deleite para qualquer amante das praias, seja oferecendo um mergulho em águas mornas, seja enchendo os olhos com seu lindo degradê azul.

Já de partida, compraram cartões-postais, groselha em calda e cacarecos de peixe com os dizeres "Fui a Pélago e me lembrei de você", bem pertinho do último ponto turístico: a praia Danada.

Trata-se de uma ponta de mar agitado, hábitat natural de bestas-feras e criaturas marinhas extraordinárias. O local é envolto por uma redoma de feitiço, o que impede que qualquer ser entre ou saia do ambiente. Esse foi o esquema de segurança mais eficiente para proteger turistas e moradores, além, é claro, de manter os animais dentro de uma área controlada.

A única forma de quebrar o bloqueio em segurança é almoçando em um dos três restaurantes-tanque alocados na areia. Consiste em uma espécie de aquário gigante de proteção máxima acoplado a um longo túnel que liga a Avenida das Deformidades ao estabelecimento. Antigamente também era possível jantar, mas, como à noite todos os gatos são pardos, e criaturas violentas também, a prefeitura preferiu fechar todos os acessos às cinco da tarde.

Boris e Lúcia escolheram almoçar no Viveiro Gostoso, por ser a opção mais econômica, apesar de todas terem preços sofríveis. Ainda assim, a experiência valeu a pena e eles acertaram no pedido, um delicioso ensopado de lambedeira, peixe local sem espinhos que derrete na boca. O restaurante era cheio de mimos, como entradinha de groselha e acessórios náuticos para retratos, o que deixava todos muito felizes.

Tudo ia muito bem, até que uma porção de gatázios, caranguejos gigantes, começou a bater suas presas na redoma de vidro, estremecendo o lugar antes mesmo da sobremesa. Com os clientes em pânico, o garçom Josias administrou o caos, garantindo a qualidade da estrutura e distribuindo pelúcias do Ouriço Pancada, mascote do Viveiro Gostoso, vendido pelos olhos da cara na lojinha de lembranças do restaurante. O grupo ainda passou um tempo observando as enormes criaturas que saltavam no mar, mas, mesmo com o catálogo impresso e os binóculos de cortesia, era muito difícil identificá-los.

A viagem a Pélago rendeu muitas histórias em Vila Vareta, mas era hora de uma nova história ser escrita.

Pela primeira vez, Boris Forte sentia-se confortável e orgulhoso por sua trajetória. Nem sempre foi fácil, mas, à sua maneira, soube tirar proveito de todas as situações, as boas e as ruins. Naquela data, entardecia-lhe a juventude, limpo, perfumado e pontual às cinco dos ponteiros, na Rua Almofariz, número 9.

— Desde que soube que minha mãe me deixou isto, nunca mais me senti perdido — disse Boris, mostrando a Lúcia sua bússola de ouro apontada para o norte, dentro do terreno que acabara de adquirir com muito custo e um pouco de sorte. — Por enquanto, isto é só um pedaço de terra — afirmou pisando com firmeza. — Mas não preciso de magia para enxergar uma casa bem ali. — Apontou, ajoelhando-se. — Lúcia, você quer se casar comigo?

Lúcia poderia ter saído mais produzida e mais bem-disposta, mas, para ela, aquele dia era um dia qualquer. Sem grandes pretensões, saiu de casa achando que conheceria o afamado terreno, assunto constante nas últimas semanas, e depois, quem sabe, poderia ir até a Taverna do Javali Bisonho para tomar uma bebida com o namorado, já que toda quarta-feira tem música ao vivo.

No entanto, foi surpreendida pelo pedido de Boris Forte. Seja lá em qual tempo, a menina sempre teria uma resposta pronta:

— Sim! Sim! Sim! — respondeu emocionada.

168   Escola de Magia

— É uma pena não poder comprar um anel para você ainda, pois gastei tudo o que tinha e o que não tinha comprando este terreno — disse Boris, rindo envergonhado. — Mas joia nenhuma lhe fez falta.

Lúcia estava entusiasmada com os novos planos. É claro que não seria do dia para a noite, visto que ainda teriam que pagar o chão e subir a casa, mas era animador o simples fato de saber que tudo isso seria construído, tijolo por tijolo.

Carmela, viúva há tantos anos, comemorou o noivado da única filha. Depois da morte do marido, preocupava-a que Lúcia fizesse um bom casamento e, cá entre nós, Boris era o genro que qualquer sogra clamaria a Tupã. Tão feliz quanto a filha — *ou mais* —, promoveu um jantar, oferecendo tudo do bom e do melhor para a família do genro, o que incluiu Moacir, o noivo de Helga.

No dia seguinte, os pombinhos voaram para o Ateneu, mas era só um bate e volta. Esse ano o estouro da pinhata natalina seria no jardim de Amaro, para celebrar não só a vitória do bem, mas também a união das famílias Forte e Leão.

Baltazar, um romântico incorrigível, chorou feito descascador de cebola com as boas-novas. Felicitou os noivos e encheu Boris de beijo, em um agradecimento espontâneo pelo valoroso presente do Pegasus del Sur. Enquanto o cavaleiro seguiu para o quarto a fim de arrumar as bagagens, já que foi convidado para passar o Natal na casa de Amaro, o casal foi prestigiar o aparato de antigos colegas.

A atmosfera era tão nostálgica que parecia possível Lima Maciel, com insônia, aparecer a qualquer momento para propor uma aula extra no meio da madrugada. A festa não estava tão glamourosa como a da turma de 1991, mas foi contratada uma boa banda cover, e não faltaram bebidas a noite toda. Manguaceiros de primeira, os formandos de 1992 inventaram a "batida da priorada", isto é, uma espécie de blitz em que o infeliz abordado teria que beber licor de tâmara por uma mangueira improvisada.

Boris, que nunca fora um grande apreciador de tâmaras, achou a brincadeira um tanto antidemocrática, mas estava tão feliz que acabou caindo na folia. Muito fraco para bebidas, já estava de pilequinho quando encontrou Golias, Horácio, Valquíria e até Carmem Lúcia, que agora era estudante de Jornalismo. Infelizmente, Catarina estava de plantão justo naquela noite e, pelo que os colegas disseram, ficou muito triste por não poder festejar com os amigos.

Mais de 360 dias haviam se passado, vidas inteiras mudaram depois que deixaram o Ateneu, mas naquela noite parecia que o tempo corria para trás. Era como se eles nunca tivessem ido embora daquele lugar. Valquíria, bêbada, ria descontroladamente. Carmem logo encontrou um formando com quem se atracar e Golias e Lúcia brigavam feito cão e gato, justinho como sempre foi. O coração de Boris estava aquecido com o reencontro. Era confortável perceber que velhos hábitos não mudavam. Que bom.

Depois de dançar muito ao som da excelente banda cover dos Adivinhões da Babilônia, Boris acabou encontrando Ananias, outro velho colega. Completamente embriagado depois de um monte de "batidas da priorada", ele não tinha condições nem de procurar um cantinho discreto no jardim para esvaziar a bexiga. Com medo de que o rapaz mostrasse o que não devia, Boris preferiu acompanhá-lo.

— Pronto, Ananias, vá ali, atrás dos arbustos — indicou pacientemente, quando escutou vozes que lhe pareciam familiares sussurrando.

— *Você é um canalha!*

— *Só eu ou você também é?* — sussurrou outra voz. — *Ao menos sou um canalha livre e desimpedido, Lúcia!* — completou, calando-se.

Boris, sensivelmente alterado pelas doses de licor e extremamente intrigado ao ouvir o nome Lúcia, puxou se discretamente um arbusto, deparando-se com uma cena da qual jamais esqueceria, ainda que tivesse um milhão de anos pela frente.

— Lúcia! — gritou, em desespero, ao flagrar a noiva e Golias aos beijos.

— Eu posso explicar! — disse a moça, que começou a chorar no mesmo instante.

— Que explicação isso pode ter? — gritou.

— Ei, meu chapa, calma aí. Não vamos partir para a violência. Ninguém precisa bater em ninguém — acalmava Golias, visivelmente preocupado.

— Eu nunca bati em ninguém. Se selvageria é a sua preocupação, fique tranquilo — disse, encarando a menina com os olhos marejados. — Eu esperava mais de você, Lúcia.

— Terminei — gritou Ananias, cambaleando.

— Eu também, Ananias. Vamos sair daqui! — finalizou.

— Boris, nós precisamos conversar, por todos os raios de Tupã — suplicou a prior, visivelmente abalada.

— Talvez um dia, mas não hoje.

E isso foi tudo o que Boris conseguiu dizer, até, mais uma vez, chorar no colo de Baltazar como um menino, antes de ambos voarem para casa.

CAPÍTULO 14
O PROMONTÓRIO

— Chora, meu filho, não é vergonha nenhuma chorar — disse Amaro, batendo nas costas do caçula contorcido na cama.

— Onde está Baltazar? — perguntou Boris, aflito.

— Não se preocupe, seu convidado está bem acompanhado. É um cozinheiro dos bons, viu? Está preparando nosso porco no rolete com Moacir — disse, tentando tranquilizá-lo.

— É tão difícil imaginar como vai ser daqui para a frente que começo a pensar se tudo isso não é mesmo passível de perdão — refletiu, sentando-se na cama. — Basta uma decisão errada, pai, e corro o risco de passar a vida inteira arrependido. Não quero perder uma porção de coisas boas por um único deslize. Não quero ignorar tanta coisa em comum por um excesso de vaidade, entende?

— Entendo, claro que entendo. Caso decida perdoá-la, ela será bem-vinda nesta casa como sempre foi. Você já é um homem, Boris, e essas decisões são suas e de mais ninguém. Mas, se cabe o conselho de um velho que amou uma única mulher nesta vida, fique atento. Nem sempre uma boa companheira precisa ser um espelho de nós, filho. — Então suspirou. — Sua mãe e eu sempre fomos os opostos, garoto. Iraci nunca foi meu espelho, nunca, mas foi uma grande janela por onde eu vi futuro — finalizou. — Fique bem! — disse Amaro, antes de deixar o quarto.

Uma vez sozinho, Boris pegou um bilhete que recebera de Catarina Datto logo após o rompimento com Lúcia. Apesar da distância, Catarina se tornara uma amiga muito próxima, ainda que os dois não se vissem desde a formatura do Ateneu. Nunca faltavam cartas, postais e promessas. Férias após férias, Catarina jurava que iria a Vila Vareta visitar a família e dar um abraço no amigo, mas, no fim, pegava sua vassoura e caía no mundo, voltando com presentes e histórias. Boris se divertia muito com a irreverência das correspondências, exceto com esta, que relia cheio de pesar:

É, bonitão, o amor e a fidelidade
são mais subjetivos do que parecem.

O rapaz percebeu que não se tratava de um deboche gratuito, tampouco achou que a moça estivesse tripudiando de sua dor por vingança. Eles eram tão amigos que às vezes Boris até esquecia que ele e Catarina já tinham se relacionado antes, e, na ocasião, ele pecou pelas aparências. Porém, apenas as pessoas que nos têm na mais alta estima são capazes de nos dizer a verdade a qualquer custo, ainda que isso doa como uma facada no peito. Boris foi resgatado de seus pensamentos com os berros que vinham lá de baixo. Não descer para a festa foi, provavelmente, a melhor decisão que tomara. Seria impossível refletir sobre qualquer assunto no meio daquela gritaria. Em consideração aos avós, juntou-se à bruxarada apenas para acender a árvore da vida, a tempo de ver Baltazar e Guerra Datto se estapeando por um saquinho de balas.

— Esse, esse, esse... gatuno roubou minhas balas de funcho! — queixou-se Baltazar. Enquanto isso, Amaro apartava a briga e repartia as balas igualmente.

Sem paciência para o barraco, Boris saiu de fininho e, com as palavras de Catarina lhe martelando na cabeça, decidiu ir encontrar Lúcia para colocar tudo em pratos limpos. Exigindo toda a verdade, não demorou a ter o seu primeiro chute no estômago:

— Eu tive um envolvimento com Golias muito antes do nosso namoro, Boris. Muito antes do Ateneu e da viagem a Tulgar. Mas, acredite, eu nunca te traí. O que aconteceu na festa foi um erro, um deslize... O que eu tive com Golias não foi um relacionamento sério e nunca teria potencial para ser. Foi por você que eu me apaixonei...

— Agora tudo faz sentido. As provocações, as brigas... — disse Boris, entendendo, finalmente, que amor e ódio são matérias irmãs. — Mas esse jogo de gato e rato não me diz respeito. O que me interessa é o que aconteceu naquela maldita noite. Por Tupã, Lúcia, poucas horas antes a gente planejava uma vida juntos! — exclamou, chorando e decepcionado.

— Eu já disse que foi um erro! Golias se aproveitou do meu estado. Eu estava embriagada, você sabe — defendeu-se.

— Ora, Lúcia, francamente. Golias é um fanfarrão, eu sempre soube, mas ele não tem nenhum compromisso comigo. Nunca teve — irritou-se.

— Tem razão. *Mea culpa, mea culpa, mea maxima culpa* — admitiu, aproximando-se e correndo as mãos pelo rosto do noivo em uma clara tentativa de apaziguamento. — É você! Você que é e sempre será a pessoa certa para mim, Boris.

E, nesse momento, sem saber, Lúcia disse a frase determinante para o fim do relacionamento entre eles. Imediatamente, Boris se lembrou de uma conversa que teve com Baltazar, ainda no Ateneu, tomando um bule inteiro de café mirrado.

Involuntariamente, o excêntrico zelador argentino foi o responsável pelo início e pelo fim daquele romance com o mesmo discurso. E, assim como ele, quem não merece uma Pandora para chamar de sua, com todos os sentimentos e as tempestades? O conselho complementava com louvor as palavras de seu pai, e aquilo parecia muito significativo. Mesmo não sendo possível enfrentar o fim sem dor, Boris conseguiu se libertar da própria insegurança. Existem muitas pessoas "certas", mas só uma delas terá uma janela arreganhada para o futuro.

— Você também é a pessoa certa para mim, Lúcia, mas nem sempre seremos felizes com uma versão de nós mesmos. — Boris sorriu, acariciando com ternura os cabelos sedosos de Lúcia. — Às vezes, esperamos mesmo é pela pessoa errada. Aquela que vem e bagunça nossa cama e nossa cabeça, mas que, no fim, nos encoraja a ir além. Alguém que invade nossa rotina e nos tira da zona de conforto, que nos apresenta a um lado nosso que ainda não conhecíamos. — Levantou-se, vestiu o chapéu e deu um beijo carinhoso na testa de Lúcia. — Fique atenta aos sinais e seja muito feliz. Acho que já encontrou a pessoa errada para você, mas estava ocupada demais lutando para não admitir.

E, assim, ele saiu para nunca mais voltar.

Estava destroçado por dentro, e não poderia ser diferente. Boris é feito de carne, osso e coração, como todos nós, mas se manteve firme. Aproveitou o fim das férias com Baltazar, que, assim como ele, tornou-se amante da Praça Folhaverde e do Três Varinhas Gourmet. Depois, mergulhou de cabeça no seu maior prazer, o trabalho.

Em nome da ética, afastou-se do caso de Turmalina assim que descobriu que Edmundo Vasco, um dos sócios do Lagos do Norte, era também pai adotivo de Golias. Felizmente, logo recebeu novas ocorrências, de modo que não ficou tão chateado por ter de abandonar as investigações no meio.

Enquanto seus colegas penavam para atingir o número mínimo de processos por mês, Boris Forte não se contentava em bater as metas: queria espancá-las. Conhecido como o "rei dos processos", chegara a concluir o dobro de ocorrências mínimas, derrubando o queixo e empinando o nariz de vários investigadores que o odiavam, já que não podiam superá-lo.

O tempo é um bom amigo e, um ano depois, Boris já conseguia conviver com Lúcia cordialmente e sem ressentimentos. Ainda que a moça continuasse sentida com o rompimento, o rapaz não via mais dificuldade em seguir em frente. Percebeu que, quando morrem os velhos planos, nascem novas oportunidades e fazia votos sinceros de que a ex-noiva pudesse chegar à mesma conclusão.

Acabou se aproximando de Astolfo e Horácio, que, sendo forasteiros na cidade, sentiram-se ainda mais acolhidos com essa amizade. O trio de solteirões não perdia um único chamado da boemia e marcava presença em todas as farras de Vila Vareta e região.

Boris, quem diria, tornou-se um dos solteiros mais cobiçados da capital. Além de pertencer a uma boa família, tinha um emprego estável, um futuro promissor e teria seu terreno quitado antes dos vinte e cinco anos.

Apesar de tímido, também era charmoso, inclusive havia quem dissesse que era justamente a timidez que lhe conferia um charme todo especial. Teve algumas paqueras, mas nada que realmente quisesse levar a sério. O envolvimento mais longo foi com Lili, uma garçonete do Três Varinhas Gourmet. Como frequentava o lugar toda semana, dado o grande apreciador de varinha submarina que era, os dois acabaram se aproximando. No entanto, a moça não se adaptou à cidade grande, preferindo voltar para sua pequena Mandraguarina, uma cidade ao sul de Austral.

Recarregado depois de celebrar as festividades às margens do rio Ubá, em Uritã, em uma viagem para conhecer a família de Moacir, seu futuro cunhado, Boris checava as entregas. No geral, eram presentes dos avós, descontos em produtos que ele nunca compraria e felicitações natalinas dos mais chegados, como Catarina Datto, vó Dora, Berta Holmes, Hector e Baltazar. Tudo dentro da normalidade, até que...

Querido Astolfo,
Espero que esteja pegando bandidos no mesmo tanto que estou vendendo caldeirões. Feliz Natal e um próspero 1995.

Com amor, Rogéria, digo, Amélia.

Depois de tantos anos, Amélia arrancou gargalhadas de Boris com seu bilhete espirituoso. Bem-humorada, a moça fez questão de deixar claro que entendeu o recado.

— Será? — perguntou-se, já que ainda lhe restavam alguns dias de férias.

Movido pura e simplesmente por uma curiosidade natural, se considerarmos que ainda eram adolescentes da última vez que se viram, o investigador partiu com saudade e algumas mudas de roupa para Turmalina.

Apesar de inesperada, a visita foi uma grata surpresa para vó Dora, que corria para lá e para cá com todos os quartos alugados.

— Outra pousada? Faria mesmo uma canalhice dessas comigo, Boris? Se aquiete e vá para a cozinha que já o alcanço. — A simpática senhora gargalhava, enquanto afofava o travesseiro da cama improvisada nos seus próprios aposentos.

Os dois prosearam até a tarde cair, tingindo o céu de um tom cor-de--rosa. Sobravam assunto, biscoito de abóbora e melaço de cana na mesma proporção que faltava tempo para matar tanta saudade. Boris percebeu que vó Dora era sua avó favorita, mesmo sem qualquer parentesco de pai ou mãe. Ela fazia parte daquela família que o coração escolhe e consagra, assim como era com Baltazar, que, bem, estava mais para irmão do que para um pai.

Na manhã seguinte, ignorando o verão, Boris caminhou com seu cachecol preto e amarelo pela Avenida dos Embromados, chegando à loja Flores Caldeirões.

— Isso são horas de comprar caldeirão? — disse um senhor baixinho com cara de poucos amigos que enrolava caldeirões no balcão com a ajuda de um banquinho.

— Bom dia, senhor. Bem, não vim comprar caldeirão. Gostaria de falar com Amélia Flores, poderia chamá-la?

— Amélia? — E gargalhou. — Achou mesmo que Amélia estaria aqui antes das oito da matina? Nem o leiteiro passa antes das oito, sujeito — disse descendo da banqueta de madeira enquanto o encarava na ira de seu um metro e meio. — Agora vá. Deixe-me embalar minhas caçarolas em paz e volte em um horário mais conveniente — esbravejou, tocando Boris com sua bengala esquisita.

Acostumado a se levantar cedo por causa dos galos cacarejadores do vizinho, Boris nem se deu conta de que pudesse ser cedo demais. Depois de ter deixado aquele pequeno homem tão enfezado, sem motivo aparente, preferiu sentar-se em um banquinho da praça, já que Amélia fatalmente passaria por ali antes de entrar na loja.

Aos poucos, o sol se arqueou no céu. Os leiteiros começaram a desfilar com suas vacas, e os vendedores, a abrir suas vitrines de geleia. Foi quando, de longe, avistou uma moça esbelta que fez seu coração disparar no compasso de seus passos apressados. Era Amélia.

— Amélia — chamou Boris, segundos antes de ela abrir a porta.

Estrelas do Amanhã

— Boris? — respondeu a moça, surpresa, que lhe sorriu com boca e olhos, sem que nada precisasse ser dito. — A propósito, dez pontos para os Esquilos... agora já pode tirar esse cachecol e celebrar o verão! — disse ela, com riso fácil, para, depois, tirar-lhe o acessório e estreitá-lo em um abraço tão apertado quanto a saudade que só agora percebia que sentira nos últimos anos.

— Olha só para você... — disse Boris, procurando as palavras.

— Olha só para você também. Está tão diferente que trocou até de nome! — caçoou a turmalina, usando seu antigo truque para disfarçar o nervosismo.

— Como soube que eu era Astolfo?

— Além do fato de o Astolfo mais jovem que eu conheço ter mais de noventa anos? Vamos ver... Será que é porque me desejou sorte usando as mesmas palavras que escrevi na minha última carta? Francamente... Não é possível que me subestime tanto assim — disse divertida, deixando o ex-namoradinho da escola corado. — Quer entrar?

— Entrar? Acabei de ser tocado daí pela bengala dolorida de um senhor pequenininho.

— Vejo que já conheceu o tio Nacho. — Então riu. — Mas, não se preocupe, ele só trabalha até as oito da manhã, separando encomendas de fora da cidade. Agora que a loja abriu não será expulso, confie em mim...

Além de estar envergonhado e saber que Amélia precisava trabalhar, Boris tinha outro reencontro importante na cidade.

— Agora não posso, mas, se depois do trabalho você quiser jantar ou tomar um café, eu adoraria...

— Jantar?! — respondeu ela, fazendo uma pausa dramática.

— Não... Não me tenha mal... É realmente para conversar. Se tiver um namorado, ou marido, ele será bem-vindo...

— O quê? Te querer mal? Eu te quero é muito bem — disse, encarando-o com seus grandes olhos azuis. — Jardins Suspensos da Babilônia, às seis — disse, enquanto abria a porta da loja. — Ah, não é na Mesopotâmia, mas é fora da cidade. Vai precisar de uma vassoura ou daquele troço juruá que voa, aquela coisa que você estava comprando — concluiu, e isso foi tudo o que ela disse antes de entrar e bater a enorme porta preta.

Confuso e, ao mesmo tempo, animado, Boris caminhou para o outro grande reencontro, o que seria uma das maiores experiências de toda a sua vida: um mergulho na Cachoeira dos Pirilampos. Esse banho de cachoeira não só o refrescou naquele alto verão, como lavou a alma do investigador, que se sentiu um pouco responsável pela felicidade de famílias inteiras que se divertiam longe de qualquer risco de contaminação. Foi pelas águas daquele rio que ganhou sua primeira grande chance profissional, tornando-se eternamente grato.

Como marcou com Amélia às seis, preferiu chegar no restaurante, uma réplica perfeita dos jardins históricos, uma hora antes. Seis terraços foram construídos como andares, dando a ideia de serem suspensos, como o próprio nome sugere. Todos os pavimentos, sem exceção, eram apoiados por gigantes colunas e adornados por jardins, cascatas, árvores e esculturas.

— Seja bem-vindo, meu amo! — reverenciou-lhe um sujeito sorridente, trajando um saiote e uma espécie de túnica bordada, bem esquisita. — Sumério? Acádio? — perguntou animado, deixando Boris completamente mudo. — Amorita? Caldeu? Hebreu? Hitita?

— Varetense — respondeu, sem entender bulhufas do que estava acontecendo.

— Desconfiei... Venha! — disse o garçom, desgostoso, dando-lhe as costas e entrando no restaurante.

Enquanto os animados turmalinos defendem o título de população mais feliz do Bàdiu, os varetenses carregam a fama de serem os mais importunos.

— O nobre varetense quer mesa para quantos?

— Para três — respondeu Boris, precavido, que não sabia se Amélia iria chegar acompanhada ou não.

— Ainda temos algumas mesas no pátio Tigre e Eufrates. É o sexto piso do restaurante e o único descoberto, oferecendo uma boa vista das estrelas, das montanhas e do rio. É claro que você sabe que o rio não é o Tigre... enfim, é uma sorte comer lá sem reserva antecipada. E então? — perguntou rispidamente o rapaz.

— Uau... Pode ser na cobertura.

— Como queira. — Guiou-o escada acima. — Ah, esqueci de falar. O serviço lá em cima é um pouco mais caro, além de ser muito longe da cozinha, e essa sandália nos mata — disse e levantou o saiote para mostrar sua sandália de couro.

— Adra... adra-ma-lec — disse Boris, lendo com certa dificuldade o crachá preso na roupa espalhafatosa —, sinto muito! Acho que começamos errado, não é? Além de não ter sido um aluno muito competente em História da Magia, estou nervoso. Hoje vou jantar com a minha namorada dos tempos de escola regular, que não via desde a formatura. Espero que possa desculpar a minha falta de jeito — esclareceu Boris, tentando contemporizar.

— Ah, moço... vai dar tudo certo... Se tivesse me dito isso antes... — disse, ignorando o aperto de mão e puxando-o em um abraço. — A propósito

Estrelas do Amanhã

177

— cochichou —, meu nome é Ernesto. Adramalec é meu nome babilônico. Está tudo bem entre nós, vou colocá-los em uma boa mesa.

As pazes com Adramalec, ou melhor, Ernesto, valeram muito a pena. Com sua enorme facilidade em perdoar, o garçom o colocou simplesmente no melhor lugar, com vista excepcional do rio, das montanhas e do céu, que, a essa hora, ainda estava tingido de um tom rosa-chiclete.

Amélia chegou desacompanhada e deslumbrante em um elegante vestido preto de alfaiataria. Os longos cabelos loiros secavam livremente no vento e seu par de olhos azuis brilhavam, aumentados pela lente de armação preta.

— Desculpe o atraso. Foi um dia daqueles — disse, erguendo a mão para ser atendida.

— Amélia?! — saudou Adramalec, mostrando que já a conhecia. — Devo lhe trazer o de sempre?

— Oi, Adramalec, como vai? — perguntou, olhando o cardápio talhado em pedra. — Não, hoje estou com um convidado especial. Para começar, pode nos trazer essa tábua de queijos e frutas secas com duas canecas da cerveja suméria.

— Anotado! Pode deixar que mandarei um pão da casa por minha conta. — O garçom piscou, para, depois, deixá-los mais à vontade.

— Hum... Esse pão da casa é muito gostoso, assado sobre pedras. Depois peço uma pasta de grão-de-bico para acompanhar. — Amélia sorriu, deslumbrada com a paisagem.

— Pelo visto você vem muito aqui, não é?

— Mais do que eu deveria e menos do que eu gostaria. O Jardins Suspensos da Babilônia tem sido o meu lugar no mundo...

— Eles fazem de tudo para que a gente se sinta no lugar original, e isso é realmente muito inovador — analisou Boris, não sabendo muito bem como puxar outro assunto.

— É mais do que isso, Boris, muito mais do que isso. Você conhece bem a história original dos Jardins da Babilônia?

— Infelizmente não conheço muito — respondeu envergonhado. Na verdade, só sabia que eram jardins sobrepostos que ficavam na Mesopotâmia antiga e que há milhares de anos foram ocultados dos olhos não mágicos, que acreditam que o lugar se perdeu no deserto.

— Os Jardins Suspensos foram construídos por Nabucodonosor II, rei dos babilônios. Ele era conhecido como um homem cruel com os adversários e de fato era. Mas mostrou que o amor é tão poderoso que pode florescer nos lugares mais improváveis. Amithys, sua esposa predileta, era filha do rei do Reino Médio, e aquele casamento, na verdade, foi só um jeito de selar aliança entre os dois rivais, uma troca. Acontece que a menina andava triste pelos cantos. Sentia saudade da terra natal, cheia de montanhas e campos verdes. Estava amargurada com as planícies e mais planícies depressivas da Babilônia. Foi assim que o impiedoso rei, apaixonado, ordenou que fosse idealizada uma das Sete Maravilhas do Mundo Antigo, mas não só isso. O rei conseguiu imortalizar seu amor por Amithys por meio de lindos jardins suspensos — contou Amélia, observando tudo à sua volta. — Todo mundo precisa de um lugar para fugir das planícies depressivas. Este é o meu — completou, delicadamente, encantando Boris Forte.

Os dois conversaram por horas e horas, mas era muito difícil resumir tantos anos e tantos sentimentos antes de fechar a cozinha. Adramalec precisava virar Ernesto para ver os filhos, adormecidos. Amélia tinha que descansar para receber os fornecedores no dia seguinte e Boris, bem, Boris só precisava encostar a cabeça no travesseiro para sonhar.

— Nos vemos amanhã, forasteiro? — perguntou Amélia, um pouco sem graça, preparando-se para alçar voo.

E os dois se viram no dia seguinte. E no dia seguinte do dia seguinte. E no dia seguinte do dia seguinte do dia seguinte.

Prestigiaram um espetáculo no teatro de marionetes, tomaram sorvete na praça, fizeram piquenique no Rio Doce e também se beijaram, como há muito não faziam — *juntos ou separados.*

— Boris, você aceita almoçar lá em casa antes de ir embora? — perguntou Amélia, repousando a cabeça em seu colo, deitada na grama.

— Se eu aceito almoçar na sua casa antes de ir embora? — repetiu, surpreso.

— Acho que foi isso que eu perguntei... mas eu vou ajudá-lo para que não fique dúvida. Nesse caso, só existem duas respostas: sim ou sim — brincou a empresária.

Boris optou pelo primeiro sim, com a entonação mais curta e, no dia seguinte, lá estava ele puxando o rabo do pássaro dormideiro da Rua Gafanhoto-verde, 16.

— Boris, que bom vê-lo de novo. Entre, querido — disse aquela senhora charmosa de anos atrás, abrindo a porta e dando-lhe um abraço muito caloroso. — Amélia, docinho, não demore. Boris já está aqui!

Enquanto isso, o caçula de Amaro sentiu um frio na espinha, sendo encarado pelo pai, tios, tias e avós da ex-namorada/namorada, já que os dois não tinham conversado sobre isso ainda. A casa, apesar de muito antiga, era bem tradicional. Uma enorme mesa de carvalho estava coberta por uma toalha branca de bolinhas, que, a essa altura, já estava posta com pratos, talheres, taças e uma porção de comida com um cheiro excelente.

— E vocês, seus mal-educados, cumprimentem a visita, vamos... Onde é que já se viu? — esbravejava Celina, uma versão mais velha da filha.

Por sorte, Amélia não demorou para despontar na clássica escada de mármore branco, cumprimentando-o rapidamente e fazendo as devidas apresentações.

— Então quer dizer que o senhor mora em Vila Vareta? — perguntou Risadinha, mesmo estando cansado de saber onde Boris morava.

— Sim, senhor. Sou nascido e criado em Vila Vareta, seu Risadinha!

— É Alaor. Meu nome é Alaor — corrigiu o senhor grisalho mal-humorado que fez Boris acreditar que o apelido "Risadinha" se tratava de uma ironia.

— Amélia me disse que você é um prior. Meus parabéns, essa carreira é muito bonita — bajulou a sogra. — Vovó, me passe a sopa, por favor... Boris, querido, vamos, sem cerimônias. Aqui em Turmalina nós gostamos de tratar bem os nossos convidados. — E sorriu, esticando em sua direção uma travessa de frango assado.

— Sou prior, sim, senhora. Estou na divisão dos investigadores e gosto muito do meu trabalho.

— E como o senhor investigador pretende namorar a minha filha morando em Vila Vareta? — vociferou Risadinha, batendo na mesa.

— Papai, por favor, nós já conversamos sobre isso. Boris só veio até aqui para que pudessem conhecê-lo, francamente...

— Risadinha, não fale assim com o rapaz — defendeu vovó Jurema, que deve ter uns duzentos anos.

— Eu sabia que esse sujeito era encrenca. Imagine, quem em plena consciência procuraria alguém antes das oito?! — grunhiu tio Nacho.

— Bem, senhor, nós não pensamos nisso ainda, mas sempre tive boas intenções com Amélia. Eu nunca faria nada que a prejudicasse — defendeu-se.

— Risadinha! — disse Celina, encarando o marido nos olhos, e isso foi o suficiente para que o assunto não fosse mais tocado na mesa, sendo o restante do almoço mais agradável do que o começo.

Sem segurar as lágrimas, Boris Forte e Amélia Flores se despediram na varanda, sentindo a mesma coisa que sentiram quando abandonaram a escola.

— Desculpe pelo meu pai. Ele costuma ser um tipo mais bacana, mas é um tanto superprotetor. Os Flores são adoráveis, mas a maioria de nós nem sequer saiu de Turmalina. — Então deu de ombros. — Forjamos caldeirões de qualidade há gerações e é só isso que nós aprendemos a fazer desde criança. É a nossa missão. Foi uma peleja para que eu pudesse estudar Finanças. Não foi fácil explicar para esse cabeça-dura que eu poderia melhorar o nosso negócio, mas ele entendeu e eu abri um precedente para minha irmã caçula, que hoje está na Fundação do Tesouro. Um passo por vez, como diz a vovó. — Amélia sorriu, correndo as mãos pelo rosto do namorado. — Mande notícias quando puder.

Boris já conhecia aquele discurso, mas quem seria ele para interferir no destino de uma família inteira? São diversos os fatores que determinam se duas pessoas ficarão juntas ou não, e querer nem sempre é o principal deles. Maturidade é perceber que, às vezes, é preciso continuar vivendo, mesmo depois de ter morrido de amor.

Aos poucos, o carro se perdeu na imensidão do céu e Boris voltou para casa com lágrimas nos olhos e o coração pendurado para fora do peito. É, nem sempre ficamos com o amor da nossa vida.

O investigador voltou para a divisão a tempo de se encontrar com a colega Janete, que recolhia seus pertences em uma pequena caixa de papel. Depois de muitos anos de serviços prestados com louvor, a colega teria, finalmente, seu merecido descanso.

— Fico feliz de ter voltado a tempo de me despedir de você. Muito obrigado, Janete, sou um grande admirador do seu trabalho — disse ele, dando-lhe um tímido abraço.

— Você vai longe, garoto! Eu também! — disse, divertindo-se. — Essa aposentadoria não é só do Priorado. É também de Vila Vareta.

Ela se mostrava animada com a possibilidade de levar uma vida mais sossegada com o marido em Piripaque, um lugar tão pequeno que mal pode ser visto no mapa.

— Mais do que merecido — encorajou. — Janete, desculpe a curiosidade, mas como está a investigação do assassinato de Jeremias Saião e Matilda Barba?

— Está aí uma coisa que eu não faço ideia...

— Não? - surpreendeu-se.

— Eu fui responsável apenas pela perícia probatória, e isso já tem muito tempo. Lembro que tinha muito material. Muito material mesmo! — disse, guardando o último bibelô sobre a mesa. — Agora eu vou, finalmente! Adeus, Boris Forte, felicidades!

Se o caso não estava com a investigadora, como disse Cosmo Ruiz, com quem estaria? Será que o chefe tentou despistá-lo ou apenas mudou de ideia no decorrer do processo? Eram muitas as perguntas sem respostas que passavam por sua cabeça barulhenta, mas foi categoricamente aconselhado pelo pai:

— Se afaste de assuntos que não lhe dizem respeito. Uma falha administrativa agora pode prejudicar sua promoção de patente.

O contato com Amélia por correspondência era frequente. Ainda que os dois não usassem palavras de amor, existia muito amor em todas as palavras. Boris guardava todas as cartas com muito carinho, mas tinha uma favorita:

Querido Boris,

Terei que visitar um cliente na Rua Sem Fim e essa é a melhor obrigação que eu recebo em anos. Quero ir ao lugar onde você foge de suas planícies depressivas.

Parabéns pela promoção, senhor promontório. É merecedor e terá sucesso em tudo aquilo que se propuser a fazer. Você e Astolfo já sabem disso. Até julho.

Com amor, Amélia

Recém-condecorado como promontório, subindo mais um importante degrau da hierarquia de patentes do Priorado dos Magos, não teria momento melhor para Boris receber Amélia na cidade, ainda que por pouco tempo.

— E esse é o meu lugar no mundo — disse Boris, satisfeito, tomando uma varinha submarina em uma mesinha na calçada, com vista perfeita para a Praça Folhaverde.

— Se consegue fugir das planícies depressivas aqui, eu não sei, mas esse troço quentinho assim é bom demais da conta — elogiou a friorenta turmalina, batendo os dentes no inverno varetense.

Como a viagem era muito breve, apenas para visitar alguns lojistas da cidade, e Boris não tinha muita flexibilidade no trabalho, os dois não tiveram muito tempo para perambular por aí. Ainda assim, passearam rapidamente pela praça, admiraram a excêntrica fachada do Priorado dos Magos, jantaram no divertido Pasta & Salsa e se beijaram, mais uma vez, como há muito não faziam — *juntos ou separados*. Por mais que não tivessem combinado nada, nenhum dos dois se envolveu com outras pessoas desde aquele valoroso janeiro em Turmalina.

Foi tudo tão depressa que parecia não ter passado de um sonho, mas, depois de acordar, foi mais conturbado para ela do que para ele.

Seu Risadinha, que realmente tinha o riso fácil, exceto para Boris ou Klaus, o infeliz que resolveu cortejar sua filha caçula, enlouqueceu. Um alcoviteiro de carteirinha, ficou à espreita, ouvindo uma conversa de mãe e filha na cozinha, discretamente. Bem, pelo menos até sua primogênita sugerir a abertura de uma loja na capital, fazendo-o perder as estribeiras e a compostura.

— É o quê, menina? Se mudar? Loja em Vila Vareta? E você, Celina, francamente, vai dar ouvidos para uma maluquice dessa? — esbravejou.

— Você e essa mania de andar em ponta de pé, Risadinha — reclamou a mulher.

— Tudo isso por causa daquele um com voz de gralha? — perguntou consternado. — Ora, minha filha, tem tanto moço decente por estas bandas. O Serafim, da sua tia Marta, por exemplo. Aquele menino faz de um tudo por você, Amélia, e você só vive para destratar o pobre coitado...

— Eu não vou me casar com um dos meus primos, pai. Eu sei que foi assim com vocês, mas não vai ser assim comigo. Se quer saber, eu tenho mesmo a intenção de ir para Vila Vareta. Papai, não nos falta mercado na cidade. Em vez de produzirmos para tantas lojas, podemos fabricar para uma loja própria...

— Ora, Amélia, mas quanta bobagem. Você fala como se não tivesse homem em Turmalina. Não quer seu primo, não tem problema. O que não falta é moço direito e solteiro. — E irritou-se. — Esse barbudo vai lhe dar um chute no traseiro assim que perceber que se rastejou até lá, Amélia. Seus avós não vão aguentar. É isso que você quer? Enterrar a pobrezinha da vó Jurema? É isso?

— Ah, é só de homem que você acha que eu preciso?! É assim que pensa que as coisas se resolvem para uma mulher? A vó Jurema fez as próprias escolhas, agora é a minha vez. Eu não estou dizendo que vou fazer as minhas trouxas e me mudar amanhã por causa de um homem! Estou propondo um plano novo para expandir os nossos negócios.

Celina ficou apenas observando a conversa de pai e filha, já que o marido tem o péssimo hábito de se meter onde não é chamado. Para uma família turmalina, no geral, essa já seria uma conversa difícil, mas, sendo no endereço dos Flores, isso ganhava uma proporção ainda mais catastrófica. Extremamente tradicionalistas, estão acostumados a trabalhar na velha fábrica, uma tradição que passa de pai para filho, de geração em geração. Não é incomum que os enlaces matrimoniais aconteçam entre eles mesmos, a exemplo de Celina e Alaor, primos de primeiro grau.

Estrelas do Amanhã

— Basta, Alaor! — disse Celina com elegância. — Eu não vou aceitar que faça isso com as minhas filhas. Não mais! Homem, Turmalina sempre foi pequena demais para nossa Amélia e você sabe disso. Prefiro saber que minha filha está feliz em Vila Vareta a vê-la cabisbaixa e frustrada pelos cantos aqui dentro de casa. Será que é tão difícil entender?

— Só por cima do meu cadáver Amélia sai daqui — gritou Risadinha, enchendo os olhos d'água.

— Com cadáver ou sem cadáver, ela vai — defendeu a mãe, tão comedida quanto decidida. — É isso que você quer, Amélia?

— É isso que eu quero, mãe. Independentemente de abrir ou não uma filial, é isso que eu quero. Sei que posso conseguir um bom emprego na área de finanças.

— Eu não acredito que fui traído dentro de minha própria casa — indignou-se, fazendo a maior cena. — Se quer ir, Amélia, vá, já que causar uma tragédia familiar não é problema para você, mas uma loja desta família você não terá. Desista.

— Alaor, basta — disse Celina impaciente. — Amélia, esta família forja caldeirões há séculos. É isso que os Flores fazem e se orgulham de fazer. Risadinha, deixe de ser turrão, Amélia faz parte dessa família por parte de pai e mãe, esse legado também lhe pertence. Abra uma Flores Caldeirões, sim. Não faltarão clientes em Vila Vareta, eu lhe garanto — aconselhou a senhora, cheia de categoria.

— Uma traição dessas depois de trinta anos, Celina? Eu não acredito nisso. Tupã, me leva, me leva! — exaltou-se Risadinha, que, pela primeira vez, via seu controle escapar por entre os dedos. — Amélia, se quer se relacionar com esse lazarento, minha filha, se relacione, mas não deixe Turmalina. O papai não vai te perdoar se sair daqui — apelou, em mais uma tentativa desesperada.

— Para de falar bobeira, Risadinha. Depois de velho deu para ser chiliqueiro?! — disse irritada. — Filho é barco, Amélia. Mãe é cais. Você tem a minha benção para ir e para voltar quando quiser — declarou dando um beijo na testa da filha. — Posso apenas fazer um pedido?

— O que quiser — respondeu a filha, ainda desconfiada, vendo o pai abandonar o cômodo em um silêncio de doer o coração.

— Ih, minha filha, isso passa. Conheço esse cabeça-dura não é de hoje — tranquilizou Celina ao ver o desconsolo de Amélia. — Bem, querida, você sabe que temos muitas encomendas para entregar e isso vai levar um tempo, não é? Quanto à loja nova, não se preocupe, eu te ajudarei a montá-la todinha, mas não podemos abrir a primeira filial da Flores Caldeirões sem ter um bom estoque — disse animada. — Precisamos de alguns meses para forjar os produtos. Acha que pode esperar até depois do Natal? Vou falar com o tio Nacho, quero produção total! Total...

— É claro que posso esperar até lá. Além disso, não vou partir já. Ainda preciso procurar uma pensão ou uma casa para arrendar.

— Arrendar? Não se incomode, meu bem. — A mãe riu. — Esqueceu que Quequê mora em Vila Vareta? Com certeza ele tem um quarto em sua casa e ficará muito feliz em recebê-la. Confesso que ficarei mais tranquila em saber que está com ele e Adelaide.

— Quequê! — exlamou alegre com a possibilidade de se hospedar na casa do padrinho. — Como eu não me lembrei dele antes?! Acha que o papai não vai criar mais problemas com isso?

— Ora, ele criou problemas quando eu pedi a Quequê que fosse seu padrinho de batismo. — E gargalhou. — Acho que agora isso é o de menos.

Quintino Quaresma, o Quequê, foi namorado de sua mãe por anos a fio, mas, quando os dois se formaram na Escola de Magia e Bruxaria do Brasil, ambos pela casa dos Esquilos, Celina se apaixonou por Alaor, seu primo tinhoso, mas bem-apanhado.

Apesar do rompimento, os dois não deixaram de ser amigos, fazendo com que Celina exigisse que a primeira filha fosse batizada por ele na casa de reza. Há muitos anos Quequê vive em Vila Vareta, onde trabalha como agente-chefe do departamento de pesquisas e mapeamentos da Federação Mágica do Bàdiu.

O coração de Amélia ficou dividido. Por um lado, vivia a euforia de, finalmente, ir além de Turmalina, e isso nada tinha a ver com Boris Forte. Por outro, vivia a angústia do rompimento com o pai, que teve sua masculinidade sensivelmente afetada.

Boris não tinha qualquer noção do que acontecia na estância turística e seguia sua vida normalmente, sem saber que novos tempos estavam por vir.

Enquanto Helga e Moacir planejavam o casório, Boris se entretinha fazendo um roteiro de férias para Pedregulho, na intenção de convidar Amélia para realizar um de seus grandes sonhos: voar de coió.

Vestindo enormes asas coloridas de coió, a maior ave brasileira, os amantes de aventura saltam do pico da Pedra Azul, a 1.822 metros de altitude, chegando à Praça das Previsões, uma homenagem clara a Horgana Bellarosa, a ilustre adivinha pedrense. Boris jamais despencaria dessa altura, mesmo sabendo que se trata de um esporte tecnicamente seguro, com asas sintéticas e enfeitiçadas para a segurança dos adeptos.

Além de poder ver Amélia ganhando a liberdade de que sempre falou, a viagem tinha outros grandes potenciais, como um tour guiado pela casa de Horgana, para visitar, inclusive, o escritório onde ela se transformou em um livro.

Todas as suas memórias de Pedregulho eram da infância, quando, ainda menino, viajava para a casa dos avós maternos, Naná e Péricles. Muito arborizada, a pequena cidade se desenvolveu em torno da grande Pedra Azul, o conjunto rochoso mais famoso do Bàdiu.

Reza a lenda que o nome se deve à coloração azulada que a pedra adquire em determinadas horas do dia em função da radiação solar. Não são todos os turistas que conseguem presenciar o acontecimento, mas isso não é o mais importante. Pedregulho é linda, simplesmente, por suas casinhas floridas, pelos campos de morango e pelo reflexo da pedra no Lago Capixaba quando o sol se põe. E, de fato, a cidadezinha de serra lhe parecia mais romântica agora do que quando tinha dez anos.

Entre investigações bem-sucedidas, últimas parcelas de financiamento e visitas regulares ao Três Varinhas Gourmet, tudo seguia sem grandes novidades, até que Catarina Datto o surpreendeu: passaria as festividades de fim de ano na casa dos tios.

Naquele ano, as famílias mais próximas resolveram fazer um Natal de rua, pois, assim, poderiam estar todos juntos. Acatando a sugestão de Lucinha Holmes, optaram por fazer o banquete na tranquila Rua das Volitárias, endereço de Guerra Datto e Omar Barba.

Desde cedo, a rua já estava um caos. Era criança correndo por todo lado, coruja e papagaio entregando presentes e cinco porcos girando no rolete, orquestrados por uma única varinha, a ponto de deixar o assador louco.

Pouco antes do almoço, a rua precisou ser interditada para inibir a entrada dos penetras, que não paravam de chegar, vindos de toda parte.

— A rua é pública, mas minha comida não é! — vociferava Guerra Datto com um senhor abusado querendo furar o bloqueio.

Boris já estava atordoado no meio daquela gentarada. Não aguentava mais ouvir choro de bebê e latido de cachorro, até que alguém lhe cobriu os olhos com as mãos.

— Adivinha quem é, bonitão?

— A única pessoa que me chama de bonitão. — E virou, entregando-se a um abraço apertado o bastante, capaz de compensar anos de distância. — Você me salvou!

— Salvei do quê, bonitão? Do tédio? — Piscou Catarina, que, mesmo sem qualquer intenção romântica, sempre parecia flertar.

— Da loucura e da fome! Já estou até alucinando... imagine que vi o gato do neto do vizinho brigando por um pedaço de porco, e nem aqui ele está. — E riu.

Infelizmente — *ou felizmente* — a festança foi interrompida antes mesmo do feitiço da árvore da vida. A confusão foi tanta durante o estouro da pinhata que sobrou para o Priorado dos Magos dispersar os participantes e acabar com a comemoração.

— Onde já se viu? Uma pinhata desse tamanico para uma gentarada dessas. Vamos, Suellen — resmungou dona Natércia, que nem sequer fora convidada, mas passou 1996 inteiro falando mal e fazendo fofoca.

Os outros dias de Catarina Datto em Vila Vareta foram mais divertidos do que o primeiro, a considerar que Boris e Horácio também estavam de férias, com tempo de sobra para desbravar a cidade e os arredores.

— *Falamos ao vivo do estádio Oneroso, em Tulgar, onde os donos da casa fazem sua estreia no maior campeonato do Bàdiu. Prepare o seu coração, querido espectador. Voltamos em instantes com Tulguense e Ibis Carioca. Jogos da Pátria é aqui!* — Piscou o charmoso narrador esportivo Daniel Francisco.

A Taverna do Javali Bisonho era muito conhecida pelos bruxos de Vila Vareta, pois costumava transmitir ao vivo as principais ligas do argobol mundial. A estalagem medieval levava os torcedores à loucura, incentivando a algazarra com as cores dos times. Grandes mesas de madeira, lareira e sofás traziam conforto para os torcedores, e a luz baixa dos enormes candelabros tornava o lugar ainda mais aconchegante. Os jogos eram projetados em um imenso vitral na lateral do bar, trazendo clareza de imagens para os mais fanáticos.

Lúcia, que apareceu na taverna para acompanhar a partida com o novo namorado, não gostou nada de ver Boris com Catarina. Apesar de um rio nunca fluir para trás, algumas pessoas sentem mais dificuldade de esquecer o passado do que outras.

— Vai que dá, Íbis Carioca! — gritava Catarina Datto, animada, na companhia dos colegas atenienses, dos priminhos gêmeos e de um generoso copo de cerveja em forma de bota.

Apesar de toda a empolgação da moça, ela era uma das poucas que apoiavam o Íbis Carioca. Sem surpresa, prevalecia o verde e rosa do carismático e endinheirado Tulguense, a torcida mais apaixonada do Bàdiu.

O Íbis Carioca é polêmico desde a sua criação, por ser o primeiro e único clube de argobol brasileiro composto de jogadores mestiços, moradores

Estrelas do Amanhã 187

de uma cidade juruá, o Rio de Janeiro. Apesar de olhos tortos, manifestos e protestos, o time conseguiu, por meios jurídicos, competir pelos Jogos da Pátria, a maior liga nacional do esporte.

Naquele dia, deu zebra e confusão. Contrariando a lógica, o Íbis, último colocado nos jogos de 1995, estreou em 1996 com vitória sobre o atual campeão do torneio, e isso tinha tudo para não acabar bem.

— E você, bonitinha, também é mestiça? — provocou um troglodita da mesa ao lado, muito incomodado pela torcida de Catarina Datto.

— Não, não sou, mas adoraria! — piscou ela, que adorava uma afronta.

Isso foi o suficiente para o lugar se transformar em um pandemônio. Os bruxos mais conservadores não aceitavam os jogadores mestiços, afinal, viver em uma cidade juruá era uma escolha, não uma imposição, e isso revoltava os mais tradicionalistas.

— Querem viver no meio dos juruás, mas não deixam de empunhar suas varinhas. Isso é uma exposição do nosso mundo — revoltava-se um.

— Rio de Janeiro não está em nosso mapa. Já que abrem mão de nossas raízes, que abandonem os nossos esportes! — indignava-se outra.

Boris Forte, Horácio e Fernão Datto tentavam apaziguar o ambiente, enquanto Catarina e o gêmeo caçula encaravam as provocações com mais provocações.

— Não se preocupe, logo algum mafioso de Tulgar compra o campeonato e vocês vencem de novo! — disse Levi Datto, uma cópia do pai, Guerra, e torcedor do Dragas da Romênia, o time estrangeiro com maior número de craques brasileiros.

Boris levou as mãos à cabeça, em desespero, prevendo que aquele seria o estopim da pancadaria. Levi, na audácia de seus dezesseis ou dezessete anos, disse tudo o que não poderia dizer, na esperança de impressionar a prima sedutora. Graças a Horácio, o único que se lembrou de se apresentar como prior, o caçula de Perpétua Gentil não foi ainda mais esbofeteado.

— Valei-me! — exclamou Perpétua, que saiu do trabalho, no departamento de Defesa da Federação, para acudir o menino.

— Me diga, como aconteceu isso?

— Levi é um justiceiro, minha tia! — disse Catarina, rindo enquanto ajudava a limpar o rosto do primo.

Fernão puxou Perpétua, exceto, claro, pela dificuldade que a mãe tinha em manter a boca fechada, já que Levi era uma cópia de Guerra, sem tirar nem pôr. Alto, com cabelos negros impecáveis e porte atlético. Justamente por seu biotipo, achava-se o último dos mortais, distribuindo charme e arrogância.

— Esse é o meu menino — comemorava Guerra, que nem precisava ter saído do trabalho, mas viu uma boa oportunidade de ter a tarde livre. — E você, Fernão, o que fez em nome da honra?

— O mesmo que fez qualquer um que não queria promover o circo, naturalmente. Tentei acalmar as pessoas — respondeu o primogênito, deixando a sala sem paciência.

Os ferimentos foram leves e, em poucos dias, o competitivo e espalha-fatoso Levi Datto já estava saracoteando por Vila Vareta com suas calças de couro e longas capas.

— Catarina, Catarina, ele é apenas um garoto — disse Boris preocupado, em uma noite de música ao vivo no Javali Bisonho, já recuperado depois do quebra-quebra.

— Não se preocupe, bonitão, está tudo sob controle. — E gargalhou a moça, que não assumiu se teve ou não um envolvimento com o rapazote. Acostumada a flertar com as pessoas sem qualquer intenção, o ex-namorado ficou mais tranquilo, concluindo que nada demais teria acontecido.

A família Datto era muito esquisita. Perpétua era um amor de pessoa, sempre preocupada em agradar a todos oferecendo doces e biscoitos, in-discutivelmente um de seus dons. Mas, por outro lado, era uma fofoqueira de primeira.

Guerra, além de um convencido de carteirinha, era um falastrão. Ninguém sabia se suas histórias eram verdadeiras, sendo facilmente au-mentadas ou distorcidas a fim de lhe trazer protagonismo.

As novas gerações não eram muito diferente, sendo um reflexo dos adultos. Os gêmeos misturavam os trejeitos dos pais, ainda que Fernão pa-recesse ter um pouco mais de bom senso do que o irmão, que foi preguiçoso até para nascer. Levi teve de ser convencido, demorando quarenta minutos para vir ao mundo.

Catarina, uma autêntica Datto, beirava o egoísmo com a sua inde-pendência, mas era uma grata surpresa a Boris Forte. O tempo tratou de transformar a relação dos dois, levando mágoas do passado e trazendo a amizade de que ambos precisavam. Emotivo que só ele, Boris não poupou lágrimas na despedida. Depois de tantos dias felizes, os dois voltariam a se corresponder em palavras.

Com o fim das férias à vista, Boris começou a se preocupar com o sumiço de Amélia, que não lhe enviava uma coruja há dias. Temeu que seu Risadinha tivesse se enfezado com o convite que fizera, uma viagem a dois para Pedregulho, porém estava totalmente às cegas, querendo ir a Turmalina, mas tinha receio de lhe trazer problema.

Estrelas do Amanhã

189

— Boris, tem uma moça procurando por você — avisou Helga, abrindo discretamente a porta do quarto. Mal sabia ela, mas naquele momento se tornou um anjo mensageiro de luz, trazendo-lhe simplesmente a anunciação dos novos tempos.

— Amélia?! — disse surpreso, abraçando-a com toda a força que sua alma pôde alcançar. — Eu já estava preocupado, nunca mais respondeu às minhas cartas...

— Sobre o voo de coió? Voar de coió é um dos meus maiores sonhos — disse, fechando os olhos e sentindo toda a sensação de liberdade que um voo livre lhe proporcionaria. — Mas esse sonho ainda vai ter que esperar mais um tantinho. Eu não consigo desfazer uma mudança em menos de uma semana — completou, chacoalhando seu porta-tudo. — Cheguei, Vila Vareta, e agora é para ficar — concluiu.

Helga, que discretamente assinava seus convites de casamento na mesa, somou dois mais dois, concluindo quem era a moça e ficando muito feliz pelo irmão caçula, que, nesse momento, mal conseguia acreditar em tudo que ouvia.

É, nem sempre ficamos com a pessoa "certa", mas, vez ou outra, o destino dá uma forcinha no meio do caminho e encontramos mais de um amor nessa vida. Que bom!

CAPÍTULO 15
O CAMPEÃO

Os dias simplesmente voavam no calendário depois da chegada de Amélia em Vila Vareta. O casal parecia tentar recuperar o tempo perdido, aproveitando ao máximo o que a capital tinha a oferecer.

— Eu nem acredito que este dia chegou — comentou Amélia, observando sua loja horas antes da inauguração.

A filial da Flores Caldeirões estava bem localizada na Rua Sem Fim, em uma das vielas de maior circulação. Além disso, era vizinha da Pires & Peres Pergaminhos, podendo, fatalmente, pegar carona no fluxo avassalador dos irmãos paraguaios, verdadeiros gurus das vendas.

Assim como na matriz, em Turmalina, um caldeirão gigante foi instalado na fachada, cuspindo fumaça de tempos em tempos. Um chamariz imponente até para os padrões do maior centro de compras do país.

Tio Nacho, vovó Jurema, Celina e a irmã caçula, Susana, vieram especialmente para o corte da fita, um procedimento cafona, mas muito aguardado. Em homenagem à casa dos Tigres, sua família dentro da Escola de Magia e Bruxaria do Brasil, Amélia escolheu uma fita vermelha do mais nobre cetim.

Tinha planos audaciosos de superar as vendas da matriz em apenas dois anos, ainda que isso parecesse loucura. Como uma boa escorpiana, a jovem era movida a desafios, mas, nesse caso, ia muito além disso. Orgulhosa e competitiva, tal como o pai, Amélia queria vencer a guerra subjetiva e silenciosa que os dois travaram, ambos em nome da própria honra. Enquanto ele se sentia ofendido pela coragem da filha, ela se ofendia pelo descrédito do pai. Seu Risadinha queria que tudo desse errado só para provar à filha que ele esteve certo o tempo todo. Já Amélia, bem... Amélia só queria superar as expectativas e morder o fruto doce da vitória. No fundo, pai e filha não brigavam pelas diferenças, mas pelas semelhanças.

O ano começou memorável para Boris, com uma série de acontecimentos felizes e celebrações. Certamente uma delas foi a união de Helga e Moacir, às margens do Córrego das Entranhas, bem pertinho da cidade. Tudo muito simples, como os noivos, mas dentro das tradições que envolvem os laços matrimoniais.

Apesar de estarem casados na lei dos homens por um juiz de paz juramentado, o ritual religioso conhecido como Oré (pronome pessoal "nós", em tupi-guarani) só deveria acontecer no ano seguinte por preciosismo do noivo. Descendente direto dos indígenas Porã, Moacir fazia questão de que o culto acontecesse na casa de reza da tribo, no mesmo lugar onde foi batizado, em Uritã.

Manda o costume que os noivos assinem os papéis com algo novo, algo velho e algo emprestado. O novo simboliza a esperança do que está por vir; o velho, o respeito ao passado; e o emprestado, a valiosa lição para solteiros e casados: ninguém é feliz sozinho.

Os pretendidos devem se vestir da maneira que mais se sentirem bem. Ou seja, é crucial que estejam confortáveis. Ainda assim, é comum que as mulheres optem por vestidos, e os homens, por roupas mais formais, como paletó, terno ou sobretudo — dependendo do local do casamento e da época do ano.

A escolha das flores é uma particularidade reservada às noivas, uma tradição dos bruxos da Grécia antiga que viajou pelo tempo e espaço, sendo comum até hoje. Além de embelezar, é uma forma de atrair boas energias e combater o mau-olhado.

Outro momento especial para as mulheres é o divertido corte do vestido. As noivas entregam um pedaço da roupa para os convidados que elas acreditam ser os próximos a contrair matrimônio. Os mais antigos costumavam guardar o pano embaixo da cama, na esperança de que a profecia se concretizasse, mas, atualmente, apenas os mais desesperados fazem isso.

No geral, depois de dar entrada nos trâmites legais, os noivos passam por uma série de entrevistas antes de marcar a data oficial. É uma grande preocupação da Federação que as pessoas se unam por vontade própria, evitando significativamente o número de divórcios no país e, consequentemente, incentivando uniões felizes. Existe um projeto de lei que exige três meses de domicílio antes do enlace. Porém, esse assunto é muito controverso e, como ainda está em votação, Helga e Moacir não precisaram passar por nada disso.

O casal chegou junto à recepção e assinou a papelada do juiz de paz sob olhares atentos e emocionados dos poucos convidados. Em seguida, o almoço teve início em delicadas mesas à beira do córrego, não faltando margaridas, peixe frito, bordados e renda. O baú de presentes só foi aberto no final, como de praxe. Vale lembrar que os regalos são entregues no anonimato. Seria muito desfrute julgar a qualidade de algo que supostamente foi comprado de coração, não é?

Vó Dora, de Turmalina, convidada por Boris Forte, caprichou no bolo do casório. Dois andares de pão de ló bem recheados com doce de leite, ameixas fresquinhas e fio de ovos. Foi quase tão falado quanto as três escolhas feitas por Helga.

A noiva pediu ao irmão caçula que a presenteasse com sapatos novos e, graças ao bom gosto de Amélia, crucial na decisão de compra, a jornalista da revista *Merlin* ficou fabulosa sobre saltos brancos de bico fino, última moda na Europa.

Em uma delicada corrente, ostentou o anel favorito de seu pai. Estava há tantos anos no dedo de Amaro que custou a sair, mas, mesmo sem saber se conseguiria fazer entrar de novo, ele jamais negaria um empréstimo desses à primogênita. O anel era bem rústico e até grosseiro, mas igualmente bonito. Todo em prata, trazia uma espécie de número 4 estilizado em preto, cravado bem no centro. Infelizmente, Amaro disse que não sabia se aquilo tinha algum significado, já que o comprara há muitos anos na mão de um mascate endividado que não lhe deu muita prosa.

As escolhas foram muito felizes, mas, sem dúvida, a maior surpresa da tarde ficou reservada a algo velho. Helga Forte se casou com o vestido de sua mãe, Iraci, um modelo azul, clássico e, a essa altura, um tanto quanto picotado. Sem qualquer aviso prévio, a menina levou o pai, os avós, os tios e as tias às lágrimas.

— Iraci me deu um pedaço desse vestido, Helga — emocionou-se a tia Marta, que, apesar de o pedaço do vestido da irmã não ter lhe trazido sorte, visto que desmanchou o noivado meses depois do casamento, tinha naquele pedaço de azul-turquesa uma grande lembrança da irmã.

Depois de partir o bolo, no cair do sol, as tradicionais e cafonas balas de coco foram servidas. Qualquer celebração bruxa que se preze precisa, obrigatoriamente, engasgar os convidados com as tais balas, enroladas em papéis coloridos de gosto duvidoso. Todo mundo reclama, mas ninguém abre mão. Costume é costume.

Bastou a filha mais velha bater à porta em posse das últimas caixas para que a casa e o coração de Amaro fossem invadidos por um silêncio ainda mais devastador do que o habitual. Boris estava jantando em algum lugar com a namorada e o pai se recolheu em sua cadeira de balanços, embalado em lembranças, lágrimas e saudade. Ele vivia o fenômeno do ninho vazio, algo já previsto pelos pais, mas extremamente doloroso.

Acontece que existe o tempo. O impiedoso tempo... e ele não deu trégua. Secou o pranto, sentindo-se vento, e afagou as feridas, sentindo-se mãos cálidas. Aos poucos, pai e filho se adaptaram a um convívio longe de

Helga, um elo que unia a família desde o princípio de sua desconstrução, a morte da mãe.

— Fez frio ontem à noite? — perguntou Amaro, sentado à cabeceira da mesa, enquanto lia o jornal e tomava uma xícara de café. Boris, distraído, lia a mesma edição, comendo uma pratada de Loro Guloso, seu cereal matinal.

— Não... não muito... já é verão...

— Já li essa notícia que está lendo. Me pareceu um pouco tendenciosa! — disse, tentando puxar assunto com o filho.

— Essa questão dos ambulantes em Vila Vareta é mais complicada do que parece — comentou, abandonando a leitura do jornal. — Não podemos permitir que vendedores autônomos invadam as ruas, deixando um grande comércio a céu aberto, mas a Federação precisa achar um equilíbrio, emitir concessões. Não temos tantos assim... Lembra-se de Fred?

— Equilíbrio? Ora, meu jovem, Virgílio Azambuja perdeu a mão há muito tempo... Quem é Fred?

— Sim, Azambuja precisa de mais pulso para controlar este país ou é melhor que o devolva aos indígenas. Não é propriamente uma má pessoa, mas é um molenga de carteirinha. Pedir ao Priorado dos Magos que use de força contra mascates já é demais. Não podemos declarar uma guerra contra o seu Firmino, que vende balões na praça há cinquenta anos. O mesmo para Fred, meu pai. Fred... — Tentou lembrar-se do sobrenome. — Fred Canela, um colega das Águias dos tempos de escola...

— Ah, sim, o filho de Evaristo, o carniceiro do açougue da Rua Retilínea. O que tem Fred?

— Fred tinha há anos uma barraquinha de lanches na rua paralela à da Federação. Solicitou uma licença dezenas de vezes, mas nunca foi atendido. A sorte é que agora trabalha com o irmão mais novo, um tal de Fritz, que é bem mais esperto do que ele. Eles abandonaram o ponto depois de receber a notificação. Bem, não dá para dizer que não abandonaram. — E riu. — Todos os dias, a barraquinha muda de lugar. Na véspera, o tal do Fritz, que é meio pancada, entrega pergaminhos com charadas para que a clientela os encontre no dia seguinte, acredita? Até prisão decretada já tiveram, mas o fato é que cumpriram a notificação. Não estão mais naquele endereço...

— Prisão decretada? Francamente, tantos bandidos à solta, Tulgar em pavorosa e Azambuja preocupado com meia dúzia de pracistas. É muito simples, registre todos eles e cobre impostos! — esbravejou Amaro.

— Sabe o que é mais engraçado? Fred é um baita cozinheiro. Acontece que esse... digamos... contratempo serviu para alavancar ainda mais o negócio deles. Desde que começaram a elaborar esses enigmas, viraram uma sensação entre os jovens. Amélia, por exemplo, às vezes nem quer comer, mas sai para procurá-los, só pela satisfação de desvendar o mistério.

— E os priores vão prendê-los?

— Os priores? E depois comemos onde?! — E gargalhou. — A prisão foi revogada, não fazia o menor sentido. Eles cumpriram a notificação, deixaram o ponto que dizia no papel. Além do mais, é arbitrário, nem temos algo previsto para mascates e ambulantes na Constituição Majurídica. Os tempos são outros, meu pai — finalizou enquanto colocava o sobretudo da farda. — É hora de a Federação legalizar essa meia dúzia de gatos pingados e parar de criar problemas. Bom dia, velho Amaro, volto para o jantar — despediu-se.

Mais uma vez e, despretensiosamente, Amaro aguardou o filho para um jantar que não aconteceu. Não era por mal, nunca foi, mas a vida de Boris Forte girava em torno de seus encontros amorosos, entrosamento social e compromissos vários, principalmente profissionais.

— Boa noite, Perpétua, desculpe o horário. Perdi a noção do tempo no escritório. Aqui está — disse, entregando um pequeno embrulho, uma lembrança que comprara à sua amiga Catarina Datto.

— Muito obrigado pela gentileza!

— Bobagem, Boris, ainda nem servi o jantar. Pode deixar que o seu presente será entregue em mãos. É o centenário da mãe de Guerra, a família toda estará reunida em uma festa de arromba em Pedregulho, inclusive Catarina. Não fique aí na porta como um dois de paus. Não quer comer um leitão assado conosco?

Mesmo sentindo-se desconfortável com Perpétua, em decorrência dos boatos sobre um possível relacionamento extraconjugal da mulher com o seu pai, a barriga roncava. Amaro dormia cada vez mais cedo e Amélia estava na despedida de solteira de uma colega. Como não sabia bem o que fazer depois dali e o cheiro que vinha da cozinha era tentador...

— Se não for incomodar, eu aceito.

— Será um prazer — respondeu a funcionária pública, puxando-o para dentro.

Como de costume, a casa estava uma zona. Guerra roubava alguns tomates da salada, enquanto os filhos discutiam sobre qualquer assunto fútil.

— Boris Forte? Ora, mas que honra! — disse Guerra, forçando um largo sorriso e puxando uma cadeira para o convidado. — A que devemos a ilustre visita?

— Marido, Boris veio trazer um presente para entregarmos a Catarina — explicou Perpétua, tirando o assado do forno.

Estrelas do Amanhã   195

— Presente para Catarina?! Da-na-di-nho! — disse o homem alto e performático.

— Pensei que estivesse enrabichado pela mocinha dos caldeirões.

— Você não é muito velho para Catarina? — perguntou Levi Datto, fazendo cara de poucos amigos.

— Não, não... Catarina é apenas uma grande amiga. E, sim... Amélia da Flores Caldeirões é a minha namorada — explicou-se. — Eu não sou velho tão velho... Se quer saber, sou dois anos mais novo do que sua prima Catarina — concluiu com a voz esganiçada.

— Ah... então é Amélia o nome dela — comentou Datto. — Veja como este mundo é pequeno, Forte. Houve um remanejo dentro da Federação e, como sabe, sou um servo muito experiente e também com muitos predicados. Por isso, eu fui transferido para o departamento de pesquisas, que é comandado, justamente, pelo padrinho de sua amada! — disse Guerra com seus quase dois metros de altura e ego.

— Vila Vareta realmente é um ovo — surpreendeu-se Boris. — Bem, lhe desejo sorte na nova empreitada...

— Vamos comer antes que esfrie! — sugeriu Perpétua Gentil, servindo os pratos e esbanjando ternura.

— Tenho certeza de que essa será uma fase es-plên-di-da. Cá entre nós, Boris, Guerra Datto estava um pouco... como dizer?... fadigado. Um pouco fadigado do setor de defesa. — Fez uma pausa dramática e, então, perguntou: — Mas, me diga, como é Quintino Quaresma? Não tive muitas oportunidades de encontrá-lo ainda. Sei que é de Turmalina, é casado com uma simpática senhora, tem uma bela casa no centro, afilhada...

— É, acho que isso é o principal... Perpétua, o assado está delicioso — bajulou Boris Forte, revirando os olhos de Levi, que passou a achá-lo um grande puxa-saco. — Basicamente é isso, Guerra. Pelo que sei, Quequê ficou órfão com pouco mais de vinte anos, era jovem. Herdou apenas um pedaço de terra e uma portinha no centro de Turmalina. Foi então que começou a fazer compotas para se sustentar. Assim, despretensiosamente, iniciou os estudos sobre o clima e as frutas. Claro, ele percebeu que, investindo no cultivo certo, evitava desperdício e ganhava mais dobrões.

— Inspirador, mas o que ele gosta de fazer? — questionou o patriarca, claramente buscando formas de adular o novo chefe.

— Gosta de Turmalina. Quequê é um homem muito simples. Fez estudos para suas compotas, depois para a cidade e... depois para o país. Ele gosta mesmo é de passar o tempo com a esposa, já que se casou depois dos sessenta anos. Fique calmo, Guerra, você tem um chefe e tanto. Hum... Esse leitão está realmente no ponto!

— Sim, está... Mas, Boris, como frequentador da casa, quase um membro da família, não sabe me dizer, por exemplo, qual é o seu prato favorito? — insistiu.

— Querido, não seja inconveniente. Deixe Boris jantar, já que gostou tanto. — Perpétua riu, tentando deixar o menino comer em paz. — Fernão, meu filho, não pode ler essa revistinha em outro momento?

— Não, minha mãe, eu preciso dormir cedo para viajar amanhã — nem respondeu o rapazote, que, vidrado nos quadrinhos de seu herói favorito, sequer ergueu a cabeça.

— Fernão é um crânio de ferro, mamãe, um intelectual — debochou Levi.

— Não sabia que ainda faziam histórias do Mascarado Escarlate — comentou Boris, despertando a atenção de Fernão, que tentava ignorar a presença da família na mesa.

— É, não é tão fácil encontrar, o que é uma pena, porque esse é o melhor herói de todos os tempos — respondeu.

— Eu concordo. Também sou um grande aficionado...

Apesar de surpreso pelo reconhecimento, Fernão abaixou a cabeça e voltou à leitura.

Importuno, Guerra fez questão de levar o convidado até a porta. Supostamente, era para que a visita voltasse, uma superstição boba, mas, na verdade, ele só queria tentar tirar mais alguma informação que lhe pudesse ser útil.

— Tem certeza de que não lembra mais nada sobre as preferências de Quintino? — perseverou o pidão, fazendo cara de coruja perdida.

Por mais que fosse grande frequentador da casa de Quequê, Boris jamais falaria mais do que devia. O geógrafo em pouco tempo se juntou àquela família que o coração escolhe e consagra, assim como aconteceu com Berta Holmes, Baltazar e vó Dora. E isso, para um autêntico Esquilo, transcende qualquer curiosidade alheia.

— Infelizmente não o conheço tanto assim. Isso é tudo o que eu sei, Guerra. — Então deu de ombros e saiu porta afora, pensando que se aproximava o "paliar".

O paliar é o maior feriado do Bàdiu e faz homenagem a um dos momentos mais importantes da história deste povo: o dia em que o primeiro distrito foi enfeitiçado.

Esmer Gitan, fundadora da Escola de Magia e Bruxaria do Brasil, usando todo o seu vasto conhecimento e sua perspicácia, enfeitiçou a escola, fazendo com que os juruás enxergassem no local apenas ruínas e pântano. Isso serviu de exemplo para que os distritos e as aldeias locais também fossem escondidos, sanando de uma vez por todas as guerras entre bruxos e não mágicos.

O paliar é comemorado todo dia 2 de março, reverenciando 1821, data em que Vila Vareta foi protegida, trazendo uma era de paz e prosperidade para o nosso mundo. Dada a bonita mensagem, esse recesso é mais comemorado no Bàdiu do que a própria virada do ano. Além de desfiles cívicos e festas por todo o país, é comum que as famílias se reúnam para grandes banquetes, honrando a memória dos mortos e comemorando as glórias de poder viver livremente, como faziam os antepassados antes da colonização dos juruás portugueses. Como a capital demorou cinco dias até ser completamente enfeitiçada, o feriado do paliar rende cinco dias de folga para todos os brasileiros, para que desfrutem as alegrias e o privilégio de poder ir e vir.

Preocupada com a idade de vó Jurema, apesar de ela ter uma saúde de ferro, Amélia optou por passar o paliar em Turmalina, enquanto Boris e o pai foram recebidos na casa de Helga, um imóvel arrendado pelos recém-casados no centro da cidade.

Em um primeiro momento, todos pareciam desconfortáveis. Era a primeira vez de Helga como anfitriã. Mas, apesar do choque inicial, a celebração foi muito agradável. Moacir caprichou em um assado e a pequena família proseou até a noite do dia dois se apresentar.

— Meus irmãos e eu comemos muito bolo quente culpando o Saci Pererê. Foram muitos anos e muita dor de barriga até descobrirmos que sacis não viviam por lá... — Amaro divertia-se, contando seus causos da infância em Burgo, uma pequena cidade nas demarcações de Sarça, mais ao norte, onde viviam seus avós maternos.

— Os roubos aconteciam antes ou depois da chuva? — zombou Boris, tirando gargalhada de Helga e do pai, mas deixando o seu cunhado mais perdido que curupira fazendo sapateado.

— Chuva?

— Burgo tem uma peculiaridade que é só dela, Moacir. Todos os dias, por volta das cinco da tarde, chove. É certo. Não falha uma única vez. Ah... minha Burgo, que saudade da cidade onde os compromissos são marcados antes ou depois da chuva! — explicou pacientemente o sogro, saudosista.

— Nem imaginava que existisse algo assim — disse Moacir, surpreso. — E não tem Saci Pererê em Burgo?

— Se eu tivesse uma única perna e não calçasse sapato, também não iria querer morar em Burgo — debochou o caçula de Amaro, em um dia inspirador para piadas.

— Boris, também não é assim. — Sorriu. — Bem, Moacir, o saci é uma criatura que vem do gomo de bambu, fica sete anos em gestação e vive até os 77 anos. Leva uma vida de travessuras e, quando morre, vira orelhas-de-pau, uma espécie de fungo que vive no tronco das árvores. Não tem bambu em Burgo, muito menos orelhas-de-pau, sendo assim... — concluiu.

— É uma pena não saber de tudo isso antes, mas descobrimos que vovó também mentia quando botava a culpa no saci por queimar a comida, então estamos perdoados, eu acho...

— Ai, papai, é uma pena que essa nova viagem a Uritã seja curta, estaremos tão mais perto de Burgo, é realmente uma pena. Mas não se preocupe, no ano que vem nós vamos tirar férias para programar melhor esse passeio — disse Helga enquanto olhava o relógio de bolso. — Pelas honras do mago Merlin, já se passa das oito. Vocês querem jantar?

— Não consigo ver porco — disparou o irmão.

— Então vou preparar um bom chá com biscoitos. — Levantou-se e, pensando ter ouvido qualquer barulho na porta, disse: — Querido, pode ver a porta? Nós precisamos comprar um dormideiro urgente, nem sempre conseguimos ouvir as batidas.

— Sua mãe nunca gostou do barulho do dormideiro, acabou que passamos a vida toda sem um — comentou Amaro, até que Amélia entrou pela porta, surpreendendo a todos.

— Amélia? — surpreendeu-se o namorado.

— É, ué, pensou que eu fosse passar o paliar inteiro por lá? Boboca... — disse, sentando-se e tirando uma porção de guloseimas de seu porta-tudo.

— Aqui ó, era para o café da manhã, mas serve para o lanche também. Tem queijo, leite de vaca azul, compota, geleias, um pouco de tudo. A propósito, a que horas partimos amanhã?

— Às quatro — respondeu a cunhada, animada por tê-la na viagem.

Naquele momento, Amaro sentiu um quentinho no coração, percebendo que não só Helga, mas também Boris, arranjara alguém que lhe tinha amor. Achou o gesto de Amélia muito sensível. E, discretamente, conquistava a família Forte, com sua alegria e irreverência.

— Bora, sr. Amaro, bota mais queijo neste pão. Varetense é muito mesquinho com comida — brincava a turmalina, que ria à toa com olhos e boca.

Na manhã seguinte, todos estavam prontos para partir, entusiasmados pela folga de Moacir e pelo banco de horas de Boris, o que possibilitou uma esticadinha no feriado do paliar. Assim, Helga e Moacir tiveram a oportunidade de viajar a Uritã e antecipar a cerimônia do Oré, o ritual religioso do matrimônio.

Em um instante, Boris guardou as tralhas no porta-malas, e todos embarcaram a bordo do Opala cinco estrelas, que, para variar, só pegou no tranco.

Aquela era a primeira viagem de Amaro em um veículo juruá. Garboso, até tentou disfarçar o nervosismo ao ganhar as alturas, mas sua insegurança era evidente. Além de passar horas segurando a alça do teto como se fosse sua própria vida, manteve sua vassoura entre as pernas, atravessando o carro, a ponto de decepar Helga no banco de trás. Os jovens riram, mas com todo respeito.

Uritã é uma cidade pitoresca, com raízes indígenas muito acentuadas, diferente da maioria das cidades do Bàdiu. A maior parte das casas é construída em pau a pique, uma técnica construtiva antiga que consiste no entrelaçamento de madeiras verticais fixadas ao solo com vigas horizontais amarradas entre si por cipós. As lacunas que se formam são preenchidas com barro. Algo muito, mas muito rústico. Normalmente, essa estrutura só é encontrada em livros didáticos e, claro, nas casas de reza.

Helga pediu para almoçar na Sombra do Jenipapo, um restaurante simples e gostoso que a família conheceu no ano anterior, estrategicamente instalado na Avenida do Calhau, endereço principal do distrito.

— Mesa? — perguntou um garçom sonolento e de pés descalços que falava o português com certa dificuldade, encorajando Moacir a se comunicar em tupi-guarani.

Rapidamente, os turistas foram acomodados a uma mesa bucólica, feita com o tronco de jacarandá, madeira maciça e muito nobre, que na capital vale uma vassoura zero quilômetros.

Como o dia estava bonito, o grupo foi unânime ao pedir uma mesa do lado de fora, com vista privilegiada do luxuoso calçadão de Uritã, paralelo ao famoso Rio Ubá. Ali, crianças e adultos banhavam-se na vastidão das águas sagradas do povo Porã, um espetáculo da natureza, o que os fazia refletir sobre o milagre da vida.

Fazendo jus ao nome, a via era rodeada por jenipapeiros, árvores frutíferas com mais de vinte metros que trazem uma sombra gostosa a qualquer hora do dia. Redes coloridas eram penduradas de ponta a ponta, ficando à mercê dos clientes, que podiam tirar uma soneca depois do almoço.

— Moacir, não quero ser indiscreta, mas... você é mesmo uritano? — questionou Amélia, notando que a população tinha características muito marcantes.

— Diz isso por que uso sapatos? — O nativo gargalhou, observando que a maioria das pessoas que andavam pelo calçadão tinha os pés descalços. — Sou, sim. Nascido e criado nesse poeirão. Esta cidade foi povoada pelos indígenas Porã, como eu. Quer dizer, eu sou caboclo, mistura de indígena e branco. É por isso que tenho menos traços indígenas do que meus conterrâneos. E, acredite, tem uma parte da população que tem a pele mais clara do que eu.

— Eu não saberia explicar esse lugar. Como pode o povo viver em casas de pau a pique, levando uma vida tão simples, com todas as ruas de chão batido e, ao mesmo tempo, ter um calçadão como esse, que parece uma joia? — comentou Amélia, confusa.

— E é uma joia! O Calçadão do Calhau foi feito com topázio azul, uma pedra preciosa da Floresta Amazônica. Uritã é uma cidade muito abastada, mas existe uma linha muito tênue entre pobreza e tradição — explicou Moacir. — Você conhece a história de Uritã a fundo?

— Não muito além do que o que tivemos na escola, que gira em torno do boitatá, basicamente...

— Uritã tem uma história riquíssima, querida, e muito interessante — complementou o sogro, que sempre a tratava com muito carinho. — Essas terras pertenciam aos juruás. A princípio, era uma comunidade ribeirinha, como tantas outras. De repente, o boitatá apareceu no rio e acabou com os habitantes em questão de dias. Consegue imaginar o escândalo que seria quando os juruás finalmente percebessem que uma vila foi extinta por uma criatura de nosso mundo? Por isso muitos indígenas da tribo se mudaram para cá — explicou o clínico.

— Preciso sugerir essa pauta para Guiomar, aquela senhora da coluna de turismo. A história desta cidade é excepcional — disse Helga, deslumbrando uma oportunidade para a revista *Merlin*.

— Uritã é uma cidade muito rica. Aqui tem agricultura, caça, pesca, fabricação de móveis e até extração de minério, mas não importa o quanto a cidade cresça, será sempre considerada uma tribo gigante. Você vai encontrar enormes palacetes em alguns lugares, mas a maior parte da população se sente bem vivendo em pau a pique e fazendo suas refeições no chão. Não é questão de dinheiro, é cultura.

Estrelas do Amanhã

— Estou começando a achar que quatro dias é pouco para este paraíso — comentou a moça, que estava realmente impressionada com a atmosfera uritana.

Faminto, Boris fez um sinal para o garçom, que veio depressa com seu animal de estimação, um bicho-preguiça, agarrado na cintura.

— Senhor, tem peixe fresco?

— Sim.

— Deixe comigo, Boris — disse Moacir na própria língua.

— Já se passa das três da tarde, será que demora? — perguntou o cunhado, mal-humorado e impaciente, alguns sintomas da fome.

— Vai depender... — disse o clínico, sendo interrompido pelo garçom, que berrava com um sujeito dentro do rio, do outro lado do calçadão. — É, vai depender do pescador, mas me parece que hoje o rio está para peixe. Que sorte a nossa!

— Estou amando muito este lugar — disse Amélia, sorrindo. Em contrapartida, o seu namorado, injuriado, só se acalmou quando viu o fulano de tanga atravessando os topázios azuis com um baita pescado.

A demora valeu a pena. Um tambaqui generoso foi trazido quentinho, assado na folha de bananeira e acompanhado de um refrescante suco de jenipapo.

— Moacir, você me disse que os indígenas Porã povoaram Uritã para não chamar a atenção dos juruás. Agora fiquei encafifada com isso. Não é perigoso sermos vistos por não mágicos?

— Não se preocupe, isso foi há muitos anos. Agora Uritã é enfeitiçada como todas as outras cidades bruxas. Os juruás enxergam casas de madeira abandonadas e um rio seco. Uma comunidade ribeirinha não ficaria em uma terra sem água, então ficou claro que os antigos moradores partiram em busca de condições melhores de vida.

A família ficou hospedada na casa dos pais de Moacir, na Rua Piatã Peri Porã, uma homenagem do distrito a seu avô, um dos heróis de 1912. Piatã, com mais quatro guerreiros da tribo e cinco priores, capturou o boitatá que dizimou os juruás, moradores originais da comunidade de Uritã que estavam devastando a floresta.

Foi interessante perceber na prática como as tradições podem viajar pelo tempo e se transformar para resistir no futuro. Apesar de os anfitriões viverem em uma casa de pau a pique, uma predominância, era totalmente adaptada para o conforto. Contava com telhado, piso de madeira, camas confortáveis e um enxoval de primeira linha — com uma quantidade absurda de fios. Coisa fina! O luxo do luxo.

Moacir e Helga seguiram na manhã seguinte para a tribo Porã, a uma hora de caminhada dali. De acordo com as convenções, os pretendidos devem ficar separados, em preparação, por pelo menos 24 horas antes da cerimônia, momento em que pedem bênçãos aos deuses.

Enquanto Amaro pescava, Boris e Amélia perambulavam pela cidade. Era a primeira vez que a moça sonhadora ia além de Vila Vareta e já fazia planos para realizar o grande sonho de sua vida:

— Esse ano não dá, preciso voltar para a loja, mas no ano que vem... Boris... No ano que vem, nós vamos fazer um voo de coió.

Abrindo os braços e rindo, começou a rodopiar, o que era um bálsamo para o investigador. Ele jamais pularia de pedra alguma, já que tem problemas com altura, mas, de certa forma, aquele sonho também era seu. Desde os tempos de escola, Boris sonhava em um dia poder assistir à Amélia voar feito pássaro.

O casal comprou uma porção de artesanatos, incluindo lindos vasos de barro, uma especialidade dos indígenas Porã.

Depois, passearam de barquinho pelos igarapés, braços de rio entre enormes árvores. Boris fez Amélia jurar que não contaria a ninguém que foi ela quem remou. Depois de dez minutos de passeio, a turmalina tomou os remos da mão do namorado sem a menor cerimônia.

— Ah, não, Boris, passa esse remo para cá, esse negócio está devagar demais! — disse, enquanto mostrava suas habilidades, depois de anos de prática na cachoeira dos Pirilampos.

— Amélia...

— Você não sabe remar, meu amor. Larga de ser bobo! Senta aí e aproveita a paisagem — insistiu, deixando-o enfezado. — Eu não conto a ninguém, Boris. Juro, juradinho!

— Promete?

— Juro por Jaci. E você sabe o quanto sou devota dessa deusa! — disse a vendedora.

No fim da tarde, o casal visitou o Museu da Memória e tirou retrato com o boitatá, ou melhor, com uma escultura gigante do boitatá. Boris e Amélia já estavam voltando para casa quando se lembraram de um valioso conselho de Moacir: experimentar o famoso picolé de pajurá, uma fruta doce da Floresta Amazônica.

— E, então, aprovaram o sabor da pajurá? — questionou o jovem atendente de uma vendinha de esquina.

— Bom demais — replicou Amélia, sem pestanejar. — Já passeamos pelos igarapés, compramos mais do que devíamos, andamos por todo o

Estrelas do Amanhã

203

museu e experimentamos um delicioso sorvete. O que mais tem de bacana em Uritã?

— Já caminharam descalços pelo Calçadão do Calhau? É a melhor sensação do mundo. Aquelas pedras são lisinhas. É uma delícia de pisar! — sugeriu Cauã, que depois ficou refletindo sobre a recomendação. Será que era bom para qualquer pessoa ou só era bom para ele, que caminhava todo dia esfolando os pés no chão batido? Em todo caso, ruim não era.

— Nós vamos — disse Amélia animada. — Que mais?

— Deixa eu ver... Já visitaram o velho de vidro? Nem todos os turistas vão até ele, mas é uma das coisas mais estranhas de Uritã. O tal do velho é um guru da cidade, com quase duzentos anos. O coitado tem uma doença esquisita que quebra os ossos à toa — explicou, aproximando-se dos forasteiros e cochichando. — É muito adoentado o moribundo. Se respira um pouco mais forte, ele se quebra todo. Às vezes, fica semanas sem abrir a porta, mas acho que vale a tentativa. Fica na Rua Magé Porã, 52.

— Por que tem tanta rua com o nome Porã? — estranhou Boris.

— Quem não tem sobrenome leva Porã, ora essa. Indígena é batizado com o nome da tribo. Próximo! — gritou o atendente, que se distraiu, esquecendo-se da fila.

Apesar de Boris não se empolgar muito com a ideia de visitar o tal velho de vidro, que parecia muito assustador, a namorada fez questão de matar sua curiosidade, indo até o tal endereço, onde encontrou um pequeno pau a pique coberto com palha.

— Entre — gritou o bruxo com a voz fraca, antes mesmo que o casal batesse à porta. Amélia não pensou duas vezes e já foi abrindo a maçaneta da passagem estreita.

O indígena era realmente muito velho e tão enrugado quanto um maracujá. Trajava apenas um saiote de palha e um enorme cocar colorido sobre os longos cabelos brancos.

Em seu corpo flácido, era possível ver resquícios de tinta, uma pintura indígena já muito desbotada. Imóvel em sua poltrona coberta por colchas, como um rei, apenas sorriu para os visitantes.

— Estava mesmo esperando vocês. Aproximem-se!

— Como esse homem podia estar nos esperando, Amélia? — cochichou Boris, que simplesmente foi ignorado pela companheira.

— Qual é o nome do senhor? — perguntou, cheia de ternura, ajoelhando-se em frente ao ancião, em um misto de curiosidade e deslumbre.

— Que bom que vieram. Sou Aimberê.

— Prazer, Aimberê, muito obrigada por nos receber aqui em sua casa. Sou Amélia Flores e aquele é o meu namorado, Boris Forte. — Sorriu, encantada.

— Seu namorado está com medo de se aproximar — disse de forma contida, querendo rir, algo muito perigoso em sua condição.

Tentando disfarçar o medo, Boris aproximou-se e cumprimentou o velho com um sutil movimento de cabeça.

— Uma pessoa me disse que o senhor é o guru da cidade e nós ficamos curiosos em conhecê-lo.

— Ah, é? E o que você quer saber de um guru velho e debilitado, Amélia Flores? — perguntou o senhor com uma feição risonha.

— Nada não, queria apenas conhecer o senhor — respondeu a doce jovem, que, de fato, não queria fazer nenhuma pergunta, mas viu ali uma oportunidade. — Na verdade, quero um conselho, seu Aimberê. Tem um moço que é muito devagar, entende, e eu queria saber se ele aceitaria uma proposta de casamento — disse, encarando o namorado.

— Amélia! — censurou Boris.

— É melhor perguntar diretamente a ele, não acha? — A jovem riu, quase engasgando o simpático velhinho de olhos puxados.

Amélia definitivamente não era o tipo de mulher que dependia de terceiros para o que quer que fosse. Ora, se Boris não lhe fazia a proposta, algo com que ela sonhava, por que não tomar a iniciativa? Esperava apenas o momento certo, talvez, depois de desfazer as malas, para propor casamento ao homem que escolheu. E, francamente, que mal poderia haver nisso? Deixe que falem. A língua do povo não pode ser mais importante do que o resto de sua vida.

Naquela mesma tarde, a moça comprou um par de anéis na lojinha do museu. Além de muito bonitas, em prata, as peças tinham uma pedra de topázio azul, determinante na sua decisão de compra. Não eram alianças, mas serviam de recordação da primeira viagem que fizeram juntos, que poderia vir a ser o símbolo de uma viagem ainda mais longa: o casamento. Sem pensar duas vezes, Amélia simplesmente sacou do bolso um saquinho de camurça e fez a fatídica pergunta:

— Boris Forte da casa dos Esquilos, aceita se casar com uma aluna mediana da casa dos Tigres?

Os olhos do rapaz se encheram de lágrimas e ele aceitou prontamente. Não sabia se era sério ou só mais uma brincadeira da namorada, mas, na pior das hipóteses, ela saberia que ele tinha interesse em se casar com ela. O promontório do Priorado voltou a ser menino por alguns minutos.

Um menino desajeitado que paquerou a colega mais bonita da escola e se apaixonou.

— Bem, depois de uma vida escolar dedicada ao reforço de poções e feitiçaria, eu acho que mereço — disse, estendendo a mão, sem qualquer, problema em ter sido proposto.

— Amélia Flores, eu sempre soube que ele aceitaria — disse o guru divertindo-se. — Pergunte o que quer, Boris Forte.

— Seremos felizes, seu Aim... berê? — questionou.

— Serão até o fim — disse, levantando-se com a ajuda do casal. — Não se preocupem. Eu quebro fácil, mas não tão fácil assim — afirmou, caminhando lentamente de um lado para o outro. — O destino de vocês está traçado, assim como o meu. Nem sempre entendemos as razões de certos acontecimentos, mas eles se cumprem, simplesmente, sem o menor interesse em nossas vontades.

— Está tudo bem? — perguntou Amélia, preocupada.

— Está, meu passarinho. — O velho sorriu, aproximando-se devagar da moça e passando a mão macia por seu rosto. — Amélia Flores, você vai voar como um pássaro. Você quer ser um pássaro, não quer? Não se preocupe, docinho, o tempo às vezes é amigo, outras vezes é inimigo, mas ele sabe ser justo. Nem todas as pessoas terão uma vida tão feliz quanto a sua. Acredite!

— Obrigada, seu Aimberê — disse Amélia, emocionada.

— Boris Forte! — sussurrou o velho de vidro, colocando a mão direita sobre o coração do rapaz e fechando os olhos. — É, esse coração é grande, muito grande. Já suportou muitas alegrias e muitas tristezas também. Não se preocupe, campeão, aqueles que realmente amamos nunca nos abandonam. Levam um pouquinho de nós, eu sei, mas deixam uma parte deles — disse, fazendo Boris chorar. — Bem, você sabe como entrar por essa porta estreita. Estarei aqui quando você voltar — finalizou, enquanto caminhava até a velha poltrona acochada. — Agora preciso descansar — despediu-se.

A volta para a casa dos pais de Moacir foi reflexiva, chutando pedrinhas pelo chão batido.

— Esse velho de vidro é assustador, não achou? Ele não falou nada com nada, mas me chamou de campeão. Só Sancho me chamava assim — comentou Boris, com uma pulga atrás da orelha.

— E não é? Eu o achei uma gracinha, mas como sabe que eu quero voar de coió? Quer saber, o que importa é que seremos felizes. Felizes! — vibrou Amélia, entrelaçando as pequenas mãos às mãos do namorado.

Amaro não podia se conter de tanta felicidade. Em êxtase, queria que as obras começassem imediatamente no terreno da Rua Almofariz. Além de o filho ter conseguido juntar algum dinheiro, a loja de Amélia estava indo muito bem, e ela poderia contribuir mais do que o próprio noivo. Certamente, dinheiro não seria um problema.

O ritual do Oré não poderia ser mais emocionante. E, de certa forma, os noivos puderam se imaginar em uma cerimônia como aquelas. Depois da solenidade, fechada para poucos dentro da opy, a casa de reza, um generoso banquete foi oferecido pela tribo, mais uma forma de mostrar a eterna gratidão a Piatã, falecido avô de Moacir. Como a viagem era longa, a família partiu antes mesmo de o sol nascer. Amaro, exausto, dormiu por horas, esquecendo até que estava voando dentro de um carro.

Como manda a tradição do fim do paliar — *o que também vale para o último dia do ano* —, era dia de limpar as casas, enfeitando as portas com flores. Uma forma milenar e poderosa de espantar os maus espíritos. Fogueiras enormes foram acesas em todo o Bàdiu. Em Vila Vareta, o fogaréu atraiu multidões na Praça Folhaverde.

Essa é a oportunidade de escrever em um pedaço de papel todos os sentimentos e hábitos que devem ser queimados. Tudo aquilo que não deve ser levado adiante deve virar pó. Os brasileiros devem honrar os antepassados que outrora proveram uma vida tranquila e próspera, sem guerras.

Boris compreendeu, finalmente, que uma vida nova não consiste em promessas de gaveta. É dentro de nós que ela espera e espreita. Naquela noite, o investigador não queimou nenhum papel. Contrariando a tradição, escreveu o que queria levar para o próximo feriado da liberdade, e não o que queria deixar. Assim, guardou o pedacinho de papel no bolso, assistiu à queima de fogos, beijou sua Amélia e pediu bem baixinho: "Que a paz reine em todo o Bàdiu e que eu seja sempre melhor do que já fui."

Estrelas do Amanhã

CAPÍTULO 16
O RETRÓGRADO

Boris voltou ao trabalho e foi recebido com a maior algazarra, com direito a balões, serpentinas e quitutes. Sendo o promontório um colega muito querido, os companheiros se juntaram em uma vaquinha de boas-vindas, uma maneira de felicitá-lo pelo noivado.

— Perdemos um soldado! — Astolfo gargalhou, quase sem modos, mastigando um teco de torta de atum.

Como já era de se esperar, o amigo Horácio, que virou perito, desceu as escadas do quinto andar às pressas para participar do burburinho.

— Boris é um bom companheiro, Boris é um bom companheiro, Boris é um bom companheeeeeiro... ninguém pode negar... — cantavam os investigadores, até que uma visita inesperada surgiu tímida e discreta na enorme sala.

— Parabéns, Boris — felicitou Lúcia. — Eu sei que não estivemos muito próximos nos últimos anos, mas espero que saiba que torço por você.

Sem saber exatamente como reagir, o prior agradeceu. Por mais que a história o tenha magoado no passado, ele não guardou rancor ou mágoa. Quem seria capaz de negar que tudo não passou de uma manobra do destino? O coração é engenhoso, tem razões que desafiam fatos e argumentos.

Mas, como nem tudo é festa, os pratos foram limpos, as cadeiras reposicionadas e Astolfo recuperou os modos, chamando Boris para conversar em uma sala reservada.

— Espero que tenha aproveitado bem as férias, porque aqui a coisa está bem complicada! — disse, sentando-se diante de uma pilha de papéis.

— O que houve?

— Só esta semana mandamos treze priores de campo e seis investigadores a Tulgar. Cosmo Ruiz não para um único minuto em sua sala. Bem, eu sei que se afastou do caso de Turmalina por ter envolvimento indireto com os acusados. Saiba que sempre apreciei sua ética, Boris, mas, neste momento, nós precisamos muito de você.

— Está se referindo ao grupo de empresários de Tulgar? Os magnatas da Lagos do Norte?

— Edmundo Vasco! Esse é o magnata. Os outros apenas emprestaram o nome em troca de uma farta gorjeta, que deve ser tão gorda que preferem pagar os pecados a entregá-lo. Estamos lidando com um sujeito muito escorregadio, mas entenderei caso não se sinta confortável em atuar no processo desse peixe grande.

Boris ficou em silêncio por algum tempo e, então, disse:

— Adoro pescar. Vamos pegar esse figurão, Astolfo!

— É isso aí! — entusiasmou-se e deu um tapa na mesa. — Vamos colocar as mãos nesse peixe. Veja, tenho um amontoado de casos que citam o nome dele.

Aquele dia foi todo dedicado a entender as maracutaias do todo-poderoso Vasco. Quanto mais Boris se lembrava de que dançou, comeu e bebeu à custa do ricaço, que não economizou em sua festa do aparato, mais se empenhava em pegá-lo. Seu remorso era o seu maior combustível.

— Quanto mais eu vasculho, mais sujeira eu encontro em Tulgar — desabafou Astolfo, interrompendo suas anotações.

— Como é que pode um lugar não ter nada de bom? Aliás, tem apenas uma coisa boa. Esteve na fogueira do fim do paliar?

— Estive, sim. Fui com Amélia na fogueira de Vila Vareta!

— É... Eu fui à fogueira de Pélago. Aquele pronunciamento do presidente foi muito inspirador, não achou? Virgílio Azambuja é o que ainda me faz acreditar que este país tem jeito. E olha que relutei em votar nele só porque era de Tulgar, mas me equivoquei. Como prior eu me sinto bem em ver que nosso governante não fecha os olhos para o crime. É bom ser representado por alguém que não quer simplesmente tapear o povo. Ainda há esperança, Boris, ainda há esperança...

— O Bàdiu para os brasileiros, Astolfo. Azambuja é muito carismático, de fato, eu também gostei do pronunciamento em homenagem ao paliar. Confesso que tive receio de que ele começasse a tapar o sol com a peneira, mirando a reeleição no ano que vem, mas não. Abriu o jogo e prometeu devolver a ordem. Pelo visto, temos um tulguense em quem confiar – brincou. — Eu confiava no Kibruxo, mas esse já me decepcionou...

— Quase me esqueci do Kibruxo. Então tenho mais um tulguense para gostar! — O parceiro riu. — Mas o que o Kibruxo fez que o decepcionou?

— Descontinuou a fabricação do refresco de caju — ponderou. — Apesar de a torcida ser muito encrenqueira, o Tulguense é um time de argobol e tanto. O Carnaval é o mais animado do Bàdiu e a cidade é muito agradável. É uma pena que Tulgar seja o berço do crime, Astolfo. "Que o sol nasça com

Estrelas do Amanhã

209

seus raios e sua sabedoria", pelaguês. Só nos resta trabalhar e confiar no lema do nosso brasão. — Boris divertiu-se, voltando ao trabalho.

As semanas seguintes foram exaustivas. Além de novas e velhas ocorrências, a base de Vila Vareta estava um pandemônio depois que Cosmo Ruiz encaminhou quase todos os formandos do Ateneu para a capital.

— Não temos mais cadeiras, pombas — resmungou Felisberto, que, em treze anos de carreira, jamais tinha presenciado algo daquele tipo.

— Pelos raios de Tupã, como posso continuar meus processos se estou a cargo de quatro aspirantes? — queixou-se Constança, minutos antes de receber o quinto noviço e ter uma crise de choro.

— Eu sei que está sobrecarregada, todos estamos, mas tente manter a calma — consolou Boris Forte, trazendo-lhe lenços limpos e um copo d'água com mel.

— Estou para subir de patente, mas como bater as metas se estamos dando aulas particulares? — questionou a mulher em lágrimas.

Desajeitado, Boris tentou reconfortá-la, porém foi interrompido pelo amigo Horácio, que invadiu o departamento afoito.

— Boris... Boris!

— O que foi, Horácio? Aconteceu alguma coisa?

— Eu desci na praça agora para espairecer e presenciei um vexame de Guerra Datto com a mulher fofoqueira e aquele filho convencido!

— Sorte a sua que tem tempo de passear pela praça. — Constança levantou-se, indignada, devolvendo o lenço sujo e voltando para sua mesa.

— Ora, Horácio, Guerra Datto sempre protagoniza algum vexame. O que isso tem de mais? — perguntou Boris, enojado por segurar meleca alheia.

— O tal do menino engravidou a prima — contou perplexo.

— Catarina? — perguntou Boris, lembrando-se de uma conversa que tivera com a amiga há muito tempo, quando desconfiou de que ela flertava com o rapazote.

— Não falaram o nome da tal prima. Guerra deu uns cascudos e o garoto chorou em praça pública.

— Enviarei uma coruja para Catarina agora mesmo... — disse Boris, que não conseguiu mais se concentrar. Estava demasiadamente preocupado com a amiga e com o futuro dela, caso realmente estivesse grávida. Para sua surpresa, uma carta o esperava em casa.

Titio Bonitão,

Antes de nascer os filhos, nascem as mães. Gostaria que fosse o primeiro a saber que estou embarcando na viagem mais longa de toda a minha vida: a maternidade. Para quem não planejou o futuro, posso dizer que ele caprichou me mandando duas crianças. Se estou pronta, não sei, talvez nenhuma mãe esteja, mas estou ansiosa para recebê-los.

Catarina Datto

— O que foi, garoto? — perguntou Amaro, ao ver o filho empalidecer.

— Catarina Datto está grávida.

— Já estou sabendo — revelou Amaro levantando-se para pegar uma xícara de café. — O filho irresponsável de Perpétua engravidou a prima.

Atônito, Boris sentou-se no velho sofá xadrez, refletindo em segundos sobre o futuro da amiga.

— E agora?

— Como "e agora"? E agora eles terão dois filhos. Tiveram hoje a confirmação do curandório de Tulgar, são gêmeos.

— Levi Datto ainda está na escola, meu pai, como farão?

— Está, sim. Está no último ano, mas Catarina deixou muito claro à tia que foi um envolvimento passageiro. Não tem qualquer tipo de interesse em se casar com o garoto. Perpétua ainda sugeriu a ela que fosse transferida para Vila Vareta, a fim de ficar mais próxima da família, mas a moça é dura na queda. Tem feito uma brilhante carreira em Tulgar e pretende continuar na cidade.

— Isso é uma loucura! Continuar indo a campo para dar flagrante é muito perigoso em sua condição...

— Sua mãe já lhe contou como nasceu, rapaz? — perguntou Amaro, sentando-se em sua poltrona. — Iraci era uma desaforada. Já tinha licença do Priorado e mesmo assim estava em campo. Ela deu à luz em serviço. Pelo visto Catarina é igual à sua mãe. Tem feito uma carreira brilhante e não quer simplesmente ir a Pedregulho ou Vila Vareta só para estar perto da família. Quer agarrar sua oportunidade! Tulgar é uma oportunidade para qualquer prior que vai às ruas, meu filho. Não a conheço muito bem, como disse a Perpétua, mas essa moça tem minha admiração.

— Papai, por todos os deuses, afaste-se de Perpétua Gentil! — pediu Boris, saindo para tomar um ar.

No dia seguinte, depois de uma boa noite de sono, sob bons conselhos de seus travesseiros de penas de ganso, Boris passou em uma pequena butique infantil. Ela sempre esteve no mesmo lugar, mas aquela foi a primeira vez que seus olhos ousaram enxergá-la.

Com a ajuda da simpática vendedora, escolheu dois pares de sapatinho de lã tão minúsculos que cabiam na palma das mãos. Foi neste instante que ele teve o primeiro despertar da paternidade, algo muito distante de Levi Datto, que, de tão jovem, não conseguiu desenvolver nenhum sentimento que ia além de preocupação.

Sentado no Três Varinhas Gourmet em companhia de um chocolate quente, já que as varinhas submarinas estavam em falta, ele passou um tempo deslumbrando sua querida Praça Folhaverde e buscando as palavras certas para responder à amiga.

Querida Catarina,

Eu me acostumei tanto com a morte que esqueci que a vida é um grande milagre. O meu coração está em festa. Parabéns pelas crianças. Elas serão tão amadas quanto você é. Do amigo mais bonitão de que se tem notícia.

Boris Forte

Uma onda de terror abatia a cidade de Tulgar, aumentando os indícios de que o tradicional Carnaval seria cancelado por segurança. Catarina e Boris trocaram diversas cartas, que iam desde os casos mais sórdidos presenciados pela prior até os primeiros chutes das crianças, que não poupavam a mãe durante a gestação.

— Quero uma janela bem grande! — pediu Amélia a Filomeno, o trolha contratado para erguer sua casa na Rua Almofariz.

Trolhas são profissionais bem ocupados. Por ser uma categoria que atrai muitos charlatões, é comum que os bons sempre estejam envolvidos em algum trabalho. Esses grandes feiticeiros se especializam na construção de casas e edifícios, manuseando com perfeição suas varinhas e, assim, encaixando blocos, pedras e adornos com a precisão de cada projeto. Um bom trolha é um artista que combina a prática de levitar materiais com a estética. Filomeno foi indicado por Newton Holmes, velho amigo da família.

Bem recomendado, o trolha teria participado de muitas obras durante o seu governo, o que incluía uma grande reforma no prédio da Federação e a revitalização do chafariz da praça.

Patriota que é, Boris estava nas nuvens com seu novo contratado.

— Será que conseguimos instalar um chafariz de rinotouro dentro do quintal? — O investigador animou-se com a possibilidade de homenagear a cidade.

— Conseguir, conseguimos. O problema é esculpir o rinotouro. Se quiser, posso lhe indicar alguns artistas que o fariam. É uma peça detalhada que não é talhada apenas com varinhas. Claro, estamos falando de uma obra de qualidade, similar à peça original. Seja lá como for, não se preocupe. Colocar é o de menos. Incluo agora mesmo no projeto — respondeu o trolha, com segurança.

Boris era muito muquirana, o que o ajudava a poupar dinheiro para algo que realmente lhe fosse interessante. Dentro das regalias que pôde se proporcionar com o pé de meia, o filho de Amaro contratou um artista renomado para esculpir a obra de arte do jardim.

Graças ao fornecimento para um grande laboratório, Amélia estava radiante por quase ter superado as vendas da matriz Turmalina naquele mês. Além da satisfação pessoal, o sucesso nos negócios rendia bons dobrões para a construção.

— Foi por um triz, Boris! Eu vendi bem mais caldeirões do que a loja de meu pai. O problema é que foram menores, mais baratos — disse a moça com entusiasmo, pouco antes de sugerir uma caçada aos irmãos Fred & Fritz.

— Mas agora?

— Boris... meu estômago está roncando mais do que o motor de seu carro!

— Tenho maçã — ofereceu, sempre prevenido.

— Meu estômago está roncando por unicórnios fritos, não por maçã. Adoro aquele pastel em formato de bichinho. — A moça gargalhou, puxando o amado pelas mãos.

Amélia era mesmo assim, um vulcão prestes a entrar em erupção no sossego de Boris. Eles eram o oposto um do outro. No entanto, Boris e Amélia se complementavam.

Infelizmente, o investigador estava um pouco sem tempo para acompanhar a noiva e a obra. O Priorado dos Magos se tornara um lugar caótico, um salve-se quem puder. Severamente alarmado pelo pai sobre acontecimentos suspeitos dentro do castelo da Escola de Magia, ele resolveu escrever para o pequeno Hector, que, agora, já não era mais tão pequeno assim.

Estrelas do Amanhã

Hector, meu pai e eu estamos a par de alguns ocorridos dentro do castelo. Estou escrevendo para dizer que não se preocupe. Muitos bruxos estão atentos a isso e dispostos a garantir a segurança dos alunos. Espero que esteja bem.

Boris

O descontrole parecia estar saindo de Tulgar e se propagando pelo país inteiro. Não era mais uma onda de terror, mas uma maré inteira de acontecimentos ruins.

Os astrólogos atribuíam a fase ao Mercúrio retrógrado, um período astrológico muito poderoso no qual Mercúrio faz um movimento aparente, dando-nos a impressão de que o planeta está caminhando no sentido contrário ao do Sol. Como cada planeta representa um conjunto de coisas diferentes, quando há mudança de trânsito, ele causa impactos em vários âmbitos da nossa vida. De acordo com esses especialistas, esse fenômeno, traz questões do passado para que possamos resolver. Além disso, é muito comum que aconteçam falhas de comunicação nessa época. Supostamente o período afetava todos os signos de modo geral, mas era mais complicado, em especial, aos signos de virgem e gêmeos, ambos regidos pelo planeta Mercúrio.

— Ora, sobrou até para o coitado do planeta? Deixem Mercúrio em paz! — bradou Cosmo Ruiz, o chefe dos priores, jogando violentamente sobre a mesa seu exemplar da revista *Merlin*. — Retrógrado?! Retrógado?! — gritou. — Não posso acreditar que esse folhetim não tenha nada melhor para estampar a capa. É fato! Estamos no meio das trevas! — Suou frio, desabafando com Boris.

— Quisera os astrólogos estivessem certos, senhor...

— Bem... chamei você aqui porque tenho uma correspondência em seu nome — disse, entregando um envelope da EMB.

Estimado Boris Forte,

O jovem Hector Saião esteve sob forte estresse depois que seu amigo Marvin Bill teve um agravo em seu estado de saúde. Hector me manifestou o desejo de encontrá-lo, pois vê em você um grande amigo. Neste momento, achei melhor não preocupar os avós e atender ao seu pedido. Visto todo sofrimento, ele lançou um feitiço de Atordoamento em alunos de primeiro ano ainda há pouco. É algo muito preocupante, eu sei, mas, dadas as circunstâncias, considerei aceitável.

Aproveito o ensejo para parabenizá-lo pelas grandes conquistas. Toda a família Holmes tem um grande apreço por você. Berta, que está estudando Técnicas Defensivas na Inglaterra, nunca deixa de mencioná-lo. Saiba que é muito querido por todos nós.

Você tem minha permissão para adentrar o castelo e fazer essa visita.

Lucinha Holmes

— Lucinha Holmes datilografou uma carta em que pede que eu vá ao encontro de Hector Saião, filho do casal assassinado há alguns anos. Bem, o pobre garoto tem um amigo muito adoentado e, sob estresse, parece ter lançado feitiço de Atordoamento nos colegas. Eu sei que o departamento está em chamas, mas gostaria de sua autorização para me ausentar.

O chefe, que recebera uma carta de Lucinha pedindo a liberação horas antes, autorizou sua partida imediata. Boris prontamente acatou e já estava perto de casa, a fim de buscar seu carro voador, quando teve a ideia de procurar Moacir no curandório local.

— Boris, tudo bem? — perguntou o cunhado, preocupado por vê-lo ali.

— Como vai, Moacir? Está tudo bem. Na verdade, estou aqui para saber o estado de saúde de alguém próximo a um amigo meu. Você conhece um tal de Vladimir Tristão?

— Puxa, Boris, agora não posso falar. Entrarei em um procedimento em poucos minutos. Só vim aqui por receio de ter acontecido algo grave — explicou o cunhado, apressado, seguindo pelo corredor comprido. — O que sei de Vladimir Tristão é que ele é um mestre de poções brasileiro que vive há muitos anos na Pensilvânia. É um professor muito renomado, graduado na Escola Superior de Dragões da Romênia. Está, inclusive, estudando antídotos com sangue de dragão. Promete desvendar doenças gravíssimas. Veremos! — disse Moacir, antes de entrar em uma sala. — Se não me engano, essa é a escola que subsidia o time Dragas da Romênia, o clube famoso de argobol — finalizou, antes de seguir viagem.

Não demorou muito até que Boris taxiasse seu Opala em frente ao castelo. Sem demora, dirigiu-se rapidamente aos aposentos do neto de Omar e Judite, trajando seu cachecol da casa dos Esquilos, uma lembrança bonita que tem do lugar.

— Como vai? — perguntou Boris ao entrar e se deparar com Hector sentado na cama, observando os alunos que passavam pelo jardim em direção à sala de aula.

— Nada bem — respondeu ele, secando algumas lágrimas. — Às vezes, eu sinto que o mundo quer me ver de joelhos. Sempre que me sinto feliz alguém paga um preço. Meus pais, Marvin... Por que tem que ser assim?

— Isto não é culpa sua, Hector. Problemas acontecem o tempo todo. Como já falei para você em outra ocasião, siga sua vida da melhor maneira possível, mesmo nos piores momentos.

— Você também perguntou como eu conseguia conviver comigo mesmo tendo a vida que eu tinha. Falei que não sabia, que apenas via tudo acontecer, sem reagir. Naquela época, tudo parecia realmente acontecer muito rápido, mas agora cada momento dura uma eternidade. Marvin... eu deveria estar aqui quando ele passou mal. Sabia que ele estava piorando, mesmo assim não pensei nele nem sequer um minuto. Estava ocupado demais com outras coisas que nem reparei que meu amigo precisava de ajuda.

— Marvin parece ser um bom garoto, mas não há nada que você possa fazer para ajudá-lo no momento. A doença dele ainda é um mistério. Pelo que eu ouvi falar, até mesmo os bruxos mais sábios não entendem como proceder. Não se culpe pelos problemas do mundo, Hector, você não pode salvar a todos sem morrer no final. Além disso, você nem tem condições de salvar a si mesmo. Fiquei sabendo que usou feitiço de Atordoamento contra alunos do primeiro ano. Isso não foi nada legal.

— Eu sei — concordou Hector, claramente envergonhado. — Perdi a cabeça. Ontem havia sido a melhor noite da minha vida, depois tudo desmoronou.

Hector abraçou o aparelho que Marvin usava para escutar, uma parafernália um tanto quanto esquisita. Era um fone de ouvido conectado por

216

Escola de Magia

um fio a uma grande tuba na extremidade oposta. Algo que lembrava um gramofone.

— Se ele não voltar, não sei o que vai acontecer comigo — continuou Hector. — A culpa vai me consumir por inteiro.

— Acalme-se. Mas por que você disse que ontem tinha sido a melhor noite de sua vida? — questionou Boris.

— O quê?

— Você comentou que ontem tinha sido a melhor noite de sua vida. O que aconteceu?

Hector ficou visivelmente constrangido, colocou o aparelho auricular de Marvin sobre a cama, ao lado do velho gato que passava os dias dormindo.

— Nada — respondeu ele, com um sorriso amarelo. — Algo pessoal.

Boris encarou o amigo por alguns segundos, depois segurou o riso. Ontem Hector era só um garotinho assustado e hoje é um rapaz com barbicha desgrenhada, guardando segredos íntimos. O tempo era feroz e a vida se mostrava como um sopro.

— Entendo. Não vou forçar você a contar nada que não queira. Apenas perguntei porque ontem também aconteceu algo que poderia passar despercebido para muitos, mas não para meu pai. Como lhe falei outro dia, meu pai anda muito preocupado com algumas coisas. Ele anda tendo visões durante a noite, visões de um pântano alagado por onde algumas sombras se reuniam. Ele viu tochas, aplausos e um ser bestial devorando tudo. Ele não entende o que significa, mas essa visão está ficando cada noite mais clara.

Hector cruzou os braços, provavelmente assustado com os sonhos de Amaro.

— Estranho. E ele não tem nenhuma ideia do que significam essas visões?

— Ainda não. Mas me disse que era obra de bruxos das trevas. Alguma magia maléfica está rondando este castelo, e ele pediu para alguns amigos vigiarem todas as entradas e saídas, tanto as oficiais como aquelas que os alunos foram criando ao longo dos anos. Sabe?

— Saídas dos alunos? — perguntou Hector. — Quais?

— Se você não sabe, não serei eu a lhe contar — disse Boris, rindo. — Mas existem algumas. Meu pai sabe onde elas ficam. Bem, a não ser que outras tenham sido criadas.

— Bom, eu nunca ouvi falar. Nem sabia que os alunos podiam sair escondidos.

— Isso porque você segue as regras, Hector, mas alguns alunos acabam fugindo do castelo, à noite, e causando confusão pela cidade.

Estrelas do Amanhã

217

— Ainda bem que seu pai tem amigos vigiando o castelo. Eles são muitos?

— Sim, centenas. Pássaros, ratos, gatos, entre outros. Meu pai herdou uma estranha magia ancestral, magia que os indígenas brasileiros usavam muito. O dom de conversar com os animais. Infelizmente não consigo usar tão bem quanto ele. Às vezes, escuto algum animal dizer alguma coisa sem sentido, mas só isso. O bom de falar com os animais é que eles podem entrar e sair do castelo quando quiserem. O feitiço que protege os muros só funciona contra bruxos, não mágicos e criaturas perigosas. Animais inofensivos são bem-vindos aqui.

— Obrigado pela sua visita, Boris — disse Hector de forma abrupta. — Desculpe não poder conversar mais, mas já perdi várias aulas hoje e quero muito participar da última aula. Você me ajudou muito, estou me sentindo bem melhor.

— Que bom que pude ajudar — disse Boris com um sorriso.

Levantou-se e, antes de deixar o quarto, fez um leve cafuné em Meu, o gato dorminhoco, que lhe retribuiu com uma miada. Boris nunca foi um exímio intérprete de animais e, cá entre nós, estava longe de ter o mesmo talento do pai, mas, apesar disso, ele tinha uma estranha facilidade de compreender o gato de Hector. Segundo o felino insolente, o rapaz tinha saracoteado a noite inteira com Alma Damas.

— O que foi? — perguntou Hector.

— Nada. Nada — disse a fim de despistar, preferindo não se envolver em fofocas.

Deu um abraço carinhoso em Hector e saiu apressado, sem saber que voltaria ao castelo bem antes do que imaginava.

Depois de uma agradável noite com Amélia e amigos na Taverna do Javali Bisonho, como há muito tempo não fazia, ele se assustou com o furdunço da sala dos investigadores.

— O que aconteceu agora?

— Até travessura adolescente virou caso do Priorado, meu querido. Que saudade daquele tempo em que nos preocupávamos com bandidos — cuspiu Astolfo, aborrecido. — Cosmo está à sua procura!

Prontamente, Boris apresentou-se ao chefe.

— Bom dia, Cosmo! Estava me procurando?

— Sente-se, Boris. Como foi a visita à EMB ontem?

— Foi tranquila. Hector estava muito chateado, pois desassistiu um amigo doente, mas, fora isso, está tudo bem. O que houve?

— Furtaram um frasco do estoque pessoal de Júpiter Laus, o professor de poções. A poção em si é inofensiva, mas foi usada de maneira bem irresponsável. Você conhece a fumaçária?

— Conheço, senhor.

— Pois bem. Ontem, durante o jantar, algum engraçadinho exagerou na dose. A fumaça espessa subiu pelo ar, deixando o castelo inteiro ocultado por uma neblina. Como deve saber, a fumaçária é usada para camuflar um ambiente. Júpiter com certeza tinha boa quantidade, pois essa é uma forma de defender o castelo em caso de ataque. Acontece que — pigarreou ele —, graças ao excesso, o jantar se tornou uma noite de horrores, e agora tenho várias reclamações de pais que não param de prestar queixas no anexo. Tentamos acalmá-los, dizendo que os filhos podem ter se impressionado com a situação, mas a verdade é que eles não desistem dos registros. Por acaso você viu alguma coisa suspeita?

— Absolutamente nada. Estou perplexo por algo assim ter acontecido...

— E isso não é tudo — disse, secando o suor da testa. — Estamos diante de uma enxurrada de denúncias ambientais. Os reclamantes afirmam que o episódio tumultuou a vida de animais indefesos. Como era mesmo... — disse enquanto caçava os óculos para ler um depoimento. — "Crianças e adolescentes choravam no salão escuro, ouvindo a barbárie dos pássaros, que se chocavam violentamente contra os vitrais. Na noite passada, a Escola de Magia e Bruxaria do Brasil teve sua honra lavada em sangue." É isso. — Repousou as lentes sobre a mesa, nitidamente agastado.

— Cosmo, eu poderia ir até lá para averiguar discretamente.

— É por isso que o chamei aqui. O garoto sabe que você é um prior?

— Não. Pelo menos eu nunca falei nada sobre isso.

— Melhor assim! Tenho uma amizade antiga com Lucinha Holmes e é claro que ela protegeria sua prole com unhas e dentes. Afirma que quem quer, que tenha causado essa confusão não fez com o intuito de ferir. Além disso, não registrou nenhum tipo de ocorrência, mas, como nós temos denúncias o estatuto nos obriga a checar. Sendo sincero, Boris, não acho de bom-tom colocar priores fardados scm o consentimento dela. Não me sentiria bem fazendo isso... Mas preste muita atenção — disse, debruçando-se sobre a mesa. — Isso não é um inquérito. Quero apenas um relatório inicial, um protocolo meramente burocrático, aproveitando que tem um álibi, o garoto. Eu não quero um caso, estamos entendidos?

— Entendido, Cosmo — respondeu. — Serei discreto. Será apenas uma visita despretensiosa a um amigo.

Estrelas do Amanhã

E lá foi Boris mais uma vez taxiar sua banheira, digo, seu carro, em frente à EMB. Foi recebido pela própria Lucinha, o que lhe cortou o coração. O rapaz se sentiu mal por enganá-la, mesmo sabendo que fez um juramento de lealdade ao Priorado dos Magos.

— Boris, querido! — Alegrou-se a diretora, cobrindo-o de beijos e abraços. — Pensei que tivesse visitado Hector ontem.

— E visitei, mas resolvi fazer uma nova visita. Sabe como é, ele não anda muito bem. Será que eu poderia falar com ele? — Engoliu em seco o gosto amargo de suas mentiras.

— Pobre Hector. É claro que pode. Você sabe o caminho, não é? Ele... — Então travou por alguns segundos e depois seguiu como se nada tivesse acontecido, um antigo toque. — Ele está em aula, mas não demora a terminar.

Boris agradeceu e seguiu para o dormitório de Hector, sentindo-se destruído por dentro depois de mentir para alguém tão próximo.

Como precisava esperar o término das aulas, sentou-se na cama do garoto e começou a fazer cafuné no gato Meu.

— Meu, não tem nada que possa me falar sobre o incidente de ontem?

Todavia, o gato fazia cara de nojo, retribuindo o carinho com desprezo.

— Ora, eu me formei detetive para interrogar um gato — resmungou, sentindo-se um verdadeiro idiota.

— Boris? — Hector estranhou. — O que faz aqui?

— Vim saber como está, evidentemente! — Boris largou o gato com cuidado sobre a cama e levantou-se, limpando os pelos de sua calça preta. — Queria saber se está sentindo-se melhor.

— Sim, estou. Na verdade, estou muito bem e agradeço por nossas conversas, elas estão me ajudando muito.

— Que bom que pude ajudar. — Boris sorriu, sem dizer nada, na esperança de ouvir algo sobre o dia anterior.

— Sabe, aconteceu uma coisa estranha e gostaria de sua ajuda para solucionar um mistério — pediu Hector.

— Ah, sim, o caso da fumaçária. Já estou sabendo do ocorrido.

— Sim, tivemos este problema aqui no castelo, mas eu me referia a alguns frascos de poções que encontrei aqui em meu quarto no dia em que Marvin passou mal. Acho que ele pediu para alguém roubar poções para diminuir a dor e estou preocupado com isso. Ele não deveria estar tomando poções sem avisar ninguém, pode ser muito perigoso.

— Estranho Marvin agir assim. Com base no que você me conta, ele não me parece alguém que encomendaria um furto.

220   Escola de Magia

— Penso o mesmo, mas as poções foram mesmo roubadas da sala do professor Júpiter, bem debaixo de seu nariz, e encontradas aqui no quarto. O professor está furioso com isso.

— Não é para menos. Mas como sabe que eram poções para diminuir a dor? Perguntou ao professor?

— Sim, ele descobriu o que era apenas pelo cheiro — informou Hector. — Veja, ainda tenho a tampa de uma delas.

Hector retirou a tampa amarela do bolso e entregou para Boris, que a pegou e a cheirou.

— Estranho. Não me lembro de nenhuma poção para diminuir a dor que leve pó de folha de laranjeira.

— Pó de folha de laranjeira?

— Você não sentiu o cheiro? É o único cheiro que sinto, parece até um extrato de laranja.

— Verdade, é um cheiro bem forte — concordou Hector, retirando a tampa da mão de Boris para também sentir o aroma. — Tem certeza de que não existem poções para dor com isso?

— Sim, mas posso estar desatualizado.

Boris se levantou preocupado, pensando em um jeito de pegar aquela tampinha.

O problema é que estava entre a cruz e a espada. Como investigador, sentia a necessidade de ter aquele objeto para análise, porém, se o roubasse para esse fim, estaria contrariando as ordens do chefe, que deixou muito claro que não queria um inquérito.

Além disso, viu-se diante de um impasse moral, já que estaria agindo pelas costas de um amigo que confiou nele a ponto de dividir seus problemas.

— Hector, acho que você deve conversar com seu amigo. Se ele tomou esta poção deliberadamente, talvez precise de ajuda, e imediata.

Hector sentou-se na cama para pensar. Boris colocou a mão em seu ombro, tentando trazer algum alento.

— Hector, se seu amigo está passando por problemas gravíssimos de saúde, ele pode estar sofrendo mais do que imagina. Converse com ele e veja se precisa de ajuda...

— Você acha que Marvin tentaria tirar a própria vida? Eu teria percebido...

— Não, não teria — interrompeu Boris. — Você anda ocupado demais nos últimos anos. Além disso, às vezes as pessoas não querem dar sinais de que estão sofrendo. Converse com ele, como amigo, e veja se ele se abre com você. Nunca o recrimine pelo que fez. Lembre-se, ninguém faria algo assim

Estrelas do Amanhã

221

se já não estivesse sofrendo o suficiente. Estou aqui se precisar conversar, sobre qualquer coisa.

Hector concordou. Boris lhe deu um tapinha no ombro e abriu a porta do quarto.

— Tchau, Meu! — despediu-se.

O gato miou de volta.

— Acho que desta vez eu entendi. — Boris riu, enquanto saía.

Voltando a Vila Vareta, sentou-se em uma mesa do Três Varinhas Gourmet, onde optou por tomar um café tão amargo quanto o futuro de um homem diante de suas escolhas. Em uma autoanálise, refletiu sobre ética, lembrando-se de tudo o que aprendeu com Glória Gusmão. Sentiu o peso moral nos ombros e concluiu que existe uma linha muito tênue entre o que é certo e o que deve ser feito.

Até que ponto era ético ignorar a própria ética para não ofender a ética do próximo?

— Extra! Extra! Extra! Está terminando o Mercúrio retrógrado! — gritava o vendedor itinerante da *Merlin* vestido com o tradicional colete da marca, com um bolso grande e fundo bem na frente, para guardar as revistas.

— Aqui, por favor — disse Boris, erguendo a mão discretamente e entregando dez dobrões ao simpático vendedor.

— É o fim do Mercúrio retrógrado, finalmente. Tem tudo aí na página catorze — informou o rapaz animado.

— Tomara. Tomara... — disse Boris sorrindo, querendo muito acreditar que os astrólogos tinham razão.

Em seguida, pagou o café e voltou ao Priorado dos Magos, sua casa, seu sonho. Sentou-se na sala das máquinas e começou a ditar os acontecimentos, enquanto a máquina de escrever enfeitiçada datilografava seu relatório rapidamente.

Ao Priorado dos Magos — Relatório inicial

Promontório Boris Forte

Caso: Poção fumaçária executada por aluno não autorizado

Local: Escola de Magia e Bruxaria do Brasil

A rotina da instituição está dentro da normalidade. Porém alguns pontos me chamaram a atenção:

- Marvin Bill, da casa das Serpentes, portador de uma doença rara, ainda não diagnosticada, teria se automedicado com poções da escola, supostamente a fim de aliviar suas fortes dores.

- As poções comprovadamente pertencem ao docente Júpiter Laus e foram extraídas de seu armário sem consentimento. Exatamente como aconteceu com a poção fumaçária, utilizada dias depois.

- Marvin Bill tem mobilidade prejudicada, consequência de sua enfermidade, por isso é pouco provável que tenha realizado o furto sozinho, sendo mais plausível a possibilidade de encomenda.

Material para análise de perícia: 1

- Tampa amarela de rosca, usada para fechar um dos frascos. Apresenta cheiro de extrato de laranja.

Contrariando as ordens de Cosmo Ruiz e surrupiando a tampa de Hector em sua frágil distração, o investigador, prestes a depositar o envelope na pasta, sussurrou bem baixinho:

— Você me pediu ajuda, Hector. Seja o que Tupã quiser!

Fechando os olhos, bateu seu carimbo vermelho: "Requer investigação".

CAPÍTULO 17
O SUMIDO

Boris depositou seu relatório na pasta de tarefas, uma caixa de madeira onde os investigadores pegam de forma aleatória os casos para apuração. Não que ele não tenha entendido as ordens do chefe; pelo contrário, Boris entendeu muito bem! Cosmo queria apenas uma visita de praxe, de modo a cumprir a burocracia e arquivar as denúncias. Acontece que ele falhou na perigosa linha que existe entre a obrigação e os princípios.

Ele não era um expert em poções e elixires, mas sempre fora um aluno aplicado e não se convenceu de que extrato de laranja pudesse anestesiar dores. Sabendo que Cosmo não o deixaria prosseguir, encarou as consequências de seus atos em nome de uma ética que era só sua. Sua travessura ainda o preocupava, mas aos poucos aprendeu a lidar com a culpa.

Sabia que, mais cedo ou mais tarde, seria descoberto, não restava dúvida, mesmo assim, não deixou de vibrar quando o documento caiu nas mãos de Doroteia, uma colega muito competente.

Os astrólogos pareciam ter razão, e o mundo sem Mercúrio retrógrado beirava o paraíso. Depois do caos, a ordem voltava a raiar como o sol. Com os formandos do Ateneu sendo distribuídos entre os cinco cantos do Bàdiu, sobravam cadeira, café e sossego na sede do Priorado dos Magos.

— Um copo da-que-les de piña colada, querida, por favor — pediu Astolfo com uma voz esquisita, piscando os olhos para a garçonete da Taverna do Javali Bisonho.

— Francamente, Astolfo, é assim que você paquera!? — questionou a noiva de Boris, rindo e cuspindo suco de caju.

— Amélia... Está difícil, sabia? Todos namoram em Vila Vareta.

— Todos menos você. Até Horácio já se arranjou — disse Amélia, assistindo ao perito se atracar com uma moça perto do bar. — Eu tenho certeza de que ela não entendeu o seu interesse e pensou que fosse fanho... ou louco! — Amélia divertia-se, pensando ter finalmente compreendido o motivo de nunca ter visto Astolfo, que é um moço moreno, forte e muito bem apessoado, na companhia de uma namorada.

— Fazer o que se não tenho o charme de Boris — retrucou, bem-humorado.

O trio jogou muita conversa fora, e só depois que Horácio terminou a minuciosa perícia na boca da moça que os quatro se juntaram para brindar a promoção de Boris, que passava de promontório a bandim com uma baita ressaca de consciência.

Os trolhas trabalhavam vigorosos na construção da casa nova, e Boris e Amélia já faziam grandes planos para o casamento.

Em se tratando de uma família religiosa, o ritual do Oré teria que acontecer antes dos trâmites legais, e, por capricho, seria realizado na casa de reza de Turmalina. Celina, mãe da noiva, ainda que contrariando o marido, fazia questão de oferecer um almoço para os mais chegados. Mesmo sendo muitos os "mais chegados" da família Flores na cidade, ela insistia em dizer que era uma coisinha boba, apenas para não passar em branco.

Só depois dessa peregrinação os papéis poderiam, enfim, ser assinados perante um juiz de paz juramentado, em Vila Vareta. Sem grandes firulas, o casal pretendia receber os mais íntimos para um almoço, com bolo da vó Dora de sobremesa, balas de coco e Kibruxo.

Amélia, que sempre era tão prática, fazia mil planos sobre seu vestido, enquanto Boris gastava bobinas na somadora, preocupado com todos os gastos que estavam acumulando.

— Sinto muito pelas árvores — disse Amaro, destilando seu sarcasmo ao flagrar o filho fazendo enormes contas na mesa da sala.

— Tudo bem, sempre levo flores à família — retrucou o bandim, mostrando que o humor ácido poderia ter explicação genética.

— Isso são gastos da obra?

— Da obra, do casamento, da viagem de lua de mel...

— Farão viagem de lua de mel? — perguntou animado.

— Tiro férias no final de dezembro, início de janeiro. É assim todos os anos. Já que coincidiu com as datas que estamos pesquisando, vamos aproveitar para fazer uma viagem.

— Veja só quanta ironia. Esta é uma antiga tradição dos bruxos da Babilônia. Não sei se conhece... O pai da noiva presenteava o genro com cerveja de mel durante a lua cheia. Era uma maneira de desejar sorte e fertilidade, mas acabou se transformando em uma viagem romântica a dois. Você já imaginou o seu Risadinha encorajando a sua fertilidade com uma bebida gelada? — Amaro gargalhou.

— Ainda bem que não vivemos na Babilônia, teria o risco de ficar estéril — comentou Boris, brincando.

— Não se preocupe tanto, garoto. Cooperei com o casamento de Helga e farei o mesmo com o seu. É minha obrigação! Iraci ficaria furiosa se eu não fizesse...

Boris recolheu as coisas apressado e foi trabalhar. Apesar de tudo parecer estar na mais perfeita ordem nos últimos tempos, Cosmo estava uma pilha de nervos. Muito misterioso, o chefe parecia planejar uma grande operação, e seus subalternos não faziam a menor ideia do que se tratava.

Os colegas faziam suposições mirabolantes sobre o que estaria acontecendo, mas Boris, ressabiado, preferiu não se envolver em conversa-fiada.

— Com certeza é hoje — disse Astolfo, apoiado na janela, erguendo uma fresta da persiana e observando a movimentação do lado de fora.

Priores de campo desciam as escadas afobados e montavam em suas Bravatas, sumindo rapidamente no céu.

— Cosmo está mais agitado do que nunca. Veja — alarmou Felisberto, mostrando o chefe gesticulando com um comandante. — Boa coisa não é!

Querendo se afastar um pouco daquela tensão, Boris preferiu sair para almoçar, fazendo uma caçada aos irmãos Fred & Fritz. E, acredite, descobrir o paradeiro daqueles dois, instalados na Rua Franz, O Bardo, ao lado da Escola de Comunicação que leva o mesmo nome, foi o maior caso que o investigador conseguiu concluir naquele dia.

— E então, garotão, o que vai ser? — perguntou Fritz, um rapaz alto e magricela, vestindo um chapéu engraçado em formato de hambúrguer.

— Um Abrasador! — respondeu rispidamente. A essa altura, Boris já estava irritado com a vagarosidade da fila. — Eu não costumo sair muito nesse horário, é normal esse movimento todo na rua?

— Do lado da Escola de Jornalistas, sim, mas hoje está ainda mais tumultuado — respondeu o vendedor, preparando o lanche na chapa. — A edição extra do *The Bruxo Times* está tirando todo mundo da toca...

Prontamente lhe esticou um exemplar do jornal, sujo de mostarda e catchup.

— Eureca! — exclamou, descobrindo a grande ação de Cosmo Ruiz.

Boris agradeceu o exótico pracista, pagou pelo delicioso hambúrguer Abrasador, que compensava alguns metros de fila, e sentou-se no banco mais próximo.

O diário de notícias atribuía aos russos o significativo aumento na criminalidade. Para sua surpresa, os dados eram assinados por Quintino Quaresma, o Quequê, mas, claro, não era isso que estava levando a população às ruas.

Um retrato de Victor Romanov, magnata russo radicado no Bàdiu, estampava a primeira página, deitado no chão, todo ensanguentado. Cena digna de cortar qualquer apetite. O mafioso tinha sido gravemente ferido durante uma emboscada de priores e fora levado para o curandório de Vila Vareta.

— Então era isso que Cosmo estava planejando... — Boris ligou os pontos e, tomado pela adrenalina que o fazia amar sua profissão, embrulhou seu sanduíche e foi até a frente do curandório, onde uma multidão de civis protestava.

— Espero que morra! — gritava um.

— Bàdiu para os brasileiros. É para os brasileiros! — incitava outro.

Boris logo percebeu que seria impossível conversar com Moacir sobre o estado de saúde do criminoso. Além do tumulto causado por populares, apenas pacientes da emergência ou membros do Priorado envolvidos no caso podiam adentrar o local. Uma porção de priores de campo fazia uma corrente humana em volta do prédio, tentando garantir minimamente a ordem.

Esticando o pescoço, como qualquer outro curioso, avistou Lúcia.

— Lúcia, você sabe alguma coisa sobre o estado do figurão?

— Não participei da operação. — Ela deu de ombros, tentando conversar e controlar os manifestantes ao mesmo tempo. — Só estou aqui reforçando a segurança. Pelo que entendi, trata-se de um suposto empresário que usava os negócios para acobertar seus crimes. O esquema vazou no jornal e agora o povo está enfurecido com as mortes que ele tem nas costas.

Apontando a varinha para um homem alterado, disse:

— Afaste-se, senhor! Afaste-se!

— Empresário... sei... — Boris agradeceu as informações e voltou para a sede dos Priores.

— Já leu o *The Bruxo Times*? — perguntou Astolfo.

— Já... Vocês sabem de mais alguma coisa?

— Estamos acompanhando o noticiário pela rádio Arabutã e isso é tudo. Sei tanto quanto qualquer cidadão que está lá fora.

Sendo aquela uma ação sigilosa, poucos priores da corporação foram envolvidos. Decerto Cosmo Ruiz tomou essa decisão para diminuir os riscos, mas algo pode ter saído do controle.

Mesmo completamente às cegas, nenhum investigador deixou a sala depois do horário de expediente. Aguardavam notícias e permaneceram a postos para qualquer emergência, até que Rogéria Rosalda, uma radialista conhecida por não ter papas na língua, entrou ao vivo com Charles Chão, chefe do curandório municipal.

Estrelas do Amanhã

— "É dever do Hospital de Vila Vareta, com sua junta médica, informar que Victor Romanov não resistiu aos ferimentos e faleceu hoje, exatamente às 19h22, horário local..."

Enquanto os detetives se entreolhavam, era possível ouvir a comemoração na Praça Folhaverde, uma algazarra digna de virada do ano. Um clarão de fogos de artifício entrava pelas persianas entreabertas e o povo festejava gritando "justiça".

— "Estamos diante da história, querido ouvinte. Este momento entra para a biografia de Vila Vareta. Em breve, voltaremos com mais informações ao vivo" — completou Rogéria pelas ondas do rádio.

— Senhores, eu não sei vocês, mas o melhor que posso fazer agora é ir para casa e ficar com meu gato Xexéu — pontuou Astolfo, tirando o sobretudo verde da farda com toda categoria.

Cosmo Ruiz não retornara desde o início das operações e, sem qualquer informação que ia além daquelas oferecidas pela imprensa, os investigadores se convenceram de que o melhor era descansar para o dia seguinte.

Isso também era o que Boris achava que faria, mas foi surpreendido pela irmã na porta do prédio. Desesperada por não saber do paradeiro do pai, Helga tinha receio de que algo pudesse ter acontecido no meio da muvuca.

Eles caminharam pela Rua Sem Fim. Passaram em todos os restaurantes favoritos de Amaro e, com a ajuda de Moacir, confirmaram que o pai não esteve no curandório. Mas foi diante da casa de Guerra Datto que Helga ficou paralisada.

— Tenho medo de isso não acabar bem! — comentou a jornalista.

— Ora, Helga, já importunamos Sofia Horta, Newton Holmes e todas as casas que ele frequenta, mas já é madrugada. Omar Barba, por exemplo, nem sequer ouviu as batidas na porta. Também não quero aborrecer ninguém, mas precisamos pelo menos tentar. Perpétua Gentil é fofoqueira, pode ter alguma notícia...

— Imagine o escândalo se procurarmos Perpétua e ela também não estiver em casa — disse Helga, confessando seu medo.

Diante desse argumento, Boris e Amélia, que se juntara às buscas, concordaram que era prudente não arriscar, mas o que surpreendeu mesmo foi a última parada:

— Não queria fazê-la chorar, Helga, mas sou um prior. Preciso trabalhar com todas as possibilidades.

— Eu nunca tinha ido ao necrotério antes, Boris — choramingava a moça, inconsolável.

— Veja pelo lado bom. Ele não está aqui! — amenizava Amélia.

E, nesse clima mórbido, os três seguiram para a casa de Amaro, onde passaram a noite em claro na sala de estar. Já era dia quando o barulho da porta os fez despertar de um cochilo.

— Caíram da cama? — perguntou Amaro, tirando sobretudo e chapéu.

— Se caímos da cama?! É sério? — indignou-se Boris, sonolento, tirando remela dos olhos e se levantando. — Onde o senhor esteve?

Helga, por sua vez, não tinha forças para brigar, apenas cambaleou até o pai e o abraçou o mais forte que pôde.

— Ora, ora, acho que tivemos uma inversão de papéis por aqui — E sorriu. — Não se preocupe, querida, estou aqui. Estou aqui e trouxe pão fresco da padaria do seu Afonsinho.

Amélia, que dorme feito pedra, só levantou depois que o circo já estava armado. Acreditando que tudo se resolvia com comida, sábios ensinamentos da vó Jurema, ela colocou a mesa e preparou um café forte.

— Amaro, danadinho! Como se sente deixando três jovens exaustos? — perguntou bocejando.

— Formidável!

O sogro sorriu, irônico, arrancando caras muito feias de Boris e Helga.

— Me perdoem! Me perdoem! Eu deveria ter avisado, eu sei... como sei... Acontece que não pretendia passar a noite fora. Foi uma ocasião excepcional que não vai se repetir.

— Está perdoado só pelas broas do seu Afonsinho. — A nora deliciava-se, molhando o pão no café, uma prática que embrulhava o estômago do noivo.

— Entendo... E onde é que o "senhor formidável" não pretendia passar a noite? — incitou Boris.

— Papai! Você estava com Perpétua, não é? — acusou Helga, furiosa, mas Amaro simplesmente se levantou, beijando-lhe a testa.

— Estou muito cansado agora, querida. Conversamos uma outra hora. Tenham um bom-dia.

E, assim, sumiu de vista, subindo as escadas de seu sobrado.

— Tenham um bom-dia. Foi isso mesmo que eu ouvi?   perguntou Boris, incrédulo. — Me deem licença. Como não tenho minha própria loja de penas, preciso recuperar a minha dignidade para trabalhar.

Era claro para os filhos que Amaro tinha um caso com a esposa de Guerra Datto, mas ele já era viúvo há tantos anos, que merecia reconstruir sua vida. Não é de ciúme de filho que estamos tratando. Nem mesmo o fato de Perpétua ser uma mulher casada feria tanto Boris quanto a indiferença do pai perante uma noite em claro e a angústia dos filhos. Era a indiferença de Amaro que martelava na cabeça do investigador feito pica-pau.

Estrelas do Amanhã   **229**

Todavia, Boris não teve muito tempo para dedicar-se às suas mágoas paternas. Cosmo Ruiz ainda não tinha dado as caras e uma série de queixas eram registradas no anexo. Além do vandalismo pelas ruas de Vila Vareta, uma ocorrência peculiar chamava a atenção dos profissionais.

— Como é uma chuva de sangue? — perguntou Astolfo a Cristina, uma das priores que recebe os reclamantes no anexo.

— Eu nunca vi uma chuva de sangue, mas, segundo as denúncias, choveu ontem à noite no castelo da EMB. Parece que o céu ficou vermelho e depois choveu por uns... quinze ou vinte minutos...

— Magia maléfica! — sugeriu Doroteia. — Estou investigando alguns eventos na escola e uma chuva de sangue não pode ser tratada como um acontecimento comum. É magia negra!

Neste momento, aflito, temendo ser pego com a boca na botija, Boris olhou para todos os lados, querendo se certificar de que Cosmo não havia mesmo chegado.

Além da chuva macabra, alguns alunos, muito assustados, reportaram aos pais que Petrus Romanov, do último ano, tinha partido os portões da escola em um excesso de fúria. Ao que parece, o incidente aconteceu minutos depois que o jovem descobriu o estado de saúde do pai, o empresário Victor Romanov.

Era óbvio que Lucinha Holmes precisava prestar esclarecimentos com urgência, mas o chefe do Priorado nem sequer se encontrava no prédio.

— Terei que partir para a hierarquia! — lamentou Cristina. — Na ausência de Cosmo, estamos a cargo do excelsior Jurandir.

De acordo com o regulamento, quando o chefe dos Priores não está disponível, a responsabilidade deve ser incumbida ao prior de mais alta patente. Neste caso, cabia ao excelsior Jurandir tomar as rédeas da situação.

Tudo certo até aí, não fosse o fato de que o excelsior era um senhorzinho muito debilitado, aguardando apenas os trâmites legais para sua merecida aposentadoria.

— Ufa! — Chegou Toni, um prior do anexo, todo esbaforido. — Não se preocupe, Cris. Cosmo acaba de chegar com Lucinha Holmes. Eles estão conversando em uma sala reservada no anexo. O excelsior Jurandir também já chegou. Me pareceu não ser bem-vindo, mas Cosmo deixou-o entrar, pobrezinho... ele levou mais de dez minutos para descer as escadas...

Além da apreensão, um sentimento geral, Boris Forte, particularmente, também sofria com o peso de suas pálpebras, quando a rádio Arabutã voltou a levantar os cabelos da corporação.

— *"Mortos e feridos em um acidente de argobol nas dependências da Escola de Magia e Bruxaria do Brasil. Nosso comunicador Vavá Barba está a caminho do local, onde terá mais informações. Voltamos em breve com mais notícias desse dia triste."*

— Quê? — perguntou Doroteia em choque.

De repente, o excelsior Jurandir chegou à sala, precisando ser acudido.

— Um copo d'água, um copo d'água! — gritava Ulisses.

Com sérios problemas de mobilidade, o excelsior teria subido as escadas rápido demais para os seus padrões, trazendo uma notícia muito pesada para os seus ombros cansados.

— O que aconteceu, excelsior?

— Lucinha e Cosmo partiram para a EMB. Temos jovens mortos — respondeu, secando a testa com um lenço encardido.

— A rádio já noticiou. Isso aconteceu agora? — indagou Astolfo, muito incomodado por ter notícias desse quilate através de veículos comuns.

— Não. Eles correram há uns vinte minutos, mas só consegui chegar agora — lamentou o ancião, extremamente decepcionado consigo mesmo e com o incidente.

Até o começo da noite, quatro mortes foram confirmadas, e foi pela rádio Arabutã que o Bàdiu parou para ouvir as condolências de Virgílio Azambuja, que fez questão de falar pessoalmente com os alunos da EMB.

— *"Estou consternado com os últimos acontecimentos. Hoje, quatro jovens, quatro futuros, perderam a vida praticando uma paixão nacional, o argobol. Presto aqui minhas condolências aos familiares e amigos. Nossos capazes priores não descansarão até apurar as circunstâncias dessa terrível fatalidade. Essa família de nome Bàdiu está em luto, mas não estamos sozinhos. Somos um povo de uma nação e de um destino."*

O Bàdiu inteiro chorou a morte dos jovens. Azambuja, que não se pronunciou a respeito da morte de Victor Romanov, comoveu um país inteiro com sua boa oratória. Encerrou seu discurso parafraseando Raoní Folhaverde, tocando fundo no lado mais pátrio dos corações brasileiros.

Milhares de bruxos saíram em procissão por todo o Bàdiu. Andaram quilômetros e quilômetros apontando suas varinhas acesas para o céu, pedindo a Nhamandu pelos adolescentes mortos.

Sem saber como agir, na condição de priores, aqueles homens e mulheres, sentados em suas mesas, levantaram as varinhas, como brasileiros. Apenas brasileiros.

Estrelas do Amanhã

CAPÍTULO 18
O GULOSO

A morte de Victor Romanov tornou-se irrelevante para a opinião pública depois da tragédia envolvendo os jovens alunos da casa das Águias e da casa dos Esquilos, uma verdadeira calamidade.

Duas semanas depois, ainda era possível participar de rituais nas casas de reza e prestar homenagens. O caso também mobilizou o país para outra discussão importante: a segurança no esporte.

Cosmo Ruiz reuniu todos priores e investigadores num único andar, para compartilhar os detalhes da "operação matryoshka", como fora apelidada a emboscada a Victor Romanov. Agora que a operação não corria mais em sigilo, o chefe pôde partilhar as informações com todos os priores e prepará-los para os possíveis desdobramentos, levantando a estima da corporação, que se sentia valorizada e incluída. O Priorado dos Magos voltava a ser uma família.

Péricles e Amâncio, os investigadores que tiveram que ser afastados do castelo da EMB sob altos níveis de estresse, já se sentiam melhor. Além de serem bem tratados no curandório, foram carinhosamente recebidos pelos colegas de trabalho.

Tudo voltava a ser como antes, e Boris Forte pôde retornar aos antigos processos. Estava convencido de que teria que fazer uma viagem a Tulgar, para interrogar Golias sobre o pai, mas queria agir na hora certa, cercando-se dos devidos cuidados.

— Já soube da última? — perguntou Astolfo, chegando sem dar bom-dia.

— Bom dia, Astolfo — ironizou Boris, interrompendo suas anotações. — Do que está falando?

— Quase esqueci que era dia. Fiquei até tarde na Taverna do Javali Bisonho — emendou, espreguiçando-se antes de sentar-se a sua mesa. — Lucinha Holmes teve um relógio de parede furtado dentro de sua própria sala. Já pediram ajuda para investigar...

— Não se fazem mais adolescentes como antigamente, não é? Quando fui aluno da casa dos Esquilos, ninguém perdia tempo roubando relógios.

Boris, que estava praticamente morando com Quequê e Amélia nas últimas semanas, fez as malas e voltou para casa. Por mais que estivesse indisposto com o pai desde a noite em que ele desapareceu, não se sentia confortável em negar um pedido da irmã. Helga lhe era uma leoa desde a morte da mãe, e ele não queria parecer ingrato.

— Não quis te decepcionar naquela noite. Honestamente, eu não considerei que vocês pudessem me procurar — arriscou Amaro, durante o café da manhã. Boris, no entanto, permaneceu em silêncio, quase ruminando um pedaço de pão. — Helga tem a própria casa e você também está seguindo a sua vida, Boris. É comum dormir fora ou chegar tarde. Uso de muita sinceridade quando digo que não foi a minha intenção preocupá-los.

Sentindo veracidade nas palavras do pai, Boris resolveu deixar as mágoas de lado. Apesar de não ter uma mesa tão farta quanto na casa dos turmalinos, comilões de carteirinha, era muito bom tomar café preto com pão na própria casa.

Feliz, Boris Forte chegou na sede do Priorado mais animado do que nos dias anteriores. Pelo menos até ser surpreendido pela gritaria do chefe, que irrompeu em seu setor às pressas.

— Preciso de um relatório completo sobre Júpiter Laus e sua atuação na EMB! É urgente, preciso de mais informações até amanhã.

O chefe dos priores, segurando um saco plástico que continha duas varinhas, estava correndo contra o tempo por algum motivo. Ele tinha total consciência de que o prazo dado era muito curto para uma grande apuração e, por isso, sabia que não poderia perder tempo colocando documento na pasta de tarefas.

Calhou que o pior aconteceu. Doroteia pegou sua pasta rapidamente, levando-a até as mãos de Cosmo.

— Estou com a investigação da escola e já colhi muitas informações sobre Júpiter Laus. Inclusive, meu próximo passo seria pedir um interrogatório.

Boris imediatamente fechou os olhos e levou as mãos à cabeça.

— Do que está falando? — perguntou Cosmo.

Imediatamente, o chefe começou a abrir as pastas.

— Promontório Boris Forte, ou seria bandim Boris Forte? Me acompanhe, por favor.

Os dois caminharam até sala de Cosmo sem trocar nenhuma palavra. Só depois de alguns minutos sentado, encarando Boris com as mãos unidas, ele se pronunciou.

— Você sabe muito bem o que é um relatório inicial e o que mais me preocupa é saber disso — Cosmo disse enfim, folheando o processo de Doroteia e se levantando. — Confidenciei a você minha antiga amizade com Lucinha Holmes, uma informação muito pessoal, de fato. Confiei na

Estrelas do Amanhã   **233**

sua lealdade a ponto de ser meu aliado em um caso incomum, com base em fatos que você desconhece, mas que eu conheço muito bem.

Cosmo caminhava assustadoramente pela sala, mantendo o tom de voz que aumentava e diminuía conforme sua aproximação.

— Eu acreditei, Boris Forte, que você poderia, sim, ser meu cúmplice em algo que precisava ser interrompido, não postergado. E você? Agiu como uma grande cobra peçonhenta e sorrateira, apunhalando-me pelas costas.

— Senhor...

Mas foi bruscamente interrompido.

— Não gaste o seu precioso tempo defendendo o indefensável, rapaz. No fundo, você não passa de um garoto afoito, brincando de desvendar um crime sem qualquer honra.

Aquelas palavras feriram a dignidade de Boris Forte como nenhuma outra. Ainda que seus atos tenham contrariado as ordens do chefe, o que era errado, obviamente, ele não teve a intenção de afrontá-lo. É, talvez Boris tivesse sido mesmo um garoto afoito, que queria salvar o mundo, agarrando-o com braços e pernas, mas estava longe de ser uma "grande cobra peçonhenta e sorrateira".

Ele tentou se desculpar. Queria ao menos poder explicar os fatores que o levara à desobediência, mas Cosmo era implacável e o interrompeu em cada tentativa. Sua garganta tinha o nó das palavras caladas, o que era bem doloroso.

Seu registro foi manchado com dez dias de suspensão disciplinar sem que pudesse ter dito uma única palavra em sua defesa. Escoltado, como um verdadeiro criminoso, o rapaz passou pelos colegas em silêncio, recolhendo seus pertences e abandonando o prédio.

Feito um menino arteiro, Boris chorou o resto da tarde em seu quarto. Por mais que estivesse arrependido, e estava, não esperava uma reação tão desproporcional de seu superior. No fim, não era a folga forçada que o machucava, eram as palavras ditas por Cosmo que lhe roubavam a dignidade.

— Ele falou assim mesmo? — Amaro espantou-se à mesa do jantar.

— Falou...

— Boris, Boris, o Priorado dos Magos é uma instituição hierárquica. Eu entendo que teve as melhores das intenções, mas só Cosmo Ruiz pode ditar as ordens. É Cosmo quem decide como conduzir as investigações.

— Você não acha realmente estranho ele querer ocultar esse tipo de evidência?

Amaro ficou calado por algum tempo, parecendo refletir.

234
Escola de Magia

— Astolfo me fez uma visita essa noite e confesso que isso me deixou ainda mais desconfiado de certas atitudes...

— Quais atitudes?

— Júpiter Laus, que é o tal professor de poções, sofreu um feitiço de magia negra essa madrugada. E o pior, dentro da escola, na presença de dois alunos. Encontra-se agora no curandório de Vila Vareta, totalmente desacordado. É por isso que Cosmo está investigando...

— E...?

— "E"...? Cosmo não teve opção. Agora não estaria mais dando instruções a um "garoto", como ele mesmo diz. Não é mais com um garoto manipulável que ele vai tratar.

— Não estou entendendo aonde quer chegar...

— Júpiter Laus está em Vila Vareta. Dadas as circunstâncias da internação, é claro que a Federação deve se envolver. Imagine o escândalo caso repercutisse um ataque desse tipo dentro da maior instituição de ensino regular do país, e pior, na frente de adolescentes. O Priorado já está em posse da varinha dos dois estudantes para periciar quais feitiços foram lançados com elas. Se Cosmo tentasse tapear as investigações dessa vez, poderia sofrer sérias consequências junto à Federação.

Amaro sentiu um frio na espinha.

— Boris, meu filho, ouça este velho que já viveu muito. — Então, sentou-se ao lado do rapaz, segurando seu braço. — Não desperdice seu sonho com algo que não pode controlar. É muito dolorido quando depositamos nossos propósitos em algo que não depende de nós. Tire esses dias e, quando retornar, fique longe de tudo isso...

— Eu jurei lealdade ao Priorado dos Magos, não a Cosmo Ruiz. Passei dois longos anos da minha vida sonhando com o dia em que poderia ser um herói do meu povo, pai. Aprendi a agir conforme meus valores dentro do Ateneu, então nunca achei dolorido ter que depender de alguém. Dolorido é pensar na ética como uma utopia.

— Pode acreditar — Amaro suspirou —, nós precisamos da ética, Boris, e como precisamos. Fico feliz que você pense assim, porque é uma vitória minha e de Iraci. Pode parecer muito triste o que vou lhe dizer agora e, de fato, é... mas até nossos valores precisam ser ponderados se quisermos fazer a diferença na vida de alguém, e isso não tem nada a ver com ética. Veja como ajudou Turmalina purificando a Cachoeira dos Pirilampos, por exemplo. Pondere, Boris. Se precisar passar por cima de algumas crenças pessoais para trazer alegrias como um banho de cachoeira, passe. Eu sei que é imensamente doloroso deixar de lado os nossos princípios, mas, às vezes, agimos assim por um bem maior, e nem por isso deixamos de ser éticos.

Por mais que tivesse compreendido os conselhos do pai, Boris estava profundamente magoado e desconfiado. Amaro tinha razão, mas Boris ainda tinha a impressão de que as lições de Ética que tivera com Gloria Gusmão, na prática, funcionavam entre aspas e com asteriscos, e isso era desolador.

Felizmente, sempre existe um dia após o outro (e o mesmo travesseiro). Enquanto seu Risadinha perdia tempo nutrindo a mágoa pela filha, tio Nacho, vó Jurema, Susana e Celina aproveitavam alguns dias com Amélia e Boris na cidade. Foram dias muito divertidos, acompanhando a construção, fazendo passeios culturais e mergulhando na deliciosa gastronomia varetense.

Além de Amélia, Astolfo e Horácio não poupavam esforços para animar o investigador, que aproveitou o resto do tempo livre voando com seu carro e ajudando a noiva na loja, que estava cada vez mais cheia.

A cidade estava em polvorosa com a inauguração da lanchonete Fred & Fritz. Depois de tanto perambular por aí, os irmãos Canela finalmente conseguiram amealhar recursos para abrir um ponto na Rua Sem Fim, um dos melhores endereços de Vila Vareta.

Helga, que compareceria na inauguração como imprensa, tratou de garantir uma reserva para o irmão e a cunhada.

— Preciso ir até a obra para pagar os trolhas durante a pausa do almoço, mas vocês podem ir na frente. Já, já eu as encontro lá — disse Boris.

Sua ilusão foi tão doce quanto as novas sobremesas do cardápio. Naquela sexta-feira, a Rua Sem Fim foi atipicamente invadida por uma enxurrada de caravanas e bruxos de todo o Bàdiu, que disputavam um espacinho das ruas procurando pechinchas.

Como se já não bastassem os sacoleiros, o refresco Kibruxo resolveu aproveitar o fluxo de gente para fazer uma ativação de marca. Várias moças devidamente vestidas à moda da bruxa Carmem faziam uma coreografia alinhada de "Taí", atrapalhando o tráfego de pedestres, que formavam longas filas para pegar amostra grátis.

Quando finalmente conseguiu chegar, juntou-se à irmã e à noiva.

— Desculpem o atraso. Fui atropelado pelas bruxas Carmens do Kibruxo! — lamentou o prior, lembrando que pelo menos quinze moças dançavam na via.

O restaurante não era dos maiores, mas enchia os olhos dos visitantes com toda a excentricidade de Fritz. Frascos gigantes de mostarda e catchup flutuavam pelo salão como balões dirigíveis e um chafariz de queijo levava a clientela à loucura. Os garçons usavam chapéus divertidos em formato de hambúrguer, avental com listras vermelhas e uma elegante gravata-borboleta. Ágeis e divertidos, deslizavam pelo estabelecimento com rodinhas nos pés.

O cardápio mantinha os clássicos: Sarçal, Abrasador, Epopeico e os deliciosos unicórnios fritos, um quitute feito com pastel e queijo. A diferença é que agora tudo era grelhado no bafo de dragão. Ninguém soube afirmar se os órgãos competentes tinham conhecimento de uma criatura de fogo na cozinha, mas todos foram unânimes ao concordar que a novidade deixou o lanche ainda mais suculento.

Ousados, os irmãos deixaram capas térmicas penduradas ao lado de uma placa de "visite a nossa cozinha", não demorando para que os mais corajosos aceitassem o convite. Aos mais ressabiados, Fritz em pessoa garantia a segurança. Segundo ele, seu tio Mingo, um ótimo feiticeiro, estava de prontidão para gritar Aqua Originus a dos qualquer momento.

Além dos lanches convencionais e refrescos diversos, era lançado também o Fred & Fritz Contente, uma divertida caixinha que unia sabor e entretenimento. Na primeira edição, os jovens setentistas homenagearam o Mascarado Escarlate, o super-herói da garotada. Boris, bem guloso, tratou logo de pedir o Abrasador de costume e uma caixa Contente só para ganhar a máscara de brinde. Isto é, quando finalmente conseguiram pedir.

Não esquecendo as origens do negócio, os clientes precisavam atender a dois critérios para comer no local. O primeiro era pagar, claro. E o segundo, responder a uma charada.

— Qual é o animal que não pode morrer?

E lá se foram minutos de muita angústia e fome. Boris sugeriu fênix e mais um monte de criaturas com sete vidas ou mais, mas o garçom parecia ter certo prazer em dizer a palavra "não".

— O animal que já morreu — respondeu Amélia, salvando o almoço.

Era até bonito ver como os clientes se divertiam. Os varetenses, em geral, sentiam-se um pouquinho responsáveis pela conquista de Fred e Fritz Canela. E, de certa forma, eles eram, pois nunca desistiram de procurar a barraquinha. As pessoas ali presentes não se sentiam clientes, mas amigas próximas, e talvez fosse esse o ingrediente secreto do sucesso e da lucratividade.

Estrelas do Amanhã

A noite ainda teria mais um grande evento, com fogos de artifício e artistas circenses, mas Boris envelhecia como Arapuã, tornando-se um homem de hábitos diurnos.

Os dez dias voaram, e logo o investigador já pôde reocupar o seu posto. Chegou um pouco acanhado, sentindo-se humilhado pela maneira como teve que deixar o prédio, mas, com a ajuda dos colegas, que foram muito gentis, não teve grandes dificuldades para voltar à rotina.

O detetive preferiu seguir os conselhos de Amaro, dedicando-se aos processos da pasta, mas sempre atento ao que acontecia em sua volta. Durante meses consecutivos, conquistou o título de "investigador do mês", uma honra por processos concluídos, mas nunca foi buscar os prêmios. Boris simplesmente evitava qualquer tipo de contato com Cosmo Ruiz, que tanto o ofendera.

Foi nesse mesmo período que Boris soube que Catarina Datto deu à luz Vitório e Valentim em Tulgar. Apesar de a prior trabalhar até o último minuto e precisar fazer um parto de emergência no calçadão da prainha, todos passavam bem. Emocionado, Boris mandou muitos presentes e já planejava uma visita. Com os meninos, nasceram também dois avós babões, Perpétua e Guerra, e um pai que tinha medo de quebrá-los.

Enfim, a construção foi concluída. Depois de tantos meses apertando o cinto das finanças, Boris e Amélia não puderam conter as lágrimas diante do sobrado, que parecia até uma casinha de Turmalina. Todavia, por mais que a casa já estivesse pronta e o casamento próximo, o casal ainda não poderia se mudar. Parte pelo conservadorismo da família Flores, parte pelo atraso de alguns móveis.

Newton Holmes e Omar Barba, que plantavam por *hobbie*, logo se ofereceram para embelezar o jardim do casal, cercando o chafariz de rinotouro, uma réplica perfeita da obra da Praça Folhaverde, com flores e frutos.

É, o futuro já amanhecia na aurora, e faltava muito pouco para ser tocado.

CAPÍTULO 19
O FUÇADOR

Por mais que tudo estivesse na mais perfeita ordem, Boris se sentia mais sozinho do que nunca no trabalho. Astolfo, seu parceiro de confabular casos, estava passando férias em Pélago com Toni, seu novo amigo inseparável, restando-lhe apenas as pedrinhas da rua como conselheiras.

Foi chutando-as que se deparou com a vitrine da Boutique dos Domésticos. Em outros tempos, essa loja vendia elfos domésticos, um episódio triste de nossa história, mas, depois da libertação élfica, passaram a comercializar animais de pequeno porte.

Antigamente, os elfos eram capturados nas florestas e vendidos no Mercado dos Elfos, um lugar tenebroso, escuro e pouco arejado. Com pés e mãos acorrentados, essas criaturas eram expostas a todo tipo de constrangimento. A Boutique dos Domésticos, por sua vez, criou um segmento igualmente cruel — ou mais. Mirando o dinheiro de falsos moralistas, que achavam aviltante a situação dessas criaturas no Mercado, o fundador da loja, sem o menor escrúpulo, comprava os elfos nesse mesmo Mercado por uma pechincha e os revendia por uma fortuna. Depois de vesti-los com belos uniformes e treiná-los em todas as regras da etiqueta bruxa, recebia uma sofisticada clientela na boutique, oferecendo biscoitos, cafezinho e hipocrisia.

Por esse motivo, Boris relutou para entrar, mas foi fortemente atraído pela placa que oferecia "papagaios fuçadores com uma penca de banana pela metade do preço". Papagaios são aves exuberantes e muito inteligentes. Além da espécie juruá, que fala apenas palavras aleatórias, existem mais três espécies: os papagaios dedo-duro, que mudam de cor de acordo com a veracidade de um depoimento (muito usados pelos juízes majurídicos); os papagaios mágicos, utilizados no Posta, com grande senso de direção; e os papagaios fuçadores, os mais bisbilhoteiros e mais raros.

Depois de ficar entre a cruz e a espada, finalmente entrou. A loja era tão bonita por dentro quanto era por fora. Gaiolas enormes e bem iluminadas aprisionavam várias criaturas, enquanto cartazes bem produzidos as anunciavam.

— Pode me dar mais informações sobre esses papagaios fuçadores?
— Desconfortável com o histórico do estabelecimento, Boris foi um tanto ríspido no balcão.

— Boa tarde, senhor. — O vendedor sorriu, tão rechonchudo quanto simpático. — São aves raras! — Então caminhou até uma gaiola. — Recebemos cinco deles, mas agora só nos resta este. O pobrezinho é mais calado e mais temperamental do que o resto da ninhada, aí acabou sobrando...

A ave o encarou com uma expressão estranha, que beirava o sarcasmo.

— Eles realmente funcionam?

— Certamente que sim. Se tem uma semelhança entre todas as espécies de papagaio é o mexerico... Ah, você sabe, com certeza já enviou alguma correspondência pelo Posta. — E gargalhou. — Um papagaio fuçador é mais fofoqueiro que qualquer outro, pode acreditar.

— Mas esse aí nem fala...

Boris estava com o pé atrás com a ave, que o olhava como se fosse um tolo.

— É, esse é meio calado mesmo... Quer saber, ninguém aqui aguenta mais o mau humor desse passarinho, então te dou mais 20% de desconto e duas pencas de banana. O que me diz?

O investigador analisou a proposta por alguns minutos. Não queria dar um tostão para a loja que promoveu o show de horrores com os pobres elfos, mas aquela ave era muito rara e não podia ser facilmente encontrada.

— Vou levá-lo. Espere aí... Ele revirou os olhos para mim?

— Não, não... é impressão sua... — despistou o vendedor, ávido para se livrar do espécime. — São duzentos dobrões pelo... Qual é o nome dele, hein? — Boris ficou um tempo pensando sobre isso, então o vendedor se adiantou: — Toma que é seu, você terá muito tempo para escolher. Esse lazarento vive mais de cem anos!

O atendente livrou-se, empurrando a gaiola para cima de Boris, que ainda não sabia que ficaria a noite inteira tentando se comunicar com o papagaio, que só fazia pouco caso. Nem Amaro conseguiu fazer o bicho desembuchar, mas sempre existe a fome da madrugada...

— "Tô fraco! Tô fraco! Tô fraco!"

E eis que de uma banana descascada surgiu uma longa amizade.

— Enjoado esse papagaio, não é!? — disse Horácio, sentado no sofá xadrez da casa de Amaro.

— Ulisses se magoa fácil, mas já mostrou que é um pássaro e tanto. Me trouxe notícias da cidade a semana inteira. — Boris sorria, satisfeito.

O papagaio, que foi chamado de Ulisses, cujo significado é "o filho da raiva", estava para um prato limpo de banana com canela como o Mascarado Escarlate estava para um sanduíche de presunto: poderia resolver qualquer pendenga se, no fim de seus serviços, fosse bem alimentado.

— É... Se pensarmos por esse lado, é melhor um papagaio que chegue de fininho!

E, daquele momento em diante, o animal ganhou outro nome: Difininho, um histórico presente na história de Boris Forte desde criança. Considerando que ele já deu cinco nomes diferentes para um mesmo gato, que teve uma vida baseada em problemas de identidade, Ulisses, digo, Difininho, estava no lucro.

Mais contente com o nome do pássaro, Boris finalmente resolveu tirar o domingo para lavar o seu carro, depois que Amélia escreveu "Tupã, me lave ou me leve" no para-brisas. Ele já estava esguichando água quando a noiva chegou com um balde, disposta a ajudar.

— O que é "Nó... Nóis capota mais num breca"? — perguntou ela, confusa com os dizeres estampados no vidro traseiro.

Boris simplesmente deu de ombros.

— Já tinha isso aí quando eu comprei, mas imagino que seja sobre acelerar sem pisar no freio, um pedal que você pisa para parar o carro. Me pareceu imprudente...

— Quero aprender!

— Aprender o quê?

— Aprender a acelerar e a pisar no freio, ué! — Prendeu os cabelos louros depressa e já calçou os sapatos.

— Já é verão! Logo Tupã manda uma chuva daquelas e acaba de limpar essa lata-velha. Vamos, Boris boboca, é hora de me ensinar a dirigir essa geringonça — disse animada.

Boris se surpreendeu, mas nem tanto. Amélia era um vulcão propenso a entrar em erupção a qualquer momento. Os dois dirigiram e voaram o resto da semana. Com uma estranha facilidade de realizar tudo que lhe dava prazer, a turmalina logo superou o noivo e, em poucos dias, ousava nos céus de Vila Vareta e região.

O verão realmente tinha chegado com força na capital, estendendo o dia dos varetenses, que, desfrutando as noites agradáveis de brisa e estrelas, demoravam mais tempo para voltar para casa.

Entre as atrações para aproveitar a época mais quente do ano, estava o evento da Sapiência, promovido pela Escola de Educação e Pesquisas, que prometia reunir milhares na Praça Folhaverde, oferecendo ferramentas de ponta para a observação da Lua Negra, no dia 9 de dezembro.

Dito e feito, com o apoio da Federação e da Secretaria da Educação, espalhando faixas e lambe-lambe por toda a cidade, o encontro astronômico tornou-se um sucesso, contribuindo para o lazer da população e com a economia, já que todos queriam comprar balões e tomar Kibruxo.

"Não existe povo mais muquirana do que o varetense, e é claro que eles não dispensariam uma programação gratuita, mesmo sendo em plena segunda-fera", diziam os opositores do governo de Virgílio Azambuja, incomodados com o sucesso do evento.

A Lua Negra é um fenômeno que ocorre nos três dias que antecedem a lua nova. Ou seja, é uma espécie de subfase de transição entre a lua minguante e a lua nova. Nesse período, a lua está em seus últimos momentos de luminosidade, sendo a última noite de lua minguante, o momento de maior escuridão.

Como Boris preferia evitar o burburinho da praça, Amélia resolveu assistir à lua a olhos nus, tomando suco de caju no quintal da própria casa. E, no final das contas, essa foi uma saída muito romântica.

De repente, a penumbra do céu deu lugar a um verde-esmeralda e todos puderam assistir à passagem de um cometa que deixava um longo e lindo rastro verde com sua cauda brilhante.

— Que coisa mais linda! — disse Amélia, pensando se tratar de um espetáculo proporcionado pelos astrônomos da Sapiência.

Boris também achou o efeito muito bonito, mas começou a desconfiar do tempo de duração, já que o cometa esverdeado ofuscava o astro do evento, a Lua. Foi então que propôs à noiva uma visita à praça e, uma vez lá, viram que a população fazia fofoca e se dispersava.

— Amigo, sabe me dizer se aconteceu alguma coisa errada?

— Quê? Pernas para quem tem! — recomendou um senhor bigodudo, nitidamente apressado.

— O evento está encerrado. Encerrado! Voltem para as suas casas! — repetia um bruxo com uniforme da Sapiência e semblante preocupado.

— Senhor? — chamou Boris, apresentando suspirou o seu distintivo. — O que aconteceu?

— Que bom que vieram. — O sujeito aliviado. — Preciso dispersar esse povo.

— Essa luz verde tem alguma relação com o evento?

— Não — sussurrou, assustando Amélia, que ouvia tudo ao lado de Boris e, até então, pensava tratar-se apenas de uma magia pirotécnica. — Os doutores do departamento de História temem ser um mau agouro. Por isso, estou mandando esse povaréu para casa...

Boris coçou a barba, pensativo, ao que foi interrompido por Cosmo Ruiz, que chegou na companhia de vários priores de campo, já repreendendo o filho de Amaro com os olhos.

— Bandim, não me surpreende encontrá-lo aqui, mas o evento ainda não carece de uma investigação. Senhor? — disse, apertando a mão do funcionário da escola. — Sou Cosmo Ruiz, chefe dos priores, assumo a partir de agora.

E encarou o rapaz.

— Boris? Vá para casa!

Apesar de cumprir a ordem imediatamente, sua desconfiança acerca do chefe o roeu por dentro até adormecer.

— Assistiu à Lua Negra? — perguntou no dia seguinte ao pai, que lia o diário *The Bruxo Times*.

— Sabe que não!? Fui jantar na casa de Omar e Judite e nos divertimos tanto que nos esquecemos de olhar pela janela.

— Magia maléfica!

— Ora, pensei que se tratasse de uma subfase da lua...

— Sim — coçou a barba —, e é. Eu me refiro ao céu ficar verde com todas aquelas luzes e cometas...

— Ah... Li algo a respeito no jornal. — Então, voltou-se para a manchete em letras garrafais que dizia: "Presságio das trevas". — Eles falam aqui que os doutores da Sapiência estão fazendo uma análise mais profunda do acontecimento, o que é ótimo. Ai de mim... que cabeça a minha...

Amaro levantou-se e deixou o cômodo, voltando com um pacote que entregou ao filho.

— Minha prima Doralice foi a Pedregulho e seus avós mandaram um quilo de café. Entregue esse tanto para Amélia, com certeza ela vai gostar! — E sorriu.

Boris não estava para prosa e, naquele momento, era claro que Amaro estava totalmente alheio às notícias. Sabendo que o pai não era mais nenhum garotão, Boris preferiu não o preocupar até ter informações concretas.

Nas ruas, a população estava escandalizada depois de a imprensa fazer alarde sobre o surgimento de um senhor das trevas. Cosmo mais uma vez parecia tapar o sol com a peneira, tirando a corporação do caso e incumbindo os profissionais da Sapiência de descobrirem o mistério. Mesmo assim, os investigadores trabalharam o dia inteiro com o rádio ligado, na esperança de alguma notícia que não fosse mera especulação.

— Boris Forte, me acompanhe por favor — disse Cosmo com a porta entreaberta.

Naquele momento, uma retrospectiva passou na cabeça do bandim, que, mesmo sem ter feito absolutamente nada que fosse de encontro à conduta, sentiu-se como um menino pego no flagra.

— Como posso ajudar? — perguntou, solícito, sentando-se em frente ao chefe.

— Boas férias!

Cosmo simplesmente lhe entregou um papel e uma pena para assiná-lo.

— Desculpe, senhor, mas deve haver algum engano. Conversei com Gertrudes do quadro de empregados e ela agendou minhas férias para o início do próximo mês, pois tenho casamento marcado em janeiro.

— Sinto muito — disse, entregando a pena mais uma vez.

Boris provou de uma raiva que jamais tinha experimentado na vida. Sua vontade era virar a mesa em cima de Cosmo Ruiz, mas, respeitando a patente, assinou o papel e voltou para casa injuriado. Amélia, que largou os caldeirões por embalar, esforçava-se para acalmar o noivo, mas nada que dizia parecia suficiente.

— Acalme-se, querido...

— Como eu posso me acalmar, Amélia? — Bateu a porta e cumprimentou Amaro.

— Sente-se, garoto. — E puxou uma cadeira para o filho. — O que aconteceu?

— Aconteceu que eu sou, definitivamente, uma ameaça para Cosmo Ruiz!

— Boris, Boris, o que você fez desta vez?

— Cosmo lhe antecipou as férias, Amaro, e já havíamos marcado a cerimônia do Oré em Turmalina — explicou Amélia, passando as mãos carinhosamente pelos cabelos negros do noivo. — Acalme-se, querido, podemos antecipar o casamento e refazer os convites.

— Como? Não temos tempo suficiente para dar entrada nos trâmites legais e fazer as entrevistas da Federação aqui em Vila Vareta.

— Eu tenho alguns amigos que podem resolver isso para vocês — interveio Amaro, já colocando o chapéu. — Não se preocupe, garoto, tudo tem uma saída...

— Eu concordo — sorriu Amélia —, para tudo se tem um jeito! Assim que decidirmos a nova data, mandamos ligeiro uma carta para Catarina, vó Dora, Baltazar... Fique tranquilo, todos que realmente interessam estarão lá.

244   **Escola de Magia**

— E Berta, Amélia? Berta se programou para voltar da Inglaterra a tempo do casamento — lamentava-se. — Cosmo Ruiz está me perseguindo porque estou perto de descobrir algo que ele esconde. É isso! — Levantou-se. — Já percebeu que toda vez que acontece algo grave ele dá um jeito de me manter longe?

— Não fale besteira, menino, não superestime tanto o seu desempenho. Eu sei que está profundamente chateado pelos planos que tinham feito, mas o Priorado é mais do que um bandim talentoso. Deixe Cosmo Ruiz fazer o trabalho dele! — E já abrindo a porta: — Ah, antes que eu me esqueça, aquele seu papagaio marrento subiu no telhado e não quer descer por nada neste mundo.

Amaro saiu depressa, querendo resolver o enlace do filho antes de escurecer. Amélia, que segue a filosofia de que tudo na vida pode ser remediado com comida, sugeriu ao noivo que tomasse um bom banho e resgatasse Difininho, enquanto ela assava um bolo.

Mais tranquilo e confortável, vestindo seu moletom favorito, que mais parecia um trapo, Boris foi para a frente do sobrado checar a situação do pássaro. Difininho era muito melindroso e se enfezou com Amaro, que, sem pensar que isso poderia ofendê-lo, mordera um pedaço da banana, colocando apenas "o resto" em seu prato.

Desajeitado, Boris conseguiu subir no telhado da casa com muito custo, ouvindo as lamúrias de seu bicho de estimação, irredutível, até que foi chamado lá embaixo:

— Boris? — chamou Hector.

Mesmo vendo Hector, o neto de Omar, não podia perder a concentração quando estava tão perto de pegar a ave. Quando finalmente o alcançou, o animal correu por seu braço até seu ombro e Boris desceu flutuando do telhado.

— Como vai, Hector? Nossa, você se formou. Que maravilha! — exclamou animado, com Difininho nos ombros.

— Verdade. Escute, Boris, preciso devolver o porta-tudo que me emprestou.

— Nem me lembrava mais dele... er, ele não está com um cheiro estranho, está? — perguntou Boris ao sentir um cheio horrível vindo de Hector.

— Não, por quê?

— Esqueça. — Boris pegou o porta-tudo, fazendo cara de nojo, e o guardou no bolso da calça marrom. — Quer tomar um chá?

Estrelas do Amanhã

245

Entraram na casa e sentaram-se na cozinha. Amélia logo abriu um sorriso, servindo a mesa com uma chaleira quente e vários quitutes, o que incluía o seu bolo.

— Hector, quero que conheça Amélia, minha noiva.

— É um prazer conhecê-la — o garoto a cumprimentou, aflito.

Boris percebeu que a conversa devia ser importante e pediu à noiva que levasse o papagaio até seu viveiro, no jardim.

— Preciso de sua ajuda, Boris — pediu Hector, assim que ela saiu. — Como você sabe, Alma Damas e eu namoramos durante um tempo, mas, ao fim do ano letivo, ela desapareceu. Preciso muito encontrá-la.

— Ah, alguém está caidinho de amores — disse, divertindo-se.

— Sim, mas não apenas isso. Boris, vou falar a verdade, acho que Alma corre perigo de vida. Um colega nosso brigou com ela e ela fugiu...

— Não é o tal de Marvin, ou é?

— Não, claro que não. Nem tem como ser ele.

— Claro, porque ele não existia! — exclamou Boris, tomando um gole de chá.

Hector arregalou os olhos verdes.

— Como sabe disso?

— Seu gato — contou Boris. — Eu não entendo muito bem os animais, como lhe falei certa vez, mas um dia entendi seu gato falando que ele não existia.

Boris lembrou-se do comentário de Meu da última vez em que visitara Hector no castelo.

— Mas, escute, é normal os alunos terem amigos imaginários. O castelo é grande e realmente chegamos a ponto de enlouquecer lá dentro.

— Sim, desculpe, estou morrendo de vergonha por isso — disse Hector, constrangido pela descoberta.

— Tudo bem, mas se não foi seu amigo imaginário, quem foi?

— Foi... — Hector pareceu pensar melhor antes de falar. — Bem, isso não importa. Mas eu realmente preciso encontrá-la e ver se ela está bem.

Boris assoviou e o papagaio voou até a mesa, pegou um biscoito e comeu.

— Este é Difininho — apresentou o prior. — Ele é um papagaio fuçador. Descobre qualquer coisa, mas, ao contrário de outros papagaios, o meu é discreto.

— Olha, Boris, eu agradeço você e ao seu papagaio, mas eu preciso de sua ajuda, não de um animal.

A ave estendeu as asas e deu um bote na xícara de Hector, derrubando-a sobre suas calças, depois voou pelo corredor.

246   Escola de Magia

— Me desculpe por isso. Difininho se ofende fácil, mas vou ajudá-lo. Conheço algumas pessoas que podem ter alguma informação. Vou conversar com todos e, qualquer novidade, avisarei o mais rápido possível.

— Obrigado, isso significa muito para mim — agradeceu.

O rapazote foi embora, mas Difininho o acompanhava por uma fresta na cortina da casa, ainda irritado, quando Amélia viu que já poderia voltar.

— Demorei para deixá-los mais à vontade. — A moça sorriu, dando um beijinho no noivo.

— Eu percebi. Obrigado! — agradeceu, cortando uma fatia do bolo de milho. — Como eu já falei antes a você, morro de dó desse neto de Omar. Hummmm... esse bolo está muito bom! Muito bom mesmo...

Amaro conseguiu agendar as entrevistas de casamento com seus contatos da Federação e, dentro de alguns dias, Boris e Amélia já puderam marcar a data para assinar a papelada. A cerimônia da casa de reza em Turmalina foi remarcada, e Celina estava às voltas organizando a "modesta" recepção dos convidados.

O investigador não teve muito tempo para procurar Alma Damas, já que fazia uma verdadeira peregrinação com a noiva para entregar os convites, mas pediu ao colega Astolfo que verificasse.

Perpétua ficou animada pelo convite se estender aos netos; já Guerra Datto, por sua vez, parecia só estar interessado em comer de graça.

Lucinha Holmes, a penúltima convidada, emocionou-se ao entregar um recado da filha Berta, enquanto se lembrava da mãe do noivo, sua grande amiga da juventude.

— Berta disse que jamais perderia o casamento de um campeão. Ela antecipou a viagem, Boris. Já deve estar perto daqui — comemorou a diretora da EMB, não poupando as lágrimas do irmão de Sancho.

Tudo parecia entrar nos eixos e, depois de tanta caminhada, a fome bateu. Sem querer ser indiscreta, Amélia resolveu comprar alguns quitutes na padaria, levando-os para a casa de Omar e Judite, donos do último convite a ser entregue.

— Ora, ora, vão se casar no décimo dia do ano? — perguntou Omar, colocando os óculos para enxergar.

— Os papéis, sim, mas a cerimônia do Oré em Turmalina acontecerá dois dias antes. Sabe como é o interior, não é? — Amélia encolheu os ombros. — Mamãe fez questão de que a casa de reza viesse antes dos trâmites legais. Como a papelada será assinada aqui mesmo em Vila Vareta, resolvemos deixar para o último dia das férias de Boris — explicou a noiva lembrando que lamentavelmente a viagem para Pedregulho e seu voo de coió precisariam ser adiados mais uma vez.

Enquanto isso, Judite caprichou na mesa, trazendo um pouco de tudo que tinha na dispensa, mas, como sempre, estava cheia de falsas modéstias.

— Amélia, querida, obrigada pelos pãezinhos. Hector voltou para casa e, sabe como são os jovens, eles comem demais... — disse. — Querido, precisamos passar na mercancia urgente...

— Não se preocupe, Judite, esse chocolate quente está uma delícia e vai ficar ainda melhor se você se sentar com a gente. — A moça, que sempre foi muito querida por idosos e crianças, sorriu.

— E onde está Hector? — perguntou Boris.

— Hector felizmente está trabalhando na loja de meu amigo Ernesto Capucho — respondeu o avô.

— Foi tão difícil arrumar um serviço. Como se já não bastasse essa crise, Hector ainda fez aquela tatuagem feia no pescoço e ninguém queria contratá-lo — desabafou a senhora, sem filtros, deixando o marido claramente incomodado com os rumos da conversa.

— Judite está exagerando. Hector não demorou nem cinco dias para começar a trabalhar — amenizou Omar, tomando um gole de café.

— Isso é verdade — Judite gargalhou —, mas devemos a Ernesto. Se não fosse por ele, Hector ainda estaria desempregado. A cidade inteira associa aquele desenho a baderna.

Boris ficou curioso, enquanto Omar se mostrava muito desgostoso.

— O importante é que meu neto está contratado, não é!? Viva Ernesto Capucho! — E sorriu, erguendo sua xícara em um brinde.

Boris, todavia, farejava algo a mais nessa história.

— Puxa vida, a cidade inteira só fala mesmo dessa tatuagem, não é? Ouvi dizer que é uma serpente comendo o próprio rabo, achei bem esquisito... — insistiu o prior.

— Meu Hector só fez para acompanhar os coleguinhas, já que a turma combinou de fazer o desenho como lembrança...

— É uma pena que estejam arrumando confusão na cidade, pois o ouroboros, esse símbolo da serpente comendo o próprio rabo, traz uma mensagem muito bonita de renovação. O ouroboros é cíclico — comentou Amélia.

— Agora eu vejo que faz muito sentido uma turma eternizar o fim de um ciclo e o começo de um novo com esse desenho. Er, estou até simpatizando com a ideia.

Quanto mais Omar contornava, mais chamava a atenção do detetive à mesa.

— Primeiro as denúncias de que o presidente vendeu cargos na Federação e agora essa moçada promovendo verdadeiras arruaças. Onde vai parar este Bàdiu!?

— Isso não é tudo, Boris. Já ouvi dizer que eles estão abordando as pessoas na rua, perguntando sobre a pureza de sangue, imagine... — Amélia ria.

Omar estava a ponto de cortar a conversa de uma vez por todas, quando Boris se surpreendeu com Meu, o gato preguiçoso, que entrou na cozinha se espreguiçando.

— Meu? — O prior, que realmente sentia muita afinidade com o bichano, animou-se.

— Você viu, Boris? Meu não morreu. Este danado estava o tempo todo na escola com Hector — disse Judite alegre, levantando-se, ligeira, para acarinhar o gato e lhe servir uma tigela de água fresca.

— E você achava que ele estava morto? Ora, eu encontrei Meu várias vezes durante esses anos. Ele é o meu gato favorito, e olha que nem gosto tanto assim de gatos...

— É, mas como nunca visitamos Hector na escola, não tínhamos como saber — respondeu Omar, lançando um sorriso amarelo.

— Querida, não quer aproveitar para fazer umas compras no Escadabaixo? Daqui a pouco Hector volta do trabalho com a fome de uma cambada de gatázios. — Ele gargalhou, prontamente se levantando.

— Omar... as visitas... — repreendeu a esposa, envergonhada com a falta de cortesia.

— Não se preocupe, Judite, Boris e eu estamos mortos e acabados. Caminhamos o dia inteiro pela cidade. Só queríamos mesmo entregar o convite e dizer que fazemos questão de vocês três em nosso casamento.

O casal se despediu e voltou para a casa de Amaro. Neste momento, uma pulga já estava morando atrás da orelha de Boris, que mal conseguiu dormir pensando em tudo o que estava acontecendo. Por mais que os preparativos para o casamento estivessem consumindo muito de seu tempo, deu um jeito de se encontrar com Astolfo.

O colega lhe contou sobre vários boatos perigosos que circulavam pelo Priorado, deixando-o ainda mais triste e desconfiado por Cosmo Ruiz tê-lo afastado do trabalho justamente naqueles dias.

Inquieto, pediu a Difininho que descobrisse onde estava Hector, prometendo-lhe uma pratada de banana com canela no capricho. Guloso, o

Estrelas do Amanhã

249

papagaio descobriu o paradeiro do rapaz num instante, fazendo Boris sair às pressas para encontrá-lo no Brejo das Daninhas, junto de sua vassoura.

— Olá, Hector — saudou Boris.

— Você sabia dele? — perguntou o rapaz, sem rodeios, depois de ter encontrado o espírito de seu pai preso na velha casa.

— Sim, mas não poderia falar. Você precisa descobrir essas coisas sozinho para poder entender, caso contrário, vai acabar enlouquecendo.

— Como descobriu?

— Dias depois da morte deles — explicou Boris, com o coração partido por ver Hector tão devastado com o encontro. — Vim até aqui ver se tinha algo que lhe pertencia. Encontrei seu pai resmungando que sua mãe havia o deixado sozinho. Desculpe, Hector, mas não sei se algum dia ele irá se arrepender.

— Ah, vai — corrigiu Hector. — Vai se arrepender, sim.

Boris estava ansioso. Coçava a cabeça e olhava para os lados.

— Aconteceu alguma coisa? — perguntou Hector.

— Sim, mas não sei como falar isso a você. Já faz um tempo que tenho recebido algumas informações desencontradas. Estão dizendo que os formandos das Serpentes deste ano andam estranhos, arrumando confusão pela cidade, brigando com os mestiços. Você está sabendo de alguma coisa?

Hector empalideceu e colocou as mãos no bolso.

— Não. Quer dizer, você sabe como são os Serpentes. São unidos e competitivos.

— Mas isso parece mais que uma baderna de moleques. Eles estão dizendo que vocês estão tramando alguma coisa. Que fizeram uma espécie de juramento.

— Juramento? — interrompeu Hector, claramente nervoso. — Como assim?

— São apenas boatos, eu acho. De que vocês juraram não contar nada sobre essas tatuagens que fizeram.

— Não... Ah, as tatuagens? Fizemos para comemorar a formatura, apenas isso.

— Posso ver sua tatuagem mais de perto? — perguntou o prior.

— Não... Olha, estou atrasado. Estou trabalhando numa loja no centro. Você... me visita lá... eu te recebo... te dou um cachimbo grátis...

Hector ia subindo na vassoura e se preparando para sumir dali.

— Hector — chamou Boris com uma voz abrandada —, não me decepcione, por favor.

— Não vou — respondeu Hector, arrumando o cachecol para esconder a tatuagem.

— Você sabe para que serve o pó da folha da samambaia tristonha?

— Não. — Hector estranhou a pergunta completamente fora de contexto. — Não me lembro de ter estudado nas aulas de Poções e Elixires ou Herbologia, mas sei que havia algumas destas plantas no muro do castelo.

— Tinha, agora não tem mais. Todas elas sumiram. E você não iria estudar isso na escola, pois não é uma matéria apropriada para alunos.

— E por quê?

— Porque esse pó é capaz de criar um poderoso explosivo mágico. Difininho andou escutando boatos pelo centro de que alguns bruxos estavam usando o castelo sem o conhecimento da diretora Lucinha Holmes e que os elfos do castelo desapareceram. Hector, se você sabe o que está acontecendo, este é o momento de me falar. Meu pai e a diretora Lucinha Holmes estão preocupados com o que pode acontecer.

— Eu não sei. Nem sabia que essa samambaia era tão perigosa assim.

— Sim, ela é. Fique de olhos abertos, certo? E me avise caso saiba de qualquer coisa estranha.

Boris voltou para casa confuso. Serviu as frutas do papagaio Difininho e seguiu para o quarto, quando ouviu a voz do pai vindo do escritório.

— Perpétua falou que a Federação já está procurando por uma criança. Não sei onde isso tudo vai parar... — cochichava Amaro.

Sentindo-se mal por ouvir atrás da porta, Boris resolveu bater.

— Pai?

— Boris? — Então demorou alguns segundos. — Pode entrar!

Curiosamente, Amaro estava sozinho no escritório, sem qualquer indício de que alguém pudesse ter estado ali minuto atrás. Aquele momento cortou o coração de Boris, que, de uns tempos para cá, vinha estranhando o comportamento de Amaro.

— Está sozinho?

— Estou. — E sorriu. — Como estão os preparativos do grande dia?

— Está tudo sob controle.

Desolado, Boris se agachou em frente ao pai, pousando a mão carinhosamente em sua perna.

— E você, está bem?

— Ora, tenho dois filhos se casando com as pessoas que amam, como não estar!?

Boris sorriu para não o deixar triste, mas chorou até pegar no sono, despertando com os primeiros raios de sol.

Estrelas do Amanhã

251

O último dia de 1996 chegara com um aperto no coração. Ao mesmo tempo que almejava o casamento, temia deixar seu pai sozinho naquelas condições.

Na companhia de um café forte, sentou-se à mesa da sala com um pergaminho para anotar todos os sentimentos que não gostaria de levar para 1997. Bem, naquele momento precisava mesmo era de um rolo inteiro de pergaminhos, pois um só não lhe parecia suficiente.

Ainda encafifado com a conversa que tivera com Astolfo, resolveu pedir ao seu papagaio que se aproximasse de Duque e Aruana, os priores de mais confiança de Cosmo, incumbidos de coordenar uma investigação secreta no mercado de pulgas da cidade. Vendo-o tão triste, a ave, que era afrontosa, mas muito inteligente, foi sem pedir nada em troca.

Já estava no item 36 da lista de sentimentos que deveriam ser abandonados no ano velho e queimados na fogueira do ano, quando ouviu pela rádio Arabutã:

— *"As trevas estão entre nós. Ataque no Mercadão de Vila Vareta deixa dezenas de mortos e feridos. Em breve, voltaremos com mais notícias do atentado. Enquanto isso, varinhas em punho e vigília constante."*

CAPÍTULO 20
O BOROCOXÔ

Boris ficou atarantado com o que acabara de ouvir na rádio. Astolfo mencionou uma ação de Duque e Aruana, já que os tais tatuados vinham aterrorizando o mercado, que é repleto de mestiços, mas parecia muita coincidência a tragédia ocorrer bem no dia em que o local receberia forças priorais.

O pobre Difininho chegou em casa quase surdo e com as penas verdes repletas de cinzas.

Boris imediatamente prestou-lhe os primeiros socorros, mas só depois de um cochilo, quando estava limpo, alimentado e calmo, que o pássaro resolveu contar que uma menina morena, muito jovem, teria detonado a bomba no exato momento em que ele passou por ela.

O ataque terrorista assustou a população, deixando as ruas totalmente desertas. A maioria dos comerciantes baixou as portas, e até Pedro Picho decidiu não pular do muro, impedindo o acesso à Rua Sem Fim.

— Pedro Picho, por favor, minha noiva e meu pai têm loja aí. Eu preciso ter certeza de que estão bem — Boris clamava.

Todavia, o guardião não deu bola, mantendo-se apenas como o desenho de um velho de costas pichado no muro.

Tentou contato com Berlamina Fajardo, já que estava próximo de sua casa, mas também sem sucesso.

— Sofia está na Horta Boticários produzindo mais uma leva daquela poção que restaura órgãos decepados. Como é mesmo? Hã... Ah, sim, poção de lagartixa. Quanto a Berlamina, ela foi para o mercado de pulgas, está prestando primeiros socorros aos feridos — informou o elfo Pequeno, oferecendo-lhe um copo de suco em seguida.

Obviamente, o rapaz não estava com sede, agradeceu a gentileza de Pequeno e foi caminhando até o Mercadão de Vila Vareta. A área estava toda isolada por priores e foi muito difícil se aproximar.

— Toni? — perguntou, meio desconfiado.

Apesar de Toni ser um amigo próximo de Astolfo, Boris não tinha muito contato com ele, pois sua transferência do anexo para o prédio principal era recente.

— Ah, oi, Boris! — O rapaz de costeletas enormes e barba bem aparada sorriu.

— Existe alguma possibilidade de eu entrar?

— Você está de férias, não está? — perguntou, ao que Boris confirmou com um aceno de cabeça.

— Sinto muito... — Com muito pesar, o prior encolheu os ombros e franziu a testa.

— Imaginei. Bem, você pode ao menos me contar o que aconteceu?

— Claro que sim, eu adoraria deixá-lo passar, mas, como sabe, fiquei muitos anos trabalhando no anexo, e agir em campo é uma oportunidade que eu esperava há...

Boris o interrompeu, colocando a mão sobre seu ombro e confortando-o.

— Eu entendo que é o seu trabalho, não se preocupe. Gostaria apenas de saber mesmo o que aconteceu. Da última vez que estive com Astolfo, ele me alertou sobre a operação de Duque e Aruana, mas tudo aconteceu rápido demais.

— Foi tudo realmente muito rápido. Esses formandos dos Serpentes que fizeram a tatuagem da cobra estavam rondando o Mercadão há alguns dias. Bem, você deve saber que predominam nessa região bruxos de baixa renda, venda de produtos usados...

— Entendo... E muitos mestiços também...

— Esse é o ponto. O Priorado dos Magos inteiro está trabalhando em cima deste caso, Boris. Não existe mais pasta de tarefas ou qualquer outro assunto que não seja a tal turma amaldiçoada. Estamos lidando com uma guerra ideológica.

— Eles explodiram uma bomba que produziram com as samambaias tristonhas — pensou alto, sentindo a angústia lhe invadir o peito ao se lembrar de Hector.

— Vejo que já entendeu. Astolfo me contou das suas férias. Sinto muito por não poder estar entre nós neste momento — lamentou.

Boris passou um tempo acompanhando o movimento do local e depois perambulou pela cidade, procurando algum jornaleiro corajoso. Encontrou apenas um, que vendia no quintal de sua própria casa. Endividado, o homem achou mais seguro ficar naquele ponto, podendo vender e também correr para dentro a qualquer momento.

O *The Bruxo Times* estampava na manchete *"O ano em que os filhos do Bàdiu mataram os filhos do Bàdiu".* De acordo com a reportagem, aquela tragédia já acumulava 30 mortos e 21 feridos. Todas as vítimas tinham algo em comum: *eram mestiços; meio-bruxos, meio-juruás.*

Sem nada que pudesse ser feito, Boris voltou para casa, onde encontrou Amélia e o pai.

— Onde vocês estavam? — perguntou e correu para abraçá-los.

— Eu estava na loja. Pedro Picho custou a abrir aquele muro! — comentou a moça, não achando relevante dizer que ela foi a única pessoa que conseguiu convencê-lo a liberar os lojistas.

— E você, Amaro? Não te vi na Rua Sem Fim hoje... — Amélia perguntou.

— Eu? Bem, por sorte, ou azar, não fui à loja hoje. Fui tratar de negócios com alguns clientes e esperei um pouco até a situação acalmar.

— Hum... — disse o filho.

— E você, Boris, onde esteve esse tempo todo? Nós ficamos preocupados...

— Fui procurá-los na Rua Sem Fim, mas Pedro Picho não deu o ar de sua graça. Procurei Berlamina, mas ela estava resgatando os feridos. Por último, fui até a cena do crime. Não consegui entrar, mas conversei um bocado com Toni, um prior que é amigo de Astolfo — explicou, pegando um copo d'água.

— Boris, de novo isso? Você está de férias, não tem que se envolver onde não foi chamado.

— E minha mãe estava grávida, não tinha que estar trabalhando quando eu nasci — respondeu ele de forma ríspida, farto de todos tentarem mantê-lo, afastado das ocorrências graves.

— Tudo bem, tudo bem, não está mais aqui quem falou — disse Amaro arrependido.

De repente, batidas aflitas na porta amenizaram a saia justa. Eram Omar e Judite Barba. O casal baixinho estava abraçado e nitidamente abalado.

— Pelos raios de Tupã. — Amélia assustou-se, levando as mãos à boca. — Entrem!

— O que aconteceu? — Amaro impressionou-se com a cena, enquanto a nora os amparava até o sofá.

— Desculpem aparecer sem avisar, mas não pensei em outro lugar que não aqui, Amaro — lamentou Omar.

— Nossa casa foi depredada, querida. Derrubaram nossas portas, quebraram os móveis e as janelas, e jogaram feitiços e maldições em nosso telhado. — A senhora chorava desesperadamente, tremendo e levando as mãos ao rosto.

— Acalme-se, querida, tudo vai ficar bem — prometeu o marido, tentando trazer algum alento, em uma cena de cortar o coração.

— Estavam atrás de Hector? — perguntou a turmalina.

— Omar deu sua vassoura para Hector fugir, espero que meu neto esteja bem! — Judite soluçava, sendo aninhada por Amélia, que se sentou ao seu lado.

Estrelas do Amanhã

255

— Minha filha, Omar e eu vivemos naquela casa há cinquenta anos. Sempre fizemos de tudo por esses vizinhos e hoje eles nos apedrejam sem qualquer misericórdia.

Boris era uma cópia mais jovem de Amaro. Não só na fisionomia, mas também no comportamento. Pai e filho ficaram imóveis, já atinando como poderiam solucionar aquela situação e achar os culpados. Amélia, por sua vez, sempre tinha uma palavra de conforto. Ajoelhando-se na frente da senhora, segurou suas mãos e a encarou nos olhos:

— Judite, nada que eu fale vai trazer seu telhado de volta nem seu neto, mas tudo nessa vida tem um jeito, e vocês podem contar com a gente. — Sorriu e, então, completou: — Mulher... girassol maduro não precisa de sol.

E, feito sol, Judite esboçou um sorriso no horizonte de seus lábios. Omar olhou para moça, agradecendo, e Amélia entendeu sem que nenhuma palavra precisasse ser dita.

— Amaro tem dois quartos de hóspedes maravilhosos no andar de cima, não é, meu sogro?

— Claro, claro. Esta casa é de vocês. Aqui serão sempre bem-vindos — convidou, olhando para o seu relógio de bolso. — Eu preciso ir agora, mas prometo não me demorar!

— Eu vou com você! — Omar se levantou.

— Neste momento é melhor que não vá, meu amigo. Confie em mim!

— Você vai encontrar Perpétua? — perguntou o senhor.

Boris, que estava calado remoendo todas as informações, ficou transtornado ao perceber que o caso do pai era domínio público e mais ainda ao constatar que ele ia sair para namorar bem no meio de todo aquele caos.

— Você vai encontrar Perpétua no dia em que seu país sofreu o maior atentado ideológico da história? É isso, pai?

— Não, senhores. Não vou encontrar Perpétua. Vou auxiliar outra amiga. Pelos anéis de Saturno... Era só o que me faltava... Depois de velho dever satisfação de cada um de meus passos. — E bateu a porta, furioso.

Amélia acomodou o casal no andar de cima, garantindo travesseiros afofados e roupa de cama limpa e cheirosa.

— Tomem um banho e depois desçam para o chá da tarde, certo? Cabeça vazia não funciona nem para mula sem cabeça, que tratou logo de atear fogo — disse a moça divertida, descendo para preparar algum quitute na cozinha.

— Um dobrão por seus pensamentos, Boris boboca!

Enquanto a turmalina batia uma torta de sardinha, o noivo parecia estar longe, com o olhar perdido em frente à janela.

— Amélia, você acha que Hector me enganou esse tempo todo?

— Ah, meu amor... — Aproximou-se, tirando o avental branco e correndo a mão por seu rosto. — Eu não sei te responder, mas, se Hector está realmente envolvido em tudo isso, não se culpe. Todas as suas ações foram pensando no bem dele, não se deixe abater.

— Ele sempre teve muitos problemas, mas daí a destilar ódio embasado em uma questão meramente genética? É muito difícil pensar que alguém tão próximo tenha o sangue tão frio.

— Querido, Omar e Judite estão descendo e é neles que temos de pensar agora. Um passo de cada vez, não é!?

O casal parecia mais relaxado depois de um banho e foram muito mimados por Amélia, que colocou a mesa e proseou por horas. Até Boris, que estava meio borocoxô, acabou se juntando ao papo e se distraindo. Pelo menos até que Amaro entrasse pela porta com um sorriso triste, pendurando seu chapéu.

— Vejo que Amélia já mostrou as suas prendas.

— Amélia é um amor, Amaro, um a-mor — empolgou-se Judite, que pareceu bater palmas ao juntas as mãos.

— Berta Holmes está de volta — anunciou, arrancando um sorriso de Boris. — Bem, as notícias que trago não são as que gostaria de trazer, mas, mesmo assim, elas precisam ser ditas. — Enquanto Amaro tomava um assento e limpava a garganta, Omar e Judite se ajeitavam nas cadeiras. — Omar, nós somos irmãos. Bem, no sentido figurado, é claro. Não somos irmãos de sangue, mas eu o considero como um irmão mais velho. Prezo muito por nossa amizade — começou, um tanto desconcertado. — Acontece que meu filho dedicou uma amizade muito sincera por seu neto e eu preciso contar algumas coisas. — Omar abaixou a cabeça entristecido. — Júpiter Laus, o professor de poções que estava internado, finalmente acordou. Em seu depoimento, relatou que foi atacado por seres das trevas e que Hector Saião estava envolvido nisso. O tal professor foi ao banheiro e desapareceu, mas isso não vem ao caso agora...

— Isso foi hoje? — perguntou Boris.

— Foi hoje. Hector e sua turma estão envolvidos com algo perigoso. Eu sinto muito por ser o portador de notícias tão ruins, mas acredito que uma verdade feia vale muito mais do que uma bela mentira — completou, abaixando a cabeça, enquanto os avós do menino se abraçavam e choravam.

Indignado com tudo o que ouviu, Boris saiu para tomar um ar e foi até o jardim, onde se sentou debaixo da araucária. Amélia levantou-se para acompanhá-lo, mas Amaro lhe pediu que desse um tempo ao rapaz.

Estrelas do Amanhã

257

Boris tentava manter os cabelos para trás, mas o vento que soprava por entre as árvores esvoaçava algumas mechas, que lhe caíam sobre os olhos.

— Boris? — chamou Hector, que pairava com sua vassoura a uns dois metros de altura.

Boris colocou-se de pé num pulo e empunhou sua varinha de pau-brasil.

— O que você quer aqui?

— Boris, precisa acreditar em mim, eu não tenho nada a ver com o que aconteceu.

— Então quem foi?

Hector se calou.

— Eu não posso dizer, Boris, você não entenderia...

— Seus avós estão com medo de voltar para casa. Os vizinhos estão dizendo que eles criaram um monstro, que não os querem por lá. Vizinhos de décadas lançaram azarações para que não voltem para casa, e tudo isso por causa de você. Então, não me venha dizer que eu não entenderia. Sou o único que entenderia. Eu lhe perguntei, antes do atentado, se você sabia de alguma coisa e você negou. Sei que você sabe de tudo o que está acontecendo. Então, quero que olhe nos meus olhos e diga que estou errado! —Mais uma vez Hector ficou em silêncio. — Sabe o que é mais engraçado? — continuou Boris, coçando a barba com o mindinho da mão esquerda. — Vou me casar este mês. Tive uma batalha das grandes para convencer Amélia de que você daria um bom padrinho de casamento. Quando ela finalmente concordou, meu pai chegou contando sobre o que aconteceu com Júpiter Laus... — Boris estava devastado, sentindo como se um punhal afiado atravessasse seu peito. — Vou lhe dar uma chance de se redimir — continuou —, por isso escolha bem: ou conta para mim e meu pai onde seus colegas estão escondidos ou vá para junto deles e nos esqueça.

Hector deixava cair algumas lágrimas lá do alto. Balançou a cabeça e apertou os lábios, como se estivesse prestes a falar alguma coisa. Mas, chorando, o menino enfim ergueu o cabo da vassoura e ela subiu entre os galhos da árvore, ganhando altitude pouco a pouco e sumindo no breu. Boris lhe apontava a varinha, mas não teve coragem de proferir nenhum feitiço.

Omar e Judite se recolheram. Amaro provavelmente estava aninhado em sua cadeira de balanço no escritório, e Amélia e Boris ficaram jogados no sofá por horas, sem sequer uma palavra ser dita. O silêncio ecoava, até que o relógio cuco anunciou a meia-noite.

— Feliz 1997? — perguntou Amélia.

258   Escola de Magia

CAPÍTULO 21
O ESPOSÓRIO

— Eu fiquei mesmo preocupado com você, bandim — confessou Astolfo, que, junto com Toni, levou café da manhã para o amigo.

— Ao que tudo indica, o garoto está mesmo envolvido até o pescoço, sinto muito.

Toni pediu silêncio, com medo de que os avós pudessem ter escutado.

— Falei muito alto? — cochichou o pelaguês.

— Não se preocupe. Omar e Judite saíram bem cedo para buscar mais algumas mudas de roupas e meu sogro acordou com as galinhas — tranquilizou Amélia. Boris, abalado, mais ouvia do que falava.

— Ufa! Então podemos conversar mais à vontade, assunto não falta. Cosmo Ruiz está em estado grave, e Heron, um jovem prior de campo, foi morto ontem.

— O quê? — perguntou espantado.

— É isso mesmo, Boris. Heron perseguiu uma parte do grupo maldito e acabou sendo derrubado da vassoura. Infelizmente, o seu amigo problemático estava no meio e saiu ferido. Disseram que os falcões-peregrinos deixaram uma lembrancinha em seu rosto...

Boris deu um murro na mesa com tanta força que as broas de milho quase foram ao chão.

— E Cosmo?

— A alta cúpula do Priorado vai decidir hoje sobre a aposentadoria do excelsior Jurandir. Não temos como ficar a cargo dele, principalmente agora...

— Mas o que aconteceu com Cosmo?

Apesar de não gostar do chefe e ter motivos de sobra para desconfiar de que ele escondia alguma coisa muito errada, Boris se preocupou.

— Duque e os outros priores chegaram na escola e encontraram Cosmo todo ensanguentado, quase à beira da morte, duelando sem varinha com um figurão que fugiu assim quer os reforços chegaram. Bem, pelo menos agora sabemos que a molecada tem bruxos mais experientes na retaguarda.

— Espere aí... — disse Toni. — Amaro é o seu pai, não é?

— Sim, pelo menos ele nunca contestou.

— Se eu não me engano, seu pai também estava no castelo.

— Impossível! Meu pai estava em casa. Amélia e eu dormimos no sofá e Difininho não deixaria alguém sair na calada da noite sem um ataque de histeria. Esse papagaio, além de chato, tem o sono muito leve.

— Então posso ter me confundido, mas jurei ter ouvido o nome Amaro... Querido, me passe o suco, por favor, mas coloque duas pedrinhas de açúcar — pediu Toni a Astolfo. Astolfo pareceu levemente incomodado, mas serviu a bebida de acordo com as instruções, enquanto emendava:

— Ah, deve estar se referindo ao comandante Amâncio. — Então riu, misturando o açúcar no suco. — O comandante foi um dos priores envolvidos. Estão esperando Cosmo se recuperar para entender melhor o que aconteceu, mas ele desfaleceu após o embate. Até agora, o que sabemos é que o figurão vestia uma túnica, com um cinto, e desapareceu na neblina abandonando um cajado para trás.

— E a Federação, como está?

— Um tumulto só. Virgílio Azambuja nem sequer fez pronunciamento na virada do ano. Bem, virada do ano... — debochou o pelaguês.

— Se deu mais de cem gatos pingados na fogueira já superaria as expectativas. Foi Estêvão, o vice gago, que fez todo o discurso, mas não foi nada demais. Falou umas quatro palavrinhas e já encerrou a transmissão.

— "Bàdiu para os brasileiros"? — sugeriu Amélia.

— Não, Amélia, o homem tem a língua presa, mulher — brincou Toni, espirituoso.

— Desejou que 1996 ficasse na história e que 1997 a transformasse.

Amélia finalmente soltou uma gargalhada que estava presa em sua garganta. Os rapazes foram trabalhar e ela também, e Boris ficou perambulando pela cidade, tentando descobrir mais informações.

Com Cosmo desacordado, tudo parecia andar mais rápido no Priorado. Cartazes de Hector Saião, Alma Damas e Petrus Romanov, indiciados como mandantes da intitulada Brigada dos Amaldiçoados, eram expostos por Vila Vareta e por várias cidades do Bàdiu.

A grande surpresa, no entanto, foi o pronunciamento do presidente na rádio Arabutã. O sujeito não se pronunciava desde o fatídico 31 de dezembro e, de repente, vinha a público como se nada tivesse acontecido.

— "Tudo o que eu quero é trazer a alegria de volta aos meus compatriotas. Antes de ser presidente, sou brasileiro como todos vocês. Um torcedor do Bàdiu com todo afinco e com toda a versatilidade que engloba a palavra tor-ci-da. *É com muito orgulho que anuncio que o Bàdiu sediará algo inédito."* — Então pareceu emocionado: — *"Receberemos em terras tupiniquins o Mundial de Clubes!"* — Houve uma pausa dramática. — *"Nossos amados times, as pratas da casa, terão a oportunidade de competir em alto nível com grandes nomes do esporte. É... É isso mesmo! Enfrentaremos as estrelas do Dragas da Romênia, do Pegasus del Sur e do Albatroz de Galápagos. Avante, Bàdiu! Prepare a sua torcida! É hora dessa nação virar o jogo. O que calou é passado. O que virá, é história."*

Berta desligou a rádio, incrédula, sentando-se no sofá.

— É sério isso?

— Me parece que sim, devem ter pagado uma fortuna — respondeu Boris.

— Que vão trazer eu sei — ela riu —, só não me conformo de isso ser considerado um pronunciamento presidencial. O país está à beira de um colapso e esse sujeito acha que vai devolver a alegria ao povo promovendo um campeonato de argobol?

Newton Holmes de repente desceu sua elegante escada de mogno, carregando uma trouxa de roupa suja.

— Como ex-presidente, gostaria de falar que eu avisei. Azambuja é um falastrão de primeira linha, um orador nato. Foi eleito com suas filosofias baratas...

— Acontece que muita gente é grata a Azambuja, senhor Newton. As classes mais baixas, incluindo os mestiços, que sempre gozaram de menos oportunidades, agradecem a ele pela melhora de vida.

— Conversa-fiada! Azambuja é um estrategista da melhor qualidade. Ele compra o apoio dessas classes. Nunca ensinou ninguém a pescar, sempre trouxe o peixe limpo e mordido. Bem, agora tenho outras roupas sujas para lavar — disse, saindo pela porta da sala de jantar.

— É, acho que seu pai não votou em Azambuja.

— Pode ter certeza que não. — Divertiu-se Berta. — Papai tem certa experiência na política, tem um lado melo conservador e nunca simpatizou muito com essa candidatura, mas é inegável que Azambuja fez coisas boas também.

— Confesso que sempre gostei de Virgílio Azambuja, mas me assustei com essas últimas denúncias. Desfalques financeiros, venda de cargos, privilégios... Só nos resta aguardar e ver o resultado nas cédulas.

— Ele é ligeiro. Com certeza, vai conseguir muitos votos trazendo o Dragas da Romênia. — Berta Holmes gargalhou, para depois abraçar seu "campeão" cheia de força e saudade.

Estrelas do Amanhã

Azambuja superava a baixa popularidade com um golpe de mestre, disparando novamente nas pesquisas de reeleição. Apesar dos horrores do último atentado, o mercado esportivo estava superaquecido, vendendo o dobro de camisas e artigos dos clubes.

A Dragashop, loja com produtos licenciados do Dragas, maior torcida do mundo, estava mais disputada do que quando o time conquistou o último título Globo, em 1982.

Os torcedores já começavam a fazer suas fezinhas para adivinhar o placar e a imprensa era bastante repetitiva, deixando os amantes do esporte cada vez mais ansiosos pelo fim do mês.

Enquanto Amélia conduzia o Opalão (como ela mesma batizou o carro) até sua cerimônia religiosa de casamento, Boris lia a revista *Merlin*. Apesar de achá-la um pouco tendenciosa, não deixava de comprar nenhuma edição. Era uma forma de prestigiar a carreira da irmã, jornalista de entretenimento.

— Olha só, já temos os cinco times nacionais que disputarão com os estrangeiros.

— Íbis Carioca, Tulguense, Leviatã, Uritano e Akhenatense — respondeu a noiva.

— É... Você já leu a *Merlin*?

— Eca! Helga que me perdoe, mas eu detesto a revista *Merlin*! E, sinceramente, neste caso nem precisaria. Só disputarão com os gringos os cinco primeiros colocados dos Jogos da Pátria de 1996.

Boris ficava impressionado com a disposição que a noiva tinha para o argobol. Nunca tinha entrado em campo, mas era uma torcedora assídua desde os tempos de escola. Não é à toa que namorou o capitão do time das Águias antes de eles engatarem um romance na adolescência.

— Não estava sabendo disso.

— E, agora que sabe, vai torcer para quem?

— Não estou muito de acordo com esse campeonato. Estamos à beira de uma guerra. — E torceu o nariz, voltando à leitura.

— E quem disse que eu estou? — Amélia se sentiu politicamente menosprezada pelo noivo. — Mas, se quer saber, eu é não vou deixar de torcer por receio de estar ajudando Azambuja com suas manobras. Eu vejo muito o que está acontecendo e não me deixo manipular. Como vivemos a vida é só o que levamos dela, Boris boboca. Se tiver guerra, contem comigo; se tiver torcida, contem comigo também!

Boris levou um tapa de luva de pelica e, como sabia que estava mais chato do que o normal, preferiu não prolongar o assunto. Respeitando as

24 horas que deviam passar separados antes da cerimônia, ele ficou na casa de vó Dora enquanto Amélia foi para a casa dos pais.

No dia seguinte, uma gentarada esperava pelos noivos em frente à casa de reza, a mais importante da cidade, a primeira, localizada na Rua Jacarandá Mimoso.

Como a cerimônia civil seria em Vila Vareta, apenas os mais próximos da cidade de Boris realmente se disponibilizaram a viajar para Turmalina, até porque a casa de reza era pequena e poucos poderiam acompanhar o ritual do lado de dentro.

Baltazar, que estava em pânico por ter o filho acamado, chegou em cima do laço, surpreendendo o noivo que nem esperava mais por ele.

— Querido, o rezador pediu a cada um de nós que escolhesse seis convidados para entrar na casa — avisou Amélia, que estava especialmente bonita em um vestido de tecido leve, branco, com um girassol que se confundia em seus cabelos loiros.

— Baltazar, meu pai, Helga, vó Dora, Quequê e Berta — respondeu de pronto.

Como Catarina Datto não pôde ir, sua escolha foi mais fácil. Alguns familiares ficaram magoados, naturalmente, a exemplo de Naná, sua avó materna, mas o investigador fez suas escolhas dentro do contexto de sua história. Todos tiraram os sapatos e o rezador Otavinho, primo de sua sogra, começou uma cerimônia muito simples, mas muito bonita, pedindo a proteção dos deuses e ancestrais para a nova família que se formava.

Apesar de seu Risadinha se negar a comparecer, Amélia era só sorrisos, não se deixando abater pelos caprichos do pai.

— Mamãe, meu pai se casou com quem quis. Agora é a minha vez. É o meu direito — Amélia Flores consolava a mãe, Celina, minutos antes de se surpreender com a "singela" recepção que ela ofereceu.

Era tanta gente, mas tanta gente, que a festa aconteceu no ginásio de esportes da cidade. As mesas distribuídas pelo campo eram cobertas por toalhas bufantes, brancas, de muito bom gosto. Toda a louça era da mais fina porcelana, e o faqueiro, em prata, brilhava mais do que o dente de ouro do tio Nacho.

— Muito bom esse vinho, Celina — elogiou Amaro, analisando uma taça de cristal.

— Esse vinho é produzido por meus primos. A plantação fica na beira do Rio Saúva, esse é segredo da Vinícola Carraspana — explicava a mãe da noiva, muito simpática.

A maior surpresa, porém, ficou para o final. A família forjou um caldeirão imenso e o encheu de chocolate derretido. Foi uma farra só.

Depois de partirem um bolo bem mais ou menos feito por vó Jurema, que andava meio esquecida e provavelmente subtraiu algum dos ingredientes, os noivos engasgaram com as balas de coco e, enfim, pegaram a estrada, digo, o céu, em direção à capital.

— Ainda está borocoxô, cavaleiro? — perguntou Boris, olhando o amigo triste pelo retrovisor do carro.

— Ah, cara de percevejo, essa vida é muito tola. Por isso precisamos dizer o que queremos dizer para quem precisamos dizer. Ah... vocês entenderam o que eu quis dizer...

— Entendemos. — Amélia riu. — Como está o seu filho?

— Desacordado, e eu nem sei direito o que aconteceu. Ninguém sabe.

— É alguma doença? — questionou Boris.

— Acidente de trabalho, o que me conforta. Pelo menos vagabundo o meu menino não é!

Boris e Amélia preferiram se mudar para a casa nova só depois de assinar os papéis. Dessa forma, ela poderia se despedir com calma do padrinho e ele faria companhia a Amaro e aos hóspedes, mas o tempo passou muito rápido com todos os preparativos.

Quando Boris deu por si, já era manhã do dia 10 de janeiro de 1997, a data mais aguardada de sua história. Faltavam poucas horas para dizer o "sim" perante o juiz de paz. Embora já tivesse se unido com Amélia no religioso, ele só se sentiria realmente casado depois de firmar o compromisso perante a justiça dos homens.

Boris foi até a cozinha, onde vó Dora decorava o bolo com a ajuda de Judite e, um pouco nostálgico, pegou pela última vez a velha cumbuca e a encheu de Loro Guloso e leite de vaca azul, uma das vantagens de se viajar para Turmalina.

— Acordou o noivo! — exclamou Judite, providenciando uma banda de pão.

Sonolento, Boris apenas acenou, bocejando e acarinhando o gato Meu, que veio de brinde com os hóspedes.

— Já separou a sua roupa, querido? E os seus pertences?

— Vó Dora, ainda não tive tempo para isso. Vou fazer as minhas escolhas agora. — Ele sorriu, comendo depressa e voltando para o quarto.

Seus pertences já estavam quase todos guardados, quando ele deu uma volta de 360 graus nos poucos metros quadrados onde construiu o seu caráter. Olhou para a cama de Sancho e não se aguentou: chorou copiosamente, desejando que Nhamandu pudesse mandar o irmão pelo menos por uma tarde.

— Posso? — perguntou Amaro.

Boris apenas concordou com a cabeça, enquanto o pai entrava com um sorriso de canto de boca, caminhando pelo cômodo que já fazia eco.

— É impossível deslumbrar o futuro sem tirar tinta das paredes! — disse, passando a mão por um pequeno dano. Um pôster do herói Mascarado Escarlate esteve preso ali por tantos anos, que não pôde sair sem danificar a pintura. Boris sabia que não se tratava de uma queixa, mas de uma lição. Uma lição que ele entendeu assim que acordou: nem toda mudança é triste, mas todas elas deixam marcas na gente.

— Você vai ficar bem?

— Sempre que vocês estiverem... — Amaro sorriu, deixando as lágrimas escorrerem e se sentando na cama de Sancho.

— Sente aqui — chamou o filho e, emocionado, tirou do bolso um broche no formato da máscara vermelha do super-herói que seus meninos tanto adoravam, broche que pertencera a Sancho, um presente de seus padrinhos ricos.

Boris desabou.

— Eu sei que ele tinha muito ciúme disso, mas hoje... talvez Sancho te daria. Como ele não está aqui, farei por conta.

Às cinco da tarde, Boris estava diante de Amélia, sob os olhares atentos e felizes dos mais chegados e do juiz da Federação.

Casou-se usando uma bela camisa branca, com a máscara do super-herói abrochada perto do coração. Comprou sapatos novos, o que foi providencial, já que os seus estavam muito gastos, e, para completar, vestiu um paletó xadrez esdrúxulo e muito apertado, mas que tinha o perfume de seu fiel cavaleiro, que lhe emprestou a peça aos prantos.

O menino Boris, que precisava apertar alguma coisa sempre que tinha medo, ouviu atentamente todas as palavras do juiz segurando a bússola de ouro que herdara da mãe. Entregar-se ao futuro era deliciosamente assustador.

— Pelos poderes conferidos a mim pela Federação Mágica do Bàdiu, eu vos declaro casados — concluiu o juiz.

Apesar de simples, a recepção foi muito aconchegante. No quintal da casa de Amaro, sob a brisa das araucárias, sobrou alegria, comida e bebida.

Vó Dora caprichou num bolo de pão de ló de três andares, com muito pêssego e abacaxi, e Judite, responsável por recomendar a pensão de vó Dora a Boris, superou-se com suas tortas de carne.

Estrelas do Amanhã

Catarina fez falta em ambas as celebrações, mas não deixou de mandar cartas e presentes, lamentando-se pelo Priorado de Tulgar não a liberar nas datas dos enlaces.

Amélia distribuiu girassóis de seu buquê, pedaços de seu vestido branco e muitos sorrisos. Boris não conseguia se lembrar de ter visto a esposa tão feliz em todos aqueles anos que se conheciam.

A festa não pôde ir até muito tarde, já que ambos trabalhariam no dia seguinte, mas durou o suficiente para ser inesquecível. Depois de alguns minutos de caminhada em posse de vários porta-tudo, o casal parou diante do sobrado colorido da Rua Almofariz.

Com um feitiço, Amélia abriu a porta.

— Seja bem-vindo ao lar. Seja bem-vindo à vida, Boris Forte!

CAPÍTULO 22
O ONEROOSO

— **S**into muito por não podermos fazer a viagem a Pedregulho de novo — lamentou Boris, comendo Loro Guloso.

O casal usava pela primeira vez a mesa, as cadeiras, as louças e até a toalha feita pelas fadas tecelãs, presente de Berlamina Fajardo.

Amélia levantou a cabeça, interrompendo a leitura da papelada que a mantinha concentrada e colocou as mãos sobre as mãos do marido.

— Temos todo o tempo do mundo, Boris boboca, não é sua culpa. Além disso, olha aqui o tanto de pedido que a Flores tem para entregar!

Sorrindo, balançou o maço de papéis, voltando a analisar os documentos enquanto mordiscava um pedaço de pão.

Ansioso para voltar ao Priorado dos Magos depois de um mês, que mais pareceu uma eternidade, Boris se arrumou depressa e saiu.

Naquele momento, a única ordem, moralidade e segurança que o Priorado queria assegurar era contra a tal Brigada dos Amaldiçoados.

Rufo Cartaxo fora escolhido como substituto de Cosmo Ruiz, que estava hospitalizado, e não estava disposto a se curvar. Muito mais ofensivo, queria que os jovens arruaceiros sentissem medo dos priores.

— Quero suas cabeças em uma bandeja! Peguem-nos! — bradou Rufo antes de deixar a sala.

Apesar de baixinho e troncudo, com barba e cabelos negros, ele era tão mal-encarado quanto Lima Maciel. Durante um bom tempo, Boris ficou com a impressão de que o conhecia de algum lugar, mas era só uma memória do professor carrasco.

— É, acabou para os ladrões de galinha e para as brigas de família. Estamos proibidos de investigar qualquer coisa além do paradeiro dos amaldiçoados. — Astolfo suspirou.

— Ele é bem diferente de Cosmo, não é?

— Ah, você achou?! — ironizou o colega. — Ele é o oposto! Cosmo gostava de fazer suas investigações na surdina, afinal é um detetive. Rufo é de campo, gosta mesmo da carnificina. Estamos perdidos, bandim. Experimentamos os dois extremos.

— E Cosmo, como está?

— Continua internado no curandório, até onde eu sei. Vladimir Tristão, um mestre de poções famoso, deve chegar em breve para examiná-lo junto com os clínicos. É magia maléfica das brabas...

Sem dizer mais nada, Boris se levantou depressa e foi trocar figurinhas com Doroteia, a colega que ficou a cargo da investigação que ele propôs na EMB.

— Não posso dividir nada com você. Depois de sua suspensão, Cosmo em pessoa fez o arquivamento do caso. Você quase me complicou, seu irresponsável! — E voltou ao trabalho ignorando sua presença.

— Entendo a sua... como dizer... ressalva quanto a isto, mas quem dita as regras do jogo neste momento é Rufo, e ele já deixou bem claro que precisamos encontrá-los. Se quiser, podemos ir até a sala dele agora mesmo.

Ressabiada e percebendo que o jovem colega não a deixaria em paz, a mulher preferiu se reunir com o excelsior antes de tomar qualquer atitude.

— E então, já mataram alguém?

Os dois se encararam, chocados com a pergunta ao entrar na sala do chefe.

— Estou brincando. Sentem-se! É só o país ser invadido por forças das trevas que as pessoas perdem o senso de humor. Enfim, o que vocês me trazem? — E debruçou-se na mesa, encarando-os.

Boris engoliu em seco.

— Senhor, fui amigo de Hector Saião, um dos nomes apontados como liderança da tal Brigada dos Amaldiçoados. Bem, Hector é neto de Judite e Omar Barba, velhos amigos da minha família, e sempre tive dó do garoto, pois seus pais eram criminosos. Inclusive o assassinato deles foi e ainda é investigado pelo Priorado dos Magos.

— E por que não fez nada antes?

— Pessoalmente, essa história me traz muita tristeza, porque me senti traído. Hector sempre foi problemático, mas eu achava que fosse consequência de sua criação. Nunca pensei que fosse capaz dessas barbaridades!

— E você, o que faz aqui? — perguntou a Doroteia, grosseiramente.

— Boris abriu um inquérito há algum tempo sem o consentimento de Cosmo Ruiz. Eu o peguei na pasta de tarefas e iniciei o caso. Porém, o bandim, na época promontório, foi suspenso, e Cosmo pediu que tudo que tivesse relação com esse inquérito fosse arquivado.

— Não entendi ainda o que querem comigo...

— Rufo, eu trouxe uma tampa de poção para análise. Na época, Lucinha Holmes me chamou ao castelo, porque Hector estava abalado com a doença grave de seu amigo Marvin. Ele conseguiu essa tampinha que cheirava a

268　　　　　　　　　　　　　　　　Escola de Magia

folha de laranjeira, dizendo que o professor de Poções, Júpiter Laus, teria afirmado que se tratava de um preparo contra a dor. Como eu nunca soube de analgésico com esse ingrediente, desconfiei.

O olho direito de Rufo tremeu e ele se mostrou inquieto na cadeira.

— O que mais?

— Supostamente, esse tal de Marvin era um aluno debilitado, que precisou encomendar um furto, já que não tinha condições físicas de fazê-lo sozinho. Dias depois, tivemos um episódio esquisito envolvendo a poção da fumaçária, que sumiu do mesmo lugar.

— O que mais? — Os olhos tremiam novamente.

— Eu devo ter herdado um dom de meu pai, de falar com animais, mas, no meu caso, é muito pouco. Na verdade, só compreendi dois animais até hoje. Dininho, que é um papagaio e, claro, não pode ser considerado um dom, e Meu, o gato de Hector.

— Me poupe dos casos de família — cortou Rufo, debruçando-se sobre a mesa, irritado.

— Bem, só estou contextualizando a história. O fato é que Meu, em uma dessas visitas, me disse que o tal Marvin não existia. Logo, concluí que era um amigo imaginário. É muito comum as crianças terem amigos imaginários dentro do castelo, então isso não me chamou a atenção. Mas, recentemente, Hector ficou bem envergonhado em assumir que ele realmente era só um fruto de sua imaginação.

— E o que sugere que eu faça? Tome um chá com Marvin? — ironizou.

— Não, senhor. Sabendo de tudo o que sei agora, vejo que Marvin é uma farsa. Algo criado por Hector de propósito para manipular as pessoas.

O novo chefe deu uma pancada na mesa, levantando-se e soltando uma gargalhada extravagante.

— É isso! Temos um caminho! Temos um caminho! — gritava.

Animado, puxou Boris da cadeira, envolvendo-o em um abraço que estralou suas costas, seguido de tapinhas sutis em seu rosto, o que deixou os dois subalternos desconcertados.

— Nós vamos conseguir. Vamos! E você... — largando Boris e olhando para Doroteia — pegue tudo que tiver a respeito. Quero periciar essa tampa agora mesmo!

— Acho que tem mais um dado que pode ser útil. Meu pai tem muitos conhecidos em Vila Vareta e, às vezes, descobre algumas coisas. No dia 31, depois do ataque ao Mercadão, ele me disse que Júpiter Laus tinha acordado de um coma e denunciou Hector. Só que, em seguida, ele foi ao banheiro e sumiu.

Estrelas do Amanhã

269

Rufo voltou a gargalhar, puxando Boris pela cabeça e beijando-lhe as bochechas.

— Você é formidável rapaz! Vamos! Quero a tampa e o processo completo. — Rufo sorria satisfeito.

Em seguida, sem mais nem menos, ele gritou:

— Agora!

Por mais que o chefe interino parecesse muito louco, Boris ficou animado com sua postura, que, ao contrário de Cosmo Ruiz, queria colocar tudo em pratos limpos.

Amélia, que sempre fora leiga nesses assuntos, já até entendia a linha de raciocínio da investigação, de tanto que ouvia o marido discursar sobre o assunto.

Amaro, por sua vez, tinha uma pulga atrás da orelha em relação a Rufo, temendo a exposição do filho.

— Boris, eu entendo a sua empolgação com esse tal de Rufo. É Rufo o nome dele, né? Mas temo por esse perfil linha dura que ele tem trazido ao Priorado.

— Rufo é genial, papai. Enquanto Cosmo era cheio de mistérios e nos coagia a esconder todos os materiais, Rufo nos ouve. Mais do que nunca, estou convicto de que Cosmo pertence ao lado de lá.

— Não fale besteiras, garoto — censurou Amaro, levantando-se de sua poltrona.

— Cosmo e eu fomos colegas de escola. Tenho certeza de que não faria nada de errado.

— Qual foi a casa de Cosmo?

— Serpentes... — anunciou, dando uma pausa dramática. — Ora, garoto, pare de colocar coisas nessa cabeça de vento. Daqui a pouco, as pessoas vão acreditar nessas suas histórias mirabolantes.

— Também já fui traído por alguém das Serpentes, velho Amaro. Dói, mas passa — disse, levantando-se e colocando Difininho nos ombros.

— Vai levar o papagaio?

— Vou. Rufo autorizou que eu o leve para o Priorado dos Magos e tudo bem para Amélia que ele fique lá em casa.

— E eu ficarei aqui sozinho?

— Ora, onde estão Judite e Omar?

— Judite e Omar são um casal, meu filho, Difininho é a minha única companhia...

270   Escola de Magia

Amaro mostrou-se bastante chateado em ter de separar-se da ave, fazendo o filho mudar de ideia. Boris sabia que o pai passava por uma fase complicada e teve receio de deprimi-lo.

Alguns dias depois, já era de conhecimento da corporação que Júpiter Laus tinha mesmo sumido do curandório e, mais ainda, foi descoberto que ele era um infiltrado da Federação, incumbido de avaliar o sistema de ensino no aprendizado básico.

Marvin Bill, por sua vez, existia. Logo após o início do ano letivo, a EMB é obrigada a enviar uma lista com os nomes dos novos alunos para a Secretaria da Educação, que é responsável por providenciar a carteira estudantil e manter um registro atualizado dos alunos ingressos no sistema de ensino primário a cada ano. O Priorado conseguiu uma cópia do documento do aluno, dizimando a pó várias linhas de raciocínio.

Já a tampa analisada apontou restos de um veneno letal, que estava longe de ter propriedades analgésicas. Um assassinato foi premeditado, mas pairava a incerteza: Marvin Bill teria atentado contra a própria vida ou era a vítima de alguém? Qual interesse o menino moribundo despertaria para quererem sua morte? Diante de tantos becos sem saída, o Priorado se fechou como uma flor de dama-da-noite ao ver a luz do dia.

— Boris, o gato mentiu e seu amigo da onça também. Marvin Bill foi um aluno das Serpentes. Ninguém sabe de seu paradeiro, pois, obviamente, está com os outros canalhas, mas interroguei vários professores que lecionaram para ele — explicou Rufo.

— Lucinha confirmou?

— Ora, Lucinha... Lucinha se faz de rogada. Não sei se é proposital ou não, mas me parece querer prejudicar as investigações. Ela só afirma que Marvin era um aluno adoentado e com notas medianas. Em todo caso, mandei vários priores para vigiar a escola. Não podemos deixar os alunos desprotegidos novamente.

Tudo aquilo parecia um enorme quebra-cabeça, mas, claramente, o Priorado não tinha a maioria das peças. Cosmo Ruiz tinha um cofre secreto, mas ninguém conseguia abri-lo, nem mesmo os especialistas que tiveram autorização para adentrar o prédio em caráter emergencial.

— Eu não posso afirmar que ele tem acesso a uma mesa Malleadora, mas arrisco dizer que criou seu próprio feitiço. Sendo assim, só ele sabe o contrafeitiço que deve ser recitado. Sem dúvidas, era um bruxo muito poderoso... — explicou o feiticeiro convidado, referindo-se a Cosmo como se ele já estivesse morto.

Estrelas do Amanhã

271

Duque e Aruana, priores de campo de alta patente, foram submetidos a vários interrogatórios, já que eram considerados os braços direitos do chefe desacordado. Todavia, eles somente lamentaram a falta de informações. Alegaram que não estavam a par de seus casos, tampouco sabiam qual era o acesso ao seu cofre pessoal.

Vladimir Tristão acabara de chegar da Pensilvânia, onde lecionava, e agora todas as esperanças recaíam sobre ele.

Eram dias difíceis para a instituição, que, a essa altura, estava desacreditada por seus próprios integrantes e por toda a população. Mas o golpe de misericórdia foi uma manchete do *The Bruxo Times* que dizia: "Priorado dos Magos morre junto com Cosmo Ruiz".

Tentando reavivar os tempos áureos da entidade, Virgílio Azambuja em pessoa fez uma visita ao prédio, reunindo todos os membros em um único andar.

— A Federação é o coração deste Bàdiu, mas o Priorado dos Magos é o cérebro. Nós precisamos unir nossas forças para expulsar as trevas. Não se abatam, priores. Para fazer valer o nosso destino, precisamos voltar a ser uma nação unida. Chefe, por favor, tivemos ocorrências graves este mês?

— Não — respondeu Rufo Cartaxo, baixando a cabeça.

— Então erga a sua cabeça, homem. É porque vocês existem que nada aconteceu a este país. Trago um presente, um mimo. Quero que se orgulhem do povo de vocês e que, assim, entendendo quem somos, possam retomar o caminho do progresso.

Azambuja deu um par de ingressos do Mundial de Clubes para todos os Priores da capital. Fatalmente, dois ou três jogos aconteceriam no Estádio Arquétipo, o maior do Bàdiu, e o presidente achou que poderia motivar os funcionários daquela maneira.

Amélia ficou feliz da vida, pois não tivera tempo de comprar as entradas e sonhava em assistir a uma partida entre Pegasus del Sur e Dragas, o clássico dos clássicos. Embora nenhum dos dois clubes fosse brasileiro, esses eram os maiores times do mundo e traziam uma constelação de jogadores de diversas nacionalidades, inclusive vários brasileiros.

— Veja, Boris, veja, aquela é Armelina Figueiroa — dizia Amélia animada, enquanto acompanhava os jogadores entrando em campo com um pequeno binóculo.

— Ela é a melhor do Dragas da Romênia e é brasileira, é fiduciana! Boris estava feliz por poder proporcionar aquele momento à esposa, ainda que fosse um leigo em termos de esporte.

O argobol consiste em uma partida entre dois times de sete pessoas, compostos de goleiro, dois rebatedores, três atacantes e um pegador, que só entra nos últimos minutos da partida. Vale lembrar que o esporte é misto, recebendo jogadores talentosos de ambos os gêneros.

O esporte fora criado despretensiosamente em Big Major Cay, nome juruá da paradisíaca Ilha de Bliss, uma praia das Bahamas cujos moradores foram muito sagazes: enfeitiçaram a ilha de um modo que os juruás acreditassem que fosse mata nativa, enxergando a população como porcos selvagens. Originalmente, era um esporte praticado dentro d'água, mas, dessa época, só restou o nome na língua inglesa: *ringball.*

Somente em 1879, o esporte saiu da ilha e ganhou o mundo, popularizando-se graças aos ambiciosos empresários da Voler, um dos primeiros fabricantes de vassouras em larga escala. Para vender seus exemplares, eles criaram uma necessidade. Tiraram o esporte da água, levando-o aos ares e aumentando astronomicamente a altura da argola. Ainda hoje, a empresa existe com sede em Paris, e vem desta época a popularidade que os franceses ganharam no esporte que criaram. Fica na França o maior estádio do mundo, o Magie Bleue, sede da final dos principais torneios.

Quatro bolas compõem o jogo: uma pelota, que só pode ser usada pelos atacantes; duas bruacas, que só podem ser disputadas entre os rebatedores, e, por fim, a bola dourada, que entra no fim da partida, incumbida de ser capturada pelo pegador.

Uma trave com três cavidades é posicionada de cada lado do campo.

A argola (ou aro) mais alta vale 15 pontos, a mediana, 10, e a mais baixa, apenas 5, por exigir menos equilíbrio dos atletas.

Apenas os atacantes podem pontuar com a pelota, enquanto os rebatedores têm a difícil missão de "queimar" os atacantes adversários com as bruacas, diminuindo o ritmo de jogo dos rivais. Toda vez que um jogador é atingido por essa bola infeliz e mais rígida que as demais, ele deve dar uma volta em seus aros, atrasando um bocado sua jogada.

Os pegadores normalmente são os heróis do time, pois têm que perseguir uma bolinha dourada e afrontosa, que não economiza nas dentadas. Sendo a mais difícil, ela vale 30 pontos e não são raras as vezes em que elas salvam o placar de um time que estava fadado à derrota. Essa última etapa tem dez minutos de duração e, caso ela não seja capturada, mantém-se o placar do tempo normal de partida.

Boris, um sedentário de carteirinha, precisou de um curso só para entender tantas regras, bolas e funções. Mesmo assim, ele gostava do ambiente dos estádios, com seus binóculos e vendedores ambulantes. No fim das contas, ele ia sobretudo para comer carne louca, um sanduíche feito com pão fresco e carne ensopada, típico dos dias de jogo.

Naquele dia, Boris estava especialmente satisfeito por levar Amélia, que realizava o sonho de assistir ao vivo a seus jogadores prediletos. Além disso, ele já se considerava um torcedor do Pegasus del Sur, graças à sua proximidade com o argentino Baltazar.

Enquanto vestia azul, a esposa estava toda produzida nas listras vermelhas e amarelas do time romeno, o campeão do clássico, que terminou em 160 a 110 para os Dragas. Independentemente do resultado, Boris estava animado com a experiência de um jogo daquela magnitude e até comprou um adesivo dos *muchachos* para colar no Opalão.

No fim das contas, o presente de Virgílio Azambuja cumpriu seu papel: recuperou o entusiasmo de priores, que conseguiram superar o sentimento de impotência e despreparo.

Por alguns dias, eles até se abstraíram um pouco da história dos tais alunos malditos foragidos, que, por ora, não estavam fazendo nada contra a ordem.

Alguns até chegaram a arriscar a hipótese de que eles estavam se sentindo encurralados e, por isso, preferiram se recolher até a poeira baixar e aproveitar para se regenerar.

Boris não acreditava nessa ideia de redenção, mas, enquanto não tinha mais nenhuma pista para seguir, voltou a se dedicar ao caso do empresário Edmundo Vasco, solicitando um interrogatório de Golias na própria sede, em Vila Vareta.

Estava disposto a iniciar uma sindicância interna, forçando o colega a abrir o bico sobre as tramoias do pai, na premissa de exoneração do cargo. Sendo ele um bandim e Golias ainda um promontório, poderia fazer isso caso tivesse o aval de Rufo.

— Manda ver, garoto. Mande uma carta intimatória agora mesmo! — disse, carimbando o papel e assinando seu garrancho.

Tudo parecia estar entrando nos eixos. Ainda que não tivessem elementos-chave para dar o caso da Brigada dos Amaldiçoados por encerrado, tudo parecia mais tranquilo, até que:

— Liguem o rádio! — gritou o chefe.

— *"Atentado no estádio Oneroso de Tulgar mata 168 e deixa 529 feridos. Esses números ainda são uma pequena prévia da tragédia, mas voltaremos em instantes com dados atualizados dessa catástrofe que faz o atentado de 31 de dezembro parecer uma brincadeira."*

Menos de 30 dias separavam o primeiro atentado terrorista do segundo, que já trazia escalas absurdamente mais devastadoras. Após um breve momento de choque, os priores começaram uma correria no escritório. Alguns choravam, outros emudeciam, mas todos se colocaram em ação, tomando todas as providências cabíveis para conter a tragédia.

A partida em questão era disputada entre Íbis Carioca e o maior time do Bàdiu, o Tulguense, dono do Estádio Oneroso. Agora não restavam dúvidas, uma guerra havia começado e seus motivos eram ideológicos, já que a torcida atingida era justamente a do time carioca, composta de mestiços e simpatizantes.

O Íbis era o único clube mestiço do país, precisando, muitas vezes, recorrer ao poder jurídico para garantir sua participação nos campeonatos. Era composto único e exclusivamente de jogadores meio-bruxos, moradores de uma cidade do Brasil chamada Rio de Janeiro. Embora não fossem benquistos pela maioria dos bruxos, que achavam uma afronta viver entre os juruás por gosto, a rixa sempre fora vista como mero tradicionalismo barato, não como uma tragédia anunciada que envolveria quase 700 vítimas.

Dezenas de priores de campo desceram as escadas em poder de suas Bravatas, esperando chegar em Tulgar dentro de cinco ou seis horas. Uma série de investigadores também se mobilizou na viagem, buscando mais informações, mas, principalmente, querendo prestar socorro às vítimas.

Rufo simplesmente se calou. Foi escorregando pela parede até largar-se no chão e, a partir deste minuto, o Priorado dos Magos estava sem qualquer voz de comando. Talvez a corporação não precisasse de um entusiasta. Precisavam apenas de um líder.

— Rufo, nós precisamos da ajuda de Vladimir Tristão. — E chacoalhavam o homem.

— Não podemos perder a vida de Cosmo Ruiz. Precisamos de um depoimento dele! Rufo? — insistia Boris, sem qualquer resposta do chefe, que estava em estado de choque, empalidecido e com olhos e pensamento a esmo.

Em desespero, ele correu para o curandório de Vila Vareta, na esperança de que seu cunhado pudesse ajudá-lo com qualquer informação.

— Moacir! — gritou ele. Porém, o marido de Helga, que estava em posse de uma prancheta, apressou o passo pelo corredor. — Moacir! — insistiu, olhando nos olhos do cunhado ao alcançá-lo. — Me ajude. Eu preciso saber do estado de Cosmo Ruiz. É urgente!

— Desculpe, Boris — disse abaixando a cabeça, entristecido. — Eu não posso ajudá-lo. O caso desse paciente está correndo em segredo de justiça.

Estrelas do Amanhã
275

— Moacir, o Priorado dos Magos acabou. Rufo Cartaxo está em estado de choque. Não reage a nenhum estímulo, virou um morto-vivo jogado em nosso carpete. Tulgar acaba de ser abatida por uma tragédia que, acabaram de divulgar, já envolve mais de mil pessoas e a motivação é racial. Cosmo Ruiz é a única esperança que nós temos. Só ele pode nos contar o que descobriu sobre a Brigada dos Amaldiçoados.

— Me perdoe, Boris — sussurrou.

— Moacir, nós precisamos salvar a vida de Cosmo para poder sonhar novamente com alguma dignidade. Precisamos recuperar uma instituição que defende esse mundo há séculos, a mesma que Piatã Porã, seu avô, ajudou a preservar um dia — implorou, segurando as mãos frias do Uritano. — Eu te suplico, Moacir. Por tudo aquilo que lhe é sagrado, me diga o que está acontecendo com o chefe dos priores.

Moacir o puxou de canto.

— Valei-me Nhamandu, eu estou ferindo o meu juramento, mas vou lhe dizer. Cosmo Ruiz pode se salvar através de um procedimento que envolve transfusão de sangue de um familiar compatível. Eu disse que ele pode, não que ele vai. Não temos certeza de nada, mas essa é uma possibilidade animadora. É a única na verdade. Antes de Vladimir Tristão propor isso, nós não tínhamos nada que pudesse ser feito, então é válido!

Boris abriu um sorriso na hora. Apesar de não gostar de Cosmo, via nele a única salvação. Apenas ele poderia contar quem era o figurão Boris de túnica que o enfrentou.

— Vale uma gota de esperança neste mar de sangue, Moacir. — Sorriu, agradecido. — E quando farão o tal experimento?

— Esse é o problema. O pai dele já morreu, mas ele ainda tem a mãe e um dos irmãos...

— Ótimo. Ótimo!

— Eles não são compatíveis, Boris.

— Não? Nenhum?

— Não. Dona Mariquinha não é a mãe biológica, é mãe adotiva. Cosmo foi adotado quando ainda era um rapaz.

Boris levou as mãos à cabeça, sentindo mais uma vez o fel da derrota na boca.

— E onde está essa família biológica?

— É bom que o Priorado se recomponha e nos ajude, porque são pequenas as esperanças de encontrá-los. Sua mãe faleceu há muitos anos e, de acordo com dona Mariquinha, o pai não teve condições psicológicas e financeiras de criá-lo.

— Ela sabe quem é esse pai?

— Nunca viu. Na época, o processo de adoção era complicado dentro do país e ela e o marido acabaram indo adotar uma criança na divisa do Bàdiu com a Argentina. Boris ficou pálido, precisando ser aparado pelo clínico naquele momento. — Boris! Boris? — chamou Moacir, dando-lhe dois tapinhas no rosto.

— Eu conheço o pai de Cosmo Ruiz... — disse aturdido, deixando uma lágrima cair de seus olhos marejados.

CAPÍTULO 23
O UNIVERSO

— Você? — estranhou Moacir.

Boris mal podia acreditar. Cosmo, a pessoa de quem ele mais desconfiava, era filho de quem ele mais confiava.

— Sim... É um grande amigo meu.

Despediu-se rapidamente e voltou ao trabalho, que estava uma bagunça só.

Como Rufo Cartaxo fora levado ao curandório e diagnosticado com altos níveis de estresse, os priores tentavam se organizar sem ordens de um superior. Mesmo desacreditados por todos, eles demonstravam preocupação uns com os outros, o que deixava claro que o Priorado dos Magos seguia sendo uma família apesar dos pesares.

Berlamina Fajardo, que não ia ao prédio desde que tinha virado docente do Ateneu, há muitos anos, resolveu organizar uma operação com outros botânicos forenses. Confirmado que as bombas que destroçaram o estádio também foram fabricadas com pó de folha de samambaia tristonha, ela queria descobrir de onde as plantas tinham sido extraídas para a nova tragédia. Vê-la ali, em ação, foi um sinal aos novatos, que concluíram que ainda não era hora de desistir.

— Você está bem? — perguntou Astolfo, que analisava uma pilha de documentos.

— Quem está, Astolfo!? — Boris respondeu, triste, pegando mais uma vez o inquérito de Doroteia a respeito da EMB.

Tinha esperança de encontrar algo pertinente ao paradeiro daquela turma das Serpentes, mas não conseguia parar de pensar em Baltazar. Sabendo que estava nas mãos de seu fiel cavaleiro a única possibilidade de vida de seu filho, mandou uma carta ao amigo, pedindo que viajasse à capital em caráter de urgência.

— Boris? Boris? — insistiu Horácio, tirando-o de seus devaneios.

— Ah, oi, Horácio. Desculpe, estava distraído...

Segurando um envelope plástico pericial, o amigo tinha um semblante preocupado.

— Aconteceu alguma coisa?

Sem saber muito bem como começar, o perito puxou uma cadeira.

— O curandório procurou o anexo para pedir uma perícia de varinha — disse, repousando sobre a mesa de madeira o envelope translúcido.

Boris levou a mão à testa, consternado, ao reconhecer o artefato.

— O que aconteceu com Catarina? — Cerrou os olhos.

— Catarina foi transferida do curandório de Tulgar para Vila Vareta, mas ela não foi atingida pelos estilhaços da bomba, foi ferida em combate. Por isso que pediram uma análise da varinha e eu resolvi tratar disso pessoalmente.

— E por que a trouxeram para Vila Vareta?

— Bem, além dos curandórios de Tulgar estarem lotados com as vítimas do ataque, tivemos um episódio triste envolvendo seus filhos. Enquanto Catarina trabalha, os meninos ficam com uma senhora contratada, mas ela acabou se assustando com o atentado e deixou os gêmeos sozinhos. Como ela não tem nenhum familiar na cidade, acharam mais prudente trazê-la para Vila Vareta, assim o pai pode cuidar das crianças.

Boris chegou ao curandório apreensivo, mas não demorou para encontrar Levi Datto, que estava no corredor, segurando um filho em cada braço.

— Boris? — chamou Perpétua, claramente abatida.

— Sinto muito, Perpétua.

— Estamos aguardando os clínicos trazerem informações de Catarina. Ela foi atacada sorrateiramente enquanto tentava ajudar as vítimas da tragédia — contou, não contendo o choro.

— Acalme-se, mamãe — pediu Levi Datto, oferecendo a ela uma fralda de pano que carregava pendurada no pescoço.

— Os meninos já estão bem, e eu tenho fé de que Catarina também vai se recuperar.

Mais uma vez, Boris foi confrontado com a efemeridade da vida, temendo perder mais alguém que amava. Por mais que já tivesse passado por isso outras vezes, uma parte de nós nunca está pronta para lidar com esses momentos.

Observou os gêmeos por alguns minutos. Vitório e Valentim eram parecidos com a mãe. Independentes, logo desceram do colo do pai e se divertiam arrastando-se pelo chão. Colocando a mão na consciência, o "tio bonitão" censurou-se, perguntando-se o que estava fazendo de tão urgente a ponto de só conhecer os filhos da melhor amiga no corredor de um hospital.

Os dois eram íntimos na ponta das penas, trocando cartas semanais, mas tinha muita coisa que o investigador gostaria de ter dito pessoalmente a Catarina.

Estrelas do Amanhã

— A senhora é a mãe? — perguntou o clínico.

— Sou a tia e avó de seus filhos!

— Certo... Bem, vou usar de toda a sinceridade com a senhora. Sua sobrinha não foi atingida pela bomba, como a maioria dos envolvidos na tragédia. Ela foi atacada por outro bruxo e, ao que tudo indica, eles duelaram. Poderemos ser mais precisos amanhã, depois que os priores analisarem os feitiços utilizados em sua varinha.

— Oh, doutor, disso tudo nós já sabemos, mas como ela está, hein? — perguntou Levi, indo direto ao ponto.

— Estamos lidando com magia negra. O estado é grave, mas não conseguimos mensurar quanto tempo ela tem. Só podemos torcer para que as poções surtam efeito.

— Vladimir Tristão pode vê-la?

— Vladimir Tristão não trabalha aqui, senhor, e, além do mais, ele está em Tulgar ajudando as vítimas da catástrofe.

— Espera aí... Lucinha Holmes tem uma ampulheta que descobre quanto tempo de vida as pessoas têm — lembrou Levi Datto, franzindo a testa. — Pelo menos, todos diziam que ela tinha...

— Pois eu pedirei a ela.

Boris saiu rapidamente, buscando seu carro e conduzindo-o o mais rápido que podia até o castelo. Apesar de todos os elfos serem novos, já que os antigos tinham sumido, eles foram simpáticos e pediram a Lucinha Holmes que o recebesse em sua sala.

— Como eu posso te ajudar, Boris querido?

— Não sei bem como dizer, pois nunca tinha ouvido falar nisso, mas Catarina Datto está entre a vida e a morte, e nós precisamos saber quanto tempo ela tem de vida, pois assim podemos ministrar melhor as doses das poções. Precisamos de sua ampulheta!

Lucinha mudou de feição instantemente.

— Eu não sei do que está falando...

— Nem eu, mas Levi Datto acabou comentando no corredor do curandório que você tinha uma ampulheta capaz de estimar o tempo de vida de uma pessoa.

A diretora levantou, inquieta, apoiando as mãos sobre os ombros de Boris.

— Eu juro que, se tivesse uma ampulheta capaz de fazer isso, emprestaria na mesma hora. Mas eu não tenho, infelizmente. Adoraria, mas eu não tenho!

— Mais um boato adolescente, não é? — perguntou, levantando-se, entristecido.

Passou a noite com Perpétua e a família, torcendo para que o dia seguinte fosse melhor do que aquele.

Excelsior Jurandir voltou e por essa ninguém esperava. Por incrível que pareça, ele conseguiu colocar alguma ordem no lugar, retomando investigações e propondo aos detetives que juntassem todas as ocorrências registradas na escola ao longo dos sete anos. Plantado na mesa de Cosmo, trabalhou sem contratempos, haja vista que seu maior problema sempre foi de mobilidade.

Boas notícias chegaram finalmente. Priores de Tulgar traziam em comboio uma integrante da Brigada dos Amaldiçoados.

— Diz aí que tem a tatuagem, excelsior Jurandir? — perguntou Astolfo.

Todos os priores estavam apreensivos, enquanto o novo chefe tentava ler a carta com certa dificuldade. Tirando os óculos da hipermetropia, ele sorriu:

— Ela tem tatuagem! — comemorou o senhor, erguendo a bengala, ao que seus subordinados urraram como se fosse final dos Jogos da Pátria. Tinham novamente razões para acreditar e isso os unia cada vez mais.

Aquele dia, porém, guardava grandes emoções além da prisão de Maria Predileta. Baltazar chegou do Ateneu e Boris o recebeu em um passeio pela Praça Folhaverde, escolhendo um banquinho de madeira em frente ao chafariz. Mesmo sem fazer a menor ideia de como começar aquela conversa, precisava começar de algum lugar.

— Você sabe o apreço que eu tenho por você, cavaleiro?

— Desconfio... — respondeu o excêntrico senhor que brincava com uma borboleta. — Ih, você não vai me pedir dobrões emprestados, vai?!

— Não... Não vou! — respondeu Boris com uma risada espontânea. — Tem alguém que precisa de você, mas não subtrairá os seus bens.

— É? E quem precisa de mim?

— Seu filho!

O senhor murchou como uma rosa velha.

— Ah, eu acho que não. Pablito não precisa de mim há mais de quarenta anos.

— É Pablito o nome dele?

— Pablo. Pandora adorava um artista de teatro que se chamava Pablo Canãs. Eu ficava louco de raiva, porque ele era alto e magricela, mas ela sempre conseguia o que queria no fim das contas — disse, imerso em lembranças.

— Como Pablito virou Cosmo?

Estrelas do Amanhã

— Ele já tinha treze anos quando foi adotado por um casal que não podia ter filhos, e o único pedido que fez aos novos pais foi a troca de nome.

— Que nome curioso...

— Ele queria ser grande como o universo. — E sorriu.

— Por que nunca me disse que Cosmo Ruiz era o seu filho?

— Não me lembro de você ter perguntado. — Baltazar pareceu puxar na memória. — Perguntou?

— Não, cavaleiro, eu não perguntei.

Boris sorriu, fazendo um carinho em seus cabelos brancos e desgrenhados.

— O universo de meu filho continua em perigo?

— Está fora de órbita, mas especialistas acreditam que o seu sangue pode salvá-lo.

— Então vamos aos vampiros. — E deu um pulo do banco. — Para onde nós vamos?

— Para o curandório municipal. — Boris piscou, animado com os rumos da conversa.

Uma junta médica se mostrou empolgada em recebê-los, mais ainda depois de constatar que Baltazar tinha todos os requisitos necessários para ser o doador. A partir de agora, era só esperar a chegada de Vladimir Tristão para iniciar o procedimento.

Preocupado, Baltazar fez questão de ler uma carta de Tobias Tôla lhe permitindo faltar ao trabalho por alguns dias. Carta essa que Boris lhe mostrou enquanto os dois tomavam café com bolo na pequena padaria do seu Afonsinho.

Confesso que este castelo fica triste sem seus assobios, mas o Priorado dos Magos agradece a sua disposição. Leve o tempo que precisar.
Tobias Tôla

— Sendo assim, eu fico — disse alegre, cutucando o bolo de cenoura com o garfo.

— Faz muito tempo que está no Ateneu, não é?

— Uh, mais de trinta anos.

— E como você foi parar lá? Você trabalhava com segurança na Argentina?

O velho começou a gargalhar, cuspindo café para todo lado.

— Segurança? A única coisa que eu segurava em Montanãs Douradas era sucata, *muchacho*. Eu era um inventor.

— E como chegou até o Ateneu, então?

— O Ateneu era o universo de meu filho, mas há décadas virou o meu.

— Como assim?

— Jorge Felipo mudou minha vida para sempre. Nessa época, ele era o diretor da academia e, ao ouvir a minha história, me deu um trabalho, permitindo que eu ficasse perto de Pablito, ou Cosmo, se preferir.

Boris ficou ainda mais impressionado com a história de Baltazar.

— Então você entrou para o Ateneu porque seu filho estudava lá?

— Até aquele dia eu era apenas uma salamandra se adaptando ao meio, garoto, mas algumas pessoas têm o dom de transformar vidas. Jorge era uma pessoa dessas. Eu passei dois anos próximo de Pablito e encontrei um lar.

Os dois prosearam o resto da tarde, repetindo bolo, café e assuntos.

No dia seguinte, o Priorado já estava com a sua prisioneira de luxo hospedada no anexo, mas ela só fazia chorar. Maria Predileta ficou à disposição dos priores, que tentavam arrancar informações, ou apenas queriam vê-la, como se fosse um animal de exposição.

— Alma Damas! — disse Boris, assustando Astolfo, que estava concentrado em sua mesa. — Nós precisamos capturar Alma Damas, pois assim atrairemos Hector Saião. Ele é apaixonado por ela e não a abandonaria à própria sorte.

— Mas como faremos? Estamos tentando capturar Alma e o resto da corja há dias.

— Vamos falar com a tal Predileta, Astolfo!

A prisioneira foi levada para uma sala vazia, contendo apenas uma cadeira bem no centro e todas as luzes apagadas.

— Maria Predileta é o seu nome, não é? — perguntou Boris, com uma voz branda, que ecoava no cômodo vazio, enquanto era o único ponto de luz, caminhando com uma vela.

— Sim!

— Maria Predileta das Neves...

Astolfo não entendia muito bem os métodos de Boris, preferindo se calar.

— Estivemos com a dona, como é mesmo o nome?... Zizi... dona Zizi. Foi de cortar o coração. Sabe, Predileta — dando voltas em torno da moça —, eu nunca conheci em toda a minha vida uma ex-filha, mas o senhor Gusmão Neves me garante que tem uma!

As lágrimas escorriam pelo rosto da garota, mas ela se mantinha calada.

— Eu não sei o que você ganha protegendo a Brigada dos Amaldiçoados, mas eu tenho uma lista muito vasta de tudo o que você perde.

Agachando-se em sua frente.

Estrelas do Amanhã

283

— Não existe coisa mais bonita do que a redenção, senhorita, e nós do Priorado dos Magos temos uma estranha habilidade de perdoar alguns inimigos.

Nada adiantava. Independentemente do que Boris falasse, só conseguia tirar lágrimas da prisioneira.

Mas sempre existe um novo dia, e velhos priores manipuladores, grosseiros e adeptos da tortura. Esses colegas fizeram Maria Predileta sentir falta do romantismo de Boris e daquele encontro à luz de velas.

— Pediu para me chamar? — perguntou ele.

A aluna das Serpentes tinha o pescoço marcado, provavelmente consequência de um feitiço ao qual foi supliciada.

— Sim!

— Em que posso ser útil?

— Eu não posso dizer nada — respondeu, apontando para a tatuagem.

— Entendo, imagino que seja alguma coisa envolvendo o tal pacto...

— Estou cansada de ser a escória dessa cidade, prior.

E isso foi tudo o que ela disse, uma frase que martelou a cabeça do prior por horas, até que ele resolveu espairecer, já que estava em falta com Amélia.

O casal jantou na mesa do jardim e depois passeou de Opalão na zona rural da cidade. Amélia gostava mesmo era da parte mais juruá que envolvia a geringonça. Ela sentia prazer em baixar os vidros e pisar no acelerador, gozando de toda a liberdade do vento batendo em seu rosto. Apesar de achar a filosofia "Nóis capota mais num breca" um tanto imprudente, o marido se divertia, segurando em uma alça presa ao teto.

Retomando a programação normal, depois de uma vida interrompida pós-ataque, Boris também visitou o pai e Difininho, que, chateado pelo abandono, aliviou-se em sua farda.

— Prometo vir mais vezes — garantiu, limpando a arte do papagaio, enquanto Amaro achava tudo muito engraçado.

— Judite e Omar estão acabados com as proporções deste segundo ataque — disse preocupado, servindo uma xícara de café ao filho. — Quase não saem do quarto...

— Hector nem é meu neto e eu já sinto vergonha por conhecê-lo. Não consigo nem imaginar o que esses coitados estão sentindo.

Os típicos Esquilos têm duas regras que não devem ser infringidas. A primeira é: jamais os deixe com fome, e a segunda é: nunca quebre sua confiança. O ressentimento por Hector já tinha partido seu coração em pequenos cacos e agora começava a lhe tirar o apetite. Boris não deixaria essa história de lado. Não mesmo.

— E como estão as investigações? Li no jornal que capturaram um dos integrantes da Brigada...

— É, capturamos. — Então suspirou. — Confesso que, mesmo sabendo da quantidade de pessoas que ela matou junto com o grupo, me sinto mal quando vejo meus colegas a torturarem.

— Natural, mas lembre-se de tudo que eles estão fazendo e entenda que isso não vai parar por aí. Veja! — Apontou para a janela. — As crianças ainda brincam pelas ruas, mas acredite quando eu digo que a guerra já começou. Coragem, garoto, não se deixe amolecer pelo sofrimento dessa senhorita. Vivi o suficiente para saber que as trevas podem ter uma face graciosa...

Lembrou-se do combate em que perdera a esposa.

— Estou firme e forte, velho Amaro. Inclusive a interroguei duas vezes, sendo que, em uma delas, foi a própria que me chamou.

— E foi produtivo?

— Não. Compreendi que algum voto de silêncio ronda o tal pacto, mas além disso ela só fez um desabafo. Disse que estava cansada de ser a escória dessa cidade — explicou Boris, tomando um gole do café fraco de Amaro, que quase se confunde com um chá.

— Ora, não quer ser uma escória, não se comporte como uma — completou o prior.

Amaro se ajeitou na cadeira.

— Garoto, eu sei que eu vou me arrepender por isso, mas... Rua Ossos Galgados, bar Scória!.

Imediatamente levou as mãos à testa franzida, claramente arrependido.

— Bar escória?[1]

— Me arrependi antes do que eu mesmo imaginava — disse, levantando-se. — Escute, rapaz, já perdemos muita gente nesta casa...

— Perdemos a minha mãe lutando e a única coisa que supera sua falta é o orgulho que sinto por ela ter nos deixado por um bem maior — declarou, levantando-se também. — Me fala, pai... o que tem nesse "escória"?

— Essa rua, por assim dizer, pertencia a Campos do Jordão, a cidade jur uá que fica próxima ao castelo. Porém, era uma área mais rural, inabitada de fato. A Federação acabou integrando-a a Vila Vareta para não chamar a atenção dos não mágicos e, claro, para não ferir inocentes. Sendo assim, ganhou um nome de rua... Esse que eu lhe disse, e está enfeitiçada, hoje faz parte do Bàdiu.

Boris nunca ouvira falar a respeito dessa área.

---

1 — A grafia de "Scória!" mudou propositalmente aqui, pois Boris não conhece o bar e, portanto, não conhece a grafia peculiar de seu nome, como o sabe Amaro.

Estrelas do Amanhã

— Como eu nunca ouvi falar sobre isso?

— Não perdeu nada, acredite. É um lugar horrível que se formou junto a uma linha de trem desativada. Ficou conhecido por ser um local de criaturas e bruxos da arte das trevas. Além de algumas lojas, é possível encontrar alguns bares. No passado, na minha época, por exemplo, era uma questão de status frequentar aquele chiqueiro. Quem ia lá era considerado um jovem "para a frente".

— Como assim, "para a frente"?

— Não sei como vocês denominam hoje, mas, na época, eram os mais modernos, atuais. Apenas os mais descolados da turma iam tomar um birita por lá.

— Acho que entendi... bruxos menos convencionais, não é?

— É, é... Eu acho que é isso, mas, não se engane, as coisas mudaram muito. Os tempos mudaram. Hoje qualquer pessoa que vá para lá tem alguma ligação com as trevas. O Scória!, inclusive, é um bar de vampiros.

— Vampiros?

— Cuidado com eles. Por mais que a relação dos bruxos com esses morcegos esteja relativamente branda, essas criaturas são muito traiçoeiras.

— Agora faz todo sentido a frase de Maria Predileta! — surpreendeu-se Boris, impressionado com a perspicácia do pai.

— Não vá sozinho, garoto. Uma operação desse porte deve ser bem estruturada, prevendo tudo o que pode acontecer. Faz todo o sentido esses garotos estarem lá, mas saiba que esse será o palco do massacre.

Boris entendeu o óbvio, finalmente. O Priorado queria tanto encontrar o grupo que às vezes esquecia que neste momento explodiria a guerra, feito uma bomba caseira fabricada com pó de folha de samambaia tristonha. Era um caminho sem volta.

— Nós nos concentramos tanto em achá-los que esquecemos que uma vitória precisa de enfrentamento.

Desde então, o Priorado se dedicou a preparar suas estratégias, sendo, muito útil toda a experiência do excelsior Jurandir. Naquele mesmo dia Baltazar faria a transfusão de sangue, enchendo vários corações de esperança.

Mais de cem priores se mobilizaram, riscando o céu em suas velozes Bravatas, chegando à Rua Ossos Galgados como uma chuva de meteoros caindo sobre a terra.

Surpreendidas, criaturas e bruxos começaram a brotar na viela fedorenta, saindo dos estabelecimentos macabros, surgindo dos vagões abandonados e se agrupando em frente aos guardas.

— O que querem aqui? — perguntou o líder, assumindo a dianteira do grupo, enquanto seus olhos verdes iam se avermelhando e suas presas desciam lentamente.

— Queremos a Brigada dos Amaldiçoados! — disse Duque.

— Eles querem a Brigada dos Amaldiçoados... — O vampiro gargalhou, acompanhado da gargalhada debochada e espalhafatosa de seus seguidores.

— Ora, é no mínimo interessante ver que os bruxos estão em guerra entre si, mas a Brigada... Como é mesmo? Brigada dos Amaldiçoados?! Quanta criatividade... Bem, a Brigada não está aqui e peço que se retirem, pois estamos em um momento de lazer.

Enquanto as criaturas davam-lhes as costas, dispersando-se, os priores hesitavam, sem saber se deveriam atacar ou não, até que um dos vampiros se virou:

— Eles estão na floresta proibida, perto do castelo da escolinha. — Então piscou os olhos vermelhos e deu as costas novamente.

CAPÍTULO 24
O VINGADO

Estávamos diante de uma guerra iminente. Por medo ou astúcia, a Brigada dos Amaldiçoados não se revelava, destilando sua crueldade em pequenas doses homeopáticas. Amaro, porém, tinha toda razão, bastava apenas ativar a bomba para que ela explodisse em proporções descomunais.

Já era tarde da noite quando os priores chegaram à floresta, trazendo Difininho para auxiliar nas buscas. Mesmo receoso, Boris tirou-lhe dos ombros e pediu à ave que encontrasse um grupo de jovens com tatuagens no pescoço.

A floresta era densa e escura. A copa das árvores, espessa e cerrada, não deixava espaço para que a luz penetrasse. Quanto mais a noite caía, mais comprometida ficava a visibilidade, dificultando o avanço dos priores, que caminhavam juntos, cuidando para não escorregar nas pedras cobertas por musgo.

— Fiquem juntos! — ordenou Duque, sentindo a presença de criaturas perigosas à espreita, esperando apenas pela próxima presa.

De repente, eles ouviram gritos pela floresta.

— Quem está aí? — bradou Aruana, cuja voz ecoou pela mata.

Sorrateiramente surgiu por entre as folhas um gigante peludo, com apenas um olho na testa e uma boca descontrolada no lugar do umbigo. Sem tempo para qualquer reação, ele puxou Doroteia pelas pernas, mastigando-a ferozmente pela boca horrenda da barriga.

Desesperados, todos os priores começaram a proferir feitiços ao mesmo tempo, criando bolas de fogo e jatos de água que atordoaram a fera, fazendo-a fugir, acuada, deixando apenas restos da investigadora para trás.

Naquele momento, nada mais poderia ser feito, não existia mais uma vida para salvar. Doroteia, após 18 anos dedicados ao Priorado, resumia-se a um monte de membros dilacerados.

Enquanto os colegas vomitavam, choravam ou simplesmente se calavam, Boris tirou a capa de sua farda, cobriu os restos da parceira e com lágrimas nos olhos sussurrou:

— Que Nhamandu te receba!

Antes que vermes ou aves viessem terminar o trabalho, Duque os conduziu até um lugar mais tranquilo, onde conjurou um círculo de proteção com fogo, para espantar outras criaturas.

— Me perdoem — disse Aruana chorando.

Naquele momento, sentados em roda, o prior experiente soluçava a dor profunda. — Depois de trinta anos de Priorado dos Magos, expus meu grupo respondendo aos gritos de um mapinguari.

— Aruana, sabemos que não foi a sua intenção — consolou Duque, um dos mais antigos parceiros, abrindo precedente para que todos os demais agentes tentassem lhe trazer algum alento.

Aruana sempre foi um bom agente, a ponto de se tornar braço direito de Cosmo Ruiz, mas se punia pelo ocorrido com Doroteia. Em sua defesa, os mapinguaris não eram nativos daquela região e comumente têm hábitos diurnos. Mesmo assim, ele não parava de se penitenciar. Qualquer bruxo aprende no Ateneu que essa criatura reproduz gritos humanos para obter a localização dos caçadores, e responder a esses gritos era um erro primário em seu currículo.

— Eu matei Doroteia!

— Pare de se punir, parceiro! Duque se levantou para discursar no meio do círculo. — Todos aqui fizeram seus testamentos Morrer para Viver, pois entenderam que estavam matando velhos hábitos para agir pelo próximo. Doroteia perdeu a vida agindo pelo próximo.

Encarou os colegas um a um.

— Eu, você, você e você. Todos nós. Estamos nesta floresta escura pelo próximo. Nós deixamos mulher, marido, filhos, pai e mãe no aconchego de nossos lares para agir pelo próximo. Nós somos o Priorado dos Magos e não vamos permitir que ninguém neste mundo nos diminua. Até porque, meus queridos, somos nós quem salvaremos esse mundo. Vamos à luta! — vociferou.

Imediatamente, homens e mulheres colocaram-se de pé, dispostos a seguir em frente. Boris, mais uma vez, experimentou o mesmo orgulho que sentira ao jurar a bandeira e ao fazer o cumprimento dos priores pela primeira vez, muito antes que ele se tornasse cotidiano.

Naquela noite, sentiu que poderia enfrentar as trevas sozinho com um simples movimento de sua varinha.

Já era quase dia quando Difininho finalmente se juntou a eles, conduzindo-os até o local onde encontrou a Brigada, mas do qual não se aproximou para evitar suspeitas.

Em pouco tempo, o grupo conseguiu avistar uma velha cabana na floresta, cercada de árvores escuras cujos galhos secos caíam sobre crânios jogados no chão.

— Não passe por debaixo dessas árvores — alertou Jânio. — São enforcárvores!

O quartel-general do bando era uma verdadeira fortaleza, com torres de observação repletas de sentinelas. Como os priores chegavam em grande número, foram logo descobertos.

— Priores! — gritou um sujeito, alertando dezenas de pessoas que logo apareceram como um enxame de abelhas.

— Circulus Speculo! — recitou Duque, fazendo um movimento circular com a sua varinha, girando-a 360 graus entre seus homens, protegendo-os dentro de uma redoma de vidro.

Petrus Romanov colocou-se à frente dos colegas. Recém-acordado, tinha os cabelos ruivos bagunçados e coçava a barba rala da mesma cor.

— Ah, que gentileza trazerem sua própria barraca. Realmente, não teríamos como acomodar todo mundo — debochou o rapaz, encarando-os com os olhos azuis pálidos.

Logo Alma Damas se aproximou prendendo os cabelos, seguida pelo namorado, que precisou correr para alcançá-la.

— Veja, Alma, acho que os priores estavam preocupados conosco!

Os priores, neste momento, viam na linha de frente os três indicados como liderança dos formandos de 1996. Boris nem sequer saberia descrever o que sentiu ao ver Hector, a quem tanto ajudou, do lado de lá da batalha.

— Petrus Romanov, Alma Damas e Hector Saião, vocês estão presos! — decretou Duque.

— Vocês podem prender as pessoas a esta hora da manhã? — perguntou Petrus, checando seu relógio de bolso.

Duque proferiu um feitiço poderoso, fazendo correntes surgirem nas mãos e nos pés de toda a multidão que acompanhava o trio mal-intencionado.

Todavia, Romanov desafiava todos os priores, gargalhando desenfreadamente.

— E como farão, senhor, seremos levitados até o seu anexo?

— Cale-se, Petrus! — gritou Hector, atordoado.

— Hector, em nome da amizade que um dia tivemos, peço que se entregue. Seus avós sofrem retaliações dos vizinhos até hoje — pediu Boris, saindo do círculo, enquanto os colegas clamavam para que voltasse. — Não sei se devo ou se apenas quero, mas ainda tenho um pouco de fé em você...

Petrus ficou extremamente incomodado com o sentimentalismo barato do prior, mas Hector, por sua vez, encarava-o sem ódio, porém não demonstrava reconhecê-lo.

— Me desculpe, prior, mas eu não me lembro de você, tampouco de meus avós. Eu e meus pais sempre moramos longe, nunca pudemos ter muito contato com eles...

Boris ficou incrédulo ao ouvir tais palavras ditas com tanta sinceridade e só pôde concluir que Hector não passava de um dissimulado.

— Ah, então foi assim que nos encontraram? — perguntou o russo, olhando para Difininho, que voava baixo.

Sem pestanejar, ardiloso e cruel, Petrus quebrou as correntes e proferiu:

— Nihilum!

E a ave caiu morta, ao som do grito desesperado de seu dono e da risada sádica de seu assassino.

Furioso, Boris partiu para o enfrentamento. Os priores foram forçados a deixar a redoma e os amaldiçoados começavam a se soltar das correntes, tornando o lugar um verdadeiro campo de guerra.

Atordoado, Hector se entregou a Osmar, um dos priores, sentindo o peso de toda a ira de Petrus Romanov.

— Você é um fraco! Fraco! — gritava ele, arrastando-se no chão, depois de ser atingido por Aruana.

— Não importa. Você nunca poderá me machucar e nem eu a você. Só sei que não vou mais ferir ninguém.

Rendeu-se, entregando os braços para uma algema, enquanto Duque refazia a redoma e arrastava corpos mortos e feridos para dentro. Ele e Aruana eram parceiros há tantos anos que o colega leu em seus olhos a preocupação de não serem suficientes.

— Você vem, Alma? — perguntou o namorado.

Petrus a encarou fixamente, e a menina baixou a cabeça, respondendo que não num fiapo de voz tão baixo quanto triste.

— Lembre-se, traidor, existem outras formas de dor além das óbvias! — Então deu um sorriso maligno, levantando-se e fugindo acompanhado de seus seguidores.

A Brigada dos Amaldiçoados abandonou seus mortos sem nem olhar para trás. Tampouco o Priorado dos Magos tentou impedir a fuga. Naquele momento, os priores mais experientes perceberam que precisavam de mais, muito mais para enfrentar a crueldade sem limites daqueles jovens.

A captura de Hector Saião e a comoção causada pelos priores mortos em serviço melhorou a imagem do Priorado dos Magos e, consequentemente,

Estrelas do Amanhã

dos próprios priores. Mas Hector não se entregou? Tecnicamente, sim, mas digamos que esse era mais um segredinho mantido na instituição. Basicamente, a regra era: aconteceu na floresta, fica na floresta.

— Doze irmãos do Priorado perderam suas vidas cumprindo brilhantemente a função a que se propuseram um dia. Foram heróis de seu povo e desta corporação — discursou o excelsior Jurandir.

Doze caixões, incluindo um bem pequeno, do papagaio Difininho, eram velados na Praça Folhaverde. Cobertos pela bandeira do Priorado dos Magos, foram embalados pela marcha fúnebre da fanfarra, ovacionados pelo povo.

Enquanto o Priorado vivia o luto da morte, a expectativa da vida era revigorante como um milagre. Boris foi até o curandório, para visitar Baltazar e Catarina, e teve uma grata surpresa: ambos se recuperavam bem. Após a transfusão de sangue, Cosmo já estava acordado, porém um tanto confuso, falando palavras desconexas.

— Não está feliz, cavaleiro? — perguntou a Baltazar, que estava sentado em uma mureta em frente à clínica, balançando as pernocas.

— Claro que estou, mas entre todas as coisas que Pablito precisava lembrar, a raiva que tem de mim foi a única que lhe veio à cabeça... — lamentava o senhor, que foi escorraçado pelo filho assim que ele despertou para a vida.

Catarina ainda não despertara, mas reagia bem aos tratamentos. Horácio, que periciou sua varinha, passava todo o tempo livre que tinha ao lado de seu leito, garantindo que fosse bem tratada.

Ainda atordoado com tudo que acontecera nas últimas horas, Boris cavou com Amélia um buraco relativamente fundo no quintal e, com muito pesar, enterrou o caixão de Difininho aos prantos.

— Eu não sei o que dizer... Você veio como um filho do ódio, Ulisses, e morreu cheio de amor. Voa, Difininho! Espero que tenha banana com canela no lugar para onde você foi...

Mais uma vez, ele enterrava um ente querido que entregou a vida a uma causa nobre e morreu como herói.

Sem muito tempo para processar o luto, havia algo que Boris não podia mais adiar. No Priorado, entrou em uma sala do anexo e sentou-se na frente de Hector, separados apenas por uma mesa tão comprida quanto estreita.

— Agradeço por se entregar — disse, repousando as mãos sobre a mesa. — Apesar de todas as barbaridades que você e seus colegas irresponsáveis cometeram, render-se já me parece um caminho.

Boris pensava, até então, que Hector resolvera se entregar depois de seu pedido.

— Eu não quero matar ninguém, senhor, eu nunca quis.

— Um dia eu pedi que não me decepcionasse, Hector. E você me decepcionou.

Hector parecia não entender nada do que Boris falava.

— Olha aqui, prior, eu não estou entendendo suas mensagens enigmáticas desde hoje cedo, mas o que eu posso dizer é que nada vai sair de minha boca. Eu não estou muito feliz com algumas atitudes que tomei, mas não preciso de um magiterapeuta, tudo bem?! Jogando as mãos acorrentadas sobre a mesa. — A verdade é que eu não tenho nada a perder. No fim das contas, essa prisão foi muito providencial para mim. Eu fico preso pelos meus motivos, vocês me prendem pelos seus, e todo mundo fica feliz.

— Não tem nada a perder?! — indignou-se. — Nada?! — Boris levantou-se furioso e abriu a porta: — Pode trazê-los.

Judite e Omar Barba entraram na pequena sala abraçados. O senhor teve os bigodes brancos umedecidos pelas lágrimas, que caíam involuntariamente. Sua simpática esposa, por ora, tinha os olhos secos, mas levou as mãos à boca ao ver o neto acorrentado.

— Meu Hector — disse ela, abraçando-o, mas o garoto continuava frio.

— Sentem-se, por favor — pediu Boris, mantendo-se de pé. — Hector, olhe para os seus avós. Eles não são nada? — Ele encarava bem no fundo daqueles olhos verdes. — Eles fizeram de tudo para lhe dar uma vida digna — berrou. — E eu? Eu também fiz de tudo para que a sua vida fosse digna, seu irresponsável! — Percebendo o estado de Judite com seus gritos, Boris se desculpou. — Desculpe, Omar, desculpe, Judite, mas estou tentando fazer Hector entender algumas coisas.

— Não é trazendo essas pessoas que você vai me fazer entender o que quer que seja. Olhe bem, vocês dois, eu adoraria ter convivido mais, só que meu pai sempre foi muito fechado ao contato com a família de minha mãe. Sinto muito por tê-los decepcionado tanto, mas não adianta nada este prior usar psicologia barata e transformar isso em um caso de família...

Mais uma vez, Judite levou as mãos à boca, mas agora as lágrimas também vieram.

— Hector, olhe para a sua avó. Depois de tudo que nós fizemos, meu filho, você terá coragem de dizer que não tivemos contato? Nós lhe tiramos da miséria... — Omar enxugava as lágrimas por baixo das lentes. — Cuidamos de você com todo o amor e carinho, algo que o irresponsável de seu pai nunca lhe deu...

— Senhor, nós nos vimos poucas vezes. Eu juro que gostaria de nutrir sentimentos por vocês, mas não podemos forçar, de uma hora para outra, uma intimidade que nunca existiu.

Boris estava profundamente irritado com o joguinho de Hector, que agia como se tivesse apagado seu passado, quando Judite colocou as mãos sobre as mãos acorrentadas do neto.

— Nós te amamos, meu filho, e nunca desistiremos de você. Estamos orgulhosos por ter se entregado e tenho certeza de que Omar vai fazer panqueca para nós de novo, não vai, querido? Diga que vai, Omar... — pedia a senhora, abalada, em um misto de tristeza e desespero.

— Vou, querida, eu vou, sim — disse, dando um beijinho reconfortante na testa da esposa.

Temendo pela saúde do casal, já em idade avançada, Boris pediu que eles se retirassem.

— É assim que vai ser, Hector? — perguntou, apoiando-se na mesa.

— Prior, eu só quero que você me deixe em paz. Eu já estou preso. Não espere nada além disso...

— Tudo bem, vejo que tem uma memória muito curta e muito seletiva, rapaz. Mas, quando a vida nos dá malucos, nós fazemos maluquices — ameaçou. — Nos veremos em breve, Hector Saião, porque uma fruta não cai mesmo longe do pé. Guardas! — gritou, abrindo a porta e abandonando o prisioneiro.

Notícias do Bàdiu corriam pelo mundo. A Fundação Crina Petrescu, responsável pela assessoria do time Dragas da Romênia, estampou o *The Bruxo Times*, afirmando que o clube nunca mais pisaria em solo brasileiro. Os jogadores estrangeiros se diziam traumatizados pelo campeonato ter sido interrompido por um massacre.

Berta Holmes passou a integrar a secretaria de Defesa, estreitando laços com o Priorado dos Magos no intuito de recuperar a ordem através de ações conjuntas.

— Excelsior Jurandir, não entendo por que a Brigada dos Amaldiçoados age com tanta cautela, mas precisamos entender de uma vez por todas que não estamos lidando apenas com recém-formados talentosos — disse Berta, discursando para mais de 500 pessoas.

Em estado de alerta, a Secretaria de Defesa solicitou uma reunião e o único local que comportava aquele encontro era o Teatro Municipal de

Vila Vareta. Sendo assim, lideranças do Priorado e da Secretaria discutiam no palco, enquanto os demais priores e funcionários eram expectadores, lotando frisas, plateias e camarotes.

— Nós entendemos, Berta. Há muito tempo, o Priorado dos Magos não trata esse caso como traquinagem adolescente...

— As aulas no Ateneu foram suspensas hoje — pontuou Tobias Tôla, com voz grave e elegância.

— O Priorado entende que a guerra já começou e tem plena consciência de que esse grupo usa de parcimônia por dois motivos. O primeiro é para esfriar as nossas ações, e o segundo é porque premeditam algo inimaginável, com consequências ainda mais graves e intempestivas.

— E o que o que senhor propõe?

— Que tenhamos a mesma inteligência que eles!

— E como seria essa inteligência, Tobias? — perguntou Perpétua Gentil, velha agente da secretaria.

— Todos os professores do Ateneu estão de volta ao lar. A partir de agora, todos nós estaremos dentro do Priorado para arquitetar os novos passos.

— E o senhor tem alguma ideia de qual seja o primeiro passo? — insistiu Berta.

— Humildade — asseverou, tirando riso dos expectadores. — O primeiro passo para qualquer conquista é a humildade, caras secretárias. Neste momento, precisamos reconhecer a força do adversário, sabendo que ela pode ser maior do que imaginamos. Não podemos subestimar aquilo que ainda não conhecemos de fato.

Tobias foi fortemente aplaudido. A mesa-redonda continuou por horas com o intuito de unir forças entre todos os departamentos de defesa do país. Pensaram em pedir a suspensão de todas as escolas, mas tinham medo de causar muito alarde entre a população e despertar um ataque antecipado da Brigada dos Amaldiçoados.

— Em minha percepção, ao menos o ensino ABC, as escolas infantis, devem ter suas aulas interrompidas — sugeriu Berta Holmes.

Todos concordaram que Berta tinha razão sobre proteger crianças menores de dez anos, incluindo a discussão na ata, que deveria ser aprovada por Virgílio Azambuja, o presidente.

Todavia, ficou decidido que as escolas de ensino regular, o que incluía a EMB e similares, continuariam funcionando, pelo menos por ora. A decisão também valia para o ensino Superior e as escolas de aplicação mais técnica como Instituto Flamel, Liceu de Ases, Teofrasto, Sapiência, Escola Policlínica,

Estrelas do Amanhã

295

Fundação do Tesouro, Pallas-Athena, Escola Superior de Desportos e Franz, O Bardo.

— Perfeito. Manteremos apenas a suspensão ao Ateneu e a todas as escolas ABC — concluiu Berta, encerrando a discussão.

Catarina Datto finalmente acordou e, ainda que meio debilitada, Boris e Amélia visitaram-na no curandório.

— Você não sabe como é bom te ver! — sussurrou Boris Forte, junto a seu leito, segurando uma lágrima fujona com o dedo mindinho.

— O que importa, bonitão — dando uma pausa dramática —, é que o Íbis venceu. — Então tentou sorrir, ainda imobilizada na cama.

— Ora, Catarina, você não tem jeito mesmo. — Horácio gargalhou, com um sorriso suspeito no canto da boca. — Boris, queria mesmo falar com você!

— Claro, Horácio, como posso te ajudar?

— Não sei se você sabe, mas pedi transferência para Tulgar.

— Tulgar? — disse Amélia surpresa.

— Sim, querendo ou não, estarei duas ou três horas mais perto de minha cidade. O fato é que eu gostaria de comprar um veículo, um carro para poder enfeitiçar como o seu.

— Bem, é muito simples, porém terá que providenciar um documento que os juruás têm e exigem na hora da compra, chamado carteira de identidade e de habilitação. Depois basta escolher o modelo com algum vendedor e comprar os reais, que é o dinheiro deles.

— E onde compro?

— Essa parte é a mais fácil. É uma moeda muito desvalorizada. Na época, meu pai e eu fizemos o câmbio no Banco Nacional, que tinha ótimas taxas...

— Pois amanhã mesmo irei à cidade mais próxima, Campos do Jordão! Quero ver um carro grande como o seu. Acaba sendo mais confortável para carregar as crianças — disse animado.

Boris e Amélia se entreolharam pensando na mesma coisa: Catarina ainda não sabia, mas Horácio já estava dentro de uma relação.

É, a vida surpreendia nos menores detalhes, fazendo o perito se apaixonar por sua parceira de ronda do Ateneu tantos anos depois, enquanto lhe assistia em coma, sem qualquer garantia de que ela fosse acordar.

Era bom saber que pelo menos algo estava dando certo, considerando que, no Priorado, Hector Saião e Maria Predileta, 2 de 70, não colaboravam em nada com as investigações.

— Um dobrão por seus pensamentos, Boris boboca — brincou Amélia, quando eles já estavam prontos para dormir.

Boris se virou, afofando o travesseiro.

— São tantos os pensamentos que me assombram, que eu poderia encher o meu cofre do Banco Nacional em apenas uma noite. — E sorriu.

— Não se pode chegar à primavera sem passar pelo inverno, mocinho.

Mesmo cobrindo a esposa de razão, uma ideia perversa rondava o imaginário de Boris há vários dias. Quanto mais Hector renegava os avós, que levavam quitutes e lembranças para as visitas, mais o prior se revoltava. No fim das contas, Boris era um ser humano como qualquer outro, que tinha vontade de ferir quem feria a si e aos seus.

Depois de uma noite maldormida, o filho de Amaro explanou aos seus superiores uma ideia que o vinha rondando há dias, conseguindo autorização para tirar Hector Saião do Priorado. É claro, eles eram experientes o suficiente para constatar motivações pessoais, mas isso era apenas uma pontinha do *iceberg*.

— Excelsior, na atual conjuntura, qualquer tentativa é válida — incentivou Tobias, escolhendo os melhores guardas para acompanhá-los.

Pouco tempo depois, o Opalão baixou no Brejo das Daninhas, quase atolando no lodaçal.

— E daqui, você consegue ter alguma lembrança? — ironizou, vendo o prisioneiro empalidecer diante da velha casa da família.

Todavia, Hector entrou calado, amparado por priores e com as mãos acorrentadas.

— O que a sua memória seletiva tem a dizer sobre este lugar?

Há anos a casa estava abandonada, e o cheiro de mofo era ainda mais forte do que da última vez que estivera ali. Mesmo não abrindo a boca, Hector tinha o olhar triste, parecendo assistir a um filme dramático em sua cabeça.

— Vão me convidar para a festa? — disse o fantasma de Jeremias Saião entrando na sala.

— É claro! Essa festa não seria a mesma sem você...

— Belas correntes, moleque. — Encarou o filho que, agora, mais parecia um mendigo, com cabelos e barba desgrenhados.

— Quem sai aos seus não regenera, não é? Hector conseguiu isso por se envolver em duas ações terroristas. Parabéns, Jeremias, você deve estar orgulhoso. Fez um bom trabalho e seu filho matou centenas de pessoas.

O espectro de Jeremias Saião gargalhava e, se não fosse um fantasma, poderia até dizer que rolaria no chão de tanto rir.

Estrelas do Amanhã

— Hector matou centenas? Essa é boa! Eu adoraria acreditar, mas esse aí saiu à mãe. É um frouxo!

— Não fale da minha mãe! — Hector gritou.

Neste momento, Boris olhou para os priores sorrindo. Provavelmente, era essa a sua intenção junto ao Priorado.

— Eu falo como quiser daquela imoral. Isto é o que merece uma mulher que vai embora abandonando o próprio marido. E você é como ela... um perdedor!

Por um minuto, Hector teve um excesso de fúria, esquecendo-se de que falava apenas com o fantasma do pai e, avançando sobre ele, bateu os ombros na parede comprometida.

— Viu? É por isso que eu dizia que é um perdedor. — E gargalhava. — É um homem fraco, que vive às sombras do menino fraco que foi...

— O que me consola é saber que, depois do feitiço que lancei sobre a casa, ela nunca irá ao chão, e você vai ficar preso aqui para sempre — disse Hector, com lágrimas de ódio escorrendo pelo rosto. — Esse é o seu castigo e a minha maior vingança — gritou.

Boris aplaudiu.

— Estou adorando o espetáculo, mas será que poderiam repetir esse ato da casa?

Jeremias flutuou por cima do sofá.

— Domum Solidus. Esse miserável enrijeceu a casa para que não desmorone, deixando-me preso aqui para sempre. Que tipo de filho faz isso com o próprio pai, hein?

— O tipo de filho que foi humilhado e agredido. O tipo de filho que teve a infância e a própria vida destruídas pelo homem que deveria protegê-lo — Hector bradou, aos prantos.

— Pare de procurar justificativas para seu próprio fracasso, moleque!

Boris acompanhava o bate-boca calado, observador como sempre, até que:

— Jeremias, eu não costumo negociar com bandidos, mas, neste caso, você não pode mais responder ao Priorado dos Magos. Fale-me sobre o seu assassinato que eu te liberto para sempre.

— Não... Não... Isto não. Hector se descontrolou, ajoelhando-se aos pés de Boris. — Não faça isso, eu te imploro. Não faça...

Todavia, Boris pisou em suas mãos acorrentadas.

— É isso o que merece a sua ingratidão. Se aquela foi a sua maior vingança, esta é a minha — disse, encarando-o cheio de rancor.

Jeremias aceitou imediatamente, como já era esperado.

298   **Escola de Magia**

— Petrus Romanov.

— O quê? — gritou Hector, sendo segurado pelos priores a pedido de Boris.

— Aquele bastardo nos matou, Hector, já te contei. Apareceu aqui durante a noite dizendo que você estava em apuros na escola. Eu disse a ele que não era da minha conta, mas sua mãe, sempre coração mole como você, abriu a porta. Você sabe, Hector, eu já te contei essa história.

Hector, dissimulado, parecia ouvir a história pela primeira vez. Boris e os outros priores ouviam tudo atentamente, mas não conseguiam se impressionar.

— E por que estavam abraçados? — questionou o investigador.

— Ele usou minha mãe de escudo. Estava sem varinha e achou que ela deveria pagar por ter aberto a porta — explicou o filho, com lágrimas escorrendo pelo rosto.

— Ou seja, você só se lembra do que quer, não é?

Por todo o sofrimento de Judite e Omar. Pela traição. Pelas centenas de mortos. Por um filho compactuar com o assassino dos próprios pais, Boris conjurou um martelo com um feitiço e bateu com tanta força que um pedaço de madeira do cabo soltou em suas mãos.

Jeremias gargalhava, dando piruetas pelo quintal enlameado, enquanto Hector assistia a tudo, atônito.

— Bom trabalho, priores — disse Boris, voltando para o carro e voando satisfeito de volta a Vila Vareta.

— O que é isso? — perguntou Aruana no banco de trás.

Uma multidão veloz perseguia o veículo em vassouras.

— Seremos interceptados! — gritou Duque, já começando a lançar feitiços pela janela.

— Seremos abatidos! Desça!

Boris desceu o mais rápido que pôde, mas não foi o suficiente. O carro quase despencou com a quantidade de magia que foi proferida.

— Duque, Aruana, Boris e Hector saíram do veículo e já foram cercados. Os priores tentavam manter o prisioneiro, segurando-o pelo pescoço e ameaçando-o com uma varinha.

Unidos, eles se movimentavam em círculos, tentando ter uma visão geral de tudo o que acontecia, quando Petrus Romanov e Alma Damas pousaram com suas vassouras.

— Bravatas? — Boris pensou alto.

Não surpreendia que tivessem armado uma emboscada para resgatar um de seus líderes, era até algo muito previsível. A surpresa era que

Estrelas do Amanhã

299

estivessem em posse de Bravatas, modelo de vassoura da FlyUp, fabricado exclusivamente para o Priorado dos Magos.

— Senti saudade de vocês — ironizou Petrus, ajeitando seu cabelo. — Para que se machucar, quando podemos apenas colaborar, não é mesmo?

Petrus esticou sua mão.

— Venha, Hector. Nós fizemos um trato e eu lhe perdoei, não é, Alma?

— É! — ela disse, abaixando a cabeça. — Venha, Hector!

Mesmo com o pedido de sua namorada, Hector não se moveu.

— Eu não quero ir.

— Eu adoraria explodir a cabeça desses pobres trabalhadores, mas me parece injusto fazer isso antes de receberem o ordenado do mês — escarneceu Petrus, para enrijecer em uma fração de segundos. — Venha de uma vez por todas, Hector!

— Hector, por favor — insistia Alma Damas.

Sem ter muita saída, ele foi ao encontro da Brigada dos Amaldiçoados.

— Muito bem, priores, vejo que são espertos e merecem a miséria que recebem. — O jovem insolente gargalhou, ordenando que seu bando fosse embora.

Boris apontou a varinha quando eles viraram de costas, mas Duque colocou a mão na frente, evitando que qualquer feitiço fosse lançado. Era revoltante, mas os três priores assistiram à partida de dezenas de amaldiçoados sem que nada pudesse ser feito.

— Foi melhor assim — disse Aruana.

— Seríamos massacrados, Boris. Não se preocupe, nossa profissão às vezes é muito ingrata — confortou Duque, dando-lhe dois tapinhas nas costas e retornando para o carro.

Boris estava profundamente aborrecido. Sentia-se culpado, já que fora dele a ideia de tirar o prisioneiro do anexo.

— Me perdoe, excelsior Jurandir... Tobias... eu falhei!

Tobias não falava nada e tinha uma expressão neutra, não esboçando nenhuma reação que pudesse ser interpretada.

— Não tivemos o que fazer. Eles eram muitos, e nós, apenas três. Qualquer reação poderia desencadear um problema maior — explicou Duque.

O chefe do Ateneu pediu licença para Jurandir e Duque, alguns dos mais antigos membros daquela instituição, sentando-se calmamente à mesa que um dia fora de Cosmo.

— Nossas emoções são tão traiçoeiras quanto nossos inimigos, Boris Forte. Mas sejam elas quais forem, sempre podemos tirar proveito. Agora sabemos que Petrus Romanov é um assassino inescrupuloso. Bem, já sabíamos antes, mas agora temos certeza. Estamos lidando com a crueldade de um jovem que cometeu tal façanha aos... 15 anos?!

Boris ouvia tudo de cabeça baixa.

— Não podemos parar uma seta lançada, mas devemos estudar antes de lançar as próximas. Reaja, homem! Nós precisamos de você e de todos que estão aqui dentro.

— Tobias! — Aruana entrou às pressas, sem sequer bater na porta. — Morreu Omar Barba, prior reformado. Quer dizer, mataram Omar Barba.

Boris arregalou os olhos, incrédulo, enquanto Tobias Tôla tirou seu chapéu, repousando-o sobre a mesa.

CAPÍTULO 25
O PESADELO

Por desejo da viúva, a despedida de Omar aconteceu na velha casa, onde foram felizes por mais de cinquenta anos. Em estado de choque, Judite se manteve ao lado do marido o tempo todo, na companhia de seu gato, Meu.

Boris, naturalmente, estava triste, mas assistir à chegada do pai cortou-lhe o coração em pequenos pedaços. Tirando o chapéu em sinal de respeito, Amaro caminhou até o caixão, alocado no meio da sala, e chorou cheio de dor.

Cosmo Ruiz, que mal conseguia se manter em pé, contrariou as ordens médicas e foi prestar suas últimas homenagens. Consternado, aproximou-se do caixão, meio aberto, fazendo pela última vez o comprimento da corporação. Poucas pessoas sabiam, mas Omar fora seu veterano e lhe ensinara muitas de suas habilidades.

Precisando tomar um ar, Boris foi para a frente da casa, mas por lá também a atmosfera estava impregnada de tristeza. O jardim de que Omar tanto gostava estava empesteado de ervas daninhas. A estrutura da casa estava comprometida e uma pichação maculava a fachada branca: "Vocês não são bem-vindos aqui".

Como alguém pode não ser bem-vindo dentro da própria casa? Omar foi um homem correto, justo e querido por todos aqueles que o rodeavam. Não era apenas a sua morte que era triste, mas o fim de sua vida. Depois de anos de trabalho, quando finalmente poderia gozar do merecido descanso, o pobre Omar fora obrigado a abandonar o próprio lar levando somente as roupas do corpo, vivendo seus últimos dias em um quarto de hóspedes. Por mais que Boris pensasse a respeito, não conseguia entender. Morrer já não fazia sentido, mas morrer daquela maneira fazia menos ainda.

— Também precisou respirar um pouco? — perguntou Berlamina, acendendo um charuto, algo que fazia sempre que estava muito nervosa.

— Não estamos preparados nem para a vida, quem dirá para morte, professora...

— Está coberto de razão, principalmente em se tratando de um assassinato tão torpe.

— Como foi a morte?

Berlamina pareceu ponderar se podia realmente dividir o que sabia.

— Triste demais para uma pessoa tão bonita.

Boris percebeu que a prior estava hesitante e concluiu que não era o momento de forçar ninguém a nada.

— Ele e meu pai sempre foram muito próximos. Eu ainda era um menino, mas me lembro como se fosse hoje... Papai entrou em desespero quando viu o corpo de minha mãe. Omar o amparou com força e pediu que ele seguisse em frente por nós, seus três filhos. Eu entendi ali que papai precisaria mais de nós do que nós dele. — Então suspirou.

— Espere aí — interrompeu Berlamina, que não acompanhou o fim do desabafo, tentando enxergar com dificuldade quem vinha no começo da rua.

Hector Saião caminhava em direção à casa do avô na companhia de Fino Ronco.

— Esse moleque... — Boris prontamente empunhou a varinha, mas Berlamina segurou seu braço.

— Xiiiiiu!

— Professora, esse canalha é um foragido da justiça! — Boris não conseguiu segurar o choro. — Um foragido que renegou o próprio avô em todas as oportunidades que teve.

Ela apagou o charuto e o encarou no fundo dos olhos.

— Siga em frente por Omar — disse sorrindo. — Depois prenda o canalha!

Hector estava um trapo, mas parecia não se importar. Passou por todo mundo em silêncio, caminhando em passos lentos e dolorosos até chegar ao caixão do avô.

— *La-ra-la-ra-la-ra* — cantava enquanto acariciava o rosto de Omar e lágrimas grossas escorriam-lhe pela face e caíam sobre a capa verde do avô, seu antigo uniforme do Priorado dos Magos.

Hector estendeu uma bandeira do Dragas da Romênia em cima do caixão e, em seguida, encarou Fino Ronco, que prontamente tirou de seus bolsos um saco de doces.

— Obrigado por sempre apostar em mim, vovô.

Hector se lembrava de um momento especial com o avô, no final dos anos 1980. Omar levou o neto para assistir a uma final de campeonato, prometendo-lhe uma significativa quantia em doces caso o Dragas, seu time predileto, fosse campeão. Tendo uma bonita habilidade de sonhar através dos sonhos de seu único neto, ele morreu sem contar que, na verdade, era torcedor do Akhenatense.

Estrelas do Amanhã

Esse neto agora chorava compulsivamente, sem que ninguém pudesse fazer nada a respeito. Ele não foi preso enquanto dava vazão à sua dor, tampouco consolado.

— Espero que possa me perdoar por tudo que fiz e, principalmente, por tudo que deixei de fazer — pediu a avó, logo após o sepultamento, quando priores já começavam a se aproximar.

— Perdoo, porque não quero mais continuar sofrendo! — respondeu Judite.

Ela não tinha a menor ideia de como seria o mundo sem Omar e nem poderia, depois de cinquenta anos conjugando uma vida juntos, mas pretendia se mudar para Turmalina. Na pequena cidade, ousaria sonhar com dias mais tranquilos, em companhia de vó Dora, sua amiga que também era viúva.

— Vá, meu filho, prometo visitá-lo sempre que eu puder.

Enquanto Hector era levado, o gato Meu roçava nas pernas da dona, como se dissesse: "você não está sozinha".

— Errr, garoto? — cutucou Fino Ronco, surpreendendo Boris, que consolava o pai.

— Sim?

— Bem, como dizer... — Ele coçava a cabeça, sem jeito.

— Eu vendi fiado para o garoto, que pediu 50 dobrões em doces e não gostaria de cobrar da viúva...

Amaro balançou a cabeça, pegando a carteira no bolso e pagando aquele figurão alto e magricela.

— Ah — acrescentou o cobrador: — Eu coloquei mais alguns dobrões em bolinhos de chuva, mas esses ficam por conta da casa.

E, entristecido, o homem partiu com seus 50 dobrões.

O Priorado estava virado do avesso. Sua alta cúpula passou horas trancafiada em uma sala, enquanto à boca miúda corria pelos corredores mil teorias para o assassinato de Omar e para o fato de a Brigada dos Amaldiçoados estar utilizando Bravatas, um modelo de vassouras que, teoricamente, era exclusivo do Priorado dos Magos.

Hector Saião também era um assunto popular, mas, neste caso, porque era motivo de piada, já que todas as vezes se entregou por conta própria.

— Hector parece um peixe suicida, pulando para fora sempre que o jogam dentro d'água. — E gargalhavam os priores.

Boris, por sua vez, não se envolveu em nenhum dos assuntos. Preocupava-se com Judite, queria justiça para Omar e não via a menor graça na zombaria envolvendo Hector. Pontualmente às seis da tarde, arrumou seus pertences e voltou para casa.

Para sua surpresa, todavia, sua noite conseguiu ser pior do que o dia, que já tinha sido ruim o suficiente. Acordou diversas vezes durante a madrugada, com pesadelos selecionados a dedo, que pareciam emergir do íntimo de tudo aquilo que mais o assombrava.

Não se importaria se tivesse sido apenas mais uma noite maldormida, mas sabia que não era. Os pesadelos, agora, apavoravam-no a todo momento.

Não importava mais se era uma pescada no meio do expediente, ou uma noite inteira dormida no aconchego de seu lar, aqueles sonhos terríveis voltavam do mesmo lugar onde tinham parado.

No dia seguinte, parecendo morto-vivo, resolveu procurar o pai.

— Sua cara está péssima! — disse Amaro ao abrir a porta.

— Eu não consigo pregar os olhos — queixava-se, já se servindo de uma xícara abastada de café.

— E por que não?

— Tenho tido pesadelos horríveis e cada vez mais frequentes. Basta eu fechar os olhos para que eles venham. Estou exausto...

— Que tipo de pesadelos?

— São vários. Algumas vezes, me vejo na beira de um penhasco... outras vezes, estou saltando em voo livre, ou sou confrontado por Hector Saião.

— Que coisa mais estranha...

— Também sonho que estou mudo e que ninguém pode me ouvir. Eu falo, falo, e todos me ignoram.

— Me parece terrível de fato — disse o pai, muito interessado.

— Arapuã explicou uma vez que, dependendo de nosso grau de intimidade com a alma animal, ela pode se comunicar por sonhos para trazer um presságio. Você acha que essas visões podem ter alguma relação com isso, mesmo que eu não a veja? — perguntou preocupado.

— Espero que não, pois não quero que caia de nenhum precipício — Amaro riu. — Eu já passei por isso que está passando. Bem, você sabe que tenho sonhos enigmáticos algumas vezes e a única coisa que eu posso lhe dizer, garoto, é que o universo sempre nos responde. Fique atento! — Então sorriu.

Apesar de sempre demonstrar com atitudes, pela primeira vez Amaro encarou o filho nos olhos e verbalizou:

Estrelas do Amanhã

— Eu tenho muito orgulho de quem se tornou, Boris, e mais ainda de quem vai se tornar.

Não esperava essas palavras do pai, que tinha um perfil mais retraído, como o dele, e, por isso mesmo, seus olhos se encheram d'água, quase molhando as olheiras.

Boris foi caminhando até o Priorado dos Magos, refletindo profundamente sobre tudo aquilo, quando passou por uma simpática viela, cheia de casinhas coloridas e jardins aparados. Sentiu vontade de adentrá-la e, curiosamente, sentiu-se atraído por uma velha casa lilás, a mesma que vira algumas vezes em seus sonhos estranhos.

Hesitou em bater na porta branca, afinal parecia uma loucura de sua cabeça, mas a curiosidade foi irresistível, resultando em três batidas.

— Entre — entoou uma voz imediatamente.

Boris entrou, desconfiado, e deparou-se com uma pequena sala, onde vários de seus conhecidos estavam sentados em torno de uma mesa em forma de U, trajando uma túnica esbranquiçada, com uma pequena estrela dourada bordada no lado esquerdo do peito.

— Pai? Perpétua?... Lucinha?

A porta bateu sem que qualquer feitiço precisasse ser proferido.

— Seja bem-vindo, Boris Forte. — Berlamina sorriu.

— O que está acontecendo aqui?

Assustado e confuso, Boris dava uma volta na sala, tentando entender aquela situação anormal.

— Meu?

O gato de Omar e Judite Barba miou, roçou em sua perna, ganhando um carinho, e subiu na mesa, sentando-se ao lado de Cosmo Ruiz.

— Alguém pode me explicar o que está acontecendo?

Lucinha Holmes levantou-se e, com todo cuidado, puxou uma cadeira para que o jovem se sentasse em frente à mesa em U.

— Sente-se aqui, Boris querido.

— O que vocês fazem aqui? Eu tenho tido sonhos terríveis e essa casa apareceu em alguns deles.

— Todos aqui já passamos por isso. — Perpétua Gentil gargalhou, arrancando uma risada espontânea dos colegas.

— Amaro, faça as honras! — pediu Lucinha, ao que o amigo se levantou e começou a caminhar pela sala apertada.

— Bem, Boris, eu fiquei muito feliz em saber que estava tendo esses sonhos. Como pai e como um estudioso que segue as estrelas, devo dizer que é um motivo de muito orgulho ver que o meu próprio filho foi escolhido por elas.

— Essas túnicas esbranquiçadas... — Boris balbuciou tentando lembrar de algo. — O figurão que quase matou Cosmo e fugiu abandonando um cajado... É... ele vestia uma túnica como essa de vocês, com um cinto prata!

Boris levou as mãos à boca, em desespero.

— Acalme-se, garoto. De fato, ele vestia uma túnica como diz o retrato falado, mas te garanto que não era uma dessas — respondeu Cosmo Ruiz, despertando a gargalhada de seus companheiros e a fúria de Boris Forte.

— Pois te vendo aqui, "chefe", já entendi que coisa boa isso não pode ser.

— Boris, Boris... Não foi por falta de alerta. Eu já te falei e repito: Cosmo tem boa índole — defendeu o pai.

— Deixe, Amaro, a desconfiança dele é totalmente compreensível. Veja, Boris, eu sei que te magoei e, acredite, aquilo doeu mais em mim do que em você.

— Ah, doeu, é? — ironizou.

— Doeu. Eu sempre gostei de você, rapaz, e ainda gosto. Sempre se mostrou um homem honrado e um prior muito talentoso. O problema estava no segundo predicado! Sua linha de raciocínio estava certa e temi que descobrisse coisas que deveriam ser protegidas.

— Qualquer coisa que o Priorado dos Magos não possa descobrir, cumprindo a própria obrigação, "chefe", está ligada às trevas.

— Boris... — censurou o pai, sendo imediatamente interrompido por Cosmo.

— Amaro, deixe. Boris não está errado em pensar assim. Eu sempre soube que ele não desistiria tão fácil, então tive que ser muito perverso para mantê-lo longe do caso. Devo desculpas a você. Nunca foi uma cobra peçonhenta e sorrateira, tampouco é um agente afoito. Sempre foi um prior muito digno, disposto a ir até as últimas consequências pelo bem de seu povo, e isso é cada vez mais raro.

O chefe se levantou, reverenciando-o como um falcão-peregrino, arqueando as asas, depois se sentou novamente.

— Eu... Eu não sei o que pensar. Sinceramente... E você e Perpétua, pai?

Todos riram, mas foi Perpétua quem lhe respondeu.

— Guerra é um trapalhão de carteirinha, mas eu sou apaixonada por ele, Boris — disse a mulher sorrindo.

— Ah, então é por isso que as pessoas começaram a comentar? Porque viam vocês dois vindo juntos até aqui?

— Pode crer que sim. Fofoqueira e adúltera eu te garanto que não sou!

Estrelas do Amanhã

307

Era muita coisa para assimilar ao mesmo tempo.

— Tem mais alguma coisa que eu não saiba?

— Uh! — exclamou Amaro. — Tem muitas coisas que poucos sabem, meu filho!

— Lucinha? — chamou o rapaz, confuso como uma criança, procurando pela "tia" da infância, alguém em quem sempre pôde confiar.

— Querido — ela respondeu com olhos ternos —, eu adoraria ter emprestado a ampulheta para que salvasse a sua amiga, mas eu não a tenho mais. A Ampulheta de Rasputin é realmente um artefato muito poderoso, mas infelizmente foi roubada.

— E por que não levou o caso aos priores, diretora?

— Quem disse que eu não levei, querido?! Ela ficava dentro do meu relógio...

Boris não sabia nem sequer o que pensar com tantas revelações.

— Não sabemos quem pegou, mas não consigo descartar a hipótese de que tenha sido Petrus Romanov — sugeriu Berlamina Fajardo.

— Não, Berla, não neste caso. A ampulheta foi criada há muitos séculos por um bruxo árabe que tinha verdadeira fixação com a data de sua morte. Dizem que ele testou vários feitiços diferentes para saber quando iria morrer, mas nenhum funcionou. Até que, um dia, ele testou um encantamento em uma ampulheta e acabou morrendo com ela nas mãos. Desde então o artefato passou a indicar quanto tempo de vida os bruxos possuem.

— E que ligação isso tem com a petulância daquele insolente? — estranhou Berlamina.

— Aí é que está! A ampulheta passou de mão em mão até chegar na Rússia, onde Rasputin a utilizou para se aproximar da família do Czar Nicolau II. Porém...

Lucinha ficou paralisada por alguns segundos, voltando a contar a história como se nada tivesse acontecido. Nada a que todos ali já não estivessem acostumados.

— Quando o bruxo Rasputin morreu, ela foi enviada à América. Sendo uma verdadeira relíquia do mundo bruxo, é claro que seus descendentes vieram procurá-la, mas não tiveram sucesso.

— Mas agora ele descobriu onde estava e pode ter roubado. — Berlamina revirou os olhos.

— Ah, agora me lembrei da parte que eu precisava contar — disse a diretora gargalhando. — Petrus é filho de Anastasia Romanov e sua família possui uma maldição: não pode tocar em qualquer objeto que tenha pertencido ao bruxo Rasputin. Você sabe, esse bruxo fez parte da fraternidade...

Apesar de muito confusa para contar qualquer história, Lucinha era adorável.

— Bem, eu não conhecia essa maldição dos Romanov com Rasputin, mas, sendo assim, faz sentido — aceitou Berlamina.

— O que vocês fazem, afinal? — perguntou Boris, irritado.

— Fazemos parte de uma fraternidade. — Amaro sorriu, escorado na mesa.

— Continuo sem entender o que fazem neste cubículo — retrucou, olhando ao redor, sentindo certa claustrofobia.

— Tudo na vida é uma questão de ponto de vista, não é? Para nós, está de bom tamanho — defendeu Amaro, enquanto todos pareciam concordar.

— Boris, somos sete estudiosos com o mesmo objetivo. Acreditamos no respeito, no livre-arbítrio, na conservação da energia vital e, claro, no autocontrole. Nós buscamos acelerar nosso processo evolutivo, para guiar o povo num caminho de aperfeiçoamento geral.

— É uma seita, é isso?

— Somos uma ordem que vive há milhares de anos no anonimato. Servimos dia a dia aos desígnios das estrelas, buscando diferenciar o "eu superior" do ego.

Boris interrompeu, impaciente:

— Você pode ser menos filosófico?

— Equilíbrio emocional é uma decisão interna, Boris — interveio Berlamina Fajardo, que, com um sorriso, deu-lhe um tapa de luvas com toda a categoria. — Controle o seu instinto de agressão e conseguirá nos entender...

— Professora — o rapaz arregalou os olhos —, eu juro que não estou entendendo nada...

— Nós somos sete — disse Perpétua —, pois o sete é o número da excelência, que é o que buscamos aqui. Buscamos alcançar os sete níveis da energia vibratória, contatar as sete correntes energéticas e os sete diferentes níveis de poder e força.

— O número sete representa a totalidade, a perfeição, Boris — explicou o pai. — Ele é a intuição e a consciência.

Apesar de impaciente por não entender aonde o grupo queria chegar com aquela conversa, Boris agora preferiu se manter calado, pois parecia que tudo o que dizia era ignorado enquanto o grupo continuava com aquelas explicações sem sentido.

— Mais do que isto — continuou Cosmo Ruiz —, é o simbolismo da conclusão cíclica e da renovação. Justamente por representar o fim de um ciclo e o começo de um novo, esse número traz consigo a ansiedade pelo desconhecido.

Ainda calado, o rapaz apenas olhou para Lucinha pedindo socorro.

— Sete são os dias da semana, as esferas celestes, as cores do arco-íris, as pétalas de uma rosa e as notas de uma canção — acudiu a diretora, cheia de ternura, falando, finalmente, alguma coisa que ele entendesse. — O número sete, querido, designa também a totalidade das ordens planetárias, as moradas celestes. Portanto, todos aqui representam um astro. — Como eu dizia, nós seguimos os desígnios das Estrelas e somos instruídos pelo universo nesse processo. Trocando em miúdos, sentimos a perda de nosso Marte e você foi enviado por nossos mentores, porque acreditaram que você tem predicados para assumir a posição.

— Omar?

— Omar... Quanta falta nos faz nossa estrela de fogo — disse emocionada. — Você sabe como foi a nomeação do planeta Marte, Boris?

— Não.

— Este nome é uma alusão ao deus romano da guerra. Sendo assim, esse planeta influencia a coragem, a força, a ousadia e as conquistas. Como pai, fico muito orgulhoso em saber que as Estrelas reconheceram em você essas características, meu filho.

— Como sabiam que eu viria para cá?

— Não sabíamos! Quer dizer, confesso que deduzi após nosso encontro hoje de manhã, ouvindo sobre seus pesadelos, mas não é comum saber antes.

— Todos aqui fomos surpreendidos, Boris — disse Cosmo. — É claro que sabíamos que alguém estava sendo preparado, já que perdemos um membro, mas ninguém tinha ideia de que seria você. Exceto seu pai, pois ele entendeu o seu chamado.

— Chamado?

— Chamado! É assim que acontece nessa ordem desde o princípio. Todos nós tivemos pesadelos antes de sermos atraídos para esta casa.

— E como souberam que precisariam estar aqui hoje, neste horário? — Ele estava ainda mais confuso. — Eu não entendo, como conseguiu chegar aqui antes de mim, pai?

— Nós preparamos corpo e mente aqui, Boris. Rompemos a casca da ignorância, do materialismo e da ilusão do ego. Apesar de cada um dos colegas ter uma vibração diferente, já que depende muito do trabalho evolutivo de cada um com o seu próprio eu, todos nós temos intuições e soubemos que precisávamos estar aqui.

— É, geralmente, muito intuitivo, mas também temos nossa *trombeta de prata* em casos de emergência. Basta o grande mestre tocar que todos nós podemos ouvir — contou Perpétua.

Nesse momento, a cabeça de Boris estava a ponto de explodir.

— Então todos vocês sonharam com precipícios?

Amaro gargalhou.

— Não, meu filho, esse medo é seu. Você tem medo de altura desde criança, não tem?! Somos confrontados com nossos maiores medos, pois são eles que devem ser enfrentados com consciência e sensibilidade.

— Vocês não têm mais medo de nada?

— Ora, é claro que temos — disse Cosmo. — Eu mesmo tenho muitas questões e entendo que minha evolução é prejudicada por não enfrentá-las. Temos colegas muito mais evoluídos aqui, como Júpiter, nosso finado Marte, Vênus, nosso grande mestre...

Boris tirou um lenço do bolso, secando o suor da testa.

— No vaivém da vida, tudo retorna ao seu princípio ou ao seu fim, querido — concluiu Berlamina. — Precisamos cuidar do planeta, conduzindo a sociedade para uma vibração de entendimento místico, caso contrário acontecerá como em Atlântida, onde o ego e o poder dominaram a ilha até extingui-la.

— Acho que estou entendendo...

— Boris, meu filho, isso é uma missão, que, apesar de muito bonita, é profunda e exige demais de todos nós. Exige um nascimento iniciático, que é conduzido por nosso grande mestre durante um ritual. Mas, antes de tudo, quero que entenda: Você não é obrigado a aceitar este... digamos, convite...

— É verdade, Boris, nós respeitamos o livre-arbítrio de todos os indivíduos. Caso não se sinta confortável ou preparado para tamanha responsabilidade, você pode declinar. Neste caso, apagaremos sua memória e você seguirá sua vida normalmente — enfatizou Perpétua, sendo rapidamente respondida.

— Eu aceito!

Neste momento, Amaro sorriu para os colegas, buscando alguma aprovação. Levantou-se e empunhou a varinha, prontamente apontada para zênite.

— Somos filhos das Estrelas, portadores da luz e da eternidade. Somos aqueles que afastam a escuridão, erguendo a cabeça dos homens diante do medo. Stellas Templum!

Neste momento, Boris se levantou, girando em torno de si mesmo, enquanto a pequena sala se transformava em uma enorme e imponente pirâmide, cujas paredes eram repletas de hieróglifos. Sua singela cadeira

Estrelas do Amanhã

tornara-se um trono de Ísis, a mesa de pinho ganhou a nobreza do puro Ébano Rosa e um sarcófago apareceu bem no centro da sala.

Impressionado, Boris olhou fixamente para a estrela preta de sete pontas e para o busto do faraó Akhenaton, então foi enviado por uma forte emoção e não resistiu, ajoelhando-se e chorando copiosamente.

Apesar de já ter ouvido sobre os Estrelas do Amanhã em uma aula do professor Dino Ourinho, não acreditava que a ordem criada por Akhenaton ainda poderia existir. Na ocasião, essa ordem lhe teve o mesmo cunho fantástico, todavia fantasioso, do Mascarado Escarlate, seu herói da infância.

Boris Forte, sendo um ser humano imperfeito, como todos nós, prejulgou tudo que vivera até este momento. Jamais lhe passaria pela cabeça que aquelas pessoas ali, todos seus conhecidos, poderiam ser os ídolos de seu imaginário, membros da Ordem. Boris menosprezou o óbvio, esquecendo que existia muito mais entre o céu e a terra.

— Seja bem-vindo, Boris Forte — disse o pai emocionado, reverenciando-o com o comprimento do Priorado dos Magos.

O discípulo, já recomposto no trono de Ísis, levou novamente as mãos à boca.

— Você...

— Sim?

— Você é um prior?

— Nem todas as peças precisam ser visíveis, caro bandim. — O excelsior Amaro Forte sorriu.

— Qual astro você representa?

— Eu? Júpiter. Poxa vida, cortei um dobrado para não contar a Helga que aquele anel não se tratava de um número quatro estilizado. Mas, apesar de ofendido, consegui resistir... — disse, referindo-se ao anel emprestado para o casamento da filha.

— Eu sou Mercúrio — apresentou-se com uma gargalhada o chefe dos priores. — Em minha defesa, devo dizer que a *Merlin* mentiu. Nem tudo o que acontecia era minha culpa... — Então gargalhou, referindo-se à matéria da revista *Merlin*, que atribuía vários acontecimentos ao fenômeno "Mercúrio retrógrado".

— Saturno! — apresentou-se Lucinha Holmes, animada. Boris ainda não sabia qual era o papel daquele planeta, mas logo percebeu algo em comum entre ele e sua representante: os anéis. Lucinha sempre foi louca por anéis.

Todavia, Saturno ia além dos anéis. Seu nome era uma alusão ao deus romano que rege o tempo, influenciando a sabedoria, a superação e a evolução. Saturno é o planeta do crescimento, que nem sempre é fácil, mas é gratificante. Seu norte é o aperfeiçoamento e ser personificado por alguém como Lucinha Holmes fazia todo sentido.

Vênus é o segundo corpo celeste mais brilhante no céu noturno, ficando atrás apenas da lua. A intensidade de seu fulgor sempre chamou a atenção e rendeu-lhe apelidos como "Vésper", "Estrela d'Alva" e "Estrela da Manhã", por atingir seu brilho máximo no céu algumas horas antes da alvorada e do ocaso. Finalmente entendera porque, vez ou outra, vira o pai chamando Berlamina Fajardo de Vésper. Sabe-se que este planeta, cujo efeito é afinidade, traz em seu nome uma alusão à deusa romana do amor e da sedução.

Amaro Forte, dono do anel que trazia o "número 4 estilizado", ou, como ele preferia, o símbolo de Júpiter, representava o maior dos planetas do sistema solar, com 318 vezes a massa da Terra. Por isso, seu nome reverenciava o deus romano que liderava todos os outros. Sua ação é relacionada à expansão e ao aumento, não apenas da vida material, mas também da vida espiritual, social, física e intelectual. É um astro que representa a força superior benéfica. Seu efeito é a prosperidade.

Cosmo Ruiz, que realmente não era um cavaleiro das trevas, representava o planeta mais rápido do sistema solar que, viajando a uma velocidade média de 47,87 km/s, completa sua órbita ao redor do Sol a cada 87,969 dias terrestres. Por isso foi nomeado em alusão ao veloz deus romano, que era mensageiro de todos os deuses, responsável pelas viagens e pela comunicação. Com o efeito do poder mental, *Mercúrio* influencia a intelectualidade, a resolução de enigmas, os estudos e projetos. Ao descobrir sua verdadeira identidade, o chefe voltou a ser um ídolo para o desconfiado Boris Forte.

Perpétua Gentil honrava a Lua, o pequeno satélite que, apesar de ter ¼ do tamanho da Terra, causa grandes influências em nosso planeta, alterando as marés e determinando o ciclo de crescimento das plantas. Justo como a representante nos Estrelas, a Lua é o único corpo celeste que muda visivelmente de aparência, influenciando o oculto, a sensibilidade e os sonhos, sendo o seu efeito a mudança.

Estrelas do Amanhã

Boris Forte, a essa altura, já via com clareza que substituiria *Omar Barba* sob a regência do planeta Marte, chamado de "planeta vermelho" ou "estrela de fogo" por causa de sua cor rubra, que se destaca no céu. Foi assim nomeado em alusão ao deus romano da guerra, influenciando lutas, batalhas e conquistas.

Mas ainda parecia faltar alguma coisa, e ele começou a fazer a conta nos dedos.

— Espere aí. Está faltando o sétimo!

— Sim — respondeu o pai. — Nosso grande mestre, o astro-rei!

O Sol é a estrela mais brilhante de nosso Sistema Solar, eixo ao redor do qual todos os outros planetas gravitam. Sendo ele a fonte de vida, luz e calor da Terra, não causa estranheza ser representado pelo grande mestre da fraternidade Estrelas do Amanhã. Com o poder de influenciar o brilho pessoal, a prosperidade e o sucesso, ele traz o efeito da potencialidade.

— Entendi, mas quem é o nosso grande mestre?

Este momento foi literalmente o do pulo do gato. Meu, o velho gato cinza, que repousava a bunda gorda em cima da mesa ao lado de Cosmo Ruiz, saltou, transformando-se em um homem com as mesmas características. Seus cabelos grisalhos iam um pouco além da nuca, sob uma boina grená antiquada, que parecia tão antiga quanto ele.

Boris estava totalmente sem reação, enquanto o senhor esdrúxulo e gordinho tossia feito um condenado. Surpreendendo a todos, ele cuspiu uma bola de pelos na própria mão, exibindo-a como um troféu.

— Andrei, francamente — censurou Cosmo, enojado.

— Não me canso de fazer isso. — O homem gargalhava, claramente alguém muito espirituoso.

CAPÍTULO 26
O GUARDIÃO

— **B**oris, este é Andrei Korolev, nosso entusiasmado astro-rei! — apresentou o pai.

Todavia, o futuro Marte da Ordem estava por demais perplexo para esboçar qualquer reação.

— E agora, o que faremos? — perguntou Andrei. — Seria bom apresentá-lo a toda pirâmide, não acham?

Todos pareciam concordar, mas Boris continuava boquiaberto, até que:

— Como isso pôde acontecer? Eu lembro quando levei Hector para escola da primeira vez. O gato foi por engano dentro de uma caixa de sapatos. Eu ouvi! Estava no porta-tudo que eu mesmo emprestei.

— Aquele porta-tudo é um espetáculo! Nunca me esqueci dele, por mais que na última viagem estivesse com um cheiro asqueroso — mostrou-se enojado — mas, fora isso, que fino acabamento em veludo preto, meus amigos... Aquilo é um palacete.

Boris estava estupefato com a resposta.

— Sempre muito espirituoso! — acrescentou Perpétua.

— Os elogios são sinceros, mas, se quer mesmo saber, eu não fui por acaso. Não mesmo. Marvin Bill tinha sido matriculado na escola e nós precisávamos tirar a história a limpo.

Boris parecia perdido em devaneios.

— Marvin Bill? Jamais conseguimos entender esse caso. Uma vez, você... ou Meu, ou seja lá como gosta de ser chamado, me disse que Marvin Bill não existia, mas, no Priorado, muito tempo depois, Rufo Cartaxo, que substituiu Cosmo, recebeu uma cópia de sua carteira estudantil.

— Sim, querido, a Secretaria da Educação concede a carteira estudantil a todos os alunos matriculados. Somos obrigados a expedir ao Priorado uma lista com o nome de todos que ingressarão no primeiro ano — explicou Lucinha.

— Isso eu já sei, Lucinha, mas, afinal, Marvin Bill existiu ou não?

— Já ouviu dizer que "aqueles que amamos nunca morrem", garoto?

— Já sim, senhor Korolev.

— Pois, neste caso, aqueles que amamos... nascem!

Boris estava cada vez mais confuso.

— Continuo sem entender, grande mestre...

Andrei gargalhou, quase caindo de sua cadeira

— Grande mestre! Vocês ouviram? — disse, divertindo-se com seus irmãos de Ordem. — No próximo encontro, brincaremos de "mestre mandou" no salão dos sentidos...

Sua gargalhada era tão escandalosa que mais parecia um cavalo relinchando.

— Ah, como eu adoro ter alguém novo depois de tantos anos...

— Andrei! — censurou Berlamina.

— Vésper, não foi isso que eu quis dizer. Não coloque palavras em minha boca. Ora, é só porque eu moro com Omar e Judite há anos... — E, dirigindo-se a Boris: — Enfim, não precisa me chamar de grande mestre e, prosseguindo, Marvin Bill foi uma ilusão criada por Petrus Romanov. E, como você sabe, ou deveria saber, já que é estudado no ensino básico, uma ilusão deve ser amada para se tornar real.

— Então Marvin Bill existiu mesmo? — Boris insistiu, pasmo.

— Existiu a partir do momento em que foi amado por Hector Saião. Romanov é um sujeito muito ardiloso, como o pai, e percebeu, já no primeiro dia, que tinha condições de manipular Hector por meio de um amigo adoentado. Foi essa doença que fez o neto de Omar se aproximar e tornar a ilusão tocável.

Boris organizava um enorme quebra-cabeça e, agora, as coisas começavam a fazer sentido.

— Se o Priorado soubesse disso antes...

— E sabia. Eu sabia! — contou Cosmo.

— Mas sabem disso há muito tempo?

— Não, querido, não sabemos há tanto tempo assim. Cheguei a usar a ampulheta de Rasputin para salvar a vida do moribundo, imagine... Fiquei desesperada quando vi que ele tinha apenas um fio de vida e o levei às pressas ao curandório de Vila Vareta.

— Mas, diretora, como ele poderia ter um fio de vida?

— O fio de vida de Marvin, Boris, era a capacidade de amar de Hector!

Boris sentiu um calor no peito. Hector era deveras uma incógnita. Como poderia alguém com tanto amor, capaz até de tornar uma ilusão real, se envolver em crimes motivados por ódio?

— Espere aí, mas por que precisavam tirar essa história a limpo se, na época, vocês ainda não sabiam que Marvin Bill era uma ilusão?

— Aí que está, meu filho — interveio Amaro, limpando o suor da testa. O nome em si não espirava nenhum problema; o sobrenome, porém, nos deixou em alerta. Silvinha Bill foi uma aluna da EMB que engravidou de um colega da casa das Serpentes.

— Dentro da escola?

— Dentro da escola!

Neste momento, Lucinha Holmes suspirou, levando as mãos ao coração.

— Engravidou de Victor Ivanov — prosseguiu Amaro —, que, posteriormente, veio a se casar com Anastásia, trocando seu sobrenome.

— O pai de Petrus Romanov?

Boris mostrava toda a sua perspicácia, lembrando-se da explicação de Lucinha Holmes sobre a ampulheta de Rasputin, que não poderia ser tocado por Petrus, já que era filho de Anastásia Romanov.

— Isso! — confirmou Perpétua. — Na época, Virgílio Azambuja, o atual presidente da Federação, era o diretor da escola. Consta no livro dos diretores, um diário onde todos deixam relatos importantes, que o diretor da casa das Serpentes torturou a aluna com a maldição Patiens.

— Dentro da escola? — perguntou impressionado.

— Muita coisa acontece dentro da escola, querido. Aliás, coisa demais! Coisa demais! — Lucinha suspirou, demonstrando certa preocupação. — Bem, mas um problema de cada vez, não é? Nessa ocasião, Silvinha Bill acabou perdendo a criança. Então, como poderia, tantos anos depois, matricular o filho na casa das Serpentes?

— Agora tudo faz muito sentido — balbuciou Boris, concatenando as ideias. — E, no final das contas, Petrus fez a matrícula do irmão apenas para manipular, Hector? — estranhou.

— *Apep* — sussurrou Andrei Korolev, deixando todos os colegas tensos.

— Logo falaremos de *Apep*, Andrei, mas agora Boris deve conhecer nosso templo e depois se iniciar. Bem, meu filho, essa fraternidade tem origem egípcia, como já deve saber, e temos sete irmãos em praticamente todos os países da comunidade mágica. Somos milhares! Akhenaton, nosso mestre, assim como nós, tentou conduzir seu povo no caminho da paz e da harmonia, manejando as forças fundamentais da natureza.

— Eu tive essa aula há muitos anos, mas, pelo que me lembro, o faraó mudou o próprio nome. — Boris se esforçava para puxar as lembranças.

— Exatamente! — respondeu Berlamina. — Seu nome era Amenófis IV e, guiado por algumas intuições, tal como nós, criou a ordem, da qual se tornou o astro-rei. Depois disso, começou uma reforma harmônica e evolutiva em todo o solo do antigo Egito.

Estrelas do Amanhã

Boris levou as mãos à cabeça, visualizando, mais uma vez, resposta para muitos de seus enigmas.

— Aquele que louva a Aton!

— É isso mesmo, filho. Depois de mudar o próprio nome, nosso mestre ainda trocou a capital do país, pois Tebas era um lugar tomado pelo ego dos sacerdotes. Eis que Akhetaton foi fundada na margem leste do Nilo, um deserto nunca habitado, sem conflitos, sem pobreza e sem desigualdade social. No horizonte de Aton, nem sequer os templos toleravam a escuridão, tendo sido construídos sem teto para que pudessem receber a luz solar.

Neste momento, os fatos se encaixavam como blocos de cimento orquestrados por trolhas. Fazia todo sentido Akhenaton renomear todo um país baseado no sol, já que ele simbolizava tal astro dentro da Ordem.

Boris descobriu que o templo dos Estrelas do Amanhã era uma pirâmide muito parecida com a de Akhenaton por um motivo muito especial: essa forma geométrica é a ideal para canalização de níveis elevados de energia sutil, ou seja, é uma boa forma de receber inspiração e intuição dos mentores, ainda que ninguém soubesse definir muito bem quem são os mentores. Reza a lenda que são energias, assim como Nhamandu, nosso deus supremo, mas existe um relato de que eles já foram vistos materializados. Supostamente, foram eles que aprisionaram Akron, a chama da Morte, em um calabouço no Egito, fazendo-o revelar boa parte dos segredos das trevas praticadas pelos Magos Negros.

Querendo apresentar ao discípulo o restante do templo, os Estrelas do Amanhã se levantaram, conduzindo-o até a única parede que se diferenciava de todas as outras. Contrariando as demais faces da pirâmide, repletas de mensagens em hieróglifos, aquela continha apenas um enorme desenho do olho de Hórus.

— Observe os pigmentos desta pintura, todas as cores foram criadas a partir de materiais da natureza, como esmeralda, lápis-lazúli, carvão de madeira e até sangue animal — cochichou Amaro.

Até que, de repente, Andrei Korolev recitou um feitiço com a sua varinha:

— Oculus!

Os blocos de pedra se moveram, chocando-se uns nos outros, revelando um largo corredor, repleto de salões adjacentes, e guardado pela escultura de um par de leões.

— Você sabe por que motivo a ordem usa o olho de Hórus para guardar o portal de suas maiores riquezas, Boris? — perguntou o mestre.

Boris negou com a cabeça.

— Akhenaton escolheu este símbolo para dirigir o país no rumo da paz, agindo na sombra de seus opositores. Ele é o nosso código — sussurrou. — É o símbolo que remete à sabedoria e à liberdade que existe dentro de cada ser humano. Este olho, Boris, tudo vê e tudo sabe. É a consciência sábia de cada ser humano, que está diretamente ligada à força divina, a força "Phi". Este, rapaz, é o olho eterno da consciência dos homens.

Boris estava impressionado com a imponência do templo e, principalmente, com o seu código, que estimulava as pessoas a agirem pelo caminho do bem, mas guiados pelos próprios valores.

— E esses leões de pedra?

— São os protetores de nossa Ordem — respondeu Cosmo. — Tanto para nós quanto para os alquimistas, o leão simboliza a ressureição, a proteção divina. Transita entre o mistério da morte e do renascimento. No fim das contas, é o que fazemos aqui.

Juntos, o grupo passou entre os leões pretos de basalto, seguindo por um corredor onde havia uma série de salões que, Boris descobriu, eram chamados de salões da consciência. No total eram sete, cada um deles dedicado a um estágio dessa trajetória, até chegar à sétima vibração, conhecida como *semideus.*

Boris parou diante de um dos salões, impactado pela exuberância de uma enorme esfinge, que tinha o corpo de leão e a face de Akhenaton.

— Decifra-me ou te devoro! — exclamou Amaro, colocando-se ao lado do filho.

— Qual é a importância da esfinge para vocês?

— Para nós! — corrigiu Andrei Korolev reverenciando-a. — Eis o nosso guardião!

O prior tentava olhar para dentro, mas nada conseguia entender, já que aquele salão, assim como todos os anteriores, tinha as paredes repletas de hieróglifos.

— A esfinge é o leão sagrado dos Estrelas do Amanhã, querido — contou Lucinha. — Sua cabeça humana, hoje com a face de Akhenaton, simboliza o poder soberano, o Sol. É utilizada para guardar palácios, túmulos e entradas divinas, que é o nosso caso. Neste salão, buscamos o sétimo e último nível da consciência, que nos permite compreender melhor as leis do Universo e alcançar patamares evolutivos superiores.

Tudo, absolutamente tudo, no lugar era repleto de simbolismo e ocultismo, o que deixava o jovem candidato a Marte atordoado, e não poderia ser diferente.

Estrelas do Amanhã

— A natureza só partilha seus segredos com aqueles que buscam a verdade por amor à própria verdade, meu filho, com aqueles que aspiram a conhecimento para conferir benefícios ao próximo. Temos aqui sete salões, que representam os sete estágios da consciência. Tão antiga quanto o homem é a sua sede por respostas para questões que ele mesmo desconhece. É aqui nesses salões que nós estudamos. Parte de todo esse conhecimento tornamos público, e parte mantemos em nível iniciático.

— Não se preocupe! — disse Korolev lendo o desespero na fisionomia de Boris. — Assim como todos nós, você continuará evoluindo nesta jornada. Compaixão, conectividade e perdão! — Apesar de ser uma figura um tanto quanto abstrata, Andrei Korolev, aos 101 anos, era o mais evoluído de todos os Estrelas brasileiros, flutuando entre os estágios 5 e 6 da própria consciência. — Hórus é o olho da águia dourada, Boris Forte, e voa acima de todas as circunstâncias materiais. Não se preocupe em entender tudo agora, afinal passará muitas vezes por aqueles olhos e encontrará um bonito caminho da iluminação. Isto é, se você se iniciar, não é mesmo? Vamos! — O bem humorado astro-rei gargalhou, retornando, meio manco. Neste momento, Boris entendeu o motivo de o gato, além de pesado, ser troncho.

Enquanto todos tomaram seus lugares à mesa maciça de ébano rosa, Boris se sentou no trono de Ísis, receoso ao ver um sarcófago no meio da sala. Apesar de ser muito bonito, todo de madeira, revestido em ouro e com a máscara mortuária de Akhenaton, era difícil não se lembrar de que se tratava de uma urna funerária de luxo.

— Já teve uma múmia aí dentro? — perguntou, engolindo em seco.

— Eu! — disse Lucinha, levantando as mãos.

— Eu!

— Eu!

— Eu!

Repetiam os outros Estrelas à mesa.

— A iniciação nesta ordem, meu filho, consiste no rito de morte e nascimento. A morte para o eu físico da personalidade, o velho homem, e o nascimento de um homem regenerado e espiritualizado. Todos nós já morremos e nascemos aí dentro.

— Está pronto para romper a casca da ignorância? — perguntou Andrei, com o semblante mais sério que Boris já tinha visto até ali, fosse como homem, fosse como gato.

— Estou! — confirmou, ainda que não estivesse de fato.

O grande mestre se levantou, invocando uma túnica esbranquiçada, assim como a dos demais, que veio flutuando pendurada de um mancebo, posicionado ao lado do sarcófago.

— Este é o "sono dos mistérios". Neste processo, o intuito é que você, o iniciado, entre em contato com os seus medos e os enfrente, pois eles desequilibram a consciência. Se tiver medo de cobra, Boris Forte, centenas de cobras rastejarão pelo seu corpo e assim será com todo e qualquer medo oculto em seu âmago. Por meio da hipnose sugestiva, vamos descobrir, agora, se vai sucumbir de sua materialidade e tendências psíquicas, ou se conseguirá colocar o plano divino como prioridade.

Boris emudeceu. Agora, mais do que nunca, tinha grande admiração pela Ordem e temia não ter a capacidade de pertencer a ela.

— Tudo aquilo que se passa em nosso plano mental, em forma de pensamentos, tendências e sentimentos, um dia se tornará manifesto na Terra; um dia se transformará em expressão no mundo. Esses conteúdos passarão do plano da consciência para o plano de ação. Ou seja, o mental passa para o físico. Em suma, o que ocorre ao nosso redor nada mais é do que uma exteriorização do que já ocorreu e ocorre dentro de nós. Esse processo, Boris, abrevia nossa caminhada na jornada de autodesenvolvimento, pois nos dá a oportunidade sagrada de vencer dentro da consciência aquilo que inevitavelmente se materializará na terra. Você está pronto?

Boris simplesmente levantou-se e caminhou até o grande mestre. Encarou o pai e todos os outros Estrelas, desejando poder tê-los como irmãos. Entendera claramente o significado de enfrentar seus medos e estava convicto de que só queria exteriorizar sentimentos bons para o mundo.

— Estou pronto!

Neste momento, as lágrimas de Amaro não puderam ser contidas, vendo o filho sentar-se dentro do sarcófago, como ele mesmo já fizera um dia.

Seguindo as instruções de Andrei Korolev, deitou-se em posição de Osíris, com os braços cruzados na altura do coração, justo o deus da morte. E, assim, teve o sarcófago fechado e o sono induzido, entregando-se à morte, no almejo da vida.

Seus medos o confrontaram de um jeito ainda mais devastador do que faziam durante o chamado das Estrelas. Agora tinham som e pareciam até ter mais cor.

Um medo que o assombrava desde a infância, a altura dos precipícios, agora o transportara para os confins da Terra, de onde caía em voo livre, atado como uma múmia, sem que um grito sequer pudesse lhe trazer alívio.

Estrelas do Amanhã

Enterrou o pai, a irmã e Amélia, chorando mais do que já tinha chorado em todos os anos de vida.

Foi humilhado por Hector Saião, que zombava de sua traição, apontando o dedo em seu rosto. Boris tentava responder, mas mortalhas cobriam-lhe a boca, apertando-o tanto, que cortavam as bochechas.

Suando, deu um soco na tampa de Akhenaton, e despertou, respirando acelerado, com o pânico estampado na face. Andrei apenas olhou para a mesa e sorriu, pegando a túnica.

— Levante-se!

Com os batimentos cardíacos claramente apressados, Boris se levantou e, cambaleando sobre as próprias pernas, colocou-se diante de seu mestre.

— Eis que o planeta vermelho está de volta, e é o tempo quem dirá o que cada fenômeno quer nos dizer.

E foi assim que Boris Forte vestiu a túnica esbranquiçada, com a pequena estrela dourada no lado esquerdo do peito.

Depois de ser cumprimentado por seus irmãos de fraternidade, especialmente por seu pai, Júpiter, Boris abandonou o trono de Ísis, deusa egípcia protetora da magia e da natureza, tomando um lugar à elegante mesa em "u".

— Bem, gostaria de agradecer às estrelas, aos nossos mentores, e a vocês, por este momento — emocionou-se —, mas sou um proletário e preciso voltar ao trabalho.

Andrei gargalhou, enquanto todos os demais se encaravam.

— Eu adoro o seu humor, Marte, desde os tempos em que você me acarinhava durante as visitas ao castelo — disse, divertindo-se. — Mas, quanto ao Priorado, não se preocupe. Todo mundo tem medo do tempo; mas o tempo tem medo das pirâmides. — E piscou.

Boris não entendeu muito bem, já que tudo era muito enigmático dentro daquelas paredes, mas desconfiou de que o tempo não passava ali dentro.

— Querido, ainda temos um assunto muito importante para tratar com você.

Lucinha e todos os demais pareciam muito desconfortáveis.

— Quem começa? — perguntou ela, deixando Marte apreensivo.

— Bem, Boris, isso é uma das coisas que eu escondia — confessou Cosmo. — Por ironia do destino, temos um grande... Podemos dizer "problema"? — consultando os colegas.

— Não, Mercúrio, pelo amor de Tupã! É certo que desencadeou alguns eventos, mas não podemos considerar um problema — discordou Lucinha.

— Então não é um problema — retomou —, mas estamos tratando de uma questão que é muito séria, e refere-se também à história egípcia.

— O que é?

Imediatamente, Andrei Korolev fez surgir um imenso mural no meio da sala, que pairou, parecendo que flutuava pelo controle de sua sofisticada varinha de imbuia.

Boris nunca tinha visto um bruxo tão poderoso em toda a sua vida e, apesar de ver o quadro, que trazia desenhos que retratavam a vida no Egito e o símbolo de uma serpente devorando o próprio rabo, ele estava mesmo impressionado era com a maneira como Korolev fazia magia sem proferir nenhuma palavra.

— Está vendo aqueles hieróglifos ali no canto? — perguntou Vésper. — Eles contam uma história há muito esquecida...

— Qual?

— *Apep* — sussurrou o grande mestre, que parecia ter prazer em falar no assunto.

— Este quadro é mais antigo do que a unificação do próprio Egito...

Perpétua interrompeu a explicação por algum motivo, sugerindo que ela fosse continuada por Andrei Korolev, que prontamente se levantou, colocando-se ao lado da relíquia.

— Esse mural foi encontrado em uma das demarcações do Bàdiu, Marte, mais especificamente em Meão, onde hoje está a cidade de Pélago, na direção nordeste. Pode até parecer estranho em se tratando de um artefato egípcio, mas existe uma boa explicação. Não precisa ir muito além da história brasileira para saber que nosso mestre Akhenaton foi discípulo da tribo Guaricai, que fica naquelas imediações. Bem, você sabe dessa história?

— Conheço bem a história da transmentalização, pois já passei férias em Pélago e visitei a localização aproximada.

Pensou em comentar que, assim como o mestre, também era apaixonado pelo refresco de groselha, mas, notando a seriedade do momento, preferiu se abster.

— Para nós, é muito óbvio que Akhenaton o trouxe durante a fuga, mas, por algum motivo, ele chegou à EMB há anos, trazido pelas mãos de Maria Liberta, padroeira da Casa das Serpentes, outrora escrava fugida. — É uma lástima tudo o que essa mulher sofreu — continuou, após uma pausa reflexiva. Adla, cuja definição é *justiça* em um dialeto africano, viveu a ironia de seu próprio significado. A pobre foi trazida em um navio tumbeiro justamente no último ano de operação dessa barbárie, sendo tratada como um bicho, forçada a servir os colonizadores juruás.

Em seus devaneios, o mago quase deixou cair o tal quadro.

— Desculpem-me, irmãos, é que esse assunto sempre me tira do sério... Mas, como eu ia dizendo, este mural chegou ao castelo graças a essa mulher. Eu passei muitos anos de minha vida no Egito, no rastro de *Apep*, e não me espanta o fato de que tenha sido trazido por Adla. Posso explicar: essa senhora é originária do Sudão, muito perto de Assuão, uma cidade no sul do Egito. Naturalmente, ela conhecia a história de *Apep* e sabia a verdadeira relíquia que tinha nas mãos.

— E o que diz?

Andrei proclamou como um poema:

"No entardecer das eras,
Quando todas as terras já estiverem descobertas,
Surgirá do novo mundo a Grande Serpente,
A Serpente original, nascida do caos.
Apep, do meio das Serpentes, na noite nascerá,
Para do caos liberar a ordem,
E da ordem o mundo reinar."

— Isso não parece boa coisa!

— Depende — replicou o mestre. — Mas o fato é que a profecia, em si, já foi cumprida.

— É o boitatá? Aquele incidente de Uritã foi devastador... — perguntou Boris.

Todos gargalharam.

— Não, meu filho, por favor... — interveio Amaro.

O caso de Uritã, envolvendo a tribo Porã, de fato foi provocado por uma cobra do Novo Mundo, genuinamente brasileira; e trouxe o caos, mas Boris ainda nem imaginava que a serpente da profecia de *Apep* era maior e anterior à fundação de Uritã.

— Olha, se pensarmos bem, até que faz sentido o que disse — divertiu-se Andrei —, mas, neste caso, realmente temos de levar tudo ao pé da letra, linha por linha. Obviamente, você não tem como saber, mas eu sou um professor, ou fui, ainda não sei dizer...

Boris parecia um pouco constrangido.

— O fato é que desde jovem eu desenvolvi um certo fascínio por essa belezinha. Como historiador, fiquei deslumbrado com o assunto, a ponto de dedicar uma parte de minha vida a seguir os rastros de *Apep* — asseverou.

— Como um Estrela do Amanhã, imagino que Akhenaton, há tantos milhares de anos, já previu que tudo se cumpriria aqui, e o universo, meu querido, é muito sábio, fazendo se cumprir pelas mãos de Adla.

— Vocês acreditam em predestinação?

— Nós acreditamos na força do Universo, o que é diferente, mas nem sempre! — pontuou Berlamina Fajardo cheia de categoria.

— Andrei Korolev é um grande historiador bruxo e escreveu um diário, rastreando as primeiras lendas sobre a Serpente *Apep*. A mitológica serpente egípcia do caos — explicou Lucinha.

— É, foi mais ou menos assim que aconteceu — concordou o mestre. — Eu encontrei afrescos muito antigos, que vaticinavam que uma grande serpente surgiria no Novo Mundo e conduziria o mundo mágico a uma aurora dourada de esplendor, maravilhas e poder. Assim como você, Marte, cheguei a pensar no surgimento de alguma criatura, mas essa tese foi por água abaixo no primeiro mês que perambulei pelas terras de Akhenaton. Era claro que se tratava apenas de um símbolo, uma representação de um bruxo poderoso, destinado a feitos grandiosos.

— Por ter sido trazido à terra *brasilis* e chegar à EMB, pelas mãos de Adla, vocês realmente acreditam que a tal serpente poderosa possa ser um dos alunos?

— Errr, mais ou menos. De acordo com alguns registros, *Apep* surgiria no Novo Mundo e teria um quadro em sua homenagem. Bem, desde que lecionei na EMB, e foi por pouco tempo, essa preciosidade já repousava por lá — disse, acariciando o quadro. — Então, por obviedade, a grande serpente seria, sim, um bruxo da escola. Queria ter escrito mais, mas acabei ficando muito doente e precisei voltar.

— Petrus Romanov? — arriscou Boris.

Andrei gargalhou.

— Você pensou o mesmo que ele e, pior, que o pai dele, que incentivou as maiores loucuras. A verdade, Boris, é que eu perdi o meu velho diário, e ele acabou em mãos russas, se é que me entende.

Boris levou as mãos à cabeça.

— Mas, afinal, ele é ou não é a serpente do caos?

— Necas! Nunquinha! Não mesmo! — enfatizou. — Porém, a família Romanov tem o ego tão inflado quanto tiveram os sacerdotes de Tebas e quis acreditar que sim. Eles erraram na interpretação, mas o que esperar de alguém que acredita nas datas que eu coloquei naquelas páginas?!

Andrei gargalhava.

— Ah, acho que devo explicar: sempre escrevi meu diário adulterando as datas, de um jeito que dava a entender que as pesquisas eram mais antigas do que de fato o eram. Eu fiz puramente para me divertir, mas aqueles bocós nem perceberam...

— Hector? — Boris suspirou.

— Errr... — O mestre franziu a testa, fazendo um sinal de mais ou menos com as mãos gordinhas. — Digamos que... meio Hector.

— Como assim?

— Meu filho, o sentido da profecia é literal. Ou seja, quando diz *"Apep, do meio das serpentes, na noite nascerá"*, significa mesmo um nascimento no meio da noite, e no meio das Serpentes.

— Marvin Bill? Espere, não estou entendendo mais nada. Para isso, sua mãe também precisaria ser uma aluna da Casa das Serpentes. Peraí, isso tudo é loucura... Marvin não era uma ilusão criada por Petrus?

Boris sentia a cabeça doer, como se pudesse explodir a qualquer momento.

— Respire! — pediu Cosmo, vendo-o claramente nervoso. — Silvinha Bill era, sim, uma aluna das Serpentes e teve um bebê prematuro, que não resistiu. Porém, ele nasceu no curandório, no meio de clínicos e enfermeiros.

— O que quer dizer com isso?

— Quero dizer que, ainda que essa criança tivesse sobrevivido, não poderia ser *Apep,* a não ser, é claro, que o Universo realmente quisesse isso — explicou o grande mestre, um verdadeiro especialista no assunto.

— Vocês tentaram falar com os pais?

— É claro que sim, meu filho. Silvinha Bill ficou estéril depois do parto de risco e Victor Ivanov, ou melhor, Victor Romanov, que voltou para os braços da família na Rússia para fugir da gravidez na adolescência, teve o castigo que mereceu: passou uma vida inteira obcecado por *Apep*. Foi consumido pela culpa de achar que era o pai da grande Serpente e tê-la perdido por imposição de sua família e, apesar de saber que Petrus, o caçula, não era deveras o fruto da profecia, fez o garoto acreditar. Mesmo sendo um louco varrido, Petrus também foi uma vítima e sofreu as consequências das escolhas do pai.

Boris, chocado, praticamente parou de ouvir a história à menção do nome de Victor Romanov.

— Faz muito sentido... Na verdade, faz todo o sentido. Agora entendo por que você se transfigurou no gato Meu.

— Ah, não, não por isso! Eu já tenho esse pseudônimo há muitos anos. Omar e eu éramos unha e carne. Como Judite nunca foi muito com a minha cara, e eu andava meio escondido por conta dessa aventura, resolvi ficar como gato mesmo — explicou Andrei.

326 **Escola de Magia**

Boris achou estranho alguém viver como gato numa boa, mas cada um, cada um.

— Foi um golpe de mestre ir para a EMB como Meu, Andrei. — O mestre reverenciou Boris.

— E você descobriu mais alguma coisa?

— Um montão! Inclusive que a intitulada Brigada dos Amaldiçoados conjurou um portal usando o talento ilusionista de Petrus Romanov. E é nessa sombra que reside a maior das insolências. Você acredita, rapaz, que esses desaforados usaram o meu diário, e o meu nome, para entrar e sair do covil das Serpentes?

— Quê?

— Você sabe como funciona um portal?

— Tivemos algumas lições no Ateneu...

— Bem, não me custa nada explicar, vamos lá. O castelo, como todas as cidades do nosso Bàdiu, é envolvido por um poderoso feitiço para não ser visto pelos juruás. A bem, por exemplo, mostra um pântano fedido para todos aqueles que não têm magia. Foi neste plano que Petrus Romanov criou o portal, levando todos os colegas para as reuniões secretas. Bem, não posso negar que ele era ardiloso e fedido. Aquela meninada vivia fedendo...

— E como eles usavam o seu diário?

— Ele colocou o diário em um pequeno espaço da prateleira destinado à letra K, pois eles precisariam de um artefato e de uma senha para entrar e sair daquele chiqueiro que criaram. Ao entrar, apontavam a varinha para o livro, entoando "Andrei Korolev" e, para sair, entoavam "Querido diário".

Boris estava perplexo demais para elaborar qualquer resposta.

— Acontece que não foi só a Ordem que estranhou a matrícula de Marvin Bill. Petrus não imaginou, mas, com sua traquinagem, despertou a atenção de muita gente poderosa — contou Perpétua. — Como sabem, eu trabalho na Federação e, de lá, também tomamos atitudes.

— Quais atitudes?

— Não era algo que eu queria, mas a Secretaria de Defesa bateu o pé para enviar um representante, só que não havia qualquer motivo comprovado para isso. Alegamos até o fim que a história era estapafúrdia, mas não pensem que tudo anda às mil maravilhas dentro do governo... Eles não desistiram e agiram por baixo dos panos. Deram um jeito e colocaram um infiltrado na escola.

— É verdade. E nós demoramos para perceber, não é, Perpétua? — lamentou Lucinha Holmes. — Firmino Pontas era um chato de galocha, mas eu sabia que não era criminoso — explicou. — Ainda assim, eu não tive

Estrelas do Amanhã

327

escapatória. Foi provada a adulteração de uma poção que era ministrada na enfermaria, e eu não pude ajudá-lo. Quem sou eu para medir forças com a Federação? Acontece que Júpiter Laus nem professor era.

Enquanto a diretora encolhia os ombros, desolada, Boris mais uma vez esfregou a cabeça.

— Sempre existem dois lados, Saturno, não se culpe por isso. Eu ainda não sei quem foi, mas, de fato, eles foram muito ardilosos. Mesmo eu, que vivo dentro daquele prédio, demorei até perceber que era uma tramoia. Sendo muito sincera, nem sequer conhecia Júpiter Laus.

— Júpiter Laus! Claro! O infiltrado da Federação!

Pouco a pouco, aquele quebra-cabeças ia ganhando forma para o prior.

— É, porém, conforme lhe contamos, ele foi parar lá de um jeito nada ortodoxo. Depois que foi internado, todavia, o caldo entornou e a Federação precisou se explicar.

— E qual foi a explicação?

— Que se tratava de um invisível, enviado para o castelo a fim de avaliar o sistema de ensino básico. Imagine… Essa história tem tanto cabimento quanto as de meu marido — indignou-se Perpétua Gentil.

Andrei não segurou o relincho, digo, a gargalhada.

— Desculpe, Lua, mas eu me divirto com as anedotas de Guerra. Bem, acho que está claro como as águas da Cachoeira dos Pirilampos: alguém dentro da Federação tem tanto interesse em *Apep* quanto nós. É claro que, provavelmente, esse interesse não é para proteger o mundo. Mais uma vez, estamos diante da diferença entre o "eu superior" e o ego. Essa criança tem o poder de transformar o mundo e não falta abutre querendo torná-lo um lugar ainda mais triste.

— Sábias palavras, rei Sol! — comentou Cosmo. — Mas não podemos nos esquecer de Pendragão.

— O quê? Ainda tem mais gente? — desesperou-se o jovem.

— Tem. Júpiter Laus sumiu no banheiro do curandório, de fato, mas estamos em seu rastro. Já Julius Pendragão, nós não sabemos ao certo. Ou morreu, ou fugiu.

— Quem é esse?

— Lembra-se de que mais cedo contamos que Silvinha foi torturada pelo diretor das Serpentes? Eureca! — explicou Andrei. — Bem, não me espanta vindo de um docente que tinha o apelido de Julius palmatória!

— Mas, espera aí… Vocês falaram tanta coisa que minha cabeça deu um nó, mas me lembro que você disse quase agora que *Apep* está entre nós.

Lucinha se levantou, abrindo o portal do olho de Hórus.

— Sim. Você viu o céu ficar verde em algum momento? — seu pai perguntou. — Eu menti para você antes, mas, agora, o bom é que irmãos de fraternidade não podem mais mentir uns aos outros. — Amaro riu. — Todos os Estrelas estavam juntos. Andrei tocou a trombeta de prata e nós viemos para assistir ao presságio de nascimento.

— Agora faz sentido! — refletiu Boris. — E foi naquela noite do sumiço, depois da morte de Victor Romanov?

Amaro apontou para o grande mestre.

— É culpa do assoprador de trombetas ali!

— Não se preocupe, Boris, seu pai não fez nada de errado. Nossa missão aqui é tentar transformar todo o ódio em amor. Queremos trazer a harmonia aos povos, mas é claro que sabemos de nossa responsabilidade em impedir que alguém traga tristeza.

— Assustadoramente, tudo faz sentido. E *Apep*? — Boris desesperou-se. — Se essa tal criança cai em mãos erradas, a humanidade está perdida!

Neste momento, Lucinha Holmes retornou através do olho de Hórus, trazendo um bebê no colo.

CAPÍTULO 27
O SUPERNO

— Cadê a coisinha mais fofa da Vésper?

Crianças têm um poder especial: abobar os adultos. Bastou o bebê chegar nos braços de Lucinha para mobilizar Andrei, Perpétua e Berlamina. Boris, todavia, estava perplexo.

— Este é *Apep*? — perguntou e tampou a boca.

— Pep, Boris, apenas Pep. O pobrezinho ainda não tem um nome e seria muito triste batizá-lo com a profecia.

— Vamos continuar? — sugeriu Amaro.

— Ainda tem mais?

— Sempre tem, meu filho! Por favor, Saturno, conte-nos.

Lucinha sentou-se com o menino nos braços.

— Estou vendo que *Apep,* ou Pep, que seja, está entre nós, mas nunca soube que tinha uma aluna grávida dentro das Serpentes.

— Tampouco nós sabíamos, Boris. — Lucinha suspirou. — Sinceramente, acho que ninguém sabia além da mãe.

— Errr, eu podia imaginar! — disse o mestre entredentes.

— É... Andrei chegou a mencionar os passeios noturnos algumas vezes, mas o fato é que fomos pegos de surpresa.

— Eu o vi nascer, não é? — disse Andrei Korolev, infantilizando a voz, e pegando a criança no colo. — O céu ficou verde, escondendo a lua negra, e você nasceu. Bem, essa é a parte mais romântica, não é? — disse, sussurrando para o bebê, parecendo refletir. — Mas devemos contar a esses tios bobos que tudo explodia dentro do castelo, que o gramado tremia, as telhas escorregavam e sua mãe gritava de dor.

— Me lembro bem desse fenômeno da lua negra, pois aconteceu durante aquele evento gratuito da Sapiência, vocês sabem, a escola de pesquisas...

— Eu toquei a trombeta para eles se reunirem, mas eu estava no castelo. O pau estava quebrando no ninho das Serpentes com Pendragão, mas Alma Damas foi levada para fora e deu à luz bem pertinho do coreto. Depois de cometas riscarem o céu, em sua homenagem, o bebê foi enrolado em uma capa verde, da Casa das Serpentes — contou o mestre cheio de ternura.

— Alma Damas?

Boris ficou em pânico, querendo não acreditar no que estava pensando.

— Esta criança é filha de Hector? — Arregalou os olhos, tendo uma queda de pressão e caindo feito jaca madura.

Marte foi prontamente acudido pelos irmãos, que acharam compreensível o seu mal-estar. Ele já estava exausto dos pesadelos que tinha, submetera-se à iniciação e recebera uma enxurrada de fortes revelações.

— Estou melhor — respondeu, tomando um copo d'água com mel. — Hector é realmente o pai dessa criança?

Amaro apenas afirmou com a cabeça.

— Agora tudo faz sentido. Meu fez fuxico sobre as aventuras de Hector fora do dormitório e, logo depois que se formou, ele me pediu ajuda para encontrar Alma Damas, dizendo que ela corria perigo de vida.

— E correria se ainda estivesse com o filho.

— Cosmo estava no rastro de *Apep* em nome do Priorado e da Ordem. Nós queríamos proteger essa criança, Boris, mas cada um que a procurava tinha um interesse distinto.

— Matá-la?

— É o que acreditamos que a Federação queria ao colocar Júpiter Laus como um infiltrado. Não posso afirmar que se trata de uma ação da entidade em si, mas alguém lá dentro parece querer isso — defendeu Lucinha.

— Não podemos esquecer de Julius Pendragão! — lembrou Andrei. — Ele também foi atraído pela matrícula de Marvin Bill, afinal, todos nós tivemos o mesmo pensamento ao descobrir que o filho de Silvinha e Victor tinha sobrevivido. Para nós, naquele momento, Marvin era *Apep*.

— Julius Pendragão é o antigo professor, certo?

— Correto! Na época, ao que tudo indica, torturou a aluna porque ela engravidou na adolescência, mas não temos como saber com certeza. Bem, tenho as minhas teorias.

— Andrei acredita que Pendragão tentou matar Silvinha por conhecer a profecia — explicou Perpétua.

— Sim, realmente acredito nisso, pois ele tem um vasto conhecimento. Imaginem, Pendragão chegou ao castelo se passando por um Gcrda Buharin! — exclamou, arrepiando-se.

— O que é Gerda Bu... ha... Bu-ha-rin?

— É um antigo título dos sacerdotes da Chama da Morte. Eles eram responsáveis por auxiliar os mais poderosos bruxos das trevas que já existiram, os Magos Negros de Atlântida — sussurrou Berlamina.

Boris não teve outro piripaque por pouco.

Estrelas do Amanhã

— Tudo bem, professora, estou bem, obrigado — agradeceu a Berlamina por tê-lo apoiado em uma vertigem. — Então os Magos Negros existem mesmo?

— Nunca mais foram vistos, mas, como nós prosseguimos com os ensinamentos de Akhenaton, imaginamos que é possível que um grupo trevoso ainda tenha levado adiante os ensinamentos de Akron, a Chama da Morte — explicou Amaro.

— Não sabemos se ele realmente é um Gerda Buharin, Boris, ou se apenas usou esse título porque conhece a profecia e sabe que esse termo se refere a um servo, um auxiliar desses magos — disse Andrei.

— Como Andrei explicou, querido, sempre que surgia um bruxo das trevas, surgia um Gerda Buharin para lhe preparar o caminho. Normalmente, são cruéis e poderosos, só perdendo em força para o seu mandante, um verdadeiro Mago Negro.

Boris passava a mão pelo rosto.

— Cosmo, foi com esse Mago Negro ou Gerda qualquer coisa que você duelou?

Cosmo Ruiz olhou para todos os colegas, parecendo ponderar o que diria.

— Espero que não, Boris.

— É de fato uma incógnita. Pendragão, como Gerda, foi muitas vezes ao nosso quarto, ou melhor, ao quarto de Hector com Marvin Bill. É claro que conseguiu assustar a Brigada dos Amaldiçoados. Chegou até mesmo a derrotar Petrus para impressionar o grupo e dar o poder a Hector, mas eu não sei dizer se queria matar *Apep* ou levá-lo consigo.

— Ele acreditava que Marvin Bill era *Apep*?

Andrei balançou a cabeça em concordância.

— Quase destruiu nosso dormitório. Disso eu tenho certeza, ele acreditou durante muito tempo que Marvin Bill tinha vida. Todos acreditaram.

— Boris, você se lembra do processo que abriu contra a minha vontade? — questionou Cosmo.

— Nunca esqueceria. — E revirou os olhos.

— Nós chegamos a periciar a tampa da poção e você estava certo: não era um analgésico contra dor, era um veneno extremamente letal. Júpiter Laus acreditava tanto que Marvin Bill era *Apep*, que tentou matá-lo.

Boris já sabia do teor da poção, mas não sabia, até este momento, que tinha sido mesmo obra do falso professor.

— Também foi Júpiter Laus o culpado pelo incidente, envolvendo os animais e a poção fumaçária?

— Não, meu filho, infelizmente foi você!

332   Escola de Magia

— Eu?

— Amaro, não faça isso com o garoto — defendeu Andrei, mas agora não dava mais para voltar atrás e terminou de contar tudo a Boris. — Você se lembra daquela vez em que foi ao castelo a pedido de Lucinha?

— Não me lembro ao certo...

— Você contou a Hector Saião sobre a desconfiança de seu pai e sobre animais estarem de guarda em todas as saídas do castelo.

Boris se penitenciou, deixando lágrimas de dor escorrerem de seus olhos.

— Não fique assim, querido — Lucinha o consolou. — Sabemos que suas intenções eram as melhores. Acontece que Hector levou as informações a Petrus e, como isso atrapalharia os seus planos, aquele russo de uma figa enviou Hector, Alma e os gêmeos Muñoz, alunos do Chile, para o Scória!, um bar de vampiros.

— Ossos Galgados...

— Sim — disse, continuando a explicação. — Nem todos os vampiros deram apoio, mas a tal Brigada dos Amaldiçoados tem certo apo... — Lucinha travou. — Como eu dizia, eles têm certo apoio de vampiros e esse é um dos motivos por estudarmos muito bem a hora de agir... mas, voltando ao assunto, Petrus Romanov fez o roubo da fumaçária para que os animais ficassem ocupados, pobrezinhos, e esses adolescentes irresponsáveis pudessem sair do castelo sem serem vistos.

Boris estava exausto com tanta informação, queria ir embora, mas Amaro não deixou.

— Este é o último assunto de hoje — prometeu o pai, enquanto Lucinha tentava acalmar o bebê que começara a chorar, passando-o para os braços de Perpétua Gentil. — Saturno, você poderia contar a Boris como Pep chegou ao nosso templo?

— Sim! — Lucinha respondeu triste, abaixando a cabeça. Naquele momento, até as luzes da pirâmide pareciam estar mais baixas, o que deixou Boris incomodado. — Todos nós aqui, querido, como seres humanos imperfeitos que somos, temos nossas questões. Berta é o meu precipício, Boris! — Uma lágrima solitária escorreu em seu rosto de meia-idade.

— Berta? Está tudo bem com ela?

— Eu tive três gestações interrompidas antes do nascimento de Berta. Newton e eu procuramos diversos curandórios. Passamos por clínicos e curandeiros, mas nosso tão sonhado filho não vingava. — Sorriu entre lágrimas. — Até que Berta nasceu em uma manhã ensolarada e fria, do jeitinho que são suas manhãs preferidas até hoje.

Estrelas do Amanhã

Boris estava tenso, pensando que havia algum problema com a amiga.

— Berta era um bebê adorável... Mal chorava a minha filha, Boris. Nunca nos deu nenhum trabalho, mas nós tínhamos os nossos trabalhos. Quando ela tinha uns oito ou nove anos, não conseguimos mais conciliar a loucura de nosso dia a dia. Você sabe, Newton era presidente da Federação, e eu... Bem, eu sempre vivi em torno dos meus alunos.

— E?

— E mandamos Berta para morar com os meus sogros, na Inglaterra. Newton me convenceu de que ela teria uma educação de qualidade e mais cuidados, então... ela foi, e voltou só depois de moça, quando acabou se envolvendo com Sancho, seu irmão.

Lucinha chorou copiosamente, ecoando tristeza pelas paredes da pirâmide.

— Diretora, eu sou amigo de Berta e sei que ela adora vocês — Boris tentou consolar, mas nada parecia sanar o vazio que ela sentia no peito.

— Coisa de mãe, querido, coisa de mãe...

Enquanto Lucinha limpava os olhos com um lenço gentilmente ofertado por Amaro, Boris tentava entender seu sentimento e, principalmente, a relação daquela história com qualquer outro assunto que envolvia os Estrelas.

— Alma Damas me procurou em meu dormitório do castelo com essa criança nos braços. Eu acordei assustada, pois tinha voltado ao castelo justamente para não deixá-lo sozinho depois do sumiço dos elfos. Já era tarde da noite e eu não poderia deixá-la plantada no corredor com um recém-nascido nos braços...

— *Lucinha, só você pode me ajudar* — disse Alma Damas entrando no quarto da diretora com o bebê no colo, enquanto Lucinha, assonada, pelejava para acender uma vela no candelabro.

— *Querida...* — Lucinha acomodou a aluna em sua cama, tentando cobri-la para que não passasse frio com a criança e, em seguida, sentou-se ao lado dela. — *Este bebê... este bebê é seu?*

— *É sim, diretora.*

Uma lágrima escorreu pelo rosto negro da adolescente.

— *Eu não vou censurá-la, Alma, de jeito nenhum. Só precisamos levá-lo ao clínico. É um menino, não é?*

— *Não podemos.*

Neste momento, enfim, Lucinha levou as mãos à boca, entendendo que a criança só poderia ser filha de Alma com seu namorado, Hector.

— Apep! — sussurrou a aluna, colocando sua mão sobre a mão de Lucinha, repousada sobre a cama. — Me ajuda!

— Querida, é claro que eu a ajudo, mas nós temos de levar esta criança a um especialista, um recém-nascido requer cuidados — disse preocupada. — E, claro, seus pais precisam ser informados, Alma.

Alma apertou a mão da diretora com sua mão fria, encarando-a com seus olhos castanhos, cheios de dor e sofrimento.

— Lucinha, eu não posso confiar em Petrus, sabendo do poder do meu filho. Não posso confiar em Hector, não me dou com meus pais, e sei que a Federação o mataria na primeira oportunidade.

— Querida... — Tentou argumentar, mas teve a mão apertada mais uma vez.

— Não é uma aluna que está em sua frente, diretora — implorou, deixando uma lágrima escapar. — Está diante de uma mãe desesperada, pedindo a outra mãe, que proteja a vida de seu próprio filho.

Lucinha, neste momento, já chorava deliberadamente.

— Eu sei que não fez tudo o que podia por Berta, então ouça a súplica desta jovem mãe, que não quer errar com a coisa mais importante que já teve em seus braços.

Lucinha ouvia atentamente, abalada pelo próprio sofrimento.

— De mãe para mãe, proteja o meu filho, leve-o para longe da Federação e para longe da Brigada dos Amaldiçoados.

Consternada, Lucinha encarou o bebê, que não tinha pedido para nascer, mas já era condenado pelo ego dos homens.

— Protegerei, Alma — garantiu, levantando-se e pegando-o em seus braços.

Alma Damas sentou-se à mesa onde descansava a vela, arrancou uma página do diário que trouxe consigo e escreveu um bilhete a si mesma sob a luz bruxuleante da chama que iluminava o seu rosto.

"Sei que vai doer, mas é necessário para a causa. Entreguei a criança para alguém de minha confiança. Alguém que sei que cuidará dela com todo carinho e proteção que ela precisa neste momento. Mas para que ela fique em segurança será necessário pedir a esta mesma pessoa que use um feitiço de esquecimento. O feitiço Realitarium será utilizado para que você esqueça quem está com a criança ou qualquer informação sobre ela. Até mesmo a lembrança do seu rosto deverá desaparecer de sua mente se quiser mantê-la viva. Ass.: Você mesma."

Estrelas do Amanhã

— Depois disso, Alma pegou o menino mais uma vez e chorou com o filho nos braços, despediu-se com um beijinho terno em sua testa e pediu que eu usasse um feitiço de esquecimento quando ela estivesse no corredor. Eu fiz!

Lucinha chorava enquanto contava a história.

— Alma foi muito sábia lhe entregando o próprio filho — pontuou Boris, enxugando o rosto, emocionado.

— Alma Damas é uma moça muito perspicaz — disse Berlamina Fajardo. — Eu não a conheço muito bem, mas, por essa história, concluo que é muito inteligente. Lucinha Holmes é uma mulher honrada e isso é sabido por todos. Claramente percebeu que era a única pessoa que cuidaria da criança, simplesmente para garantir seu bem-estar, longe dos olhos da Federação e a quilômetros de distância da Brigada dos Amaldiçoados.

— Apesar de ter manipulado os sentimentos de Lucinha, eu consigo compreendê-la. Afinal, mãe é mãe — comentou Perpétua Gentil; ela e Lucinha eram as únicas mães dentro da Ordem dos Estrelas do Amanhã.

— Boris, como pôde perceber, o Universo coloca tudo em seu devido lugar. — Senhores? — Amaro encarou os colegas.

Todos se levantaram, formando um círculo no meio da sala e chamando pelo novo Marte.

— Meu filho — segurando com o polegar uma lágrima que nascia —, essa criança pode ter o destino que quiser. Pode ser, sim, a causadora do caos, mas também pode fazer a ordem reinar.

Pegando o menino dos braços de Perpétua, entregou-o a Boris, que nunca tinha segurado um bebê antes.

— Você conhece a história de Marte, o deus romano?

— Não — disse, segurando o menino, apreensivo.

— O deus Marte era filho de Juno com Júpiter — dizia emocionado Amaro, que representava o planeta Júpiter na Ordem. — É conhecido por seu impulso, pelas atitudes rápidas e determinadas, justo como alguém que eu conheço. — E sorriu. — Apesar de tantas guerras e conquistas, o deus Marte nunca perdeu a capacidade de amar, apaixonando-se por Vênus, com quem teve dois filhos, Cupido e Harmonia.

Boris escutava atentamente.

— Cupido tornou-se o deus do amor, andando sempre com o seu arco, pronto para disparar suas flechas no coração de homens e deuses, encarnando a paixão em todas as suas manifestações.

Vários dos Estrelas se mostravam emocionados com o discurso. Andrei suspirava.

— Já Harmonia, a caçula de Marte, era a personificação da paz, pois trazia o equilíbrio de ser a filha do deus da Guerra com a deusa do Amor.

— Boris Forte, esperamos de todo o coração que você e sua adorável Amélia, que é tão cheia de amor quanto a deusa Vênus, possam fazer essa criança distribuir tantas flechadas quanto Cupido e tanta paz quanto Harmonia.

Boris encarou o menino, que tinha olhos verdes, brilhantes e profundos. Não sabia, ainda, como explicaria um filho, mas soube, naquela hora, que havia se tornado pai.

— Jorge! — Sorriu.

— Jorge? — perguntou Amaro.

— Jorge! Porque algumas pessoas têm o dom de transformar vidas...

Assim, Boris Forte nomeou o próprio filho em homenagem ao homem que devolveu a vida ao seu fiel cavaleiro, Baltazar, restaurando a esperança e oferecendo-lhe um lar.

O pai de primeira viagem levou o rebento nos braços, com tanto orgulho quanto medo. Apesar de ter mais de dois meses, Jorge era muito pequeno, e o prior sentia que poderia quebrá-lo a qualquer momento.

Por sorte, chegou em casa a tempo de encontrar a esposa, que já estava com a bolsa nos ombros, de saída, quando o viu com o bebê.

— Oi?

— Oi, querida — disse ele, receoso com o que Amélia poderia pensar, apegando-se às forças do Universo. Depois de tudo o que ouvira durante horas, ainda que os ponteiros marcassem 9h15, Boris tinha motivos para acreditar que a natureza era colaborativa a tudo aquilo que estivesse predestinado a acontecer.

— Será que você pode me explicar quem é esse bebê adorável? — A moça sorriu, brincando com o bebê, que vestia uma roupinha branca, analogia à túnica dos Estrelas do Amanhã, acrescida de um mimo costurado por Berlamina, uma estrela dourada bem do lado esquerdo do peito.

— Jorge!

— Jorge? Jorge, seu agarrador de dedos — disse, brincando com o menino que segurava seu indicador com as mãozinhas —, quem é você?

— Seu filho!

— Meu filho? Entendo... Bem — vendo a hora —, a loja pode esperar mais um pouco, então tudo bem se você se sentar com o meu filho no sofá?

Mesmo com medo de que a esposa o deixasse, achando que o menino fosse fruto de uma relação extraconjugal, Boris sabia que não poderia mencionar a Ordem, pois era secreta, então resolveu mentir para Amélia. Quer dizer, omitir alguns fatos.

— Essa pobre criança foi entregue a Lucinha Holmes, pois sua mãe faz parte da Brigada dos Amaldiçoados.

Amélia levou as mãos à boca.

— Ouça, Amélia, eu não sei como explicaríamos isto, mas eu só preciso que confie em mim, sabendo que jamais faria nada de errado. Você confia?

Ela simplesmente concordou com a cabeça, atarantada com a situação.

— Não sei como poderíamos fazer as pessoas acreditarem que esse bebê é nosso filho, já que você nunca esteve grávida, mas precisamos dar um jeito de isso acontecer.

— Não podemos simplesmente adotar?

— Não... Esse menino é filho de duas das pessoas culpadas por espalhar o terror por este país, querida. Nós podemos protegê-lo, mas, para isso, precisamos tê-lo como filho legítimo. Meu pai tem conhecidos no curandório e está disposto a ajudar.

Amélia ficou calada, refletindo, sem demonstrar qualquer expressão.

— Eu sei que nunca lhe propus casamento, mas, neste momento, Amélia, gostaria de propor esta família e espero que aceite.

Ajoelhou-se na frente da mulher com o bebê no colo. A turmalinense olhou para os dois durante alguns minutos, pegando a criança e erguendo-a.

— Isso é uma maluquice e eu nem sei por que estou considerando essa loucura, mas... Eu aceito!

Naquele momento, nasceu uma mãe e uma leoa, que teve de enfrentar toda a floresta tentando proteger o rebento.

Jorge Flores Forte foi registrado no curandório Municipal de Vila Vareta logo depois que os conhecidos do vovô Amaro facilitaram a documentação de nascimento. A parte mais difícil, sem dúvida, foi lidar com a fúria da família da jovem mãe, que era conservadora demais para aceitar que a primogênita teria se casado grávida.

Seu Risadinha enrijeceu, mandando uma carta que cortou o coração de Amélia, mas que depois foi babada, pisoteada e mordida por Jorge, que parecia sentir o amargo de cada palavra.

Celina, todavia, não resistiu por muito tempo ao charme do neto, ainda que não acreditasse que se tratava de um recém-nascido. Era claro que a filha mentia sobre a data de nascimento, mas quem se importa? Bastava

Jorge sorrir com os olhos e pronto. Algumas vezes na vida, ter quem se ama por perto vale mais do que qualquer entendimento, e ela sabia disso.

Os pais de primeira viagem pintaram o quarto todo de azul, compraram roupinhas, e até enfeitiçaram rinotouros de pelúcia, que dançavam um hipnotizante balé acima do bercinho de madeira, cumprindo perfeitamente o papel de móbile.

Era Jorginho para lá, Jorginho para cá, ainda que os dias parecessem longos e as noites intermináveis.

Cosmo ainda ficou um mês afastado, frequentando apenas a Ordem, querendo restaurar seu espírito. Mas, finalmente, voltou para o Priorado dos Magos, tomando de volta o seu escritório e promovendo Boris Forte a superno.

— Posso entrar? — perguntou Boris, observando o chefe pela porta entreaberta.

— Claro, sente-se.

Depois de tanto tempo longe, Cosmo Ruiz se entretinha em um amontoado de papéis, tentando entender tudo o que acontecera sob o comando de Rufo e Jurandir.

— Cosmo, sobre a nova patente, bem... É claro que esse aumento veio em boa hora, afinal, agora sou um pai de família, mas gostaria de garantir que — aproximando-se em um cochicho — isso não tem nada a ver com a nossa irmandade.

O chefe dos priores olhou por cima da lente dos óculos, fechando a porta com um feitiço.

— Ordem é Ordem. Priorado é Priorado — sussurrou.

— Desculpe, eu só senti que deveria perguntar, pois fui condecorado justo no dia de sua volta.

— Não foi um privilégio apenas seu, não se preocupe! A verdade é que estamos vivendo dias tão apreensivos, que até esquecemos desse tipo de... burocracia. Eu sei que vivemos tempos de insegurança, mas acho importante não nos deixarmos sucumbir no medo. Precisamos seguir adiante, a vida continua, é fato...

— Então aceite as minhas desculpas, chefe. — Boris já estava saindo, para deixar o chefe retomar o trabalho em paz, quando: — Sabe, Cosmo, tenho estudado muito a esfinge.

— Decifra-me ou te devoro?

— "Se não me decifrares, não crescerei em consciência, não evoluirei como ser, porque o autoconhecimento é o primeiro passo, e eu te devorarei ao transformar-te de um ser humano livre e autônomo em uma mera folha ao vento do destino."

— Vejo que alguém encontrou tempo para fazer o dever de casa...

— Sabe, Cosmo, nem sempre precisamos entrar no sarcófago para renascer e matar as fragilidades de nossa alma.

Cosmo Ruiz sabia exatamente à qual fragilidade Boris se referia, refletindo por um bom tempo a respeito dos medos que o faziam ser devorado.

A Brigada dos Amaldiçoados continuava oculta e à espreita, fazendo pequenas ações de dois em dois meses. Nada muito grave se comparado às proporções do jogo do Mundial de Clubes e do atentado no Mercadão de Vila Vareta.

O Priorado dos Magos não conseguia desvendar o *modus operandi* nem achar um padrão nos ataques dos jovens cruéis, enquanto os Estrelas do Amanhã exaltavam a organização do grupo criminoso, achando que apareceriam apenas quando estivessem prontos, para não deixar pedra sobre pedra.

Rufo Cartaxo não aguentou a pressão e proferiu um feitiço contra a própria vida. Enquanto isso, do outro lado do ciclo da vida, Jorge comemorou seus primeiros seis meses... Bem, pelo menos era o que constava em seu documento.

Muito esperto para seis meses, até para oito ou nove, Jorginho trazia um novo sentido para toda a família. Não só Boris e Amélia, mas também Amaro renasceu com a chegada do neto, que parecia saber qual era seu papel e seu lugar no mundo.

Vó Dora caprichou no bolo, deixando vovó Celina um pouco enciumada. Jorge ia de colo em colo. Por mais que os documentos negassem, seu espírito era sagitariano, deixando traços muito marcantes em sua jovem personalidade.

— Parabéns, Boris, seu filho é um amor — elogiou Judite, de malas prontas para seguir a Turmalina sozinha, já que o gato Meu, com sua síndrome de vira-latas, já tinha sumido de novo.

Boris sentiu uma dor terrível no coração, sabendo que Judite segurava o próprio bisneto, mas nunca saberia disso.

— Puxou Amélia! — O rapaz sorriu, divertindo a viúva.

Omar Barba estava diretamente ligado a todas as grandes mudanças no caráter de Boris Forte. Foi depois de sua morte que o filho de Amaro teve a oportunidade de ingressar na irmandade, permitindo amadurecer o seu espírito. E, claro, foi o neto de Omar que lhe dera a chance de experimentar a paternidade, ainda que não soubesse disso.

Depois que todos os convidados, e não foram poucos, deixaram o sobrado, Boris e Amélia aproveitaram o cansaço do filho para fazer o que menos fizeram nos últimos meses: dormir.

— Você viu como Baltazar ficou feliz em ver Jorginho vestindo a camiseta do Pegasus del Sur? — comentava o superno afofando os travesseiros e trocando a roupa de cama.

— Não precisa de muito para Baltazar ficar feliz com Jorge. — A moça gargalhou, saindo do banheiro da suíte, quando o marido encontrou um sapatinho vermelho de recém-nascido, embaixo de um dos travesseiros.

Emocionado, Boris olhou para Amélia.

— É, papai... Vamos precisar de mais uma camiseta do Pegasus — E sorriu.

CAPÍTULO 28
O FILHO DAS ESTRELAS

Amélia estava à espera do segundo filho e Boris não abafava sua alegria. Agora, pisando em brinquedos, e alguns eram extremamente doloridos, ele se lembrava daquele garoto que dormia com o guia de carreiras apoiado na barriga, sem qualquer perspectiva do que pudesse significar a palavra *futuro*.

Só quando assistiu ao filho cambalear em seus primeiros passos, que, finalmente, entendeu que "futuro" era o caminho até chegar àquele dia. A vida era um ciclo.

E foi como pai que sofreu por outro pai. Boris se tornara um Estrela do Amanhã, e via em si algumas semelhanças com o seu Mascarado Escarlate que iam além, muito além do vermelho do planeta Marte e da máscara do super-herói. Apesar de respeitar o livre-arbítrio de cada um, algo que seu ídolo da infância sempre fizera, sonhava em degustar a alegria de Baltazar, que, tinha certeza, teria sabor de sanduíche de presunto.

Por isso, com muita perspicácia, conseguiu dar um jeito de colocar Cosmo Ruiz e seu cavaleiro frente a frente em uma das salas do anexo. Apenas um par de velas iluminava o rosto de pai e filho, que foram deixados a sós, ecoando o silêncio das lágrimas, que caíam e se chocavam contra a mesa de madeira.

— Pablito...

Cosmo interrompeu, rispidamente, enfrentando o próprio sarcófago.

— Não sou Pablito!

— Tem razão. Eu também não sou "Papi" há muito tempo — anuiu, mostrando mais consciência do que mostrara em todos esses anos. — Olhe aqui, *muchacho*, Pandora foi tudo o que eu mais amei nessa vida e, por muito tempo, era impossível olhar para você sem sentir muita dor.

— Eu era só um garoto! — Cosmo esbravejou aos prantos.

— Eu também. — Baltazar suspirou. — E ainda sou... Um garoto que conseguiu dançar no baile com a paquera da escola e, desde então, nunca mais soube dançar sozinho.

Deu uma pausa, procurando as palavras certas, até se dar conta de que elas não existiam e que só o que poderia fazer era falar com toda a franqueza de seu coração.

— Você construiu o seu próprio universo, um Cosmo, e, do meu jeito, eu também construí um, ainda que o meu seja tão pequenininho...

— Será que em nenhum momento se deu conta de que eu só tinha você?

— É claro que sim, mas já era tarde demais. Eu errei, garoto, e quando eu disse que não? Acontece que, quando recuperei minha consciência, já tinha perdido Pablito para Cosmo... — Ao admitir a confissão sufocada por tantos anos, não pôde mais resistir e entregou-se ao pranto. — Por anos, fiz de tudo para não magoar minha Pandora, e acabei decepcionando-a logo depois de sua partida. Ela nunca me perdoaria se soubesse que abandonei o nosso próprio filho, mas vê-lo, *muchacho*, era encarar os olhos de sua mãe. Entenda, eu não pretendo conseguir o seu perdão, quero apenas que saiba os meus motivos.

Cosmo encarava Baltazar, impenetrável aos apelos e às justificativas do pai.

— Precisei que magiterapeutas me ajudassem a segurar minha doninha, que estava tão triste quanto todos nós. Quando conseguimos equilibrá-la, finalmente, eu vim atrás de você.

— Eu já era um homem!

— Algumas coisas levam mais tempo do que gostaríamos, *niño*, mas acredite em mim: quanto mais demoramos, mais cara é a conta.

— Por que não fez nada quando aqueles homens atacaram a minha mãe?

— Porque vi o meu mundo acabar e paralisei, como um dos meus bonecos de sucata.

— Você é um fraco! — gritou.

— Nunca falei o contrário. — Baltazar sorriu com lágrimas nos olhos. — Nunca te vi com seus filhos pessoalmente, mas, pelo que vi em um retrato, seus meninos sentem orgulho do pai. — Então se levantou. — Como eu disse, não espero perdão ou almoços em família. Sua mãe estaria orgulhosa por Pablito ou por Cosmo e eu sou muito grato por você ter encontrado pessoas boas, que lhe deram esse caráter.

Silêncio.

— Obrigado, Cosmo Ruiz!

Abrindo a porta, Baltazar lhe dava as costas, quando:

— Espere!

Estrelas do Amanhã

Cosmo berrava, transtornado, levantando-se e encarando Baltazar, que apenas olhava de volta com ternura, já que há muitos anos não o via tão de perto.

— O que acha que senti quando te vi trabalhando no Ateneu?

— Não sei, não estou dentro de você para saber, mas posso dizer o que eu senti. Senti que estava dentro desse Cosmo todo, e estava. Fui trabalhar no Ateneu querendo te servir como zelador, tentando ficar perto, e fiquei por alguns anos, mas então você foi embora e eu continuei por lá. Pode me odiar o quanto quiser, mas foi o que salvou a minha vida, *muchacho*. O Ateneu é o meu lar.

Cosmo teve um excesso de fúria e o empurrou, mas, em seguida, o puxou em um abraço sofrido. Pai e filho, finalmente, abriam a caixa de Pandora, enfrentando uma série de sentimentos ruins e começando um processo de cura.

Boris até desconfiava de que a guerra era mesmo iminente como todos diziam, como os próprios Estrelas acreditavam.

Catarina Datto mandava cartas felizes, com Horácio, os bebês e seu Chevette.

Seu Risadinha começava a dar o braço a torcer, fazendo todos os gostos do neto, que era cheio de gostos.

Helga e Moacir começavam a planejar um sobrinho para Boris e a mudança para Uritã.

Judite Barba estava feliz em Turmalina.

Bertinha, após anos de luto pela morte de Sancho, finalmente encontrara um novo amor.

Amélia enchia as crianças de mimos e um belo enxoval, com a boa-aventurança da filial de sua loja em Vila Vareta.

— Boris?

— Oi, Astolfo, já ia mesmo até sua mesa — disse, levantando-se. — Estou chegando a umas conclusões interessantes sobre o envolvimento de Edmundo Vasco, Victor Romanov e o partido de Virgílio Azambuja.

Só então percebeu que Astolfo tinha lágrimas nos olhos.

— O que foi?

— Vim me despedir, superno!

— Se despedir?

Neste momento, Toni se aproximou, apoiando-se no ombro do pelaguês.

— Me despedir! Toni e eu pedimos transferência para Pélago, meu amigo.

Boris sorriu, emocionado, abraçando o investigador a quem achava dever tudo aquilo que aprendeu.

— Seja feliz, menino! Sejam felizes.

Astolfo, que tentava ser durão, abraçou-o novamente, soluçando tanto quanto pôde. E Boris sussurrou.

— Agradeço por tudo que é e, principalmente, por tudo que eu sou por sua causa.

E, assim, Astolfo deixou sua mesa para sempre, carregando algumas caixas de papel e a esperança de uma vida mais tranquila em Pélago.

Boris, saudosista, deixou algumas lágrimas caírem, lembrando de um tempo remoto, quando seu universo era Astolfo e Horácio, os amigos forasteiros e solteirões, que não recusavam um único chamado da boemia, presentes em todas as farras de Vila Vareta e região.

E o que é a vida se não uma coleção de momentos? Tudo muda o tempo todo, como frutas de estação, mas as lembranças, ah, as lembranças, essas ficam para sempre. Saber disso acalentava o coração do pisciano Boris Forte, que, aliás, era tão grande quanto suas saudades.

Mas, infelizmente, a intuição dos Estrelas do Amanhã não era falha e Andrei Korolev soprou a trombeta de prata, que ressoou como uma marcha fúnebre. Boris e Cosmo foram os últimos a chegar à pirâmide, encontrando Perpétua de pé, parecendo assustada.

— Fomos atacados! Estamos com mais de cem reféns dentro da Federação.

— Reféns?

Naquele exato momento, a Brigada dos Amaldiçoados invadia o Priorado dos Magos, matando dezenas de membros da corporação e forçando Hector Saião a acompanhá-los.

A Brigada dos Amaldiçoados recrutou uma tropa infindável — explicou Amaro, entristecido. — Eles passaram esse tempo todo aliciando integrantes que compactuam com seus ideais de pureza de sangue e com os ideais de Kayke Macuxi...

— Exatamente como prevíamos — completou Andrei, reflexivo.

— Eles estão com os vampiros!

— Vampiros?

— Sim — respondeu Berlamina Fajardo. — Não é de hoje que o mundo mágico enfrenta problemas com essas criaturas, mas a situação estava controlada, aparentemente...

Estrelas do Amanhã

— Ora, vampiros, eles gostam é da carnificina! — exaltou-se Cosmo. — A Federação foi fraca ao fazer um acordo quanto à alimentação deles, como se fosse possível confiar em criaturas tão sorrateiras.

— Não sei por qual motivo, mas desconfio de que eles também prefiram sangue puro — debochou o grande mestre, tentando pensar em um plano de ação.

A Ordem dos Estrelas do Amanhã era composta de bruxos de larga experiência e muito conhecimento e, apesar de buscar a harmonia para o mundo, neste momento não usariam de parcimônia. Tentariam poupar as vidas inocentes e aquelas que, vítimas do ego, sucumbiram à tentação que faz um indivíduo se sentir melhor ou superior a outro, mas estavam dispostos a enfrentar a Brigada dos Amaldiçoados a todo custo.

— Amélia! — gritou Boris, correndo para casa, para certificar-se de que a mulher e o filho passavam bem.

Foi quando sentiu o coração disparar, vendo a porta entreaberta. A vizinhança estava tomada por dezenas, quiçá centenas de membros da Brigada dos Amaldiçoados, mas Marte apenas subiu apressado os poucos degraus de sua casa, sentindo as lágrimas quentes umedecendo sua barba. Aos tropeços, deparou-se com Alma Damas e alguns comparsas deixando seu lar, com Amélia e seu futuro atirados no chão da sala.

— Nãããããããão!

Boris Forte pensou em vociferar maldições de morte contra os malfeitores, tão imperdoáveis quanto o que fizeram, mas de que adiantaria? Naquela fração de segundo, o medo de perder a própria família se sobrepunha até ao ódio.

Alma Damas, que nunca simpatizara com a amizade de Hector, perpassou feito um furacão o portãozinho de madeira, fazendo novas vítimas pela rua. Boris, todavia, só conseguiu repousar a cabeça sobre o corpo da mulher, sentindo uma dor que nunca antes experimentara.

Por alguns segundos, em choque, faltou-lhe a ação. Viu o tempo parar, ouvindo com perplexidade as últimas batidas do coração de sua Amélia Flores, cujos olhos azuis não podiam ser vistos.

Amaro, que chegara de repente à porta, não aguentou o peso das próprias pernas. Sem segurar o choro, colocou-se de joelhos, apertando sem querer um brinquedo de borracha do neto.

— Jorge! — gritou cheio de dor, disparando pela casa adentro, seguido do filho, que naquele momento encontrou forças para sair da inércia em que se encontrava, deitado sobre o corpo imóvel da esposa.

O avô pegou o neto, cujo corpinho ainda estava quente.

Boris não saberia descrever aquele momento.

Dizer que sua vida tinha acabado junto com a da família era pouco.

— Continuar vivo depois de perder Amélia e meus filhos é um fardo muito pesado...

Com Jorge nos braços, Amaro buscou alguma palavra de consolo, qualquer coisa que trouxesse alento, mas não encontrou uma única palavra em todo o dicionário. Mais do que ninguém, ele sabia o que Boris sentia, pois ele mesmo já passara por isso.

Antes que pudesse se manifestar, Cosmo Ruiz e dezenas de priores atacaram Alma Damas e vários membros da Brigada dos Amaldiçoados. Mas aquelas vidas tatuadas, que aterrorizavam a capital, ensanguentavam as ruas e atrapalhavam o tráfego, não devolveriam a família de Boris, que estava em estado de choque.

Andrei e Berlamina adentraram o quartinho de Jorge, pegando a criança do colo seguro do avô e levando-a de volta à pirâmide. De maneira simultânea, Boris e Amaro acompanhavam os priores levando Amélia Flores da sala.

Boris sentiu um ímpeto de impedi-los, mas foi detido pelo pai, que argumentou:

— Deixe que a socorram, Boris! Nem tudo está perdido...

Apesar do olhar distante, que parecia não enxergar mais nada, ele viu tudo aquilo acontecer bem debaixo do teto que eles tinham construído com tanta felicidade.

Amaro tentou ser forte para confortar o filho, colocando sua mão pesada sobre o seu ombro caído.

— Eu sei como se sente. Eu sei exatamente como se sente...

De fato, Amaro, que já perdera mulher e filho, era a única pessoa que tinha plena condição de entendê-lo, porém Boris estava atordoado demais para dar qualquer tipo de resposta.

Lembrava do velho de vidro de Uritã e refletia acerca da pequenez da vida. Mais uma vez, a morte não fazia sentido. Amélia, que só deu amor ao mundo, poderia partir com um bebê no ventre, antes de fechar as contas do mês e de realizar alguns de seus grandes sonhos. Boris Forte se ergueu.

— Preciso ir ao curandório. — E liberou um longo suspiro.

Amaro pensou em impedi-lo de partir, em insistir que ele ficasse e o deixasse ajudar a lidar com o luto, mas entendia que cada um tinha seu

Estrelas do Amanhã

347

jeito de encarar a dor. Nada mais justo do que acompanhar cada passo da melhora ou da piora da esposa. A dor, naquele momento, deveria ser enfrentada, gole por gole.

Voando o mais rápido que pôde, Boris chegou em Pedregulho, uma viagem tantas vezes adiada. Naquele momento, não existia medo, nem sequer existia altura. Vestiu as asas de coió, um esporte tão sonhado por Amélia, e extravasou o seu sofrimento, sentindo o vento abafar seus gritos e secar as lágrimas que se chocavam contra o rosto.

No corredor frio do curandório de Vila Vareta, acuado e triste, Boris se sentiu envergonhado ao receber os pais de Amélia. Como se a sua própria dor não bastasse, um sentimento de impotência tomava conta de todo o seu corpo. Ele se punia por não ter sido o suficiente, por não ter conseguido proteger a própria família. Inesperadamente, seu Risadinha o puxou em um abraço, que era tão apertado quanto a dor que sentiam.

Ali eles sofreram, choraram, riram e lembraram, em um misto de esperança e total desespero. Intercalaram o tempo entre a aceitação da morte e o milagre da vida. Era o pessimismo e o otimismo que preenchiam e esvaziavam os corações.

Boris Forte ficou nessa gangorra de sentimentos, na companhia dos sogros, até que a trombeta de prata soasse em seus ouvidos. Ele cogitou ignorá-la, considerando tudo pelo qual estava passando. O medo de deixar o curandório por um minuto que fosse era devastador, mas o chamado foi mais forte. Afinal, seu filho, tão poderoso e indefeso, estava em poder de seus irmãos de fraternidade.

Chegou à sede da Ordem naturalmente devastado, percebendo que as ruas da cidade começavam a se encher de cavaleiros das trevas, mas, naquele momento, sinceramente, sentia que não tinha mais nada a ser feito...

Andrei Korolev, todavia, o recebeu com um tapa no rosto.

— Eu sei que parece que o mundo acabou, meu rapaz, mas nós ainda podemos salvar o mundo de muita gente, evitando que outras famílias sejam destruídas. Nem tudo está perdido. Ainda temos a opção de acreditar...

Por mais dolorida que fosse encarar aquela verdade, ela fazia sentido e Boris tomou seu assento ao lado de Lucinha Holmes que, consternada, refletia sobre Alma Damas. A garota pediu tanto que seu filho fosse protegido, mas, no fim das contas, por uma infeliz ironia, fora a própria mãe que atacara a criança.

Após alguns minutos de discussão, o grande mestre se levantou. Tirou a capa esbranquiçada, arregaçou as mangas de sua bata magenta e recitou:

— Somos filhos das Estrelas, portadores da luz e da eternidade. Somos aqueles que afastam a escuridão, erguendo a cabeça dos homens diante do medo. Preparem-se! — ordenou, empunhando a varinha.

Imediatamente, os filhos das Estrelas, incluindo Boris Forte — preocupado com o mistério do estado de saúde do filho —, ergueram-se, sacando as próprias varinhas.

— Vamos à guerra, Estrelas do Amanhã. Fiquem à vontade para acertar as contas com Julius Pendragão e até com o traidor Ernesto Capucho... — Fez uma pausa, limpando a garganta e encarando seus guerreiros, um por um: — Mas o líder, a Chama da Morte, deixem comigo. Faço questão de enfrentá-lo com o seu próprio cajado. Aquele covarde fora de moda vai se arrepender do dia em que fugiu abandonando seus pertences para trás.

De repente, Andrei Korolev fez surgir, no meio da sala, o cajado preto, com uma esfera prateada na ponta.

— Senhoras, senhores, estamos mais uma vez diante da história. Nós contra eles. Akhenaton versus Akron. É o bem contra o mal...

E então, Andrei, o sol dos Estrelas do Amanhã, abriu a porta da modesta casa lilás, acompanhado por todos os planetas que gravitam em torno de si.

Continua...

LEIA TAMBÉM O VOLUME 1 DA SÉRIE ESCOLA DE MAGIA

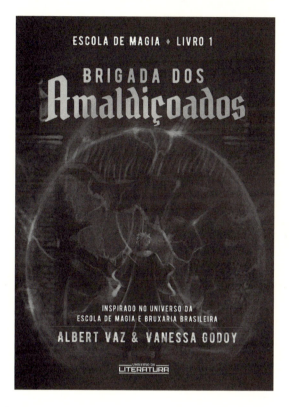

Hector é um garoto normal, que veio de uma família de bruxos tradicionais e tudo que ele mais quer é entrar na Escola de Magia e Bruxaria do Brasil.

Apesar de tudo o que passou com seus pais, agora ele é feliz com seus avós, que o fazem acreditar no melhor lado dos bruxos. Porém, sua entrada para a EMB pode colocar em xeque todas as suas convicções sobre o que é ser vilão. Agora, anos depois, e dando aulas na Escola de Magia e Bruxaria do Brasil em Campos do Jordão, Hector terá revelada toda a verdadeira história de sua vida. Com isso, os alunos da EMB poderão finalmente saber se todos os boatos que correm o castelo são verdadeiros. O que aconteceu em 1998, o último ano letivo de Hector, Alma e Petrus, que culminou em uma guerra entre os bruxos no Brasil?

Brigada dos Amaldiçoados é o primeiro livro da saga Escola de Magia, que revelará os segredos escondidos por pessoas poderosas, expondo para todo o mundo os bruxos do mundo mágico brasileiro.